Die Handlung dieses Buches ist frei erfunden. Jede Ähnlichkeit mit wahren Begebenheiten und Personen ist zufällig und nicht beabsichtigt (von wenigen genehmigten Ausnahmen abgesehen).

Bibliografische Information der Deutschen Nationalbibliothek
Die Deutsche Nationalbibliothek verzeichnet diese Publikation in der
Deutschen Nationalbibliografie; detaillierte bibliografische Daten sind im
Internet abrufbar über http://dnb.ddb.de

Umschlaggestaltung: C. Riethmüller
Druck und Bindung: Nørhaven, Viborg
Printed in Denmark
ISBN 978-3-8271-9557-9

Tomas Cramer

Novemberblut

CW Niemeyer *N*

KAPITEL 1

Freitag, 15. November 1985 – 23.20 Uhr

Kalt und sternenlos war die Nacht – der Frost hatte seine Visitenkarten in die Atmosphäre gestreut, wie finstere Vorhersagen. Das Novemberdunkel war in ein lausig kaltes Tuch gehüllt. Wenn es in dieser Nacht Niederschläge geben würde, dann als Schnee. Hinter einigen Häuserfenstern sah man den bläulichen Schein der Fernseher flackern wie den Widerschein blutarmer Kaminfeuer. Die meisten Fenster waren jedoch dunkel. Harte Bässe wummerten vom Szeneschuppen über den rückwärtig gelegenen Parkplatz; sie brandeten bei jedem Öffnen der Tür auf. Sound und Rhythmus verschmolzen zu einem wild hämmernden Klangbrei, dessen Beat zugleich Off-Beat geworden war. Drei junge Männer lungerten im Schutz der Dunkelheit zwischen einem halbhohen Maschendrahtzaun und der Schweinehalle herum. Zwischen ihnen und dem Eingang des Pogo lag ein geteerter, löchriger Weg, der ursprünglich als Straße gedacht gewesen war. Er stellte eine Trennungslinie zwischen dem Gelände der Münsterlandhalle und dem Pogo dar. Das Licht des dampfenden Strahlers erreichte gerade noch den unscharfen Rand des Weges.

*Der Bereich, in dem sich die drei jungen Männer auf-
hielten, bekam davon nichts ab. Nervös lehnte einer an der
Mauer aus Backstein. Er zog gierig an seiner Zigarette, als
steckten aufputschende Substanzen zwischen den Tabak-
krümeln, die er für die Aktion heute Nacht dringend benötigte. Ganz kurz flackerten Erinnerungen auf, an das geni-
ale Konzert von Nuala, Kennzeichen D und Tango im Exil
vor drei Jahren – etwas Vergleichbares hatte es seither nicht
mehr gegeben. Er legte seine Hand flach an die Wand, als
könne er ihr auf diese Weise die versickerten Beats und Riffs
noch einmal entlocken. Mit einem Mal wurde ihm klar, wie
sehr sich sein Leben seitdem verändert hatte. Verdammt! Er
wusste nicht, wie lange er seinen Alten noch etwas vorma-
chen konnte. Sollte diese Aktion hier nicht so klappen, wie er
sich das vorgestellt hatte, wäre alles zum Teufel.*

*Die anderen Beiden rissen ihn mit ihrer Unruhe aus sei-
nen Gedanken. Sie zuckten rhythmisch zu den Bässen eines
‚Prince Of The Blood'-Stückes, den Eingang des Pogo fest im
Blick. Gleich hinter der Tür schirmte ein schwerer dunkelbrauner Vorhang das Innere der Szene-Disco vor der kalten
Nachtluft ab. Links vom Vorhang, von außen nicht sichtbar,
saß auf einem Barhocker der Kassierer mit Geldkassette
und Eintrittstempel.*

*Heute war nichts los. Die Leute waren vermutlich in der
Destille in der Kirchstraße oder im Circus Musicus in Mär-
schendorf. Man konnte davon ausgehen, dass sich um diese
Zeit vor allem die Neue Heimat in Thüle mit Besuchern füllte.*

*Vier junge Frauen mit viel Haar, Neonrouge und bunten
Leggins kamen um ein altes Haus rechts neben dem Park-*

platz herum. Hüft- und täschchenschwingend eierten sie auf High-Heels quer über den Platz, bis sie von der Schiebetür eines schwarzen VW-T3 mit dunklen Scheiben verschluckt wurden. Der Raucher konnte sich ein höhnisches Grinsen nicht verkneifen.

Er wandte sich an seinen Kumpel: „Hey, gib mir 'ne Fluppe!"

„Ich hab nur noch eine." Eine demonstrative Pause. „Morgen bist du dran!" Er wischte sich die Nase am Ärmel ab, und nachdem er die Vorletzte herausgezogen hatte, reichte er ihm die Schachtel.

„Klar, morgen."

Der Dritte wühlte mit seiner Fußspitze im Dreck herum, tat genervt. „Mann, mir is arschkalt! Wann kommt der Sack endlich raus? Ich geh mal gucken."

„Was!?" Der Schnorrer zündete sich die Zigarette an. Die Flamme des Feuerzeugs beleuchtete sein Gesicht; in einem Ausdruck der Verzweiflung verengten sich seine Augen. „Mach das, wenn du unser Alibi in die Tonne kloppen willst – Vollidiot!", blaffte er, nachdem er einen Zug gemacht hatte.

Er ging alles noch mal ganz genau durch. Es war perfekt organisiert: Saubere und helle Klamotten à la Sonny Crockett lagen unter der Krankenhausauffahrt in dem Ford Escort für sie bereit. Für diese Aktion hatten sie sich allesamt erst einmal dunkle Sachen angezogen. Mehrere Leute würden bezeugen können, alle drei am frühen Abend in der Schickimicki-Disco White Horse und dann spät in der Nacht im Big Ben gesehen zu haben. Und als Finale würden sie sich im besoffenen Kopp von den Bullen abführen lassen und den Rest der Nacht in einer Ausnüchterungszelle verbringen – wegen nächtlicher Ruhestörung … alles ganz easy! Aber es stimmte: Wenn nicht bald etwas passierte, ging das auf Kosten des Alibis.

Die blauen Kaminfeuer hinter den Fenstern waren vollends erloschen, als plötzlich die Tür aufflog. Ein schlaksiger junger Mann mit kurzen blonden Haaren und runder Brille huschte hindurch, und mit ihm einige Klangfetzen von ‚Alive and Kicking' von den Simple Minds. Die Tür schwang zurück. Das Dröhnen der Bässe hielt an, die Hochtöne blieben zwischen Tür und Angel stecken.

„Jetzt ist die dumme Sau fällig!"

„Hey, Leute, es soll aber nur eine Abreibung sein. Mehr nicht, okay?" Die Stimmlage des fröstelnden Dritten ließ eine Mischung aus Besorgnis und Unschlüssigkeit erkennen.

„Wie wir es besprochen haben, Weichei!" Der Raucher bereute es jetzt definitiv, ihn überhaupt eingeweiht zu haben.

Für die drei jungen Männer war klar, dass die dumme Sau auch heute den Nachhauseweg über den Marktplatz wählen würde. Die Dreierformation ging in Richtung Eschstraße, der Schein einer Hausbeleuchtung erfasste sie kurz. Sie stiefelten quer über den Marktplatz, der den Namen nicht verdiente. Der lag vollkommen dunkel da, einige breit gepflasterte Wege überzogen den Platz aus verdichtetem Splitt; ein Refugium für verirrte Einkaufswagen.

Etwa in der Mitte näherten sie sich ihrer Zielperson. Die Attacke geschah unvermittelt und zu plötzlich für jeden Schutzreflex. Der Raucher spurtete los, sprang dem Blonden mit voller Wucht von hinten ins Kreuz. Der knallte der Länge nach ungeschützt auf den Schotter. Gesicht und Handflächen schürften auf, ein unkontrollierter, fremdartiger Laut des Schmerzes durchbrach seine Kehle. Er wollte aufspringen, der Raucher hielt ihn mit ganzer Kraft am Boden.

Schläge auf die Arme und Oberschenkel verhinderten ein Aufrichten. Der zweite Angreifer traktierte ihn mit heftigen Tritten seiner schweren Stiefel in den Unterleib, gegen Brust und Kopf.

„Du Sau! Was glaubst'n, wer du bist? Von dir lassen wir uns nicht länger verarschen! Hier ist die Antwort! Hast es nich anders gewollt!"

Der Dritte hielt sich zurück, stand abseits in der Dunkelheit, ermahnte die anderen, endlich abzulassen – doch vergebens. Sie traten sich in einen Rausch; einer grauenhaften Mischung aus Wut, Aggression und Wahn. Hitzig, blind und taub für alle Eindrücke und Ermahnungen traten und bespuckten sie ihn. Knochen zerbarsten im Brust- und Lendenbereich; Darm und Blase entleerten sich geräuschvoll.

Der am Boden liegende junge Mann schrie nicht mehr, stöhnte nur noch. Als Erwiderung auf ihre Tritte entwich die Luft stoßweise aus seinen Lungen, bis auch sie ausblieb.

‚Oh, alive and kicking – stay until your love is, love is, alive and kicking …' *

KAPITEL 2

„Zugriff!" Besonnen sprach Zolloberinspektor Rolf Hansen von der Zollfahndung Hamburg-Hafen die Anweisung an das Sondereinsatzkommando ins Funkgerät. Dann folgte die übliche Routine. Schwarz gekleidete und behelmte Einsatzkräfte des SEK drangen mit Schnellfeuergewehren im Anschlag zum Tatort vor; gleichzeitig ertönten Warnhinweise aus dem Megafon. Grelles Scheinwerferlicht und die blauen Stroboskopblitze der Einsatzwagen ließen die Szenerie irreal erscheinen. Verschreckte Täter blickten sich nach allen Seiten um, versuchten zu fliehen. Die Erfahrenen verschränkten unaufgefordert ohne zu zögern die Arme hinter ihre Nacken und stellten sich breitbeinig gegen die Container.

Innerhalb einer halben Minute war der Spuk vorbei, Schusswechsel oder Verfolgung gab es glücklicherweise nicht.

Neu für mich war, dass die Aktion nicht wie sonst zur nächtlichen Stunde, sondern bereits am späten Nachmittag durchgeführt werden konnte. Der Schmuggel von gefälschten Luxusgütern aus Fernost nahm immer größere Ausmaße an, und der richtete sich nicht nach Tages- oder Nachtzeit, vielmehr nach den Fahrplänen der Containerschiffe.

Aus dem Funkgerät ertönte zufriedenes Gemurmel, ein Knacken, ein kurzer Piepton. Rolf bestätigte und legte das Gerät zurück auf das Armaturenbrett. Er lächelte zufrieden und reichte mir seine Hand. „Gut gemacht, Frank! Ein herzliches Dankeschön von uns allen!"

Ich ergriff sie. „Keine Ursache. Der Dank gebührt meinem Auftraggeber und einer kleinen Gruppe von Informanten."

Jemand klopfte aufs Autodach. Rolf ließ die Scheibe herunter, ein Zollbeamter mit schmalem Gesicht und ovaler Brille beugte sich halb zu uns herab. „Der Sack ist zu. Die Ware ist beschlagnahmt und wird noch heute Abend ausgewertet. Nach ersten Schätzungen, würde ich sagen, ist das einer der dickeren Fische, der uns ins Netz gegangen ist!"

Noch bevor Rolf antworten konnte, meldete sich aus dem Fond des Wagens die Zollanwärterin Inga Bergholz: „Rolf, wenn du erlaubst, werde ich mir das mal vor Ort ansehen."

Rolf erlaubte es, er erlaubte es uns beiden. Wir kletterten aus dem Auto und näherten uns dem grünen, offen stehenden Container, von denen hier am Pier mehrere hundert herumstanden.

„Weißt du, Inga", Rolf blickte sie kurz an und setzte im Gehen seine Mütze auf, „mitten in Hamburg existierte hundertfünfundzwanzig Jahre lang eine echte Grenze, mit achtzehn Kilometer langen meterhohen Zäunen, sieben Grenzstationen und Zollkontrollen, zwischen der Stadt und dem Freihafen. Und zum Jahreswechsel 2012/2013 endete diese Ära, die für die wirtschaftliche Entwicklung der Hansestadt eine enorme Bedeutung hatte ..."

„Ich weiß, Rolf", unterbrach sie ihn sanft, „das war im letzten Monat Stoff in der Akademie und vorige Woche Teil der Klausur." Vor dem geöffneten Container der Firma *Evergreen* blieben wir stehen. Inga lächelte uns an und vergrub ihre Hände in den Hosentaschen.

„Rolf, du kannst einpacken. Inga wird ihre Hausaufgaben gemacht haben", bemerkte ich leicht spöttisch.

Er lächelte säuerlich, nicht ganz glücklich darüber, sein Fachwissen nicht an die Frau gebracht zu haben.

Das sollte nicht mein Problem sein. Meine Aufgabe war es, den Fall heute zum Abschluss zu bringen und meinem Auftraggeber sichere Erträge zu bescheren. Nach Ermittlung der Fakten übergab ich meine Unterlagen den Behörden. Die Exekutive erledigte den Rest und ich war froh, mich aus dem gefährlichen Teil raushalten zu können. Rolf war aber stets so freundlich, mich zum Finale einzuladen – ich brauchte nicht um Freikarten zu betteln.

Ich löste mich von den beiden, ging zum Containerschiff *Maersk Semarang*, dessen Ladung erst zum Teil gelöscht worden war und auf dem Predöhlkai auf Abfertigung wartete. Im Nordwesten drehten die Boote der Wasserschutzpolizei Waltershof ab, sie waren offensichtlich zurückbeordert worden. Von hier wirkte die Szenerie weniger bedrohlich, fast wie ein experimentelles Bühnenstück, in dem die Container wie riesenhafte Legosteine teilweise übereinandergestapelt auf der Bühne herumstanden. Die Schmuggler wurden zu den Transportern geführt, an den Mannschaftswagen der Einsatzkräfte wurde Tee aus Thermoskannen ausgeschenkt.

Bis zum Sonnenuntergang war es vielleicht noch eine halbe Stunde. Die Luft war kühl und trocken, der Himmel klar. Von Westen zogen einige Wolkenbällchen auf; sie wurden von der Sonne illuminiert, erinnerten an glühende Brötchen. Der Wetterdienst hatte für heute Nacht ein Unwetter angekündigt, was man nicht recht glauben konnte. Jedenfalls war es gut, dass die Polizeiaktion bereits beendet war.

Rolf und Inga kamen auf mich zu.

„Frank, das wird dich interessieren …!" Er steckte seinen Schreiber in die Hemdtasche und blätterte Papiere durch. „Es läuft gut. Einer der Verhafteten hatte die Hosen gestrichen voll. Er bot sich als Informant an und ließ durchblicken, dass weitere Plagiate auf dem Weg nach Hamburg seien." Er wies auf den Container hinter sich. „Darin befände sich wohl nur ein Bruchteil, dabei ist dieser Container schon randvoll. Das könnte 'ne lange Nacht werden."

Ich nickte und merkte, wie Ingas Aufmerksamkeit plötzlich nachließ, sie biss sich auf die Unterlippe.

Rolf war das ebenfalls nicht entgangen. „Frank, könntest du Inga in Osdorf absetzen? Es liegt doch auf deinem Weg, oder?"

Ihr Blick hellte sich auf.

„Selbstverständlich! Vorher muss ich kurz mit meinem Klienten telefonieren." Ich zog das Smartphone aus der Tasche, entfernte mich erneut von den beiden Beamten und brachte meinen Auftraggeber auf den aktuellen Stand. Dann nickte ich den beiden zu, als Zeichen, dass es losgehen konnte. Rolf hob die Hand, Inga kam angelaufen. Wir unterquerten einen der dreiundzwanzig Containerkräne in Richtung *Eurogate Container Terminal*. Dort stand mein silberfarbener Volvo. Der Löschbetrieb, der wegen der Zollaktion eingestellt worden war, kam wieder in Gang.

Inga strich sich eine Locke ihrer hellblonden Haare hinters Ohr, warf mir einen fragenden Blick zu.

„Woher kennen Sie und Rolf sich, wenn ich fragen darf?"

Der Druck auf den Funkschlüssel entriegelte die Türen, wir stiegen ein.

„Rolf habe ich während des Studiums am Institut für Kriminalwissenschaften kennengelernt, Ende der achtziger, Anfang der neunziger Jahre." Wir fuhren los, bogen auf die Zellmannstraße in Richtung A 7. „Die ersten beiden Semester haben wir es da gemeinsam ausgehalten, dann wechselte ich zur Fakultät der Rechtswissenschaften, während Rolf beim Zoll anheuerte. Er war die blanke Theorie satt, wollte näher am Ort des Geschehens sein."

„Das passt zu ihm", warf sie ein.

„Stimmt, er traf damals die für ihn richtige Wahl. Ich mag ihn, er ist ein Pfundskerl! Ursprünglich waren wir beide Teil eines Dreiergespanns, zu Beginn des Studiums haben wir noch zusammengehalten wie Pech und Schwefel. Vielleicht kennen Sie ihn, Thomas Deeken. Er wechselte später zur Kripo."

„Thomas Deeken … Ja, natürlich, Hauptkommissar Thomas Deeken, Kripo Wandsbek", gab sie leicht zögernd von sich.

Ich blickte sie kurz an, um in ihrer Miene einen Grund für dieses Zögern zu entdecken, aber ich fand keinen. „Ist irgendetwas mit Thomas?"

„Was passiert ist, weiß ich nicht …" Eine Pause. „Er … er wurde vor kurzer Zeit versetzt oder hat sich versetzen lassen …" Neue Pause. „Es war jedenfalls von einem Versetzungsantrag die Rede. Deeken arbeitet jetzt irgendwo in der Provinz. Keine Ahnung, wo."

Ich nickte, ließ es aber unkommentiert. Deeken war immer der spaßige Typ gewesen, mit einem gehörigen Hang zum Sarkasmus; daraus erwuchs irgendwann schwer zu ertragener Zynismus. Auf Dauer konnte man das nicht ignorieren und nicht jeder war in der Lage, sich gegen die giftigen Pfeile zu wehren, mit denen er verbal um sich schoss. Manchmal waren die Verletzungen so gravierend, dass sie nicht mehr heilen wollten, und sie hatten auch mich getroffen.

Von mir aus konnte Deeken arbeiten, wo der Pfeffer wächst.

Ich lenkte den Wagen über die Finkenwerder Straße zur Autobahnauffahrt.

Inga blickte mich mit schräg geneigtem Kopf an. „Und wie ging es dann mit Ihnen weiter? Wie wird man eigentlich privater Ermittler?"

Nach dem Einfädeln in den Feierabendverkehr antwortete ich: „Danke, dass Sie nicht ‚Privatdetektiv' sagen. Dieser Begriff impliziert im Allgemeinen die Beschattung treuloser Ehepartner, das Anbringen von Abhöranlagen, das Waschen schmutziger Wäsche, und andere Klischees …"

Wir warfen rechts einen kurzen Blick auf die Köhlbrandbrücke, die sich dem abendlichen Horizont entgegenschlängelte.

Ich fuhr fort: „Mir wurde relativ schnell klar, dass ich auf eigenen Beinen stehen wollte. Nach meinem Abschluss zum Diplom-Wirtschaftsjuristen habe ich mein Gewerbe angemeldet und mir ein Büro in der Speicherstadt gesucht."

Ingas Augen schweiften in die Ferne, dann waren sie wieder auf mich gerichtet. Sie räusperte sich. „Und davon kann man leben? Ich meine, lassen Ihnen die Behörden genügend Spielraum, um überhaupt tätig werden zu können?"

Ich musste überlegen, wo ich anfangen sollte. „In diesen Zeiten immer knapper werdender Mittel und immer umfangreicherer Ermittlungsverfahren in Bereichen wie zum Beispiel der Produktpiraterie stoßen die Behörden häufig genug an ihre Grenzen. Notwendige Ermittlungen werden nicht weitergeführt, weil die Personaldecke zu dünn ist und die finanziellen Ressourcen überstrapaziert wurden." Ich setzte den Blinker und wechselte auf die linke Spur. „Nicht selten fehlt den Behörden der Verfolgungswille. Wenn es, wie bei Urheberrechtsverletzungen, nur um die wirtschaftlichen Interessen eines Unternehmens geht und die rechtliche Materie sehr komplex ist, springe ich ein. Sie glauben nicht, was sich da gerade für Märkte auftun. Private Ermittler erbringen oft entscheidende Beiträge zur Aufklärung von Straftaten. Der heutige Nachmittag hat es wieder gezeigt."

Der Verkehr war dichter geworden, mit gemächlichen sechzig Stundenkilometern fuhren wir in den Elbtunnel. Ein kontinuierliches Licht- und Schattenspiel, hervorgerufen durch die orangefarbene Tunnelbeleuchtung, erschien auf Ingas Gesicht.

Sie gab sich nicht zufrieden: „Aber Sie werden nicht von sich aus tätig, sondern nur, nachdem Sie beauftragt wurden?"

„Ganz genau. Sollte ich aber im Rahmen meiner Ermittlungen zufällig über kriminelle Sachverhalte stolpern, die mit meinem eigentlichen Auftrag nichts zu tun haben, wende ich mich an die Polizei oder den Zoll, also an Rolf." Ich lächelte sie offen an und streifte mir eine Haarsträhne aus dem Blickfeld.

Inga lächelte auch.

Als wir das Ende des Tunnels erreicht hatten, schaute ich in den Himmel. Die glühenden Brötchen waren verbrannt und von Westen näherte sich eine dunkle Wolkenfront. Die Meteorologen hatten nicht gelogen …

„Und Sie haben heute Abend noch etwas vor, wenn ich Ihren Gesichtsausdruck vorhin richtig gedeutet habe?" Im selben Moment bereute ich diese Frage, mit der ich von der beruflichen auf die private Ebene wechselte.

Sie schaute mich verwundert an. „Ja, das ist richtig. Ich belege einen Abendkurs in Finanzkontrolle und Fahndung bei Schwarzarbeit."

Unmittelbar vor der Abfahrt Bahrenfeld kam der Verkehr gänzlich zum Erliegen. Von hinten näherte sich ein Rettungswagen im Einsatz, brauste an uns vorbei. Eine Viertelstunde später erreichten wir die Ausfahrt.

Inga streckte ihre Beine aus und fragte: „Sie wohnen auch hier in der Nähe?"

Willkommen zurück im Privaten; nun war ich es, der zögerte. „Mein … unser Haus steht in Iserbrook, also noch etwas weiter westlich von Osdorf." Ich stockte, wusste nicht recht, ob ich weitersprechen sollte. Sie schien das zu bemerken und blickte mich fragend an. Ich sprach weiter: „Zurzeit wohne ich allerdings in meinem Büro in der Speicherstadt. Meine Frau und ich leben … getrennt – also nur vorübergehend. Es ist gerade etwas schwierig für mich … für uns. Ich … Die viele Arbeit hat unserer Partnerschaft nicht gerade gut getan."

Sie sah mich wachsam an. „Und, wo liegt Ihre Priorität? Im Beruflichen oder im Privaten?"

Ich lächelte ertappt und machte eine entschuldigende Handbewegung. „Also, ich weiß nicht. Ich bin davon ausgegangen, dass Beides nebeneinander funktioniert."

„Und wenn es mal hart auf hart käme, wenn Sie sich entscheiden müssten?", fragte sie.

„Darüber habe ich noch nicht nachgedacht. Wenn ich jetzt spontan darauf antworten soll, vermute ich, dass es da keine Patentlösung gibt. Das Leben hält viele Unwägbarkeiten bereit. Ich würde jede Situation individuell betrachten und immer neu entscheiden, abhängig von den Lebensumständen, wie Familienstand, berufliche Perspektiven und – ganz wichtig – ob man Kinder hat oder nicht." Ich schaute sie an, um zu sehen, wie meine Worte bei ihr ankamen. Sie schien nicht zufrieden, spitzte die Lippen und blickte nach vorn.

„Und, haben Sie Kinder?", fragte sie freundlich, aber bestimmt.

„Nein."

Funkstille.

Ich versuchte, ein unbehagliches Gefühl zu unterdrücken, schaffte es aber nicht. Man hofft, sämtliche Parameter der Lebensplanung ausgelotet zu haben, und dann stellt man mit einem Male fest, dass solche Überlegungen vernachlässigt wurden. Diesem Gedanken folgte die Erkenntnis, dass das auf viele Situationen im Leben zutrifft. Alles bleibt, wie es ist, solange es gut läuft; und wehe, wenn nicht.

Zwischen Susanne und mir war es längst zu einer solchen Hart-auf-hart-Situation gekommen, wie Inga es nannte. Und wir waren nicht darauf vorbereitet, auf unsere Bedürfnisse einzugehen; uns um unserer Liebe willen zusammenzuraufen.

Die jüngere Generation schien da auf einem anderen Weg unterwegs zu sein, Glück war mittlerweile Bestandteil des Lehrplans geworden. Und jetzt raubte Inga mir mit einer einzigen Frage die dämlich-alte Illusion meines Lebensentwurfes. Auf ihre Direktheit war ich nicht gefasst gewesen, aber die Berechtigung musste ich innerlich anerkennen, denn ich hatte in letzter Zeit solche Überlegungen vernachlässigt. Es gab einiges, über das ich neu nachzudenken hatte.

Was Susanne anging, so musste etwas mehr Zeit verstreichen. Zu frisch waren die Verletzungen, die wir uns gegenseitig zugefügt hatten. Wie bei so vielen hatten auch bei uns die fehlende Aufmerksamkeit, dass wir uns zu wenig Zeit füreinander genommen hatten, und Respektlosigkeit zum vorübergehenden Bruch geführt. Ob diese Trennung auf Zeit letztendlich zur Lösung der Probleme reichen würde, konnte ich nicht mit Bestimmtheit sagen. Jedenfalls war es eine Art Notbremse, um nicht noch mehr Porzellan zu zerschlagen.

Die Sonne hatte sich verkrochen, unter die Wolkendecke gelegt. Es konnte nicht mehr weit sein.

„Sagen Sie mir, wo ich halten soll."

„Okay. Sehen Sie das Haus da vorne?"

Der Schein der Straßenlaternen gab die Sicht auf ein schmuckes Mehrfamilienhaus frei.

Ich versuchte, das Gespräch schlussendlich wieder auf die berufliche Ebene zu heben. „Wenn Sie heute noch zur Akademie müssen, dann haben Sie ja noch einen weiten Weg vor sich."

„Der Kurs findet in der Führungsakademie der Bundeswehr statt. Also gleich hier um die Ecke. Ach, da fällt mir ein, wenn Sie zur Speicherstadt wollen, dann sind Sie wegen mir ja einen riesigen Umweg gefahren …"

„Das ist überhaupt kein Problem!" Ich hob die Hand. „Jedenfalls wünsche ich Ihnen alles Gute für die Zukunft und viel Erfolg bei Ihrer Arbeit. Es war nett, Sie kennengelernt zu haben. Vielleicht sieht man sich ja mal wieder."

„Das ist gut möglich. Ab nächster Woche bin ich bei unseren Kollegen in Fuhlsbüttel, am Flughafen, eingesetzt." Sie stieg aus, lächelte und ging.

Ich fuhr zur Bundesstraße zurück, vorbei am Musicaltheater Neue Flora und der Reeperbahn bis zur Brandstwiete, dort bog ich rechts ein. In der Speicherstadt fiel mir ein, dass ich es versäumt hatte, die Tagespost aus der Agentur zu holen. Statt links in den Alten Wandrahm einzubiegen, fuhr ich zwei Straßen weiter.

Es war eine magere Ausbeute, die ich aus dem Postfach zog: zwei Fensterbriefumschläge, ein brauner C5-Umschlag ohne Absender, Werbung und ein Katalog für Bürobedarf. Auf dem Weg zurück zum Auto zuckten still die ersten Blitze über den zum Teil liebevoll restaurierten Häusern der Speicherstadt – dem Tourismusmagnet schlechthin, mitsamt der vielen neuen Shops und Start-Ups, die sich hier eingenistet hatten, nordöstlich der Hafen-City mit ihren wuchtigen und klar strukturierten Gebäuden, die die ehemaligen Piers umsäumten, im Schatten der wohl nie endenden Baustelle der Elbphilharmonie.

Der Wagen brachte mich zum Alten Wandrahm zurück, ich bog rechts ab und parkte. Ich betrat das Haus über den rückwärtigen Eingang und stieg die Treppe hinauf bis in die dritte Etage. Oben schloss ich auf, schaltete das Licht ein, warf die Post auf den Schreibtisch. Die Raumluft roch abgestanden, ich öffnete das Fenster. Über dem Zollkanal blitzte es heftig, begleitet von launischem Donnergrollen.

Das Büro sah – dank der Reinigungskraft Gerda – tipptopp aus. Einen Raum weiter fand ich meine Wäsche gewaschen, getrocknet und gebügelt vor. Gerda war begabt darin, meine veränderten Lebensgewohnheiten wahrzunehmen und dementsprechend zu handeln, ohne dass ich ihr irgendetwas hätte erklären müssen.

Ich ging ins Bad. Beim Blick in den Spiegel sah ich, dass mein Dreitagebart seine Gültigkeitsdauer überschritten hatte. Nach dem Duschen setzte ich mich an den Schreibtisch und schaute die Post durch.

Die beiden Fensterbriefumschläge enthielten Rechnungen, Werbung flog vom Tisch ins Altpapier, der Katalog ins Ablagefach. Jetzt war der braune C5-Umschlag ohne Absender an der Reihe. Die Anschrift war mit großen Druckbuchstaben geschrieben, die mal in die eine, dann in die andere Richtung geneigt waren, so als fürchte der Absender, anhand der Schrift identifiziert zu werden – professionell war das nicht.

Draußen knallte es gewaltig. Es brach ein Gewitter los, als steckten sabotierende Teufelchen kleine Dreizacke in himmlische Steckdosen.

Der Umschlag enthielt ein etwa zehn mal sechzehn Zentimeter großes Bild, offensichtlich aus einem Farbdrucker, auf stärkerem Papier als gewöhnlich. Es lag falsch herum vor mir auf dem Tisch. Die Farben waren blass. Das Bild wies hauchdünne Streifen auf, etwa so, als wäre das Motiv von einem älteren Fernsehgerät abfotografiert worden. Ich drehte es um hundertachtzig Grad und betrachtete es genauer: Es war eine Nachtaufnahme, allein das Licht einer einzigen Glühbirne ließ Einzelheiten erkennen. Das Bild zeigte eine schmuddelige Hauswand aus erhöhtem Blickwinkel. Unter der Glühbirne eine schmale Eingangstür, rechts ein altmodisches, zweiflügeliges Fenster. Erst auf den zweiten Blick sah ich die junge Frau hinter dem Fenster stehen. Sie hatte langes blondes Haar, trug vermutlich einen Parka und auf der Nase eine Brille mit großen Gläsern, wie man sie in den achtziger Jahren gehabt hatte. Sie schaute zum linken Bereich des Bildes, der im Dunkeln lag. In ihrem Gesicht spiegelte sich eine Mischung aus Erstaunen und Besorgnis wider.

Es begann zu regnen, es knallte und es schien, als hätten sich die Blitze – jenseits des Kanals – auf den Hauptbahnhof eingeschossen. Der Regen prasselte auf das Fensterbrett. Ich schob den Fotoausdruck zur Seite und schloss das Fenster. Plötzlich zitterten meine Hände und die Knie wurden weich. Dieses Bild bewirkte etwas in mir, aber ich wusste nicht, was es war.

Es lag dort auf dem Tisch und ich wagte nicht, es wieder in die Hand zu nehmen. Ein paar Sekunden der Regungslosigkeit, dann ein tiefes Durchatmen. Ich setzte mich wieder, nahm das Papier und schaute auf die Rückseite. Was ich dort las, traf mich wie einer dieser Blitze da draußen.

Dort stand in blasser Handschrift: *15. November 1985*

KAPITEL 3

Montag, 3. November

Unmittelbar vor der Abreise nach Cloppenburg versuchte ich meiner Frau Susanne telefonisch darzulegen, warum ich Hamburg verließ und worum es mir ging. Für meinen Geschmack klang es überzeugend, auch mir selbst gegenüber. Sie gab dazu wieder keinen Kommentar ab, ich hatte auch nichts anderes erwartet, weil ich auf ihre Mailbox sprach. Gerda legte ich eine entsprechende Notiz auf den Schreibtisch. Ich überlegte zudem, eine Freundin aus Jugendtagen anzurufen, um sie um ein paar kleine Gefallen zu bitten. Ich wagte es – sie sagte zu. Wir verabredeten uns mittags vor der *Cloppenburger Tageszeitung*, bei der sie als Journalistin tätig war.

Ab dem Buchholzer Dreieck unterschied sich die A1 nicht wesentlich vom Canale Grande. Riesenhafte Vaporetti auf Rädern lieferten sich Elefantenrennen, deren geduldige Verfolger in Nebeln von Spritzwasser zu versinken drohten. Seit meiner Überquerung der Elbbrücken verwandelte sintflutartiger Regen die Straßen in Wasserspiegel. Vom sommerlichen Herbst war nichts übriggeblieben. Die Scheibenwischer rotierten, zogen dünne, nasse Streifen über die Windschutzscheibe. Eine halbe Stunde später ließ der Regen nach. Bei Wildeshausen sah ich am Rande eines Feldes einen wuchtigen Bau, ein Holzhaus, dessen Zimmerleute dem Wetter trotzten. Ich glaubte, ein Schild mit der Aufschrift *Arche 2* gesehen zu haben, will mich da aber nicht festlegen.

Etwa ab dem Ahlhorner Dreieck gab der Himmel die Sicht auf etwas Blaues frei, wenngleich die Hoffnung auf schöneres Wetter durch einen Wolkenbruch jäh zunichte gemacht wurde.

Ich fühlte mich weder frisch noch ausgeruht. Der anonyme Brief vom vergangenen Freitag hatte mich aus der Spur gekegelt und in den Nächten keine Ruhe finden lassen. Die monotone Fahrt durch den Regen bewirkte, dass die Ereignisse des November 1985 vor meinem geistigen Auge wieder auflebten, wie in einem Super-8-Film mit Sprüngen, Farbschlieren und Staubpartikeln auf der Linse.

Der Monat November 85 war untrennbar mit der Geschichte der Stadt verwoben, hatte sich ins kollektive Gedächtnis der Cloppenburger gebrannt. Wir waren wie paralysiert gewesen damals, als Michael Ostermann, Schüler des Clemens-August-Gymnasiums, auf dem Cloppenburger Marktplatz brutal zusammengetreten worden war und an den Folgen verstarb. Die Tat war nie aufgeklärt worden, trotz jahrelanger, intensiver Ermittlungen. Es hatte unzählige Befragungen und Untersuchungen gegeben, sowohl in der Nähe des Tatorts als auch in den Schulen. Indizien und Aussagen wurden gesammelt, verglichen und auf ihren Wahrheitsgehalt überprüft, vor allem durch die Bevölkerung.

Die Folge waren Mutmaßungen über Täter, Motiv und Tathergang, so unterschiedlich wie es Weltanschauungen gab. Es war der Versuch, das Unerklärliche begreifbar zu machen. Das Grauen über das, was Menschen sich antun können, sollte durch Worte gezähmt werden; letztlich überwog jedoch die Sprachlosigkeit. Es gab keinerlei Antworten auf derartige Grausamkeiten, lediglich Sorge und Hilflosigkeit. Hieraus erwuchs Trauer, aus der Traurigkeit Empathie, und aus dem Mitgefühl tätige Anteilnahme den Angehörigen gegenüber. Schulen, Verbände und Vereine leisteten aktive Trauerarbeit durch gemeinsame Projekte und öffentliche Kundgebungen gegen Gewalt und für mehr Mitmenschlichkeit. Mehrere Wochen war der Marktplatz abgesperrt gewesen und als er endlich freigegeben wurde, wagte sich niemand darauf – ob aus Respekt oder Furcht, konnte keiner mit Gewissheit sagen.

Michael Ostermann war mir nicht persönlich bekannt gewesen. Er war Schüler des CAG, während ich das G II im Schulzentrum am Cappelner Damm besuchte. Interdisziplinäre oder schulübergreifende Projekte gab es damals kaum, jeder war mit seinem persönlichen Umfeld beschäftigt.

Ich schrak auf, als ich von einem dröhnenden Lastwagen überholt wurde, wobei sich Wasserkaskaden über mein Auto ergossen – es geriet ins Schlingern, blieb aber in der Spur. Ich musste unbewusst langsamer geworden sein. Das eintönige Wummern meines Sechszylinders wirkte einschläfernd, ich weckte das Smartphone aus dem Standby und startete aus der Achtziger-Jahre-Compilation den Song ‚Shout‘ von den *Tears For Fears.*

Der Abend des fünfzehnten November war damals komplett aus meiner Erinnerung gefallen. Ich hatte in der Szene-Disco *Neue Heimat* einen über den Durst getrunken; jedenfalls holte man mich tags darauf aus den Büschen, mit Raureif an den Ohren. Und als ich einigermaßen aufgetaut war, erzählte man mir, was sich im zwanzig Kilometer entfernten Cloppenburg zugetragen hatte. Die Leute waren verunsichert, niemand wagte sich mehr abends allein durch die Stadt. Es vergingen mehrere Monate, bis wieder so etwas wie Normalität einkehrte. Die Tatsache, dass der Täter nie gefasst wurde, hinterließ ein dumpfes Gefühl, insbesondere Furcht vor einer Wiederholungstat.

Ich setzte den Blinker und steuerte den Wagen in Richtung Cloppenburg, über die Bundesstraße 72, die weit nach ihrer Fertigstellung Mitte der achtziger Jahre zu einer Schnellstraße ausgebaut worden war und damit ein Großteil der Spannung herausnahm. Früher wusste man nie, mit wem man in der nächsten Kurve kollidieren würde, jetzt konnte man auf hundertfünfzig Kurvenmeter genau zielen.

Mir wurde plötzlich übel. Ich hielt am Rastplatz Emstek und übergab mich, danach ging es wieder. Es war nicht das Frühstück; es waren die Erinnerungen und Bilder, die mir auf den Magen schlugen. Ich atmete tief die feuchte Luft ein und schaute den vorbeifahrenden Autos zu.

In Zusammenhang mit dem anonymen Brief tauchten Fragen auf: Weshalb hatte ausgerechnet mir jemand dieses Foto zukommen lassen, und wo war es auf einmal hergekommen? Für mich bestand nicht der geringste Zweifel daran, dass das Foto etwas mit dem Mord in Cloppenburg zu tun hatte – das Datum auf der Rückseite sprach für sich. Das Bild war definitiv ein neues Indiz, es war damals nie erwähnt worden, und es forderte mich heraus, eigene Ermittlungen anzustellen.

Es gab nichts, was dagegen sprach. Mein letzter Fall war abgeschlossen, und ich benötigte Abstand zu den Dingen, die mich in Hamburg umgaben. Abstand von Susanne, Abstand vom Job, Abstand, um eine neue Sicht auf die Dinge zu bekommen. Es war keine Aufgabe, die meiner üblichen Tätigkeit entsprach, vielleicht würde sie mich sogar überfordern. Aber eins wusste ich genau: Ließe ich es bleiben, würde ich es eines Tages bereuen.

In der Stadt gelandet, bugsierte ich meinen Wagen in eine der freien Parklücken in der Bürgermeister-Heukamp-Straße, direkt an der Soeste mit Blickrichtung auf das St.-Josefs-Hospital. Der Anblick war mir nach all den Jahren noch erschreckend vertraut. Im Schlepptau dieser Vertrautheit gerieten unvermittelt weitere Bilder an die Oberfläche. Es waren schwermütige, negativ besetzte Bilder, koloriert mit den gedeckten Farben verletzter Empfindungen, die mich beunruhigten; die Suche nach Orientierung, die Suche nach Schutz und Geborgenheit, nachdem meine Eltern Anfang der achtziger Jahre durch einen Autounfall ums Leben gekommen waren. Erinnerungen an die erste erfüllte und – nach einer Zeit der Ernüchterung – verflossene Liebe. Aber auch Erinnerungen an den Aufbruch, mit einem wütenden Gefühl in der Brust, einer Mischung aus Anarchie und Abenteuerlust. Es gab nichts, was mich noch hielt.

Es war zwanzig nach zwölf. Ich nahm meine Jacke vom Beifahrersitz und stieg aus dem Volvo. Nach ein paar Schritten zog ich die Jacke über. Der Regen hatte ganz aufgehört, die Luft blieb aber nass und kalt. Ich sah mich um. Es war nicht mehr die Stadt, die ich damals so wütend hinter mir gelassen hatte, und ich glaubte kurz, eine Kulisse zu durchschreiten, die allein dem Zweck diente, mich zu verunsichern. Bei jedem Schritt wurden Erinnerungen durch neue Eindrücke abgelöst.

Eine kurze Passage mit Shops, Bar und Restaurant führte mich direkt in den Fußgängerbereich. Hier hatte sich vieles getan: zeitgemäßes Straßenpflaster, ansprechende Hausfassaden, gepflegtes Grün – die Stadt war auf der Höhe der Zeit, wenngleich sie sich auf den ersten Blick nicht wesentlich von anderen norddeutschen Städten dieser Größe unterschied. Was sie für mich einzigartig machte, waren die Erinnerungen, die unter dem neuen Pflaster verborgen lagen. Ich schaute nach rechts. Die Buchhandlung *Terwelp* war noch immer an ihrem angestammten Platz. Das Redaktionsgebäude der *Cloppenburger Tageszeitung* gegenüber überraschte durch ein komplett neues Gesicht.

Dann sah ich sie. Ich hatte Antje Meiners nicht aus dem Redaktionsgebäude kommen sehen, sie stand plötzlich da. Antje war nach wie vor eine schöne Frau; groß, schlank und die Kurven an den richtigen Stellen. Als ich auf sie zuging, registrierte ich, dass die Zeit auch an ihr nicht spurlos vorübergezogen war. Sie hatte einen sorgenvollen Zug um den Mund und dünne Linien zwischen und über den Augenbrauen. Ihr schulterlanges braunes Haar wies vereinzelt ein paar graue Fäden auf. Sie trug einen halblangen dunklen Mantel, darunter Bluejeans und dunkelbraune Wildlederstiefel. Mit einer Hand hielt sie sich den Kragen zusammen, während sie mal in die eine, dann in die andere Richtung blickte. Sie entdeckte mich, lächelte. Ich kam näher, und als wir uns gegenüberstanden, umarmten wir uns.

„Mensch, Frank ...!", eine bewusste Pause, während sie mir in die Augen schaute. „Es ist schön, dich zu sehen! Wie lange ist das jetzt her?" Antjes mandelförmige braune Augen sahen mich fragend und erfreut zugleich an. Sie umfasste meine Hände.

„Es sind wohl um die fünfundzwanzig Jahre", antwortete ich.

„Was feiert man denn, wenn man so lange Zeit *nicht* zusammen war?", wollte Antje wissen.

Ich hob die Schultern und ignorierte die Anspielung auf unsere gescheiterte Beziehung. „Es ist schön, dich wiederzusehen! Danke, dass du dir Zeit für mich genommen hast. Du siehst einfach umwerfend aus!"

Ihre Lider senkten sich für einen Moment als stumme Antwort auf das ehrlich gemeinte Kompliment.

„Du hast dich aber auch gut gehalten, mein Lieber! Vielleicht solltest du dich mal beim Friseur blicken lassen …" Antje fing wieder das Sticheln an, wie früher. Aber es stimmte, mein Haar war eindeutig zu lang, es fiel mir ständig in die Augen. Sie hob die Hand und führte eine meiner dunkelblonden Strähnen hinter das Ohr, auf dem Rückweg strich sie mir mit der flachen Hand über die stoppelige Wange. Ihre Hand war warm und es fühlte sich gut an. Es kam etwas überraschend. Ich betrachtete unauffällig ihre Hände, sie trug keinen Ring. Dann ihr feines Gesicht: die schmale Nase, die ein ganz klein wenig vorsprang, klare Augen, die Farbe wie polierter dunkelbrauner Jaspis, es lag ein schimmernder Schleier darüber wie Nebel in der Morgendämmerung. Der ungeschminkte Mund, mit sinnlich geschwungenen Lippen. Ein übriggebliebener Hauch von Sommersprossen als schwaches Muster auf dem Nasenrücken und in sanften Bögen unter den Augen. Ich hatte diesen Anblick fast vergessen.

Wie dem auch sei, ich hatte einen Sack voll mit Aufgaben dabei. Antje bemerkte die Veränderung meines

Blickes, sie bewegte sich leicht zurück und schaute amüsiert an mir herunter. „Trägst du noch immer diese alte Schimanski-Jacke? Ich kann es nicht glauben!"

„Das ist keine Schimanski-Jacke, sondern die Feldjacke M-65!" Ich tat ebenso empört wie sie. „Sie ist außerdem nicht alt, sondern mein viertes Modell, gerade mal ein halbes Jahr. Die Jacken wachsen mit ihren Aufgaben."

Antje lachte. „Oder mit deiner Körperfülle, wolltest du wohl sagen!"

Dass bereits Robert De Niro in dem Film *Taxi Driver* eine solche Jacke getragen hatte und ich sie mir deshalb einst zugelegt hatte, verschwieg ich. Ich hatte es ihr damals schon erklärt. „Wie lang ist eigentlich deine Mittagspause?", machte ich sie auf etwas aufmerksam, das wir telefonisch vereinbart hatten.

Antje legte ihre schlanken Finger auf den Mund, ihre Augen weiteten sich. „Ach du Schande, wir müssen los. Ich habe dir eine Absteige besorgt, die du nicht so schnell vergessen wirst. Lass uns gehen."

Der Sarkasmus in ihrer Stimme war unüberhörbar und ich spielte ihr Spiel mit. „Ich sagte dir zwar ‚Nicht zu teuer', aber das Bett sollte zumindest frisch bezogen und das Frühstücksei genießbar sein."

„Keine Sorge, es wird dir gefallen. Vertrau mir!"

Wir gingen zur Stadtmitte, dann links in die Mühlenstraße. Sie hatte nur noch wenig gemein mit jener Mühlenstraße, wie ich sie kannte. Markante Fixpunkte waren das Haushaltswarengeschäft *Bley*, das Bekleidungsgeschäft *Berssenbrügge* und die Soestenbrücke. Daran konnte ich mich orientieren, der Rest war in gewisser Weise Neuland. Das alte, prachtvolle *Heukamp'sche Haus* mit seinem verwunschenen Garten war einem hellen Büro- und Geschäftskomplex gewichen. Unmittelbar vor der Brücke bogen wir rechts ein, an einer Stadthalle vorbei, weiter in Richtung Stadtpark zum Landkreisgebäude.

„Was wollen wir beim Landkreis, etwa Wohngeld beantragen?", zog ich Antje auf und blieb stehen.

Sie schaute mich leicht verwirrt an. „Mann, wie lange warst du schon nicht mehr hier? Die Landkreisverwaltung ist heute an der Eschstraße, direkt am Marktplatz. Hier ist jetzt das *ParkHotel*."

Ich stutzte. „Hm, sagte ich nicht ‚Bitte nicht zu teuer'?"

„Einfach mal mitkommen und die Klappe halten!", befahl Antje. Sie hakte sich bei mir ein, wir betraten das Hotel wie ein altes Ehepaar.

Die Dame an der Rezeption rückte mit der eigentlichen Überraschung heraus. Aufgrund von Renovierungsarbeiten sollte mir ein gerade fertiggestelltes Loft in der Mühlenstraße zur Verfügung gestellt werden. Zwei Zimmer mit Küchenzeile und Bad, zu einem Preis, den ich nicht ablehnen könne. Für die Mahlzeiten stünde das Hotel-Restaurant zur Verfügung. Ich lehnte tatsächlich nicht ab. Wir erledigten die Formalitäten. Antje bat darum, mitkommen zu dürfen, wie um sich zu überzeugen, dass sie die richtige Wahl getroffen hatte.

Auf dem Weg zum Loft zeigten sich endlich ein paar Sonnenstrahlen, Wolken hingen wie zerfetzte Croissants über uns. Es war fast windstill, die Luft nasskalt; beileibe kein Wetter, um draußen Wäsche zu trocknen. Im Haus gab es einen Fahrstuhl, wir entschieden uns für die Stufen, über die wohl noch kein anderer Hotelgast gegangen war. Der Treppenaufgang war aus schwarzem Marmor, mit Handläufen aus gebürstetem Edelstahl, die Wände in anthrazitfarbenem Anstrich. Das künstliche Licht ließ das Treppenhaus klinisch wirken, es roch neu wie auf einer Säuglingsstation. Wir schienen hier die Einzigen zu sein, es rauschte nicht einmal in verborgenen Rohren. Ganz oben im vierten Stock öffnete ich die Tür mit edlen Chrombeschlägen.

Im dunklen Eingangsbereich schaltete sich kalte LED-Beleuchtung ein, im daran anschließenden Wohnbereich konnte auf künstliches Licht verzichtet werden. Großflächige Fenster mit Blick auf einen imposanten, fast malerischen Himmel im Osten, markante Gebäude darunter, wie das Amtsgericht, die St.-Augustinus-Kirche, die Flügel einer Mühle des Museumsdorfes und der *Pfanni*-Turm, dazu ein Wechselspiel von Licht und Schatten, von Sonne und Wolken. Wir schauten uns um. Sitzmöbel aus dunklem Leder, edel verchromt, allesamt Design-Klassiker. Schnörkellose, schlichte Wandregale aus dunklem Holz, helle Wände, an denen ein paar Werke regionaler Künstler wie Körtzinger, Lake und Berges hingen, zudem ein riesenhafter Flachbildschirm auf einer Anrichte.

„Respekt, Antje! Alles ganz nach meinem Geschmack", stellte ich fest.

Antje schien zufrieden, allerdings zeigte sich eine schmale, gekräuselte Linie auf ihrer Stirn. „Hier fehlt etwas Lebendes, wie wäre es mit Pflanzen?", sagte sie in einem Tonfall, als könne ich aus einem Wellness-Programm wählen. Ich nickte. Sie schaute auf die Uhr, ihre Augen weiteten sich. „Frank, meine Mittagspause ist um. Ich muss los. Vielleicht können wir uns mal treffen, um ein bisschen zu plaudern oder die alten Zeiten aufleben ... äh, Revue passieren zu lassen ..." Der Fauxpas war ihr sichtlich unangenehm.

Ich tat, als hätte ich ihn nicht bemerkt. „Das ist eine gute Idee, ich lade dich zum Essen ein, als Wiedergutmachung für deine Mühe. Wie wäre es morgen Mittag?"

„Sehr gern." Antje machte Anstalten, zu gehen.

Mir war allerdings nicht klar, wohin ich sie hätte einladen können; ich war auf einen Tipp angewiesen. „Kennst du ein nettes Lokal?"

Sie hielt kurz inne. „Sicher, lass dich noch einmal überraschen."

Überraschungen wie diese hier gehörten offensichtlich zu Antjes Stärken. Ich begleitete sie nach unten. An der Tür verabschiedeten wir uns mit einer Umarmung, dann ging ich weiter über die Fußgängerbrücke zum Parkplatz, nahm meine Sachen aus dem Auto und richtete mich im Loft ein. Erst blickte ich auf die Uhr, dann in den Himmel. Das Wetter erlaubte einen Spaziergang durch die Stadt, um mich wenigstens ansatzweise mit den Veränderungen der letzten zweieinhalb Jahrzehnte vertraut zu machen. Doch zunächst griff ich zum Telefon. Es war Zeit, meine Ermittlungen in Gang zu bringen. Ich musste mit jemandem sprechen, der damals nahe dran gewesen war am Geschehen, im November 1985.

Kapitel 4

Nach einem ausgiebigen Spaziergang und dem Abendessen im Hotel begab ich mich auf beleuchteten Pfaden durch den nächtlichen Stadtpark zum *Briefkasten*; einer Traditionskneipe, die neben der Buchhandlung *Terwelp* und dem Musikalienladen *Witte* in meiner Jugendzeit zu den wichtigen Anlaufstellen gerechnet worden war. Das lag nicht zuletzt an Felix Viegener – dem Jahrhundertwirt – der dem *Briefkasten* wenigstens zu Lebzeiten seine gute Seele eingehaucht hatte, achtzehn Jahre lang. Für seine Gäste hatte er stets ein offenes Ohr gehabt, und für die Schüler, die vor und nach dem Unterricht dort ein- und ausgegangen waren, sogar beide. Überdies war er ein Gönner, ein Förderer regionaler Bands. Bedurfte es eines Probenraums, stellte er unbürokratisch den Kneipenkeller zur Verfügung. Felix war als Vertrauensperson beliebt und geachtet, eine Seele von Mensch, väterlicher Freund, Tröster bei Schulsorgen und Liebeskummer, und überdies Kosmopolit mit bewegter Vergangenheit. Hitzige Wortgefechte, an denen er teilnahm, fanden mit seiner Beschwichtigungsformel „Was soll denn der ganze Quatsch" ein gütliches Ende. Wenn uns Schülern in den Sinn kam, mit Freunden eine gute Zeit im *Briefkasten* zu verbringen, hieß es schlicht: „Wir treffen uns bei Felix" – damit war alles geregelt.

Und nun, nach einer gefühlten Ewigkeit, traf ich wieder jemanden ‚bei Felix': Es war Peter Blase, der Betreiber der ehemaligen Szene-Disco *Pogo* sowie der Musikkneipe *Bebop*, der nach Felix' Ableben die Federführung des *Briefkastens* übernommen hatte. Peter war schon in jungen Jahren so etwas wie ein Garant für Erfolg im gastronomischen Gewerbe gewesen.

Ich näherte mich der Kneipe vom Amtshausweg her, an den Bekleidungsgeschäften *Ceka-Többens* und *Werrelmann* vorbei. Das Lokal nahm sich neben dem alten Postamt aus wie ein riesenhafter belebter Briefkasten: hohe, erleuchtete Fenster mit massiven postgelben Rahmen. Beim Eintreten verspürte ich ein gewisses atmosphärisches Vibrieren, das wohl von unzähligen Partys wilder, vergangener Tage herrühren dürfte; das Gefühl, nach einer langen Reise nach Hause gekommen zu sein, in der Erwartung, das ein oder andere bekannte Gesicht wiederzusehen.

Mein Blick fiel auf einen gut gelaunten Peter hinterm Tresen, Pils zapfend und sich angeregt unterhaltend. Er trug ein schwarzes T-Shirt und Bluejeans. Quer über seiner Brust stand in weißen Lettern *Peter & der Rolf.* Ich öffnete meine Feldjacke und steuerte einen freien Platz am Tresen an; dabei schaute ich mich um.

In der linken Ecke, direkt am Fenster, saß eine gemischte Gruppe aus feuchtfröhlichen Alt-68ern und verwelkten Blumenkindern, die vielleicht gemeinsam den Jahrestag der Befreiung Vietnams von der französischen Kolonialmacht durch Ho Chi Minh nachfeierten. Dann ein paar unbesetzte Tische. Weiter mittig im Raum saß ein verliebtes Pärchen mit ineinander verschlungenen Händen und Blicken, am Tisch rechts davon ein Geschäftsmann, dessen Gesicht mit einem Tablet-PC verwachsen war. Einen Raum weiter, hinter der offenen, bleiverglasten Eichentür, stand vermutlich noch der Billardtisch, auf dem wir als Jugendliche das Spiel geübt hatten. An den Wänden hingen neben einer Tuba noch ausrangierte Gitarren, rechts von mir ein goldfarbener Signature-Bass von Jack Casady. Aus dem verborgenen Soundsystem plärrte das wehleidige Schmachten von Mick Hucknall und seiner Band *Simply Red*, mit dem Stück ‚Holding Back The Years‘.

Peter Blase drehte seinen Kopf zufällig in meine Richtung, hielt in der Bewegung inne und blickte nachdenklich. Er löste sich von seinem Gesprächspartner an der Theke und kam auf mich zu.

Ich nickte und streckte ihm meine Hand entgegen. „Moin! Mein Name ist Frank Gerdes, wir haben vorhin telefoniert …“

Peter ergriff die Hand, doch die Nachdenklichkeit in seinem Gesicht blieb. „Einen Augenblick bitte.“ Er setzte einen Strich auf den Rand eines Bierdeckels, dann schenkte er mir seine volle Aufmerksamkeit.

Er hatte sich gut gehalten, wie man so sagt. Sein dünnes graues Haupthaar gab keine kahlen Stellen preis, war kurz geschnitten und stand nach vorn ab.

Das glänzende Gesicht und sein Dauerlächeln ließen einen feuchtfröhlichen Hintergrund vermuten, obgleich seine Augen keine Spur von Wässrigkeit aufwiesen. Er war eine ausgemachte Frohnatur. Nun sah er mich über den Rand seiner Brille direkt an, mit einem Blick, der nicht mehr so nachdenklich wirkte, dafür eine Spur wachsamer. „Was kann ich für Sie tun?", wollte er wissen.

Ich konnte nicht sofort antworten, weil aus der 68er-Ecke dreckiges Gelächter aufbrandete; volkseigene Ferkeleien machten die Runde.

„Ich bin hier wegen der Tragödie im November 85, dem Mord an Michael Ostermann …" Ich ließ den Satz eine Weile zwischen uns in der Luft hängen, bevor ich fortfuhr. „Sie erinnern sich daran?"

Er nickte kurz, schaute ernst und gedankenverloren, aber seine Hände begannen wie automatisch leere Gläser vom Tresen aufzusammeln. Als seine Augen wieder auf Empfang schalteten, meinte er: „Sicher. Wer wüsste das hier nicht … Sind Sie von der Polizei, oder so was?" Er wurde eine Spur reservierter.

Ich räusperte mich. „Eher ‚oder so was'. Ich trage die Fakten zu dem alten Fall zusammen und werfe einen frischen Blick darüber. Nichts Behördliches, das ist reine Privatsache. Ich bin in dieser Stadt aufgewachsen, mit den Örtlichkeiten vertraut. Das *Pogo* kannte ich wie meine Westentasche, und *New Wave* war in den Achtzigern mein zweiter Vorname, damals war ich achtzehn Jahre alt …"

Peter schürzte die Lippen, atmete tief ein und nickte knapp. „Ich glaube, ich erinnere mich an Sie … Ich bin mir nicht sicher." Ein leeres Glas hebend, blickte er mich fragend an.

Das hätte ich beinahe vergessen. „Ein Pils bitte", sagte ich.

Peter zog am Hahn. „Ich hatte der Polizei damals alles erzählt, und es stand hinterher breit in der Zeitung."

Ich gab mich begriffsstutzig. „Wie der Poet sagte: ‚Ich war aufm Klo, da hab ich's verpasst …' Helfen Sie mir auf die Sprünge, ich war jung damals, habe einiges vergessen und kenne vieles nur vom Hörensagen."

Bevor er antwortete, kam auf einmal Bewegung in den Laden. Zwei Pärchen um die fünfzig zwängten sich durch die Schwingtür und begaben sich auf die Suche nach einem geeigneten Platz, von dem aus sie alles gut im Blick hatten. Derweil faltete der Geschäftsmann sein Tablet zusammen, legte die Zeche auf den Tisch und bedeutete Peter mit einer Geste, dass es so stimmte.

Peter hob lächelnd den Kopf, nickte und wandte sich mir wieder zu. „Also gut. Gleich zu Beginn der Ermittlungen hatten sich die Bullen auf zwei Jungs eingeschossen. Nun ja, natürlich nicht wörtlich." Er schmunzelte, ich auch – ein echter Scherzbold. „Einer davon war Christoph Wessels. Er saß damals bis spät in die Nacht zugedröhnt im *Pogo*. Und das war kein Alk, sondern irgendwas Illegales – Marihuana, glaube ich. Das warf natürlich ein schiefes Bild auf meinen Laden, aber bei den Bullen war bekannt, dass ich das nicht duldete. Bei mir wurde nichts Derartiges konsumiert und natürlich nicht gedealt, da war ich konsequent. Wer sich nicht daran hielt, flog raus. Wessels musste das Zeug schon vorher irgendwo geraucht haben." Er verstummte, und sein Blick zeigte mir, dass er in Gedanken wieder woanders war.

Ich ließ ein paar Sekunden verstreichen, räusperte mich.

Peter kehrte in die Gegenwart zurück und stellte das fertige Pils auf den Tresen, dann erzählte er weiter: „Christoph hatte zunächst kein Alibi und konnte sich nicht daran erinnern, was er ein paar Stunden zuvor gemacht hatte. Seine Mitschüler sagten übereinstimmend aus, dass er und Michael Ostermann sich auf den Tod nicht ausstehen konnten, sie gerieten oft heftig aneinander. Das machte ihn natürlich verdächtig, aber niemand konnte ihm etwas nachweisen. Sie können sich vorstellen, dass so ein Verdacht an einem kleben bleibt wie Kuhscheiße an Chucks. Erst sehr viel später bestätigte jemand, dass Christoph zur Tatzeit im *Big Ben* war."

„Warum erst so spät?"

„Die Person verunglückte in derselben Nacht mit dem Auto und lag ein paar Monate im Krankenhaus."

Aus der 68er-Kommune wurde mit erhobenen Fingern eine Sammelbestellung aufgegeben: Whisky-Cola; sozialistischer ging es kaum.

Peter zählte durch, und während er entsprechend viele Gläser füllte, fuhr er fort: „Der andere Verdächtige war *Wolfgang Sieverding*. Ihn hatten sie mal beim Verteilen kleiner Mengen Drogen erwischt – aber nicht bei mir!", schob er sofort nach. „Wolfgang Sieverding hatte allerdings ein Alibi, darum war er raus aus der Nummer." Er stellte die vollen Gläser auf ein Tablett und brachte sie dem 68er-Kollektiv, auf dem Rückweg sammelte er jene Zeche ein, die der Geschäftsmann hatte liegenlassen.

Ich nahm ein paar kräftige Züge aus dem Glas und lauschte dabei dem Stück ‚Drive‘ von *The Cars* … aber es klang seltsam. Da waren Soundeffekte, die ich noch nie zuvor gehört hatte, etwa wie ein Martinshorn. Zwei, drei Sekunden später nahm ich blaues Blitzlichtgewitter wahr, das sich in den Kneipenfenstern brach. Ein Polizeiwagen, Rettungswagen und zwei Feuerwehrzüge rasten mit voller Geschwindigkeit durch die Bahnhofstraße in Richtung Stadtmitte. Zwei Herrschaften aus der 68er-Kolchose hielt es nicht länger auf den Stühlen; sie erhoben sich, strebten sensationsgierig dem Ausgang entgegen. Mit runden Augen und heruntergezogenen Mundwinkeln begab sich Peter wieder hinter den Tresen, wohl wissend, dass bei derartigen Vorkommnissen schon mal die Zeche auf der Strecke blieb. Das Tablett stellte er ab, warf das eingesammelte Geld in die Kasse.

Als er weitersprach, wechselte er zum vertraulichen Du: „Gibt es noch etwas, was du wissen willst?" Er behielt die beiden Sputniks im Auge, die inzwischen vor die Tür getreten waren.

„Was mich besonders interessiert, ist, was damals nicht in den Zeitungen stand. Gab es da etwas?"

„Hm, ja … da war tatsächlich noch was … Einen Moment eben." Er trocknete sich die Hände ab, nahm die Bestellung der neuen Gäste auf, kam zurück. Er suchte nach den richtigen Worten, beugte sich etwas über den Tresen und sagte leiser: „Das erfuhr ich aber erst viel später. Neben dem *Pogo* stand ja dieses heruntergekommene alte Haus. Es war nie klar, wem es eigentlich gehörte; da hat sich ja auch nie jemand drum gekümmert. Jedenfalls erzählte man sich, dass an dem besagten Abend … Leute … drin waren."

Ich schaute ihn fragend an. „Was kann ich mir darunter vorstellen?"

„Na ja", er drückste herum. „Pärchen eben … Keine Liebespärchen, sondern … eher geschäftlicher Natur, wenn du verstehst, was ich meine."

„Aha, okay. So etwas ist in unserer Gesellschaft nicht direkt verboten."

„Auch nicht, wenn es dabei um Minderjährige geht, und um angesehene Persönlichkeiten unserer ehrenwerten Stadt?" Sein vertrauliches Flüstern war noch mal um die Hälfte leiser geworden.

Ich antwortete nicht, blickte ihn sparsam an. Er kam noch etwas näher, ich wich ein Stückweit zurück.

„Vielleicht kam der Täter ja aus dem alten Haus." Er zog mit dem Zeigefinger eine Spur auf die Tresenplatte. „Das wurde nie richtig überprüft!"

Ich tat, als müsse ich nachdenken, vermied es geflissentlich, ihm ins Gesicht zu sagen, dass ich auf derartige Gerüchte überhaupt nichts gab, und mehr schien es nicht zu sein. Dennoch fragte ich: „Bist du der Sache nachgegangen?"

Sein Gesicht wurde eckig wie ein Bierdeckel. „Ist das mein Job?"

Zwischen uns entstand Schweigen, bis ein Gast sich erkundigte, wo die Bestellung bliebe. Peter kam wieder in Bewegung.

Ich leerte mein Glas und wollte wissen: „Wie war das eigentlich mit den Drogen damals, wurde diese Spur von den Behörden weiterverfolgt?"

„Tja, das kann ich wirklich nicht sagen, frag doch mal Bernd. Bernd Wienken ist der hiesige Drogenbeauftragte, und das schon eine halbe Ewigkeit. Er kennt die Stadt wie kein zweiter, ist auch hier aufgewachsen. Ich geb dir mal seine Karte …" Er durchsuchte einen kleinen Stapel markierter Bierdeckel, Visitenkarten und Notizzettel, der rechts neben der Kasse steckte, zog eine Karte heraus und reichte sie mir.

Ich warf einen Blick drauf. Bernd Wienken … Der Name kam mir bekannt vor, aber das bedeutete nichts. Jeder Zehnte hieß hier so, ich musste das Gesicht dazu sehen.

„Bernd ist ein prima Kerl!"

„Okay, danke." Ich steckte die Visitenkarte in meine Jackentasche. Ich zahlte das Pils, und reichte ihm meine Karte für den Fall, dass ihm noch etwas einfallen sollte. Er nahm sie und legte sie zu den anderen. Ich machte Anstalten zu gehen, zog den Reißverschluss meiner Jacke hoch und konnte gerade noch ein „Mach's gut!"

über den Tresen schieben, als die Tür aufflog. Die beiden 68er-Genossen zwängten sich an mir vorbei, stiefelten zu ihren Plätzen zurück und machten dem Komitee Meldung. Sie wirkten verstört, mit angespannten Gesichtern, gerötet vor Aufregung. Etwas Entsetzliches musste geschehen sein.

Ich wandte mich zum Ausgang, just in diesem Moment brauste ein dunkler 5er-BMW mit eingeschaltetem Blaulicht in Richtung Königs-Apotheke. Beim Verlassen des *Briefkasten* hörte ich noch die ersten Verse des Songs ‚*Turn Back The Clock*‘ der britischen Pop-Band *Johnny Hates Jazz*, mit dem sinnlichen Backgroundgesang von Kim Wilde.

Draußen überlegte ich kurz, welche Richtung ich einschlagen sollte. Auf der anderen Straßenseite sah ich Passanten sensationshungrig zur Stadtmitte eilen. Ein Anblick, der mir im Zusammenhang mit meiner beruflichen Tätigkeit durchaus vertraut war. Die Behinderung von Rettungskräften durch Gaffer war mir zutiefst zuwider. Aber – das hatte ich ja nicht vor, als ich mich ebenfalls dort einreihte, nur um ganz kurz zu schauen, was passiert war. Als ich Höhe Apotheke rechts dem Verlauf der Straße folgte, überholte mich eine kleine Gruppe betagter Männer im Laufschritt; es war die 68er-Formation aus dem *Briefkasten*.

Der Anblick, der sich mir und den anderen Gaffern bot, war geradezu unwirklich: An mehreren Stellen waren Scheinwerfer platziert, deren gleißendes Licht die Stadtmitte wie eine Filmkulisse und den nachtgrauen

Himmel noch dunkler erscheinen ließ. Ich hatte mit mehr Schaulustigen gerechnet, aber um diese Zeit war die Stadt leer. Das rotweiße Absperrband der Polizei formte den nach drei Seiten offenen Platz zu einem Quadrat, das zu betreten nur den Beamten und Rettungskräften vorbehalten war. Blaue Blitze zuckten stumm, niemand sagte ein Wort – und wenn, dann nur flüsternd. Das gleichmäßige Bullern des Generators für die Stromversorgung war das einzig vernehmbare Geräusch.

Einsatzwagen standen etwa in Höhe der *Nordwest-Zeitung*, in Fahrtrichtung Mühlenstraße. Ich wagte mich bis an den Rand der Absperrung, ein paar Schritte vom Schaufenster des Bekleidungsgeschäfts *C. A. Thole* entfernt, peinlichst darauf bedacht, behördliche Maßnahmen nicht zu behindern. Als Gaffer fühlte ich mich unwohl. In solchen Momenten konnte ich meine eigene Visage nicht ertragen. Ich schlug den Jackenkragen hoch, vergrub die Hände in den Taschen und hoffte, dass mich niemand erkannte. Ich schaute dorthin, wo alle hinschauten, in einem Abstand von etwa zehn Metern aufs Straßenpflaster. Der Tote lag da wie eines dieser Purzelmännchen aus dem Spielwarengeschäft *Diekhaus*. Nur, dieses war die Edition für Erwachsene: bäuchlings, die Arme und Beine weit von sich gestreckt. Das rechte Bein schuhlos und extrem verdreht, ein schwarzer Halbschuh lag etwas entfernt. Der Körper des mit einem dunklen Anzug bekleideten Mannes war noch nicht abgedeckt, der Saum des Sakkos nach oben umgeschlagen, das weiße Hemd hochgerutscht, ein Teil des Rückens sichtbar. Um den deformierten Kopf herum war eine Menge geronnenen Blutes, vermischt mit Splittern zerbrochener Schädelknochen und Gehirnmasse. Halbkreisförmige Spritzer. Sie wirkten auf seltsame Art wie der Heiligenschein zeitgenössischer Kunstwerke – dieses Werk war jedoch kein Ergebnis erlesener Straßenkunst, vielmehr Ausdruck purer Verzweiflung oder der Gewalt.

Zwei in weiße Ganzkörper-Schutzanzüge gekleidete Gestalten vollführten einen absurden Zeitlupentanz um die Leiche herum, auf der Suche nach verwertbaren Spuren. Nach einigen prüfenden Blicken schien es mir, als suchten sie an der falschen Stelle; entscheidend war vor allem jener Ort, von wo der Mann gesprungen war. Die Anordnung von Wunde, Blutlache und verschobener Kleidung machte nicht den Eindruck, als seien ihm die tödlichen Verletzungen auf offener Straße beigebracht worden. Es musste die Wucht des Aufpralls gewesen sein, die den Toten derart zugerichtet hatte.

Eine andere weiße Gestalt machte ununterbrochen Fotos, endlich legte jemand ein Tuch über den Toten. An den Absperrbändern standen Uniformierte, die den Platz gegen unbefugtes Betreten sicherten. Zwei Männer in Zivil, offensichtlich Kriminalbeamte, standen neben dem BMW; sie diskutierten heftig gestikulierend miteinander. Ihre Stimmen drangen nur gedämpft und bruchstückhaft bis zu mir herüber, wobei die des stämmigeren und älteren Mannes dann und wann aufbrandete. Der Klang seiner sonoren Stimme kam mir bekannt vor, und ich fürchtete, dass Cloppenburg zu jenen Städten gehörte, wo der berühmte Pfeffer wuchs. Das Gespräch mit Inga kam mir in den Sinn …

Die beiden Zivilbeamten näherten sich der Leiche und hoben das Tuch an. Beide verzogen das Gesicht zu einer Art schmerzverzerrten Grimasse. Der Gesichtsausdruck des älteren Beamten konnte allerdings nicht als Ausdruck des Schmerzes interpretiert werden. Ich kannte es zu gut. Hauptkommissar Deeken schaute immer so, wenn ihm eine Laus über die Leber gelaufen war. Thomas Deeken, der verlorene Sohn aus Studientagen, versetzt in die Pampa nach Südoldenburg! Ob aus eigenem Antrieb oder weil man ihn in Hamburg loswerden wollte, letztendlich lief es wohl auf dasselbe hinaus.

Deeken ließ den Tuchzipfel sinken und redete eindringlich auf seinen jüngeren Kollegen ein, während sein Blick über die umstehenden Zuschauer wanderte. Sein Kopf bewegte sich von links nach rechts, stockte und fuhr zurück. Seine breite Kinnlade fiel herunter, dahinter wurde eine dunkelgelbe Kauleiste sichtbar, an der Unterlippe klebte ein kurzer Zigarettenstummel. Deeken schien seinen Augen nicht zu trauen, er holte tief Luft, brauste sturmgleich auf, kriegte sich nicht mehr ein. „Gerdes …? Ich werd verrückt!!!"

Ich schwieg und glotzte betreten.

Er kam auf mich zu, fixierte mich mit seinem starren Blick. „Lass dich anschaun, Junge! Frank Gerdes!"

Ich nickte. „Leibhaftig."

Er musterte mich von oben bis unten. „Na klar, diese verdammte Schimmi-Jacke, Frank Gerdes!"

„Ich kenne meinen Namen."

Er reichte mir über die Absperrung seine Pranke, die ich ergriff. Deeken hob das Absperrband und bedeutete mir, in das Karree zu treten. Wir gingen ein paar Schritte, während er mir ins rechte Ohr brüllte: „Mensch, kannst du mich nicht mal in Ruhe arbeiten lassen?", dabei fiel die Kippe in den Dreck. Die grauen Augen in seinem faltigen Mondgesicht verrieten Verärgerung. Ein Mitarbeiter von der Spurensicherung sah die Kippe und bückte sich danach. Deeken wehrte ab: „Die nicht! Lass liegen!"

Sein jüngerer Kollege, groß und sehr schlank, mit schütterem Haar, brauner *North-Face*-Jacke und Survival-Schuhen wie Torfziegel, kam auf uns zu, Deeken verscheuchte ihn mit einer Handbewegung. Er zog mich zu seinem BMW. „Gibt es denn in Hamburg nichts mehr für dich zu tun, Junge, dass du jetzt die Provinz behelligst? Oder hat man dich beauftragt, mir über die Schulter zu gucken und dann einen dieser hübschen kleinen Schnüffelberichte abzuliefern?"

„Weder noch, Cloppenburg ist meine Heimatstadt. Ich bin hier quasi auf Landurlaub, um einfach mal auszuspannen." Ich hütete mich, ihm von meinen wahren Absichten zu erzählen.

„Wohl eher auf Fronturlaub, was? Hahaha!" Er versetzte mir einen Stoß gegen den Oberarm. „Na egal.

Du bist also einer dieser Ureinwohner hier? Glückwunsch!", sagte er spitz, atmete tief ein und seufzte. Es war ein wehleidiges Seufzen und es rührte wohl nicht nur von diesem Fall her – es kam von ganz unten.

Ich betrachtete ihn genauer. Äußerlich gab er einen dieser Fernsehkommissare ab: Der beige Trenchcoat hing offen an ihm herab, das Revers hochgeschlagen. Die südoldenburgische Antwort auf *Derrick*. Obwohl er fast einen Kopf kleiner war als ich, wirkte er durch seine zur Schau gestellte Eloquenz weitaus erhabener.

Deeken griff in seine Innentasche und zog ein Zigarettenetui heraus, aus dem er sich bediente. Er bot mir keine an. Vielleicht wusste er noch, dass ich nicht rauchte; vielleicht auch nicht, dann war er wie gewohnt unhöflich. „Scheiß Sache hier", flüsterte er mir zu, „eigentlich wollte ich morgen in den Urlaub fliegen." Seine Stimme wurde wieder lauter: „Und jetzt das hier, in letzter Sekunde!"

Ich ließ mir die Situation durch den Kopf gehen und schlug vor: „Übergib das Ganze deinem Kollegen; er muss sowieso lernen, auf eigenen Beinen zu stehen." Ich nickte in Richtung Torfziegel.

Deeken explodierte fast: „Vaske? Hast du se noch alle?" Dann senkte er den Lautstärkepegel wieder. „Wenn ich ihm nicht jeden kleinen Mist vorkauen und den Laden zusammenhalten würde, liefe hier gar nichts mehr. Einfach nicht zu gebrauchen, der Bursche!" Er zog an seinem Glimmstängel.

Vaske näherte sich ein zweites Mal, als hätte er auf ein Stichwort gewartet. Deeken sah ihn kommen, positionierte die Kippe exakt in der Mitte seiner Lippen und nahm die Brieftasche in Empfang, die Vaske ihm reichte. „Die haben wir bei ihm gefunden", fügte der Kollege kleinlaut hinzu.

„Da woll'n wir doch mal sehn ...", bemerkte Deeken von oben herab und ließ für eine Sekunde sein Wolfslächeln aufblitzen. Er öffnete die dunkle Lederbörse, blätterte die einzelnen Fächer durch, so dass wir hineinschauen konnten: etwas Kleingeld, ein paar Notizen, Einkaufszettel, Schlüsselkarte, Bons, EC-Karte und Personalausweis. Bevor Deeken den rauszog, blickte er um sich, wie um sicher zu gehen, dass ihm niemand über die Schulter schaute. Mir gegenüber verbarg er nichts. Er las den Namen des Toten vor: „Wolfgang Sieverding, wohnhaft in Cloppenburg, Baujahr 1967. Hm, sagt mir nichts!"

Ich bekam heiße Ohren, mir sagte der Name sehr wohl etwas! Peter Blase hatte mir gerade erst von ihm erzählt.

Deeken hob seinen Blick und schaute mich prüfend an. „Und du, Eingeborener? Kennst du den Knaben?"

Ich tat gleichgültig. „Vielleicht mal gehört. Könnte es sein, dass der Name damals in den achtziger Jahren im Zusammenhang mit der Mordsache genannt wurde?"

„Was? Welche Mordsache denn?!" Deeken war wieder auf hundertachtzig.

Vaske nickte kurz. „November 85. Ein Schüler wurde auf dem Marktplatz totgetreten, einer der ungeklärten

Fälle. Ich habe das in den Akten nachgelesen, als ich sie digitalisierte."

Deeken schaute ihm unbewegt und eisig ins Gesicht. „So so, du hast Akten *d-i-g-i-t-a-l-i-s-i-e-r-t*. Na, da woll'n wir mal hoffen, dass du anschließend nicht zu viel in den Schredder gesteckt hast." Er merkte, dass er der einzige Unwissende unter uns war. Nickend meinte er: „Nun gut …", und übersah Vaske, wie ein Fachmann den anderen Fachmann übersieht, wenn er sich nicht ganz auf gewohntem Terrain befindet. Er lenkte ab: „Los, wir gehen jetzt da rein", und zeigte auf das dunkle Gebäude aus getöntem Glas und Stahl direkt vor uns. „Da über der *Landesdarlehnskasse* ist die Privé*Invest*, von dort oben soll er gesprungen sein, meint die Spusi. Wir schauen mal nach, ob wir fündig werden. Vielleicht haben wir da mehr Glück!"

„Geht klar, Chef!", gab Vaske unterwürfig von sich.

Deeken verdrehte die Augen, seine Zigarette bewegte sich wieder.

Ich blickte hoch ins Dunkel und sah gar nichts.

In diesem Moment drehte ein Feuerwehrmann einen Scheinwerfer zum Gebäude und stellte ihn so ein, dass die oberen Stockwerke sichtbar wurden. Annähernd die gesamte Front des im Bau befindlichen obersten Stockwerks war mit Kunststoffplanen bedeckt. Die Fenster fehlten allesamt. Zwei Folienteile, deren Enden nicht befestigt waren, wurden vom Wind hin- und her bewegt. Dahinter blickte man in graue Stahl- und Betonhöhlen.

„Du bleibst unten, Gerdes! Dass es da keine Missverständnisse gibt." Ich nickte, und er fügte nach einer kurzen Bedenkzeit hinzu: „Wir müssen uns noch mal treffen, um über die alten Zeiten zu plaudern. Hier gibt's 'ne nette Kneipe, *Briefkasten* heißt die. Kennst du vielleicht. Da trinken wir einen."

„Okay." Ich nickte wieder, wissend, dass er schon damals ein Talent dafür gehabt hatte, Verabredungen zu treffen, die er nicht einhalten konnte. Aber Menschen können sich ja ändern.

Deeken und Vaske schritten zum Angestellteneingang der *Landesdarlehnskasse zu Oldenburg* hinüber, der von einem Uniformierten bewacht wurde. Nachdem die Beiden hinter der Tür verschwunden waren, näherte ich mich dem Haupteingang. Ein Schild mit nüchternen, unaufdringlichen Buchstaben verriet, dass in den mittleren bis oberen Etagen eine Investmentbank namens Privé*Invest* ansässig war.

Für heute hatte ich genug gehört und gesehen. Als ich zu den umstehenden Menschen zurückblickte, sah ich Antje am Sperrband stehen, die sich angeregt mit einem sympathisch wirkenden Herrn unterhielt. In mir regte sich tatsächlich eine Spur von Eifersucht, obwohl ich weit davon entfernt war, irgendwelche Ansprüche anmelden zu können – gemeinsame Jugenderfahrungen in Sachen Liebe reichten da nicht aus. Ich beobachtete sie eine Weile und sah, wie der Mann eine Spiegelreflexkamera nach vorne zog, die er lässig über der Schulter hängen hatte. Er machte ein paar Fotos, dann redeten sie wieder miteinander. Vermutlich einer ihrer Kollegen.

Ich wandte mich zum Gehen, spazierte um die Ost-flanke des Gebäudes herum und peilte das Loft und dann mein Bett an. Eine Weile später hielt mich die Nacht umfangen. Ich lieferte mich ihr freiwillig aus – unter Vorbehalt! Der Deal war: keine Albträume, dann würde ich bis zum Morgen bei ihr bleiben.

KAPITEL 5

Dienstag, 4. November

Der Tag begann zunächst positiv damit, dass es nicht regnete. Ich öffnete eines der wandhohen Fenster und trat auf die schmale Galerie hinaus, die das Loft umgab. Von der Mühlenstraße drangen Geräusche klappernder Räder, eiliger Schritte und Gesprächsfetzen herauf. Irgendwo startete ein Auto. Die ersten wichtigen Geschäfte wurden getätigt, der Handel von Kaffee und Brötchen florierte, ließ den Back-DAX bereits vor neun Uhr in ungeahnte Höhen klettern.

Nach der Morgentoilette nahm ich im Hotelrestaurant ein zusammengewürfeltes Frühstück zu mir – von allem etwas. Der erste Kaffee war so heiß, dass ich ihn gar nicht schmeckte. Nach und nach traten weitere Gäste in den geschmackvoll eingerichteten Frühstücksraum. Wie es schien, war trotz der Renovierungsarbeiten das ein oder andere Zimmer belegt. Handwerker, denen vermutlich eine dezente Arbeitsweise nahegelegt worden war, schlichen mit Material und Werkzeugkoffern bepackt durch die Lobby.

Ich schaute auf die Uhr, es war exakt neun. Eine angemessene Zeit, um den Sozialpädagogen und Suchtbeauftragen Bernd Wienken in seinem Büro aufzusuchen. Ich trat aus dem *ParkHotel* ins Freie und genoss die prickelnde, kühle Luft, die wohltuend an meinen Lungen zerrte. Im Vorbeigehen musterte ich die Veranstaltungsplakate hinter einer Glasfront der Stadthalle. Das Programm war durchwachsen: Schauspiel, Konzerte, Comedy. Verglichen mit den Konzert- und Theaterreihen in der Schulaula des CAG in den achtziger Jahren wurde heute ein viel breiteres Publikum angesprochen. Die Zeiten, in denen man als Drei-Generationen-Haushalt dem *Hamlet* zusah, mochten vorbei sein. Oder vielleicht gab es das ja noch … Ich war nicht auf dem Laufenden.

In einem Anflug von Sentimentalität verlangsamte ich meine Schritte, blieb kurz stehen. Mit geschlossenen Augen konzentrierte ich mich auf den Augenblick, vergaß für einen Moment alles um mich herum. Ich hörte es plätschern. Rechts von mir, unterhalb der gepflasterten Stufenterrasse, floss die Soeste in Richtung Hospital.

Genug der Kontemplation! Ich schaute nach der Visitenkarte, die Peter Blase mir gestern Abend gegeben hatte. Die Beratungsstelle für Suchtprävention lag in der Andreaspassage, dem schmalen Durchgang, der zur Soestenstraße führte. Ich wandte mich nach links, steuerte die Stadtmitte an, jenen Ort, wo Wolfgang Sieverding zu Tode gekommen war. Die Spuren des gestrigen Abends waren nahezu beseitigt, Blutflecken waren weggeschrubbt oder stellenweise mit Pulver bedeckt worden. Ich schaute hoch zu der Stelle, von der Sieverding mutmaßlich hinabgestürzt war. Die Bauplane war jetzt fest verzurrt, nichts flatterte mehr. Nein halt, es gab doch etwas, das flatterte ... Es war mein Nervenkostüm.

Im Laufe nur einer Stunde war ich gestern zweimal über den Namen Wolfgang Sieverding gestolpert: Vom *Briefkasten*-Wirt Peter Blase erfuhr ich, dass Sieverding im Fall Michael Ostermann zunächst als Mordverdächtiger gehandelt wurde, bis er ein Alibi vorlegen konnte, und noch ehe ich ihn aufsuchen kann, um ihn über die alten Zeiten zu befragen, findet man ihn leblos in der Stadtmitte und Deeken zieht in meinem Beisein seinen Ausweis aus der Geldbörse. Solange mein Nervenkostüm sich nicht beruhigen wollte, packte ich diesen seltsamen Zufall in mein Oberstübchen mit den unerledigten Aufgaben.

Ich ging weiter geradeaus durch die Sevelter Straße, dann rechts am neuen Rathaus vorbei. Ein Blick in die Kino-Schaukästen des *Capitols* blieb mir verwehrt. Für das Kino hatte irgendwann die letzte Filmklappe geschlagen. Und im Schallplattenladen *Schnick & Schnack* im Fortmannsweg rotierte der Plattenteller nicht mehr.

Gegen halb zehn betrat ich die Beratungsstelle durch eine Glastür, zunächst in einen Vorraum mit Garderobe. Ich öffnete meine Jacke, behielt sie aber an. Weiter ging es durch eine zweite Tür, in einen größeren Raum, einer Mischung aus Empfang und Wartezimmer. Hinter dem Empfangstresen standen zwei Schreibtische, übersät mit Papieren und Ordnern. Die Ausstattung war nicht besonders modern, aber zweckmäßig. Wände in gedecktem Grün, Tresen, Schreibtisch, Schränke und Besucherstühle in Beige und Braun. Viel Kunststoff, hier und da Furnier. An den Wänden rahmenlose Bilderhalter mit den fünf Sehenswürdigkeiten Niedersachsens: einmal Nordsee, einmal Harz, dreimal *Museumsdorf Cloppenburg*. Wenn ich mich recht erinnerte, war in diesem Gebäude vor dreißig Jahren die *Landessparkasse zu Oldenburg* untergebracht gewesen.

Auf einem der vier Besucherstühle saß eine Frau Anfang fünfzig mit breiten Schultern, hellem Rollkragenpulli, dunkler Hose und schwarzem Haar. Sie war in eine Ausgabe des *Spiegels* vertieft. An den Schreibtischen standen zwei Personen, die sich aufgeregt unterhielten. Ein Mittdreißiger, rötliches Haar, akkurat gestutzter Vollbart, kariertes Hemd unter herbstfarbenem Pullunder, mit einem Kaffeebecher in der Hand. Ihm gegenüber eine gleichaltrige Frau, hell blondierte Föhnfrisur, hübsches Gesicht, volle Lippen, direkt aus der Lackiererei – rot und glänzend. Sommersprossen umspielten ihre Stupsnase, darauf eine randlose Brille mit etwas zu großen Gläsern. Das dunkelblaue Business-Kostüm wollte so gar nicht zum Klischee einer Sozialarbeiterin passen. Vielleicht war sie nach Schließung der Bankfiliale einfach sitzen geblieben.

Als der Mann mich hereinkommen sah, knallte er seinen Becher etwas zu laut auf den Tisch, gab ein paar

Anweisungen und verschwand hinter einer der Türen. Seine Kollegin nahm hinter dem Tresen Aufstellung, rückte ihre Brille zurecht und blickte mich offen an. „Guten Morgen! Was kann ich für Sie tun?" Sie lispelte ein wenig, und das wirkte ansteckend.

Ich hatte auf meine Aussprache zu achten, als ich antwortete: „Guten Tag, mein Name ist Frank Gerdes. Ich hätte gern Herrn Wienken gesprochen."

„In welcher Angelegenheit, wenn ich fragen darf?"

„Ich betreibe private Nachforschungen und möchte Herrn Wienken um ein paar Informationen bitten." Ich lächelte, sie ignorierte es und schaute an mir vorbei. Ich drehte mich um und sah, dass die Frau auf dem Besucherstuhl von ihrer Lektüre aufsah. Als sich unsere Blicke trafen, schaute sie wieder ins Magazin, blätterte weiter, ohne ernsthaft zu lesen – das irritierte mich. Ich blickte wieder nach vorn und konzentrierte mich auf die roten Lippen, die sich bewegten.

„Herr Wienken müsste gleich eintreffen. Wenn Sie solange warten wollen?" Dabei wies sie auf die Stühle im Wartebereich.

Ich dankte und steuerte einen Stapel Magazine an. Das oberste war ein Reisemagazin zum Thema ‚Schweden'. Ich entschied mich für das Geschichtsmagazin darunter, mit der Titelstory ‚Waterloo' und setzte mich der Schwarzhaarigen gegenüber.

Das Telefon auf einem der Schreibtische läutete, *Agneta* nahm ab. Nach ein paar bestätigenden Worten legte sie wieder auf. Sie wandte sich an mich, noch bevor ich meine Blicke disziplinieren konnte. „Herr Gerdes, es tut mir leid, Bernd Wienken ist verhindert. Wenn Sie mir Ihre Nummer geben möchten, wird er Sie anrufen und einen Termin mit Ihnen vereinbaren."

Ich erhob mich, schrieb meine Nummer auf einen Zettel, reichte ihr den, verabschiedete mich und verließ die Beratungsstelle über die Soestenstraße.

Nach etwa zehn bis fünfzehn Metern vernahm ich eine Stimme hinter mir: „Hallo, Herr … Gerdes?!" Der Ruf ging im Verkehrslärm fast unter.

Ich blieb abrupt stehen und wandte mich um. Die Frau, die mir in der Beratungsstelle gegenübergesessen hatte, kam mir mit offenem Wildledermantel mit Pelz an Kragen und Ärmeln und einer Handtasche aus bunten Lederflicken schnellen Schrittes nachgelaufen. Als sie vor mir stand, überragte sie mich um Kopfeslänge.

„Herr Gerdes, bitte verzeihen Sie …"

„Kein Problem! Was gibt es?"

„Ich habe vorhin Ihr Gespräch mit angehört … hätten Sie kurz mal Zeit für mich?"

Ich nickte.

Sie nahm eine dunkle Strähne aus dem Mund, die eben reingeweht war. Eine Reihe von Baufahrzeugen donnerte an uns vorbei. Sie sprach unbeirrt weiter: „Sie sagten da drin gerade was von Nachforschungen. Worum geht es denn wohl?"

Was sollte ich ihr erzählen? Ich beschränkte mich auf das Wesentliche: „Ich gehe einem alten Kriminalfall nach, den wenigen verbliebenen Spuren, soweit das überhaupt noch möglich ist. Dazu befrage ich Zeitzeugen, und Herr Wienken könnte ein solcher Zeuge sein. Ich stehe noch ganz am Anfang meiner Ermittlungen."

„Sind Sie Polizist?", fragte sie mit erstauntem Gesicht.

„Nein, das mache ich privat."

Sie druckste herum: „Wenn Sie … schon mal dabei sind …, haben Sie noch Kapazitäten frei?"

„Worum geht es?", fragte ich, auch auf die Gefahr hin, dass mir ihre Antwort zusätzliche Arbeit bescheren würde.

„Um meine Nichte, Sophie." Sie sprach, als würden ihr die Worte Schmerzen bereiten.

Ich spürte, dass es dringend war; und als der Verkehr noch lauter wurde, schlug ich vor: „Wissen Sie was? Lassen Sie uns dort drüben ins *Café Frerker* gehen, ich lade Sie ein."

Die Frau warf mir einen dankbaren Blick zu. Wir wechselten die Straßenseite so haarsträubend ordnungswidrig, dass es fast weh tat.

Im Café saßen zwei ältere Damen mit Hüten auf exponierten Plätzen. Von dort hatten sie das gesamte Areal von der St.-Andreas-Kirche bis zum Eberborgbrunnen im Blick. Die Damen unterbrachen für einen Augenblick das Gestochere in der Schwarzwälder Kirschtorte, musterten uns abschätzig, kamen zu dem Ergebnis, dass wir Ihrer Aufmerksamkeit nicht würdig seien, und setzten ihre Unterhaltung über das spanische Königshaus fort. Wir wandten uns nach rechts, ließen die Jacken an der Garderobe zurück und fanden im hinteren Bereich einen ruhigen Tisch. Die Bedienung kam angeschwebt, nahm unsere Bestellung auf und verschwand wieder. Nachdem Ruhe eingekehrt war, überließ ich meinem Gast das Wort.

„Ich hatte mich nicht vorgestellt. Ich bin Cornelia ... also Conny Kemper."

„Ich bin Frank Gerdes, aus ... Hamburg." Wir gaben uns die Hand. Ein Lächeln.

Ihre Stimme war ruhiger, als sie fortfuhr: „Wie ich schon sagte, es geht um meine Nichte Sophie Stuke ..." Sie sprach den Namen überaus deutlich aus, ihr Mund straffte sich darum, als wollte sie ihn festhalten, ihn für immer einfangen. Auf diese Weise erreichte sie unabsichtlich, dass der Name sich ohne Umschweife in mein Gedächtnis einprägte. Nach einer bedeutungsschweren Pause fuhr sie fort: „Sophie ist verschwunden!" Ihr Gesicht verlor plötzlich jeden Ausdruck, als ob eine unsichtbare Hand darübergestrichen hätte.

Ich ließ ihr einen Moment Zeit und als ihr Blick wieder konzentrierter schien, fragte ich: „Sie ist einfach verschwunden, von sich aus?"

Conny nickte zögernd.

Ich fragte weiter: „Wie alt ist Sophie, und wie ist das Verhältnis zu ihren Eltern?"

„Sophie ist ein bedauernswertes Scheidungskind. Ihre Eltern waren seit ihrer Geburt hoffnungslos zerstritten, sie konnten sich nicht zusammenraufen – nicht einmal Sophie zuliebe. Es herrschte all die Jahre ein erbitterter Ehekrieg. Sie waren so mit sich selbst beschäftigt, dass sich keiner der beiden um Sophie kümmern konnte oder wollte. Später, da war Sophie neun oder zehn, machte sich ihr Vater aus dem Staub und die Mutter, also meine Schwester, war mit der Situation heillos überfordert …"

Ich kniff die Lippen aufeinander, bedeutete ihr mit einem Kopfnicken, dass ich verstand, was sie nicht aussprach. Die Kinder sind immer die Leidtragenden, wenn das, was sie als ihre Welt vorgefunden haben, auseinanderbricht.

Der Kaffee wurde gebracht. Ich nahm Sahne, Conny nicht. Ich fragte: „Und wie hat Sophie das überlebt?"

Ein kurzes Lächeln ließ einen wehmütigen Zug erkennen. Sie antwortete: „Das frage ich mich auch. Jedenfalls schaute immer mal wieder das Jugendamt nach ihr. Sophie verbrachte die meiste Zeit ihrer Pubertät in Pflegefamilien, aber sie war oft tagelang verschwunden, wurde vom Amt und von der Polizei gesucht. Sie lebte auf der Straße, oder man fand sie bei irgendwelchen dubiosen Freunden, die manchmal erheblich älter waren als sie selbst."

Wir blickten uns an, und in diesem Blick lag eine Frage, die ich nicht zu stellen wagte, und sie wusste, um welche Frage es sich handelte. Sie fühlte sich sichtlich unbehaglich, ging aber darauf ein: „Ich weiß, was Sie denken. Aber ich konnte mich damals nicht um Sophie kümmern, weil ich selbst knietief … in Problemen … steckte."

Ich beobachtete, wie Conny über den Gebrauch eines weiteren Begriffs nachdachte, ihn aber verwarf. Sie nahm ihre Tasse, nippte daran. Ich trank auch.

„Wie alt ist Sophie jetzt, und wo hat sie zuletzt gelebt?"

„Sie ist vor einem halben Jahr achtzehn geworden, und sie wohnte zuletzt bei mir. Zwischenzeitlich ging es mir nämlich besser. Vor etwa zwei Monaten kam sie dann nicht mehr nach Hause. Ein paar ihrer Kleidungsstücke hat sie mitgenommen, aber keine Nachricht hinterlassen, nichts!" Der Ton in ihrer Stimme war jetzt nicht mehr ruhig.

Ich nahm meine Hände auseinander, meine Schultern hoben sich. „Wenn sie achtzehn ist, kann sie leben, wo sie will, und machen, was sie möchte."

„Das sagt die Polizei auch immer, und weil die Sophies Lebenswandel kennen, geben sie sich kaum noch Mühe bei der Suche." Conny verlor langsam die Fassung.

„Das glauben Sie", sagte ich, bemüht meine Stimme beschwichtigend klingen zu lassen, auch wenn es wie ein Vorwurf klang.

„Ja, das vermute ich, und darum wollte ich Bernd Wienken bitten, mir bei der Suche zu helfen. Er kennt doch Hinz und Kunz. Er weiß, wo die jungen Leute abhängen."

Ich spürte, dass sie irgendetwas verschwieg, aber ich wusste nicht, ob ich jetzt darauf herumreiten sollte. Es war ein Vortasten. „Wissen Sie, wo Sophie sich aufhalten könnte? Haben Sie ihre bisherigen Aufenthaltsorte abgesucht? Und haben die Eltern eine Idee?"

„Meine Schwester habe ich gefragt, und sie wiederum ihren Ex. Die wissen von nichts und sind davon überzeugt, dass Sophie irgendwann wieder auftauchen wird. Es scheint ihnen ziemlich egal zu sein – nein, es *ist* ihnen egal, weil Sophie jetzt achtzehn ist, und die Beiden immer noch mit sich selbst zu tun haben. Total egoistisch ist das! Ich habe überall herumgefragt und alle möglichen Leute angerufen. Keiner weiß was, niemand hat sie gesehen. Es ist nicht Sophies Art, sich überhaupt nicht mehr zu melden. Wir hatten uns zuletzt aneinander gewöhnt, es war so etwas wie Vertrauen zwischen uns entstanden …" Sie schaute mich an und wartete wohl darauf, dass ich weiße Tauben aus meinem Zauberumhang flattern ließ oder ein anderes Wunder vollbrachte – Hauptsache, es passierte etwas.

Aber statt einer Taube zauberte ich eine weitere Frage heraus, ich wurde direkter: „Conny, hat es einen besonderen Grund, warum Sie ausgerechnet Bernd Wienken involvieren möchten?"

Die beiden Damen forkten zum Schein im Kuchen herum. Sie sprachen kein Wort, spitzten die Ohren, womöglich um unserem Gespräch folgen zu können.

Nun ließ Conny es raus: „Sophie kam mit harten Drogen in Kontakt. Sie war deswegen schon zweimal in Therapie, hat aber nie durchgehalten, sondern alles hingeschmissen."

„Das heißt also, Sophie ist heroinabhängig?"

Conny nickte stumm, eine Träne machte sich auf den Weg und hinterließ eine glänzende Spur bis zu ihren Lippen. Glücklicherweise hatte ich ein Papiertaschentuch, das ich ihr reichte. Sie tupfte sich die Augen, nickte und antwortete: „Ich vermute es. Ich sah keine Einstiche an den Armen, aber es kann sein, dass sie sich das Zeug zwischen die Zehen setzt. Ihre nackten Füße habe ich die letzten Jahre nicht gesehen, selbst im Hochsommer trägt sie immer diese schwarzen Stiefel."

„Was kann ich konkret für Sie tun?", wollte ich wissen.

Sie zog die bunte Ledertasche von der Stuhllehne und nahm ein Foto heraus. Das Bild zeigte ein aufgewecktes, aber ernst dreinblickendes Mädchen; schmales Gesicht, schwarze Haare und große Augen, die auf unschöne Art von dunklen Ringen umgeben waren. Sophie war erschreckend dünn. Ein schwarzes T-Shirt hing flatternd an ihrem Körper. Die verwaschene dunkelgraue Jeans mit Rissen an Knie und Oberschenkel wurde von einem breiten Nietengürtel um ihre schmalen Hüften gehalten. Sie hatte etwas Greisenhaftes, wohl als Folge des Drogenkomsums. In der Hand hielt sie ein halbvolles Trinkglas, am Gelenk baumelte ein schwarzes Nietenarmband. Blühende Stauden im Hintergrund, leuchtend grüner Rasen und eine Terrasse aus Holz ließen die Szenerie eigentlich fröhlich erscheinen. Es war ein Sommerbild. Durch den Anblick des Mädchens war ein Hauch von Winter eingezogen. Sophies Augen spiegelten eine Menge unguter Erfahrungen wider. Ein trauriger Gegensatz zu den munteren Farben des Sommers.

„Das ist sie. Dieses Jahr im Juli oder Anfang August, bei mir im Garten, kurz vor ihrem Verschwinden."

„Sehr hübsches Gesicht, aber die Drogen hinterlassen unübersehbar ihre Spuren", sagte ich frei heraus.

Conny senkte zunächst den Blick, sah mich dann eindringlich an und gab mir Antwort: „Frank Gerdes, ich greife nach jedem Strohhalm; sollten Sie irgendwo auf Sophie treffen, bin ich dankbar für jeden Tipp. Und, wenn Sie sowieso mit Bernd Wienken sprechen, könnten Sie ihn ebenfalls darum bitten?"

„Selbstverständlich! Sophie wird er ja sicher schon kennen." Ich überlegte einen Augenblick. „Was mir in diesem Zusammenhang einfällt: Haben Sie eine Ahnung, wo sich die Szene hier trifft, wo Drogen gehandelt oder konsumiert werden?"

„Nicht wirklich … aber es gibt da ein großes, leerstehendes Haus, irgendwo in der Ziegelhofstraße. Jemand sagte mir mal, dass ich Sophie dort suchen solle. Ich fuhr hin, aber als ich in die Nähe kam, fehlte mir der Mut, da reinzugehen." Ihre Stimme war jetzt kraftlos.

„Das werde ich mir mal anschauen. Sobald ich sie gefunden habe, werde ich mich bei Ihnen melden. Darf ich das Bild behalten?"

Sie nickte. „Ich habe mehrere davon anfertigen lassen." Conny legte ihre Hand auf meinen Unterarm. „Vielen Dank für Ihre Hilfe!" Wir leerten die Tassen, tauschten Mobilfunknummern aus und boten uns das Du an. Conny bestand darauf, zu bezahlen. Anschließend nahmen wir die Jacken von der Garderobe und steuerten den Ausgang an.

Als wir an den Schwarzwälder-Kirsch-Damen vorbeigingen, sagte ich zu Conny: „Jetzt holen wir uns Hartz IV ab und dann fahren wir in die Spielbank nach Bad Zwischenahn! Wie findest du das?"

Sie lachte lauthals. Von den Damen ernteten wir empörtes Kopfschütteln.

Draußen gaben wir uns die Hand und vereinbarten, in Verbindung zu bleiben. Conny ging, ich schaute auf die Uhr. Bis zur Verabredung mit Antje blieb noch ein wenig Zeit. Ich besorgte mir die aktuelle Ausgabe der *Cloppenburger Tageszeitung*, hoffte auf Hintergrundinformationen über Wolfgang Sieverding; aber der Artikel gab nicht viel her. Nicht einmal seinen Namen. Das Smartphone läutete, der Drogenbeauftragte Bernd Wienken war dran. Ihm war mitgeteilt worden, dass ich ihn sprechen wollte. Ich beschrieb knapp den Grund meines Anliegens, und wir verabredeten uns für den nächsten Tag um fünfzehn Uhr, bei ihm zu Hause im Schwanenweg, im Stadtteil Galgenmoor. Nun gut, bis dahin musste ich mich also gedulden, was meine Ermittlung in Bezug auf das zugesandte Foto betraf. Ich überlegte mir, diese Zeit zu nutzen, um nach Sophie Stuke Ausschau zu halten.

Nur wenige Minuten später erreichte mich eine SMS von Antje: *Treffen wir uns um 13 Uhr, auf dem CT-Parkplatz, Brandstraße? LG Antje.*

Werde dort sein, schrieb ich zurück.

Um dreizehn Uhr war ich am vereinbarten Treffpunkt. Antje trat fast pünktlich aus der Tür. Sie führte mich zu einem weißen *Fiat 500* mit rotem Dach. Ich bezweifelte, dass ich da heile rein und wieder heraus kam. Skeptisch sah ich auf das Fahrzeug hinunter und fragte: „Hast du einen Büchsenöffner?"

Zehn Minuten später befuhren wir die Bether Straße.

„Ich hoffe, du hast ordentlich Hunger mitgebracht!", sagte Antje.

„Wie ein Wolf."

Sie hielt vor einer roten Ampel und sah mich an: „Gestern Abend ist jemand in der Stadtmitte tot aufgefunden worden."

„Wolfgang Sieverding?"

„Äh, du weißt es schon ... und sogar seinen Namen?"

„Den hast du nicht von mir!" Ich zeigte auf die Ampel: „Grüner wird's nicht."

Sie fuhr wieder an. „Woher ...?"

„Ich war spazieren, und in der Stadtmitte kam ich an den Absperrbändern nicht vorbei. Es ist sonst nicht meine Art, mir so was anzugucken ..."

Antje warf mir einen skeptischen Blick zu. „Achte mal auf meine Lippen: Woher hast du den Namen?"

„Der Beamte gestern Abend ist ein ehemaliger Studienkollege von mir."

„Hauptkommissar Deeken?"

„Ganz genau. Hab ihn seit fast zwei Jahrzehnten nicht mehr gesehen."

„Sachen gibt's … Und dieser Grummelbär plaudert neuerdings Ermittlungsergebnisse an Externe aus?"

„Was er sonst so macht, kann ich nicht sagen. Mich hat er jedenfalls nicht vom Hof gejagt. Und wir sind gewissermaßen Kollegen, nur dass er beim großen Schichtende eine dicke Pension ausbezahlt bekommt, und ich eine Wundertüte in die Hand."

„Ich war übrigens auch da."

„Etwas später, ja. Ich habe dich dort mit deinem Kollegen gesehen."

„Herbert Klugmeyer, mit ihm teile ich das Büro in der CT."

„Wenn da sonst nichts ist, was du mit ihm teilst …"

„Hey, Frank, klingt das etwa nach Eifersucht?"

„Vergiss es!" Ich hatte dringend ein paar Einstellungen an der Autoheizung vorzunehmen.

Antje streifte sich eine Strähne aus den Augen. „Wie fertig muss man sein, wenn man sich zu Tode stürzt?"

„Wer so etwas tut, will oft mit ganzem Körpereinsatz etwas herausschreien, was ihm auf gesundem Wege nicht gelingen will."

Sie nickte. „Weiß die Polizei, warum er gesprungen ist?"

„Das hat Deeken mir nicht verraten, aber ich vermute, er stochert noch herum, oder sein jüngerer Kollege. Deeken wollte eigentlich in den Urlaub …", sagte ich, als wir vor dem Restaurant *Agora* anhielten.

Antje hatte in weiser Voraussicht einen Tisch reservieren lassen, die Hütte war rappelvoll. Vielleicht waren

in Cloppenburg neuerdings schon dienstags die Kühl-
schränke leer …

Nachdem wir uns der Jacken entledigt hatten, gelei-
tete uns der Kellner in strahlend weißem Hemd und
langer, sauberer Schürze an den Tisch. Er stand ganz
hinten an der Fensterseite, mit freier Sicht auf die Straße. Der Tischkamin wurde entfacht.

Ich blickte um mich. Damen mit Hüten gab es hier
nicht. Einen Tisch weiter dinierte ein älteres Pärchen,
das sich entweder gar nicht oder schon zu lange kannte.
Sie begrub mit ihrer üppigen Oberweite fast die Hälfte
ihres Tellers und war gerade dabei, den Weißwein mit
einem Hähnchenbrustfilet hinunterzudrücken, während ihr schmales Gegenüber sich mit einem Salatblatt
und einer 2014er Wasserschorle begnügte.

Wir wählten unser Menü aus der Karte, die eine weitere Service-Kraft aus dem Ärmel zauberte. Ich nahm
ein französisches Pfeffersteak gut durchgebraten, Ros-
marinkartoffeln, dazu Salat. Antje wollte das Lamm-
filet mit frischen Pfifferlingen in Rahmsauce sowie
Semmelknödel mit Gemüse. Dazu bestellten wir einen
Chardonnay.

Nachdem sich unsere Blicke ein paar Mal schweigend
gekreuzt hatten, wollte ich wissen, was sich bei Antje
in den letzten fünfundzwanzig Jahren getan hatte. Sie
erzählte fast emotionslos von ihren zwei gescheiterten
Beziehungen, von den anfänglichen Schmetterlingen
im Bauch und deren Metamorphose in Motten, und
dass sie bewusst kinderlos geblieben war. Sie erzählte

von den letzten fünfzehn Jahren, in denen sie neben ihrer Arbeit bei der Zeitung aufopferungsvoll ihre kranke Mutter gepflegt hatte, die letztes Jahr verstorben war. Nach wie vor machte ihr die Arbeit bei der CT großen Spaß, ohne die vermutlich ihre Lebensfreude ganz verloren gegangen wäre. Nun war sie dabei, ihr Leben neu zu ordnen, Kontakte zu pflegen, sich nebenbei mit Psychologie zu beschäftigen und mehr Sport zu treiben.

Ein Kellner kam mit dem Wein, goss professionell einen Schluck in mein Glas.

Ich nahm ihn in den Mund, ließ ihn dort ein wenig rotieren, während ich versuchte, so auszusehen, als verbrächte ich meine Zeit mit nichts anderem, als Weine zu probieren, und sagte: „Sehr schön! Vielleicht etwas viel Sonne am Südhang in diesem Jahr."

Antje griente und raunzte: „Spinner!"

Der Kellner goss mit versteinerter Miene nach, sowohl in mein Glas als auch in Antjes. Er entfernte sich schleunigst. Ein anderer kam und brachte das Essen.

„Warum, glaubst du, hat es mit uns beiden nicht funktioniert?", fragte ich unvermittelt.

Sie verschluckte sich fast am Wein. „Das fragst du *mich*? Was soll die Frage? Nachdem du dich damals bei mir abgemeldet hattest, brach für mich die Welt zusammen!" Ihre Stimme wurde unabsichtlich etwas lauter, das Pärchen neben uns schaute auffällig unauffällig zu uns herüber. Antje sagte leiser: „Wenn du mir wenigstens einen plausiblen Grund gesagt hättest. Eine andere Freundin vielleicht oder wenn es Streit gegeben hätte

…" Da ich nichts erwiderte, fuhr sie ruhig fort: „Es kam sehr überraschend für mich und ich brauchte ziemlich lange, um darüber hinwegzukommen."

Wir redeten nicht nur, wir aßen auch. Es schmeckte trotz des bitteren Themas ausgezeichnet. Irgendwann legte ich das Besteck beiseite, lehnte mich etwas zurück. „Zu meiner Entschuldigung kann ich nichts sagen. Es fällt mir schwer, mich daran zu erinnern; ich weiß nicht mehr genau, was damals in mich gefahren war …" Antje setzte zu einer Replik an, ich kam ihr zuvor: „Ich weiß nur noch, dass ich aus dieser Stadt raus wollte. Mit einem Bein war ich ja bereits in Hamburg. Die Pläne hatte ich schon lange in der Schublade liegen, aber du wolltest nicht darüber reden. Du hast jede Diskussion regelrecht abgewürgt." Ich merkte, dass ich selbst laut geworden war; hielt inne, nahm das Besteck wieder in die Hände und sagte in völlig normalem Ton: „Das mit uns wurde immer ernster, immer intensiver und ließ mein Ziel dahinter verblassen. Du wolltest hier nicht weg, ich schon – es war ja soweit alles organisiert."

Nach ein paar Bissen sagte Antje betrübt: „Meine Mutter war damals schon krank. Ich hätte es nicht übers Herz gebracht, sie im Stich zu lassen – einfach zu gehen. Das hätte ich mir selbst nie verziehen! Und genau das ist es, was ich meinte: In deinem Plan kam ich überhaupt nicht vor, stimmt's?"

Die Frage war mir unangenehm. Ich wollte sie nicht wieder verletzen, wusste nicht, was ich darauf antworten sollte.

Sie sagte in mein Schweigen hinein: „Es ist vorbei, das ist Schnee von gestern. Ich will mir von der Vergangenheit nicht die Stimmung und den Appetit verderben lassen."

Die Gläser waren leer, wir bestellten jetzt einen trockenen Bardolino, auch auf die Gefahr hin, dass wir danach nicht mehr fahren durften.

Der Kellner goss einen Schluck ein, der zügig meine Mundhöhle durchlief.

Ich sagte: „Ein bisschen viel Regen im August und herb im Abgang, jedoch gütlich zum Fleisch."

Der Kellner hatte Mühe, sein Pokerface zu wahren.

Antje prustete los.

Nach dem Einschenken war ich bemüht, die Wogen zu glätten. Ich faselte etwas von unbewältigter Vergangenheit, der man nicht nachtrauern solle, aber Antje lachte bitter, es war ein Lachen ohne Heiterkeit. Das war ihr Kommentar zu einer schmerzhaften Erfahrung, mit der sie abgeschlossen hatte. Das Gespräch kam nicht mehr richtig in Gang, wir aßen eine Weile schweigend weiter, bis unsere Tischnachbarn aufstanden und die Vorstellung verließen. Sie applaudierten nicht einmal. Die Musikanlage wurde angeworfen, das Stück ‚New Song' des Briten Howard Jones plärrte durch die Lautsprecher.

Ich versuchte einen neuen Anlauf: „Jedenfalls möchte ich, dass du weißt, dass es damals nicht an dir lag. Ich hatte mit mir und meinen Gefühlen zu kämpfen."

„Ich weiß nicht, ob mich das tröstet oder die Sache schlimmer macht. Vielleicht sollten wir aufhören, darüber zu spekulieren." Die Stimmung war um ein paar Grade kühler geworden, wenngleich Antje nicht nachtragend zu sein schien; ihr Optimismus behielt die Oberhand. Am Ende verzichteten wir aufs Dessert.

Ich zahlte und ließ ein Taxi rufen, das uns ins Loft bringen sollte.

Unterwegs wies Antje den Fahrer an, bei einem Floristen anzuhalten. Sie besorgte eine weiße Orchidee. Im Loft suchte sie nach dem idealen Standort und stellte die Pflanze nach eingehender Prüfung der Lichtverhältnisse auf eine Anrichte. Die Orchidee entfaltete eine unglaubliche Wirkung, harmonierte perfekt mit dem modernen Interieur.

„Diese Phalaenopsis kannst du mit nach Hamburg nehmen, wenn du hier fertig bist", sagte sie.

„Vielen Dank! Die wird sich auch in meinem Büro ausgezeichnet machen. Wie sieht es mit der Wasserversorgung aus? Ich befürchte, dass mir das richtige Gespür dafür fehlt." Ich machte eine entschuldigende Handbewegung.

„Also, du musst keinen Gartenschlauch in den Topf legen. Sie braucht nicht viel Wasser; ein Schnapsglas pro Woche ist ausreichend."

Das war eine Größenordnung, die ich mir tatsächlich merken konnte. Wir unterhielten uns angeregt über Gott und die Welt, ließen das Berufliche zunächst außen vor. Später kam mir das Foto von Sophie Stuke in den Sinn. Ich erklärte Antje den Sachverhalt und präsentierte ihr das Bild. Das Mädchen kannte sie nicht und konnte sich nicht entsinnen, es jemals gesehen zu haben.

Was mein Privatleben anbelangte, so stellte sie keinerlei Fragen, wollte womöglich nicht neugierig erscheinen. Ungefragt schilderte ich ihr meinen beruflichen Werdegang, bis hin zu den Unstimmigkeiten in meiner Ehe; dies aber überaus sachlich und knapp.

Antje hielt sich mit Kommentaren zurück, obschon sie alles sehr aufmerksam registrierte. Manchmal bildete sich eine kleine Denkerfalte schräg zwischen ihren Augenbrauen. Hin und wieder fragte sie gezielt, als stelle sie hinter ihrer hübschen Stirn eine Diagnose, die ich nicht einsehen durfte.

Wenn Antje einen wunden Punkt in mir entdeckt haben sollte, hatte sie nicht darin herumgestochert, wofür ich überaus dankbar war. Wir saßen einige Minuten so da. Müdigkeit überkam mich, und ich lud Antje zu einem Kaffee ein. Die Küchenzeile des Loft war idealerweise mit einer Espressomaschine ausgestattet.

„Ein Espresso wäre jetzt toll! Der Wein hat mich ganz schön fertig gemacht", sagte sie erschöpft.

Ich pflichtete ihr bei. Während ich an der Maschine hantierte, machte Antje es sich auf dem schwarzen Ledersofa bequem. Ich nahm zwei Espressokapseln aus dem Schrank, dazu Zucker und Geschirr. Die Maschine war *ready for take-off*, ich drehte mich um, wollte Antje etwas fragen.

Sie war eingeschlafen.

Ich schaltete die Maschine aus, schlich zurück zum Sessel und setzte mich hinein; mein Kopf sank zurück auf die Lehne ...

Ich war auf See. Die Wasseroberfläche war still und glänzend, ein laues Lüftchen wehte. Das Schiff, auf dessen Bugspitze ich stand, lief gerade in einen Hafen ein. Es gab kein Motorengeräusch, kein Segel war gehisst worden, wir trieben einfach dahin. Rolf und Inga standen links und rechts neben mir. Das Schiff stoppte, die Ankerkette glitt ins Wasser, ein dickes Tau wurde um den Anlegedalben geworfen. Gemeinsam betraten wir den Predöhlkai, auf dem strahlenförmig vier Container abgestellt worden waren. Agneta mit glänzend roten Lippen und greller Föhnfrisur, im Damen-Frack, mit Zylinder und Stock, steppte im Zentrum des Geschehens, wie Ginger Rogers, als gäbe es kein Morgen.

Sie unterbrach ihren Tanz und wies mit der Stockspitze auf einen der Container, dessen Klappe sich quietschend öffnete. Der war leer. Sie setzte ihren Stepptanz fort. Nach wenigen Sekunden froren ihre Bewegungen ein. Sie zeigte auf einen anderen Container, dessen Tür sich ebenfalls öffnete. Darin saßen zwei ältere Damen mit Hüten, Schwarzwälder Kirschtorte speisend. Agneta legte wieder los, wenige Sekunden darauf war der nächste Container an der Reihe. Aber dieser blieb verschlossen, zum Erstaunen aller! Und als nach Einsetzen des Tanzes sich der letzte Blechkasten öffnete, rieselte nach und nach weißes Heroinpulver heraus; es ergoss sich auf den Kai wie feiner Zucker. Als die Hälfte der Ladung ausgeschüttet auf der Betonplatte lag, erhob sich ein starker Ostwind, der das Heroin gleich einem Schneegestöber in großen Wirbeln durch die Luft trug. Wir hielten schützend die Hände vor unsere Augen, wagten nicht zu atmen. Der gesamte Containerhafen verwandelte sich in eine Schneelandschaft. Die Luft wurde frisch, dann kühl, immer kälter, bis es fror.

Rolf neben mir sog die kalte Luft ein und schrie auf einmal: „Zugriff!"

Der Schneefall hörte augenblicklich auf. Und als wir uns dem letzten, geöffneten Container näherten, knirschte der Schnee unter unseren Füßen. Nur schemenhaft erkannten wir, was sich dort im Halbdunkel verborgen hielt. Wir traten bis an die geöffnete Tür heran, blickten angestrengt hinein, bis sich unsere Augen an die Dunkelheit gewöhnt hatten. Der Container war plötzlich kilometertief. Irgendetwas ragte dort aus dem Schnee – war es ein Ast? Ein Rohr? Blankes Entsetzen erfasste uns, als wir begriffen, was es war. Ein fürchterlicher Schrei durchbrach Ingas Kehle, zerriss die Stille um uns herum. Tief im Container sahen wir einen Arm aus dem weißen Pulver herausragen. Um dessen Handgelenk baumelte ein schwarzes Nietenarmband …

Erschreckt öffnete ich die Augen, atmete heftig, war bemüht, meine Gedanken beisammenzuhalten. Wo war ich? Ich ließ meinen Blick durch das Zimmer und dann hinunter zum Sofa wandern. Dort lag Antje, auf die Seite gedreht, mir zugewandt mit angewinkeltem

Bein, den Kopf auf ihre Hand gestützt. Sie lächelte mich an. Mein Kopf fiel wieder nach hinten – was für ein mieser Traum, und im Gegensatz dazu, welch attraktive Realität!

Ich schaute wieder auf, blickte nach rechts aus dem Fenster. Draußen hatte sich der Tag ebenfalls auf die Seite gelegt, und unter ihm entwich das sterbende Licht des Novembertages nach Westen.

„Bei dir muss man aber lange auf einen Espresso warten", sagte Antje vorwurfsvoll.

„Wie lange denn schon?", fragte ich mit belegter Stimme.

Antje schaute auf die Uhr. „Immerhin, über zwei Stunden!"

Ich rieb mir verwundert die Augen, und schlug vor: „Nie wieder Wein um die Mittagszeit! Das nächste Mal gehen wir lieber abends aus."

„Ist das ein Versprechen?"

„Sagen wir, ein guter Vorsatz!"

Ich setzte mich auf, meine Nackenwirbel schmerzten, ich rieb mich dort.

Antje erhob sich, kam auf mich zu, legte ihre schlanken Finger um meinen Nacken und begann mit einer leichten Massage.

Später startete ich einen neuen Versuch an der Espressomaschine; der Trank weckte unsere Lebensgeister. Danach wollte Antje gehen, und es war mir recht. Denn die nächste Verabredung wartete bereits auf mich …

KAPITEL 6

Ich begleitete Antje bis zu ihrer Wohnung, danach die Kehrtwende zurück ins Loft. Das Abendessen ließ ich ausfallen. Bis zu meinem nächsten Vorhaben blieb noch ein wenig Zeit. Am Fernsehgerät schaltete ich einen dieser Dauer-Nachrichtensender ein und war nicht wenig überrascht, auf *N24* den Hamburger Polizeipräsidenten und ein paar seiner Kollegen auf dem Predöhlkai stehen zu sehen. Die Kamera schwenkte über eine stattliche Ansammlung gefüllter Gitterbox- und Europaletten, dann ein Schnitt. An einem langen Tisch saßen nun wieder der Polizeipräsident, rechts neben ihm der leitende Regierungsdirektor, dann Zollkommissar Rolf Hansen als Leiter des Einsatzes, und andere an der Aufklärung Beteiligte, die ich vom Sehen kannte. Die glorreichen Sieben blickten überaus zufrieden auf die versammelte Journalistenschar. Schnitt. Eine Großaufnahme vom Pressesprecher der Zollbehörde.

„Im Zuge umfangreicher Ermittlungen ist uns im Hamburger Hafen ein großer Schlag gegen die Produktpiraterie gelungen. In Hamburg-Waltershof hat die Zollbehörde in Zusammenarbeit mit der Kriminal- und der Wasserschutzpolizei eine bedeutende Menge gefälschter Markenartikel dingfest machen können.

Knapp hundertdreißigtausend Handtaschen, Schuhe und Accessoires wurden sichergestellt. Diese vermeintlichen Luxusgüter hätten als Originalware einen Ladenverkaufswert von mindestens acht Millionen Euro gehabt."

Rolf stand für ein Interview bereit, hinter ihm mehrere geöffnete Container, zwei Hundestaffelführer, die mit Schäferhunden durchs Bild gingen. Eine tanzende Ginger Rogers war nicht auszumachen. Nun eine Totale auf Rolfs Gesicht. „Wir staunten nicht schlecht, als wir einen Karton nach dem anderen öffneten und enorme Mengen an Plagiaten zum Vorschein kamen. Handtaschen von Prada, Gucci und Louis Vuitton waren darunter, topmodische fellgefütterte Stiefel, UCG-Boots, Lacoste-Artikel – das Teuerste vom Teuersten. Drei Tage haben wir benötigt, um die Waren sicherzustellen und auszuwerten."

Das Fernsehbild zeigte jetzt das Innere einer Lagerhalle im Hafen. Aus dem Off der Kommentar eines Reporters: „Die Sachen türmen sich bis zu einer Höhe von neun bis elf Meter – und das auf einer Breite von 25 Meter. Was für viele ein Shopping-Paradies wäre, ist für den Zoll ein unglaublicher Ermittlungserfolg. Man habe einen enormen wirtschaftlichen Schaden verhindert, so die Ermittler. Hergestellt wurden die gefälschten Markenartikel in China. Ein chinesisches Ehepaar aus Hamburg habe die Waren importiert, um sie in den Handel zu bringen. Das Paar wurde festgenommen. Die sichergestellten Waren werden in den nächsten Monaten nach und nach vernichtet. Chinesische Produktpiraten produzieren indes munter weiter. Alleine 2013 kamen rund 82 Prozent der in Deutschland sichergestellten Plagiate aus China – Tendenz steigend."

Schön zu sehen, dass sich meine Vorarbeit rentiert hatte, wenngleich die Arbeit der Behörden erst jetzt richtig begann.

Es folgten Sportnachrichten. Ich zappte munter weiter, nur um festzustellen, dass es nichts Interessantes gab. Oder, doch: Auf einem Musiksender zeigten sie einen Videoclip der norwegischen Gruppe *A-ha*, den Titel ‚*Take On Me*‘. Eine junge Frau sitzt im Café, liest in einem Comic die Geschichte eines jungen Mannes, eines Motorsport-Profis. Er blinzelt ihr aus den gezeichneten Bildern heraus zu; sie ist von ihm angetan, und als er ihr seine Hand darbietet, ergreift sie sie, lässt sich von ihm in die Geschichte hineinziehen. Später versuchen beide einer existentiellen Bedrohung zu entkommen, es gelingt ihnen in letzter Sekunde, in die reale Welt zu entfliehen. Ein sehr schön gemachter Clip aus der Blütezeit des Achtziger-Jahre-Pop.

Dann schaltete ich ab – es war soweit. Ich nahm die Spiegelreflexkamera und ein Zoomobjektiv aus dem Schrank, dazu die entsprechende Tasche und verstaute alles darin. An der Garderobe warf ich mir die Jacke über, ließ die Lofttür ins Schloss fallen und ging über den Parkplatz zu meinem Wagen, der auf der anderen Seite der Soeste parkte. Der Blick in den Himmel offenbarte eine Wetterveränderung. Die kompakte Wolkendecke hatte Risse bekommen und gab die Sicht auf den Sternenhimmel frei. Dennoch war die Luft unbewegt, mit einer Tendenz zum Feuchten, als habe jemand die Tür zur Waschküche offen stehen lassen. In der Nacht würde es sich wieder zuziehen, der Wetterbericht hatte für morgen Regen angekündigt.

Behutsam legte ich die Kameratasche auf den Beifahrersitz, nahm auf dem Fahrersitz Platz und suchte im Smartphone die Ziegelhofstraße. Das Satellitenbild gab nicht viel her, es waren nur wenige Häuser zu erkennen. Ein größerer Komplex stand am Ende der Straße; fast in Tegelrieden. Ich startete, fuhr zur Löninger Straße, eine jener Hauptverkehrsadern, an denen sich kleine Unternehmen und Geschäfte aneinanderreihten wie Perlen auf einer Schnur. Nach etwa zwei Kilometern, am Rande eines Wohngebietes mit schmucken Ein- und Mehrfamilienhäusern, bog ich links in die Anemonenstraße ein. Wenige Meter später erreichte ich das Ziel. Ich beschleunigte, fuhr zügig zur nächsten Querstraße, dem Herzog-Erich-Ring. Ab hier ließ ich mir Zeit, folgte im Tempo eines müden Joggers dem Straßenverlauf, um das mutmaßliche Drogenhaus nicht zu verpassen. Es gab nicht viel zu verpassen, da die Gegend hier so gut wie unbebaut war. Im Schein des Vollmondes waren Bäume und Sträucher auszumachen. Hin und wieder tauchte eine Straßenlaterne auf, die der Wüstenei einen zivilisierten Anstrich verpasste. Ich wartete auf das Schild mit der Aufschrift *Hier ist das Ende der Welt.*

Dann rechts, wo zwei gegenüberstehende Laternen sich gegenseitig die Dunkelheit abspenstig machten, stand ein einsamer, großer Bau etwas nach hinten versetzt. Details waren nicht erkennbar. Dieses Gebäude konnte Conny gemeint haben. Im Schritttempo fuhr ich an dem viergeschossigen Haus vorbei; es schien unbewohnt zu sein, nicht der blasseste Lichtschimmer war auszumachen. Auf der gegenüberliegenden Seite stand ein kleines Haus, verborgen hinter einer Reihe Tannen. Über den Spitzen war das obere Drittel eines erleuchteten Dachfensters zu erkennen. Etwa fünfhundert Meter weiter passierte ich einen größeren Gebäudekomplex, den ich bereits auf dem Satellitenbild gesehen hatte. Vermutlich das noch intakte Ziegelwerk, aber auch hier rührte sich nichts. Ich trat stärker aufs Gaspedal, kam zur nächsten Querstraße, der Holtestraße. Ich stoppte den Wagen. Die Straße lag vollkommen verwaist da – tote Gegend. Ich machte kehrt und näherte mich erneut dem Objekt, aus entgegengesetzter Richtung. In ausreichendem Abstand parkte ich am Fahrbahnrand, stellte den Motor ab und löschte das Licht. Das Haus hinter den Tannen stand jetzt etwa zwanzig bis fünfundzwanzig Meter von mir entfernt, das Licht der Straßenlaternen erfasste mich nicht, der Wagen stand im Dunkeln, abgesehen vom Schein des Mondes. Ich zog die Fototasche heran, nahm die Kamera heraus, überprüfte die Einstellungen, schaute durch den Sucher. Das helle Mondlicht mochte ausreichen, um ein paar Details fotografieren zu können – vorausgesetzt, es blieb sternenklar. Dann legte ich die einsatzbereite Kamera auf den Sitz.

Mein Blick schweifte über das zerklüftete Grundstück. Der riesenhafte Bau passte überhaupt nicht in diese Gegend. Links und rechts ragten Fundamente einer ehemaligen Begrenzung aus dem Boden. Auf der linken Seite, hinter Sträuchern versteckt, lugten weitere Mauerreste hervor. Überwucherter Schutt erhob sich wie archaische Grabhügel aus dem Boden, Reste von Nebengebäuden vielleicht. Dem Anschein nach war in dem Haus vermutlich einst die Verwaltung untergebracht gewesen. Bei näherer Betrachtung mutete der Baustil jedoch eigenartig an. Das Gebäude musste von einem manisch-depressiven Architekten geplant worden sein, das Erdgeschoss in einer besonders manischen Phase: meist hellerer Ziegelstein mit akzentuierten Sandstein-Applikationen. Zwischen der zweiten und dritten Etage hatten die Depressionen die Oberhand gewonnen: ausschließlich dunkelster Backstein.

Die Fenster waren zahlreich, doch in ihnen reflektierte nichts; sie waren mit Pressholzplatten verbarrikadiert worden.

Während der nächsten zwanzig Minuten tat sich nichts, die Digitaluhr im Armaturenbrett zeigte 21:35.

Es war totenstill. Zweige und Gräser bewegten sich nicht, der Wind blieb heute Nacht in seinen Kammern, wo immer sie sein mochten. Die berühmte Ruhe vor dem Sturm, und ich kam ins Grübeln. Es war nicht nur ein ganz normales Grübeln, wie man grübelt, wenn man gerade aufgewacht ist oder einschlafen möchte. Es war ein verdammtes Zweifeln! In meiner Jackentasche wartete ein geheimnisvolles Foto darauf, entschlüsselt zu werden, und ich saß hier auf der Suche nach einem Gör, das die Orientierung verloren hatte. Na gut, wenn ich das gegeneinander aufwog, hatten akute Anliegen natürlich Vorrang. Und immerhin gab es eine ganz zarte Verbindung zwischen meinem eigentlich Fall und dem Verschwinden von Sophie – es waren Drogen. Ich musste mir …

Was war das? Ein Blitz vielleicht? Er schien aus einem der oberen Fenster gekommen zu sein. Oder hatte ich mich nur getäuscht? Ich wartete geduldig, aber es wiederholte sich nicht.

Gerade fasste ich den Entschluss, es noch eine Viertelstunde auszuhalten, da gab es einen explosionsartigen Knall. Glassplitter flogen von allen Seiten quer durch das Auto, sie schnitten mir durchs Gesicht. Es krachte und knallte immer und immer wieder, in rhythmischen Intervallen umgab mich ohrenbetäubender Lärm, der mir den Verstand raubte. Wie ein Meteoritenschauer zischte von den hinteren Seitenfenstern Glas in tausend Splittern durch den Innenraum. Es krachte auch gegen die Windschutzscheibe, die zwar in tausend Stücke zersprang, sich dennoch wacker im Rahmen hielt, bis gezielt ein Loch hineingeschlagen wurde. Gleichzeitig knallte etwas gegen die Heckscheibe. Unkontrollierte Schreie drangen an meine Ohren. Schützend wand ich meine Arme um Kopf und Nacken. Erst jetzt bemerkte ich, dass ich es war, der schrie.

Dann plötzliche Stille – der Scherbensturm hatte sich gelegt, augenblicklich war der Spuk vorbei.

Ich stieß einen letzten wütenden Schrei aus, atmete heftig, meinen Oberkörper leicht aufgerichtet, die Arme noch um den Kopf verschränkt. Mir schlug das Herz bis zum Hals. Ich blieb sitzen, konzentrierte mich auf mein gepresstes, stoßweises Atmen. Langsam begriff ich, was passiert war. Es kostete enorme Überwindung, mich ganz aufzurichten, gleichmäßig und ruhig zu atmen.

Plötzlich wurde die Fahrertür aufgerissen; meine Arme schnellten instinktiv hoch, um weitere Schläge abzuwehren. Als nichts dergleichen geschah, sprang ich mit voller Wucht gegen den Angreifer, stürzte mich auf ihn. Heftige Abwehrreaktionen waren die Folge.

Ich hörte das verzweifelte Rufen einer männlichen Stimme: „Mensch, hörnse uff! Hörnse doch uff!!!"

Langsam kam ich zu Verstand, hielt inne, und mir dämmerte, dass dieser ältere Herr gar nichts mit der Attacke zu tun hatte. Während ich meine Fäuste immer tiefer in seinen Mantelkragen vergrub, schaute ich mich nach allen Seiten um. Mir brach der Schweiß aus, lief Stirn und Rücken hinunter; meine Arme und Beine zitterten.

„Was … war das gerade? Was ist hier passiert?"

„Mensch, det wees ick doch ooch nich!!! Ick hab den Krach hier jehört und denn die Polente jerufen!"

„Wo kommen Sie denn jetzt her?!", schrie ich ihn an.

„Ejentlich von Berlin, wa? Aber jetze von da!" Er zeigte auf das Haus hinter den Tannen, dessen Hof nun hell erleuchtet war. „Nu beruhijen se sick doch mal."

Ich folgte seinem Rat, befreite meine Fäuste aus seinem Revers und zog ihm den Mantel zurecht. „Bitte entschuldigen Sie, ich habe Sie offensichtlich verwechselt."

„Det macht nischt!"

„Nischt?"

„Nischt!"

Der kleine Mann, bekleidet mit dickem Wintermantel und Puschen an den Füßen, machte Anstalten, nach Hause zu gehen. Er hatte etwas von diesen sorbischen Fabelwesen, den schreckhaften Lutkis, die sich verkrümeln, wenn es ungemütlich wird.

„Ich danke Ihnen für Ihre Hilfe!" Meine Stimme klang wie quergelegte Kreide auf einer Schultafel. Während ich sprach, schaute ich mich weiter um.

„Keene Ursache, Kolleje!", rief er mir über die Schulter zu.

Mir fiel ein, dass ich diese Möglichkeit nutzen sollte, ihn über seine Nachbarschaft zu befragen, und ich lief hinterher. „Sagen Sie mal, was ist mit dem Haus da drüben? Wird es in irgendeiner Weise genutzt? Sehen Sie dort manchmal jemanden ein- oder ausgehen?"

„Mir könnse nich frajen. Ick wees von nischt wat, wissense? Det is immer jut jejangen, vor de Wende und nach de Wende." Damit schlurfte er weiter auf direktem Kurs nach Hause, drehte sich nicht mal mehr um.

Über meiner linken Augenbraue und der rechten Wange brannte der Schmerz. Ich befühlte diese Stellen und rieb meine Fingerspitzen aneinander. Sie fühlten sich feucht an und als ich sie im Mondschein betrachtete, waren es dunkle Flecken. Blut!

Wenige Sekunden später sah ich in der Ferne das zuckende Stroboskoplicht eines Polizeiwagens auf mich zukommen. Das Martinshorn blieb stumm.

KAPITEL 7

Mittwoch, 5. November

Ich weiß nicht, seit wann der Wecker sich abmühte, mich aus den Federn zu scheuchen. Jedenfalls kapitulierte ich irgendwann, wälzte mich schlaftrunken aus dem Bett, kroch wie eine Amphibie zur Anrichte auf der Fensterseite und stoppte den nervtötenden Piepton. Es war nicht gerade ein weiter Weg, aber er zwang mich aus dem Bett; und das war der Sinn der Sache.

Ich zog die Vorhänge einen Spalt auseinander, draußen regnete es. Es war einer dieser Tage, an denen man sich dafür entscheiden sollte, im Bett zu bleiben und der Welt den Rücken zu kehren. Das tat ich, bis das Hoteltelefon klingelte. Benommen quälte ich mich wieder heraus, schleppte mich ins Wohnzimmer. Mit beiden Händen griff ich nach dem Telefonhörer, wie um mich daran festzuhalten. „Gerdes."

„Mensch, Gerdes. Weißt du eigentlich, wie kompliziert es ist, dich zu finden?", dröhnte es aus dem Hörer, ich hielt ihn auf Abstand. „Kannst du nicht einfach da pennen, wo du angemeldet bist? Das Fräulein an der Rezeption konnte dich erst gar nicht finden …

Sie sagte, dass du im Loft übernachtest …! In einem … *Loft*?!"

Ich kannte diese Stimme, und sie gehörte nicht zu jenen, die mir den Tag versüßten. „Was willst du, so früh am Morgen?"

„Hast du schon mal auf die Uhr geguckt? Es ist halb zehn!", brüllte er. Im Hintergrund klapperte eine Kaffeetasse.

Ich gähnte. „Ich bin im Urlaub und kann in meiner freien Zeit machen, was ich will."

„Nun schlaf mal nicht wieder ein." Eine Pause, ein Rülpsen. „Was war da gestern Abend beim Ziegelhof los? Erzähl es mir nicht am Telefon! Ich will dich sehen, hier im Kommissariat", sagte er in einem Ton, der keinen Widerspruch duldete.

Ich überlegte und murmelte: „Okay, aber soviel ich weiß, gibt es in Cloppenburg kein Kommissariat mehr. Muss ich dafür nach Vechta fahren?"

Er stutzte. „Hm? Wir … haben uns … kurzfristig hier eingenistet. Die Umstände erfordern es. Quatsch nicht so viel, komm einfach hier her, in die Bahnhofstraße."

Das hörte sich wichtig an, aber nicht überzeugend. Vielleicht wollte man ihn in Vechta nicht mehr. Egal. Ich ließ es auf sich beruhen, ging auf seine Forderung ein. So früh war ich nicht in der Lage, ein ordentliches Streitgespräch mit ihm zu führen; ich fühlte mich kraftlos und unausgeruht. „Nach dem Frühstück mache ich mich auf den Weg."

„Aber noch vor Mittag!", bellte er.

Ich legte auf und sagte: „Geht klar." Mit der Grobmotorik haperte es noch ein wenig. Mir fielen die Ereignisse des gestrigen Abends wieder ein. Der Nachhall explodierender Glasscheiben durchzog meinen Schädel. Ich setzte mich in den Sessel, stemmte die Ellenbogen auf die Oberschenkel und stützte mit den Händen meinen Kopf. Die Schläfen massierend dachte ich darüber nach, was der Albtraum zu bedeuten gehabt hatte. Was war geschehen? Hatte man es auf mich persönlich abgesehen, oder war das nur eine marodierende Horde Durchgeknallter gewesen, die nur so zum Spaß durch die Straßen zog, um wahllos Autoscheiben zu zertrümmern? Ich konnte mir keinen Reim darauf machen; vielleicht hatte Deeken etwas anzubieten.

Meinen Wagen hatte ich natürlich stehen lassen müssen, der war auch gleich konfisziert worden, zwecks Täterermittlung. Nachdem meine Personalien aufgenommen worden waren, hatten mir die Beamten ein Taxi gerufen. Und nun die freundliche Einladung zu einem Plauderstündchen mit Deeken. Der Morgen fing ja gut an … Die ganze Observation gestern Abend war ein Fehlschlag gewesen, ich beschloss, mich wieder meiner ersten Aufgabe zu widmen. Heute Nachmittag stand das Gespräch mit dem Drogenbeauftragten Bernd Wienken an.

Ich schlurfte ins Bad zwecks Instandsetzung. In meinem Mund war ein Geschmack von Schlamm, den ich mit klarem Wasser ausspülte. Der Typ im Spiegel sah aus wie aus dem Hafenbecken geschaufelt, hatte ein

Pflaster über der Augenbraue und eins auf der Wange. Milde Gaben der Ortspolizei. Ich zog beide ab. Die Risse darunter bluteten nicht mehr, und wenn ich gut aufpasste, konnten *Hansaplast* und ich heute schon getrennte Wege gehen.

Nach (überaus vorsichtiger) Rasur, Dusche und dem Ankleiden schlich ich zum Fahrstuhl. In der Kabine musste ich wohl im Stehen eingeschlafen sein, als ich aufblickte, standen die Fahrstuhltüren offen, ohne dass etwas passiert war. Vorsichtig schaute ich links ums Eck, ich war tatsächlich im Erdgeschoss angekommen.

Draußen gingen die Menschen so furchtbar schnell; ich fühlte mich bei diesem Tempo irgendwie unter Druck, konnte da nicht mithalten. Vielleicht lag es am Regen, der mit seinen nasskalten Fingern die Passanten durch die Straßen hetzte. Als ich in die Lobby des Hotels trat, war mir, als wäre ich aus einem fahrenden Autoscooter gesprungen.

Im Speiseraum waren drei Tische belegt. Ich platzierte mich direkt neben das Frühstücksbuffet, mit freier Sicht auf das Foyer. Am Fenster schräg vor mir beendete eine adrette ältere Dame im altrosafarbenen Kostüm ihr Frühstück. Die Hinterlassenschaften auf der Tischdecke sahen aus wie die Miniaturausgabe der Ardennenoffensive. Ich war so frei, leistete Erste Hilfe bei der einzig Überlebenden, der *Cloppenburger Tageszeitung*. Beim Lesen umschiffte ich die Abteilungen *Politik* und *Niedersachsen*, manövrierte ohne Umschweife den Teil *Lokales* an. Zur Prügelattacke auf mein Auto stand noch nichts drin. Gestern Abend war es wohl zu spät gewesen für den Polizeibericht. Ich blätterte weiter zum Teil *Wirtschaft*. Dort fand ich einen Artikel über den Plagiat-Fund in Waltershof. Den überflog ich, während das Frühstücksei dran glauben musste.

Aus dem Foyer drangen vertraute Geräusche in den Speiseraum. Ich blickte auf, sah die Handwerker, wie sie auch heute auf dem Weg zur Treppe mit Sack und Pack das Foyer durchzogen. Ein kurzer Aufschrei, dann ein lautes Scheppern, dass einem das Herz gefror! Ein massives Edelstahlrohr war dem Azubi durch die Armbeuge gerutscht. Die aufgebrachte Rezeptionskraft mit anschwellender Stirnader kam in Trippelschritten um den Tresen geklackert, schob die Glastür zum Frühstücksraum zu und wandte sich mit hochrotem Kopf und erhobenem Zeigefinger an die Handwerker. Das darauffolgende schnatternde Gezeter sorgte für erheblich mehr Aufsehen als der eigentliche Anlass.

Gegen zehn Uhr fünfundvierzig saß ich in einem kleinen, schmucklosen Büro, mit Blick auf Hauptkommissar Thomas Deeken, hinter einem schlichten Schreibtisch mit aufgeklapptem Notebook darauf. Schräg hinter mir in der offenen Tür stehend sein Helferlein Kommissar Ralf Vaske. Das Zimmer war hell aber kühl, Präventionsposter an den Wänden und ein Bild des Innenministers der Vorgängerregierung. Auf Tischecken und Stuhllehnen lag dicker Staub, die Luft roch abgestanden. Der Raum war wohl längere Zeit nicht genutzt worden. Links erspähte ich durch ein regenverhangenes Fenster mehrere Einsatzwagen im Innenhof.

Deekens Anzug wies Knitterspuren auf, als habe er in seinem BMW genächtigt; die Krawatte hing schief, der oberste Knopf seines Hemdes war offen. Er war blass um die Nase und die Furchen seines Gesichts waren so tief, dass man Stecklinge darin hätte setzen können. Erst starrte er mich mit seinen stahlgrauen Augen an, dann suchten sie Vaske. Dabei bewegten sich seine Lippen unablässig, wie auf der Suche nach einer Zigarette, oder nach den passenden Worten.

An Stühlen war gespart worden, es gab nur zwei. Vaske lehnte am Türrahmen, mit einer Mappe aus farbigem Kartonpapier in der Hand, die Beine lässig gekreuzt. Sein Haar wirkte bei Tageslicht noch schütterer. Deeken seufzte, nahm einen Glimmstängel aus der Packung, platzierte ihn zwischen den Lippen, steckte ihn aber nicht an.

Er wurde ruhiger, war weniger gereizt, und doch konnte er sich eine blöde Bemerkung nicht verkneifen: „Was ist denn mit deinem Gesicht passiert? Warst du beim Rasieren noch nicht nüchtern oder bist du von der Treppe gefallen?" Seine Witze waren keine. Erst als er seine Ellenbogen laut auf den Tisch stemmte und die Hände wie zu einem Gebet zusammenfügte, kam er zur Sache: „Gerdes, du weißt, ich bin kein Mann vieler Worte." Er atmete tief ein und aus, der Hemdkragen weitete sich noch mehr, und während er sprach, blieb die Zigarette kleben. „Ich will nur wissen, was du vor hast. Sag's mir ohne Umschweife, dann haben wir es hinter uns und können einander in Ruhe lassen."

„Ich mache Urlaub." Ich kam mit weniger Worten aus als er.

„Wozu?" Mist, er hatte gewonnen.

„Weil ich ausspannen möchte, was übrigens der Sinn von Urlaub ist."

„Urlaub in der Ziegelhofstraße? Bei Dunkelheit, vor einem verlassenen Werksgelände? In einem Auto, dessen Scheiben allesamt zertrümmert werden?"

„Also, ich steh auf so was …"

Deekens Gesicht wurde um eine Nuance grauer, und ich spürte, dass ich sämtliche Restsympathien bei ihm verspielt hatte.

Schnell fügte ich hinzu: „… und nebenbei suche ich eine vermisste Person."

„Aha! Wusste ich es doch!" Er knallte seine quadratischen Maurerhände flach auf den Tisch und erhob sich. „Wen denn?" Seine Schweinsaugen weiteten sich, die Pupillen wurden kleiner.

Ich zog das Foto von Sophie aus der Feldjacke. „Es ist Sophie … Sophie Stuke. Sie ist achtzehn Jahre alt, wird von ihrer Tante vermisst …"

„Von Cornelia Kemper! Hab ich recht?", unterbrach er mich und setzte sich wieder. Er wollte das Foto nicht sehen, ich steckte es wieder ein. „Woher kennst du die Kemper?", fragte er, besann sich, vollführte eine lockere Seitwärtsbewegung mit der flachen Hand und schob nach: „Ach, was soll's! Das geht mich nichts an." Seine

Gesichtsmuskeln entspannten sich teilweise. „Aber lass dir eines gesagt sein: Sophie zu finden, ist sinnlos. Selbst wenn du sie in Ketten ihrer Tante vor die Tür legst, es dauert keine zwei Tage, dann ist sie wieder unter ihresgleichen. Wir haben da schon so unsere Erfahrungen gemacht. Vergiss es!"

„Conny hat mir etwas anderes erzählt. Sophie wohnte eine Weile bei ihr, bevor sie wieder die Fliege gemacht hat."

„So, das hat Conny *dir* erzählt …?" Deeken lehnte sich entspannt zurück, schenkte mir einen müden Augenaufschlag und saugte etwas Luft an. Dann schoss er auf einmal vor. „Und was hattest du in der Ziegelhofstraße zu suchen?"

„Nun, Conny meinte außerdem, dass das verlassene Gebäude dort vermutlich den Stadt-Junkies als Unterschlupf dient. Und ich wollte der Sache nachgehen." Ich schlug meine Beine übereinander. Mir wurde auf einmal bewusst, dass die Beschäftigung mit Sophie mich davor bewahrte, meine eigentlichen Absichten preisgeben zu müssen.

Vaske wechselte die Seite des Türrahmens.

Deeken schien seine Gegenwart einen Moment vergessen zu haben, er blickte ihn an, schloss für einen Moment die Augen. In einem missbilligenden Tonfall sagte er an mich gerichtet: „'Conny, Conny, Conny …' Bevor du dich hier einrichtest und es dir gemütlich machst, sage ich dir: Verzichte in Zukunft auf solche Aktionen, die uns nur Ärger einbringen. Wir kümmern uns um Sophie, und du dich um deine Erholung!" Er kam ins Grübeln. „Was scherst du dich eigentlich um diesen privaten Scheiß? Sind dir Wirtschaftsdelikte inzwischen zu langweilig geworden, suhlst dich jetzt lieber im Unglück anderer Leute, hä? Das ist der Einfluss der Großstadt, der hat dich runter aufs Keller-Niveau gebracht. Jetzt stehst du auf die ganz klassischen Sachen: treulosen Ehemännern hinterherspionieren, Observationen in Nachtclubs, schlüpfrige Geheimnisse aufdecken – das volle Programm, was? Vielleicht trägst du drunter sogar schwarze Reizwäsche …"

„Wir haben nichts gemeinsam, Deeken. Nicht mal das."

Vaske lachte inwendig, es gelang ihm beinahe.

Deeken achtete nicht darauf, wechselte schnell das Thema: „Zu deiner Beruhigung, Gerdes, in dem alten Ziegelhof passiert nichts Anrüchiges. Hin und wieder arbeiten wir mit dem Suchtbeauftragten Bernd Wienken zusammen, und ich kann dir versichern, dass wir von ihm mit zuverlässigen Informationen versorgt werden. Du kannst dich also wieder um deinen eigenen Kram kümmern." Dabei zog er eine Schublade auf und suchte etwas.

Deeken hatte den Bogen überspannt, ich erwiderte nun energischer: „Jetzt *ist* es mein Kram, mein Volvo wurde zertrümmert! Ich will wissen, von wem und weshalb!"

Er sah konsterniert in meine Richtung, aber schaute durch mich hindurch, und gab fast beschwörend von sich: „Wir gehen der Sache ja nach. Aber wenn du uns irgendetwas verschweigst oder auf eine falsche Fährte geführt hast, dann ist jetzt der richtige Zeitpunkt, mir das zu sagen." Er zog eine andere Schublade auf, suchte dort weiter.

Ich sagte: „Wie ich deinen Kollegen gestern Abend vor Ort schon erklärt habe: Die Angreifer kamen aus dem Nichts und verschwanden in der Dunkelheit, mehr weiß ich nicht." Ich drehte meine Handflächen nach oben, hob die Hände leicht an. „Ich habe niemanden gesehen, geschweige denn erkannt. Keine Stimmen, keine Gesichter, keine Kleidung, keine Personenbeschreibung – nichts. Es ging alles viel zu schnell. Ich hatte alle Hände voll zu tun, mich selbst zu schützen! Den Bericht hast du doch bestimmt schon vorliegen ..."

Deeken stellte seine Suche kurzfristig ein, schaute auf sein Notebook-Display, scrollte auf und ab, wie um zu zeigen, dass er im Bilde war, und nickte wissend. In seiner Güte teilte er mir mit: „Ist alles da! Übrigens, die Untersuchung des Wagens wird gegen Mittag fertig sein, dann kannst du deinen Volvo wiederhaben, oder das, was davon übrig ist." Ein spöttisches Lächeln flatterte vorbei und verschwand wieder. Mir war überhaupt nicht nach dummen Sprüchen zumute. Deeken zog an einer weiteren Schublade und fand endlich das Feuerzeug. Er brachte seine Fluppe zum Glühen.

Die Gelegenheit war günstig; ich vollzog einen riskanten Themenwechsel. „Seid Ihr eigentlich weitergekommen in Sachen Wolfgang Sieverding?"

Er nahm einen kräftigen Zug durch die Nikotinrolle und blies den Qualm in meine Richtung.

Vaske erwachte, er ergriff das Wort: „Wir fanden einen Abschiedsbrief da oben, von wo er gesprungen ist. In dem Brief geht es um persönliche Enttäuschung, Spekulationsverluste, sein Versagen, keinen Ausweg sehend, und so weiter. Der Bericht der Gerichtsmedizin steht noch aus, aber wir bleiben dran." Vaske fächerte mit seiner Mappe die heranwabernde Nikotinwolke weg, als das nichts brachte, stellte er das Fenster auf Kipp. Man hörte den Regen auf die Streifenwagen prasseln, einer der Wagen fuhr vom Hof. Deeken nahm in aller Seelenruhe einen weiteren Zug. Während er sprach, entwich der Rauch seiner Mundhöhle und erinnerte an einen wiedererwachenden Vulkan, unmittelbar vor dem Ausbruch.

Er gab munter preis: „Ich habe mich gestern höchstpersönlich mit der Witwe Sieverding, mit Heidrun, unterhalten. Sie glaubt nicht an einen Selbstmord. Das passe nicht zu ihm, meinte sie. Die Frau könnte uns noch Arbeit machen ..." Deeken mutierte zur Plaudertasche. „Wir haben Heidrun den Aktenkoffer ihres Mannes zurückgebracht, den wir auf der Privé*Invest*-Baustelle gefunden haben. Und wenn die Pathologie keine Einwände gegen die Suizid-These vorbringt, gibt es für uns keinen triftigen Grund, in eine andere Richtung zu ermitteln."

„Und der Zweifel von Frau Sieverding wäre kein triftiger Grund?", gab ich zu bedenken.

Er schüttelte schwermütig den Schädel, als wolle er fragen, was um alles in der Welt ich eigentlich studiert hätte, und sagte schlicht: „Beweise, Fakten, Indizien, die einen Anfangsverdacht rechtfertigen, Zeugenaussagen und verwertbare Spuren sind unser Handwerkszeug. Auf Spekulationen scheißt der Richter. Auf Vermutungen und Zweifel lassen sich keine Verfahren aufbauen, darauf lässt sich keine Anklage erheben!" Er stand auf und schloss das Fenster.

„Aber", mischte Vaske sich ein, „sobald neue Indizien hinzukommen, werden wir ihren Zweifel in Betracht ziehen müssen. Darauf aufbauend …"

„Das reicht, glaube ich!", blaffte Deeken. Er sah ihn unterkühlt an, sagte aber kein weiteres Wort.

Ich zog vor Verwunderung die Augenbrauen hoch.

Vaske hüstelte, wünschte sich offenbar weit weg und entfernte sich tatsächlich.

Deeken kam näher, beugte sich zu mir herab. Mit der Kippe zwischen den Fingern wies er auf mich. „Gerdes, ich frage dich nur noch ein einziges Mal: Was willst du hier in Cloppenburg? Ich spüre doch, dass da noch was ist. Du hast fünf Minuten, bevor Vaske wieder auftaucht. Du kannst es mir jetzt im Vertrauen sagen …"

Ein paar böse Sekunden starrten wir uns steif an, dann steckte er die Lunte wieder zwischen seine schmalen Lippen. Nur noch wenige Sekunden, und die Sprengladung würde in die Luft gehen. Doch ich wollte und konnte ihn noch nicht einweihen, sonst hätte ich diesen Fall gar nicht erst in Angriff zu nehmen brauchen. Deeken hätte mir sofort jedwede Tätigkeit untersagt, oder die Sache selbst in die Hand genommen. Und seine Arbeitsweise ist allen Beteiligten hinlänglich bekannt: Was er vorne aufbaut, reißt er mit dem Hintern wieder ein.

Ich tat, als müsse ich nachdenken. „Okay, du hast mich überzeugt."

Deeken grinste und erhob sich.

Vaske kam mit einem Aschenbecher in der Hand wieder, doch Deeken drängte ihn mit der Tür zurück, schloss sie vor seiner Nase und sagte, an mich gerichtet: „Also, wenn ich bitten darf?"

Ich beugte mich vertraulich vor. „Es klingt … vielleicht etwas verrückt …"

„Ja?" Deeken sprang darauf an.

„Auf meinem Programm stehen noch das Museumsdorf, der *Tier- und Freizeitpark* in Thüle, und wenn ich ganz gut drauf bin, hüpfe ich auch noch durch den *Kletterwald* …"

Deeken wandte sich zur Tür, riss sie auf und schrie: „Vaske!!!"

Vaske stand direkt vor ihm, rückte den Aschenbecher raus. Im selben Moment löste sich die Aschestange von der Zigarette und fiel zu Boden. Deeken nahm den Aschenbecher, drückte die Kippe darin aus und knallte ihn auf den Tisch. Die Kippe flog im hohen Bogen wieder heraus.

Er drehte sich zu mir herum. „Ich warne dich, Gerdes. Treib keine Spielchen mit mir!"

Ich blickte ihn mit Schafsaugen an und schwieg. Sein Telefon läutete. Wie ein Brummkreisel wirbelte er wieder herum und nahm den Hörer ab. „Ja!", schrie er cholerisch hinein. Nur bruchstückhaft ließ sich eine zurückhaltende Stimme vernehmen. Deeken bestätigte mit „Gut!" und knallte den Hörer auf die Telefonanlage.

Er fixierte mich mit seinem Stahlblick. „So! Dein Auto ist freigegeben. Du kannst es in der Ziegelhofstraße abholen!"

„Wohl eher abholen lassen", korrigierte ich ihn sanft.

„Du riskierst ein Knöllchen, weißt du das?", fügte er sarkastisch hinzu, und griff wieder nach seiner Zigarettenschachtel. Doch die war leer. Deeken pfefferte sie in die Ecke.

„Warum? Wegen unsachgemäßer Glasentsorgung?", fragte ich angenervt.

„Die Hauptuntersuchung ist seit einem Monat überfällig – die TÜV-Plakette ist ungültig!" Er setzte sich wieder.

Ich hatte genug und stand auf. „Wir sind wohl fertig, nehme ich an."

Er war noch nicht fertig mit mir, hatte eine weitere Information für mich: „Die Autoscheiben wurden übrigens mit Baseballschlägern zertrümmert, man fand entsprechende Holzsplitter, und die Auswertung der Schuhlaufflächenspuren hat ergeben, dass es drei Leute waren, die dir eingeheizt haben. Ich frage mich, wieso?" Ich zuckte mit den Schultern, er sprach weiter: „Du kannst gehen. Halt dich aber zu unserer Verfügung!"

Mein Gesicht versteinerte. Ich trat zwei Schritte auf Deeken zu und stützte die Fäuste schwer auf die Tischplatte. Jetzt war ich es, der ungnädig wurde. „Vergreifst du dich nicht im Ton? Ich war gestern Abend Opfer eines Angriffs!"

Deeken hob die Hand als Zeichen, dass er seinen missratenen Ton bedauerte; auf eine Entschuldigung wartete ich vergebens.

Grußlos verließ ich die Inspektion, mit dem Gefühl, einer surrealen Gefangenschaft entkommen zu sein. Ich wandte mich in Richtung Bahnhof. Nur noch wenige Regentropfen fielen zur Erde, ein kräftiger Westwind trieb die nassen Wolken zum *Ecopark* nach Emstek. Auf direktem Wege spazierte ich zur Emsteker Straße, ließ *Burger-King* links und das *Famila-Center* rechts liegen, passierte den Kreisel und erreichte die *Energieversorgung Hunte-Weser*; kurz gesagt: Von den Arrestzellen der Polizei zur Geschäftsstelle des Energiekonzerns – es war schwierig auszumachen, wo die größeren Ganoven saßen.

Ich wechselte die Straßenseite und stattete *V·A·G Eckert* einen Besuch ab, um das Abschleppen und Reparieren meines Wagens in die Wege zu leiten. Die Reparatur würde etwa zwei bis drei Tage in Anspruch nehmen, ersatzhalber gab man mir einen Leihwagen mit, der es in Sachen Größe und Verbrauch locker mit Antjes Fiat hätte aufnehmen können – es war ein weißer VW-*Up*. Ich setzte mich in das winzige Auto und regelte telefonisch alles Weitere mit meiner Versicherung.

Anschließend fuhr ich zurück ins Stadtzentrum und steuerte (um der alten Zeiten willen) *Bernies Pommes Shop* an, um einen alten Freund wiederzutreffen und eine Kleinigkeit zu essen. Der hiesige Pommes-König Bernie Westerhoff, Pfundskerl mit großem Herzen und stets ein freundliches Wort auf den Lippen, begrüßte mich mit großem Hallo und gab mir das Gefühl, nach Hause gekommen zu sein. Ich hätte ihn gern als Vater adoptiert, aber er zierte sich, mir sein Erbe zu überschreiben. Nächstes Jahr würde er sich in den Ruhestand verabschieden und nach dreißig erfolgreichen Jahren den Shop schließen, verriet er mir. Sein Blick hellte sich wieder auf, als er erzählte, dass sein Sohn den Shop neu eröffnen und weiterführen würde.

Das Handy meldete sich, eine besorgte Antje rief an. Sie hatte soeben die Pressemitteilung der Polizei gelesen, und die bereite ihr nun Kopfzerbrechen. Es war von einem Hamburger Fahrzeughalter die Rede, dessen Auto beschädigt worden sei. Ich bestätigte ihr, dass ich dieser Halter war, schilderte ihr kurz den Hergang und konnte sie davon überzeugen, dass es mir gut ging. Einer Eingebung folgend fragte ich sie, ob es möglich wäre, alte CT-Ausgaben aus den achtziger Jahren einzusehen, was sie bejahte. Wir verabredeten uns für den nächsten Tag in der Redaktion, überdies für den morgigen Abend bei mir im Loft.

Gegen fünfzehn Uhr fuhr ich ins Galgenmoor, einem ruhig gelegenen Wohngebiet im Westen der Stadt, jenseits der Umgehungsstraße. Dort wartete der Fachmann für Suchtprävention Bernd Wienken auf mich – jedenfalls hoffte ich das, nach unserer gestrigen Vereinbarung. Ich steuerte den weißen Turnschuh auf Rädern in den Schwanenweg und hielt nach jener Hausnummer Ausschau, die auf der Visitenkarte vermerkt war, die mir der Kneipenwirt vorgestern gegeben hatte. Vor einem beeindruckenden Neubau aus rotem Stein – mit schwarzem Satteldach, dunkelgrünen Sprossenfenstern, neckischen Türmchen und einer beeindruckenden Doppelgarage – machte ich Halt. Ungläubig schaute ich noch einmal auf die Visitenkarte, aber die Hausnummer war korrekt. Ich stieg aus, ging um das Auto herum und peilte einen Plattenweg aus Naturstein an. Vor der geöffneten Garage stand ein dunkelblauer VW-Golf-Kombi älteren Baujahres, Modell *Pink Floyd*. Das Autokennzeichen notierte ich mir auf eine freie Stelle hinterm Ohr.

Auf dem Weg zur Tür erspähte ich in der Garage ein ausgemachtes US-Muscle-Car, einen orangefarbenen Dodge Challenger neueren Datums, mit dem charakteristischen Hüftschwung hinter der B-Säule, mattschwarzen Felgen, und beklebt mit schwarzen Rallye-Applikationen – ein Monster von einem Auto. Es fiel mir schwer, meinen Blick davon zu lösen.

Ich betätigte den Knopf der Türglocke. Wohlklingendes, getragenes Geläut erklang, gegen das sich das Gebimmel von Notre Dame vergleichsweise bescheiden ausnehmen dürfte. Unmittelbar darauf erschien hinter der matten Glastür ein riesiger Hund. Er bellte auf, der Pfiff des Herrchens wies das Kalb zurück ins Körbchen.

„Husch, husch …", flüsterte ich.

Bernd Wienken öffnete die schwere Tür zunächst nur einen Spalt. „Ja, bitte?"

„Guten Tag, meine Name ist Frank Gerdes. Herr Wienken, wir waren für heute verabredet."

„Ah, natürlich. Ich habe Sie erwartet. Mein Büro teilte mir mit, dass Sie Nachforschungen betreiben?" Er zog die Tür keinen Millimeter weiter auf. „Nachforschungen welcher Art? Für eine Zeitung, eine Behörde, oder was?", fragte er mit kaum verhohlener Skepsis.

„Nein, nein. Es ist mir ein persönliches Anliegen, Informationen über eine alte Geschichte zu sammeln, die fast drei Jahrzehnte her ist. Und ich möchte Sie in Ihrer Eigenschaft als Suchtbeauftragter nach Ihren Erfahrungen befragen." Kaum Reaktion. „Wenn Sie gestatten!", schob ich nach und lächelte ihn offen an. Ich spürte, dass er versuchte, mich irgendwie einzusortieren. In solchen Situationen ist es von Vorteil, den Betreffenden entweder um Hilfe zu bitten oder an dessen Professionalität zu appellieren. Das öffnet fast immer Tor und Türen; aber hier war ich mir zum ersten Mal nicht so sicher.

Nach ein paar Sekunden des Einschätzens sagte er: „Kommen Sie herein!" Wienken zog die Tür auf und streckte mir seine fleischige Hand entgegen, die ich nahm und wieder zurückgab. Vorsichtig trat ich ein, eingedenk der Tatsache, dass Hunde manchmal ganz eigenen Regeln der Begrüßung folgten, und die meisten davon behagten mir nicht. Die dunkle Dogge kam erwartungsgemäß angeschossen, war drauf und dran, mich anzuspringen, wurde aber von Herrn Wienken rechtzeitig zurückgehalten.

„Seien Sie unbesorgt. Kleopatra will nur spielen", versuchte Wienken zu beschwichtigen, dessen Habitus dem eines anderen Haushundes, einer Bulldogge, nicht unähnlich war: stämmiger Rumpf, kurzer Hals, Tränensäcke, Glatze und ein bemühtes Lächeln, als hechelte er mit seinem Artgenossen um die Wette. Er war etwa Anfang bis Mitte sechzig, bekleidet mit einem schwarzen, seidenen Kimono mit floralen Motiven, der durch einen schmalen Stoffgürtel zusammengehalten wurde; die Art Hausmantel, die man aus billigen Spielfilmen kennt. Der V-Ausschnitt gab den Blick auf eine enthaarte Brust mit Goldkette frei, an seinen nackten Füßen klebten Flipflops von *Gucci*.

„Heute ist mir nicht nach spielen." Ich wies auf mein zerbeultes Gesicht. „Eine kleine Auseinandersetzung hat mir ganz schön zugesetzt, darum laufe ich derzeit im Sparmodus. Ich bitte um Verständnis." Meine Hände verschwanden in den Jackentaschen, sie weigerten sich hartnäckig, Bekanntschaft mit Kleopatras Schlabberzunge zu machen.

„Natürlich! Treten Sie näher." Mit einer ausladenden Geste führte er mich in sein riesiges Wohnzimmer, das mit den Proportionen des Hauses durchaus korrelierte; zudem war es behaglich und modern zugleich, lichtdurchflutet der großen Fenster wegen. Möbel aus hellem Leder, Edelstahl und eine Tischplatte aus Glas. Die Einrichtung bestand aus echten Klassikern der Moderne, als seien sie einem Kompendium für Möbeldesign entnommen worden. Lounge-Sessel, zwei- und dreiteilige Sitzgarnitur, gegenstandslose, fließende Farben als Kunst an den Wänden, Lampenschirme im Sixties-Retro-Style, Chrom-Bogenlampe, 4K-Fernseher, Musikanlage von *Bang & Olufsen*. Möbelhausqualität vom Feinsten – Bescheidenheit war aus und kam nicht wieder rein.

Durch die Fenster sah man einen großen Tümpel hinter dem Haus, umgeben von Grün, das zu dieser Jahreszeit nur spärlich vorhanden war. Antje hätte die fehlenden Pflanzen in diesen Räumlichkeiten bemängelt, das Naturpanorama entschädigte jedoch.

„Möchten Sie auch einen Cappuccino? Ich war gerade dabei, mir einen zu brühen." Er blinzelte nervös und auffällig, eine Augenbraue hob sich fragend.

Ich nahm meine Hände aus den Taschen. „Sehr gerne, schwarz und ohne Zucker bitte!"

„Machen Sie es sich bequem, legen Sie ab, wenn Sie möchten", sagte Wienken, bevor er hinter einem Perlenvorhang verschwand. Ich ließ mich in einen der Lounge-Sessel fallen, öffnete meine Jacke, zog sie aber nicht aus. Es klapperte, schepperte und zischte, wie es klappert, scheppert und zischt, wenn man Tasse, Untertasse bereitstellt und den Automaten startet.

Ich schaute mich um, ließ meinen Blick schweifen, darauf bedacht, nicht neugierig zu erscheinen. Das Cover einer *Depeche Mode*-LP lehnte an der Musikanlage, auf der Couch räkelte sich ein verschobener Stapel *Playboy*-Ausgaben. Gleich neben dem Zugang zur Küche stand auf einer Kommode ein Bilderhalter mit auffälligem Rahmen. Das Schwarzweißfoto zeigte das schmale Gesicht eines hübschen Mädchens, etwa im Alter von siebzehn oder achtzehn Jahren. Das breite Lächeln, randvoll mit Zähnen, ließ eine freche kleine Zungenspitze hinter den Schneidezähnen erahnen. Die quirligen, schwarzen Haare waren zu einer modischen Frisur aufgekämmt, wie man sie aus den achtziger Jahren kannte. In der rechten, unteren Ecke des Bildes stand in großer, geschwungener Schrift: *In ewiger Liebe, Deine H.*

Unkontrolliert zwinkernd erschien Wienken mit den Cappuccino-Tassen auf einem Tablett, stellte es auf den Tisch und setzte sich in den Zweisitzer mir gegenüber. Wenn ich ihn mir dreißig Jahre jünger vorstellte, mit einer wallenden Mähne bis zu den Schultern, sollte es der junge Sozialarbeiter sein, der sich hin und wieder bei den Jugendlichen hatte blicken lassen. Freie Jugendarbeit nannte man das damals, jedoch hatte ich nie mit ihm zu tun gehabt, gehörte nicht zu seiner Klientel.

Ich wollte wissen, ob ich ihn in seiner Freizeit stören würde.

„Nein, da machen Sie sich mal keinen Kopf!" Er nahm eine Tasse, ich ebenfalls und dankte ihm dafür.

Bernd Wienken erklärte: „Ich arbeite oft von zu Hause aus, meine Arbeitszeiten können als unorthodox bezeichnet werden. Nicht selten bin ich bis spät in die Nacht unterwegs, auch an den Wochenenden. Die Bedürfnisse meiner Klienten richten sich eben nicht nach geregelten Arbeitszeiten. Ich muss reagieren, wenn die Not gerade da ist."

Das verstand ich, nickte; in meinem Job war das nicht anders. Wienken pustete in die Tasse, bevor er trank.

„Und, Ihre Frau macht das mit, wenn ich fragen darf?", wagte ich mich aus dem Fenster und warf dabei einen Blick auf das Kommoden-Foto. Er folgte meinem Blick, verstand aber offensichtlich nicht, worauf ich hinaus wollte; ich vervollständigte meine Frage: „Ich meine, das mit den verrückten Arbeitszeiten …"

Er stellte seine Tasse ab; sie knallte etwas zu laut auf. „Oh, das ist nicht meine Frau. Ich bin nicht verheiratet, wenn Sie das meinen. Weiß Gott, ich hätte mehrmals die Gelegenheit dazu gehabt …" Ich hob die Augenbrauen, er führte weiter aus: „… aber ich hab das Thema irgendwann für mich abgeschlossen. Ich habe Njet gesagt." Mit einer Hand strich er sich übers Kinn, als dächte er darüber nach, wie er zum Besten geben könne, wozu er Nein gesagt hatte. Er schien schließlich die richtigen Worte gefunden zu haben: „Als ich an einen Punkt in meinem Leben kam, an einen Wendepunkt, da habe ich mir selbst gesagt: Du bist allein so weit gekommen in deinem Leben, dann kannst du auch den Rest des Weges allein gehen." Er blickte nicht ohne

Stolz auf die Dinge, die ihn umgaben. „Die da draußen, *die* sind meine Familie, *die* sind meine Frau und meine Kinder. Wenn ich *denen* helfen kann, bin ich zufrieden. Diese Tätigkeit erfüllt mich und gibt mir Lebenssinn. Was brauche ich mehr?"

„Ein wenig Brausepulver Liebe morgens und abends vielleicht?", kam es aus mir heraus.

Wienken gab den Aushilfspfarrer: „Liebe ist nichts, was man einnimmt. Es ist etwas, das du gibst. Wichtig ist mir, mit so vielen Menschen wie möglich diese Liebe zu teilen, damit sie sich vermehrt. Nur darin finde ich Erfüllung!"

Mir kamen bei ihm so meine Zweifel, bei all dem Materialismus hier. Liebe schien für ihn nicht die einzig treibende Kraft für ein befriedigendes Leben zu sein, obschon ich mich bemühte, seine Worte zu respektieren.

Mir stand nicht der Sinn nach Sonntagspredigten, ich hatte konkrete Fragen mitgebracht: „Wenn ich zum eigentlichen Grund meines Besuches kommen darf ..."

„Natürlich! Bitte." Er lehnte sich zurück und faltete die Hände, nachdem er seinen Cappuccino abgestellt hatte.

„Vor wenigen Tagen bekam ich dieses Foto zugeschickt." Ich schob den Computer-Ausdruck mit der Beobachterin am Fenster über den Tisch. Er nahm ihn an sich und kniff die Augen zusammen. Er drehte sich zur Seite und schaltete die Bogenlampe ein, die fast bis über seinen Kopf ragte.

„Wissen Sie, wo es aufgenommen sein könnte?", fragte ich ihn.

Er ließ sich Zeit beim Betrachten und antwortete mit einem gedehnten: „Nein ... oder doch. Puh! Das müsste das alte Haus beim *Pogo* sein ... Ja, das ist es."

Es durchfuhr mich wie ein Blitz. Diese Verbindung hatte ich nicht gesehen! Peter Blase hatte mir seine Version des Hauses und der Vorkommnisse dort erzählt.

Wienkens Augen fuhren wachsam über jedes Detail. Als sein Blick an einer Stelle kleben blieb, fragte er: „Wer ist denn das Mädchen, da am Fenster?"

„Das wollte ich Sie fragen."

Tastend ließ er eine Hand über seinen Kojak-Schädel gleiten, als suche er nach neuen Sprossen, und schürzte die Lippen, bevor er sagte: „Tut mir leid, es ist zu undeutlich ... Woher haben Sie es?"

„Wenn ich das wüsste ... Es wurde mir anonym zugeschickt."

Seine Lider flackerten nervös. Das Bild schien sein Interesse zu wecken. „Und wann wurde es aufgenommen?"

„Drehen Sie es um."

Als Wienken das Datum sah, stutzte er. Er schaute geistesabwesend, als würden seine Gedanken augenblicklich von hier fortgerissen.

„Sie wissen, was an diesem Abend geschah?"

„Ja, wer weiß das nicht – also, von den Einheimischen hier, meine ich. Ich kann Ihnen die Gesch..."

Ich unterbrach ihn mit einer Handbewegung. „Sie brauchen es mir nicht zu erzählen, ich bin in Cloppenburg aufgewachsen."

„Ach so, okay." Er kniff seine Augen zusammen und betrachtete mich nun umso achtsamer. Sein Gesichtsausdruck verriet mir, dass ich durch sein Raster gefallen war; er konnte mich nirgends einsortieren.

Ich nahm das Foto wieder an mich. „Wissen Sie noch, wo Sie während des Mordes waren?"

Wienken gab sich säuerlich. „Das klingt aber wie ein polizeiliches Verhör!" Er lächelte breit, ließ seine Zahnlücke aufblitzen.

„Nun, ich bin kein Polizist und arbeite auch sonst für keine Behörde. Wie ich schon sagte, die Frage ist rein persönlicher Natur. Sie brauchen darauf nicht zu antworten", versicherte ich ihm mit ernstem Blick.

Ich wusste ungefähr im Voraus, was er sagen würde, und in gewisser Weise konnte da jeder mitreden.

Er sagte: „Man vergisst nie, wo man war, wenn etwas Einschneidendes passiert. Das ist wie beim Einsturz des *World Trade Center*, das prägt sich da oben unwiderruflich in die Festplatte ein." Er tippte mit dem Zeigefinger gegen die Stirn und kam zum Wesentlichen. „Also damals, während des Mordes, war ich mit ein paar Leuten in der *Destille*, in der Kirchhofstraße." Mit leiser Stimme fuhr er fort: „Die Kneipe gibt es heute nicht mehr – alles platt gemacht ..." Er griff wieder zur Tasse und nippte daran. Interessiert schaute er meine Jacke an. „Hm, sagen Sie mal, ist das nicht die berühmte Schimanski-Jacke, die Sie da tragen?"

„Das ist eine US-Feldjacke, und die trug unter anderem auch Götz George in seiner Rolle als Tatort-Kommissar Schimanski." Ich war verärgert über diese Ablenkung, ließ es mir aber nicht anmerken.

„Das dachte ich mir doch." Er schien zufrieden.

„Genau." Ich wollte zurück zum Thema. „Vorgestern sprach ich mit Peter Blase, dem damaligen Betreiber des *Pogo*. Sie kennen ihn, von ihm habe ich übrigens Ihre Visitenkarte."

Er hob die Augenbrauen, das Gesicht blieb unbewegt, als bereute er es, Karten verteilt zu haben und damit für Leute wie mich erreichbar zu sein.

Ich sagte: „Peter erwähnte das alte Haus ebenfalls, gab aber noch ein paar Zusatzinformationen preis, die ich gern dem Reich der Fabeln zuordnen würde."

„Was sind das für Informationen?" Wienken begann damit, seinen linken Unterarm mit den Fingern seiner rechten Hand zu kratzen.

„Er sprach von, wie er es nannte, Paarbeziehungen geschäftlicher Art, zwischen Erwachsenen und Minderjährigen ...", ich holte tief Luft, vollzog einen Gasaustausch und ließ den Sauerstoff als Kohlendioxid wieder heraus, „... und – die ein oder andere Persönlichkeit soll auch darin verwickelt gewesen sein." Mir war unwohl bei dem Gedanken, ein Multiplikator solcher Gerüchte zu sein.

„Das ist ja ungeheuerlich!", platzte es aus ihm heraus und er fügte hinzu: „Das klingt eine Nummer verschärfter als das, was ich damals mitbekommen habe."

„Und was wäre das?"

„Jugendliche Pärchen trafen sich dort, weil sie ungestört sein wollten … weg von den Eltern eben. Aber Missbrauch von Minderjährigen? Nee, da ist bestimmt was aufgebauscht worden." Er schüttelte entschieden den Kopf.

Ich akzeptierte das, wollte aber Peters Version nicht ganz aus den Augen verlieren.

Wir leerten unsere Tassen, eine zweite lehnte ich dankend ab. Draußen ging ein Schauer nieder und Kleopatra lief auf dem Flur aufgeregt hin und her.

Ich wollte mehr über ihn erfahren. „Worin besteht Ihre Tätigkeit, Herr Wienken?"

„In der Regel betreue ich Jugendliche, junge Erwachsene und deren Angehörige, helfe ihnen bei der Therapie-Vermittlung. Ich begleite methadonsubstituierte Klienten und betreibe Streetwork. In der Praxis bedeutet das: Ich bin an all den Orten präsent, wo sich Klienten in der Öffentlichkeit treffen. Des Weiteren halte ich Vorträge und coache Multiplikatoren in artverwandten Institutionen."

„Ist zum Beispiel das alte Verwaltungsgebäude in der Ziegelhofstraße auch so ein Ort, an dem sich Drogenabhängige treffen?"

Wienken überlegte, und schüttelte den Kopf. „Nein, nein, das wüsste ich. Das ist zu weit ab vom

Schuss, wie man so sagt. Bis dahin würden manche es gar nicht schaffen, haha!" Wienken versuchte witzig zu sein, mit mäßigem Erfolg. Er schob seine Tasse zur Tischmitte, sein Blick verlor sich in den Weiten des Naturpanoramas, bevor er von selbst fortfuhr: „Derzeitiger Schwerpunkt meiner Arbeit ist die Krisenintervention an sogenannten Therapie-unmotivierten Klienten. Bei diesen greift das klassische Suchthilfesystem nicht oder wird aus therapeutischen Gründen nicht angewendet. Ich arbeite eng mit der Fachklinik in Ahlhorn zusammen, und bin nebenbei beratend für die Landesregierung tätig. Hinzu kommt die sporadische Betreuung von Selbsthilfegruppen." Kurze Pause. „Ich hoffe, dass ich Ihnen hiermit einen kleinen Überblick über meine Tätigkeit verschaffen konnte."

„Danke! Ich habe großen Respekt vor Menschen wie Ihnen, die sich sozial einbringen, um das zu kitten, was in unserer Gesellschaft und in den Familien aus dem Ruder gelaufen ist."

„Nun ja, ich versuche es wenigstens. Nicht immer gelingt es mir, äh … uns. Ich arbeite ja nicht allein. Hinter mir steht ein ganzes Team, das sich darum bemüht …" Er zwinkerte ungleich mit beiden Augen und verbesserte sich erneut. „Ich meinte: Wir alle arbeiten als Team daran, dass die Gesellschaft ein wenig Heilung erfährt. Wenn nur *ein* verirrtes Schäfchen zurück auf den rechten Weg gebracht werden kann, hat sich die Mühe schon gelohnt."

Dieser Gedanke war ein willkommenes Stichwort für ein weiteres Anliegen, dass ich bei mir trug. Es war Sophie Stuke. Ich wollte aber zunächst mehr über die Drogenproblematik in dieser Region in Erfahrung und in diesem Zusammenhang dann Sophie zur Sprache bringen. „Mit welcher Art Drogen haben Sie es zu tun?"

„Ich habe weniger mit Drogen als vielmehr mit den Klienten zu tun, die illegale Drogen konsumieren – harte wie weiche." Ich merkte, dass ich die Frage falsch gestellt hatte, aber er spürte, worauf ich abzielte: „Weiche Drogen sind Haschisch, Marihuana, und Cannabis – ein echtes Problem. Darunter fallen auch synthetische Drogen wie Ecstasy, Methamphetamine wie Crystal Meth und Speed; im Gegensatz zu harten Drogen wie Heroin und Kokain. Die harten kommen in meinem Arbeitsbereich ausgesprochen selten vor." Er lehnte sich schräg zurück und schlug seine nackten Beine übereinander. Er saß jetzt genau unter der Bogenlampe, seine Glatze kommunizierte mit der Glühbirne. „Im Zentrum unserer Arbeit steht das soziale Umfeld, insbesondere die Suche nach Auswegen aus der Sucht." Wienken lächelte und ich wusste nicht wieso. „Die tatsächliche Entwöhnung geschieht natürlich unter ärztlicher Kontrolle. Wir begleiten die Betroffenen über einen längeren Zeitraum in ihrem Alltag, damit sie den Teufelskreis durchbrechen lernen, nicht wieder rückfällig werden."

Es war etwas an ihm, das ich nicht einordnen konnte. Er war in gewisser Weise völlig ohne Persönlichkeit, auf der anderen Seite benahm er sich, als hätte er eine.

„Und wie gelangen die Drogen hierher? Immer noch aus den Niederlanden, wie früher?"

„Zu einem großen Teil! Amphetamin kommt meist aus Labors in den Niederlanden und wird in Fahrzeugen nach Deutschland geschmuggelt. Heroin stammt aus Afghanistan oder Pakistan, wird in türkischen Labors verarbeitet und erreicht uns in Containern oder Lastwagen über Österreich und Bayern. Das Kokain kommt per Schiff oder Flugzeug aus Südamerika nach Deutschland. Aber der Markt ist in Bewegung: Meth ist auf dem besten Wege, die herkömmlichen Drogen abzulösen. Noch ist hier alles ruhig, aber erst vor wenigen Monaten ist in Tschechien ein riesiges Crystal-Meth-Labor ausgehoben worden. Es ist nur noch eine Frage der Zeit ..."

Wienken unterbrach sich, als wäre ihm etwas bewusst geworden. Er erhob sich und öffnete eines der Fenster, die bis zum Boden reichten, dann ging er zur Wohnzimmertür, öffnete sie ebenfalls. Unmittelbar darauf schoss Kleopatra durchs Wohnzimmer nach draußen und tobte dort wild und ausgelassen herum. Wienken beobachtete das Spektakel mit großer Zufriedenheit, er schloss das Fenster wieder. Die Tür zum Flur ließ er offen stehen. Ich wertete das als Zeichen dafür, dass er ein baldiges Ende des Gesprächs erwartete. Ich neigte mich vor, blickte in die Kaffeetasse und dachte nach. Auf dem Boden war der Rest des Inhalts zu einem braunen Rand erstarrt, als hätte jemand zuviel *Nutella* gelutscht und den Überschuss dort in einem günstigen Moment hineingespuckt.

Als Wienken sich räusperte, blickte ich auf, wühlte in einer meiner Jackentaschen und zog Sophies Bild heraus. „Kennen Sie dieses Mädchen?"

Er nahm das Foto an sich, blinzelte wieder. Kaum hatte er es in der Hand, gab er es mir zurück, als sei es verseucht. „Nein! Nein, leider nicht. Oder, einen Moment! Vielleicht doch …" Er legte seinen fleischigen Zeigefinger über den Mund und grübelte. „Ja … ja, jetzt weiß ich es: Die St.-Ludger-Stiftung kümmert sich um sie. Das Mädchen gehört nicht zu meinen Klienten, darum weiß ich so gut wie nichts über sie."

Ich schaute ihn verwundert an. „Die örtlichen Beratungsstellen werden doch wohl ihre Daten und damit ihre Klienten abgleichen." Als ihm der Inhalt meines Satzes bewusst wurde, öffnete er den Mund, um etwas zu sagen, aber er schwieg, nickte nur, bis ich nachlegte: „Nur so kann doch verhindert werden, dass jemand durch das System rutscht und unbemerkt verschwindet. Oder täusche ich mich?"

„Sie haben ganz recht." Er wurde ungehalten. „Ich muss zugeben, dass ich mich in letzter Zeit zu sehr um die Öffentlichkeitsarbeit gekümmert habe. Ich war zu oft in Hannover, darum ist mir da wohl was entgangen …"

Es stand mir nicht zu, Ursachenforschung zu betreiben oder darüber zu urteilen, womit er seine Arbeitszeit verbrachte. Es ging schlichtweg um ein menschliches

Schicksal, für das ich jetzt eine gewisse Mitverantwortung trug. Ich bemühte mich, Wienkens Wissenslücke zu füllen, schob ein paar Details nach: „Dieses Mädchen ist Sophie Stuke. Ihre Tante Cornelia Kemper lässt nach ihr suchen und bittet auch Sie, die Augen offen zu halten. Sie sind der Profi und kennen sich da aus ..."

„Selbstverständlich! Das werde ich gerne machen." Er neigte sich nach vorn und fügte todernst hinzu: „Es ist sicher für alle Beteiligten ungefährlicher, wenn Sie mich das machen lassen!" Nun begann er zu kichern, deutete auf die Schnitzer in meinem Gesicht: „Man kann schnell mal in Teufels Küche geraten, stimmt's?"

Das war er also, der Galgenhumor im Galgenmoor ...

Ich war bestrebt, zu einem Ende zu kommen, und bedachte ihn mit einem knappen, ernsten Nicken. Wir gaben uns flüchtig die Hand. Als ich das Haus verließ, fragte ich mich, wie Wienken meine Verletzungen im Gesicht mit der Suche nach Sophie in Verbindung bringen konnte. Ich hatte ihm lediglich etwas von einer Auseinandersetzung gesagt, mehr nicht. Und seine Funktion als Informant für die Polizei hatte er unerwähnt gelassen – warum?

In meinem Kopf begannen sich die Eindrücke zu ordnen, aber es wollte nicht recht gelingen. Ein Sozialarbeiter, residierend in einem Palast, und ich als lädierter Ermittler mit wenig Durchblick und vielleicht den falschen Fragen. Es gefiel mir nicht. Ich gefiel mir selbst nicht, mir gefiel die Situation nicht und ich war mir nicht sicher, ob mir Wienken gefiel.

KAPITEL 8

Donnerstag, 6. November

Schwer bepackt und schweigsam zogen Monteure quer durchs Foyer, unter den restriktiven Augen der Hotelleitung. Ich blickte vom Frühstücksraum aus auf das Schauspiel in der Lobby. Doch, etwas beunruhigte mich, und ich kam erst darauf, als mir der aromatische Kaffee die Kehle hinunterlief. Der Azubi fehlte! Ich hoffte inständig, dass der gestrige Vorfall nichts mit seinem Fehlen zu tun hatte, er sich in der Berufsschule eine Auszeit nahm …

Mein Magen knurrte. Ich nahm ein wenig Obst, ein Brötchen und eine Vollkornschnitte. Der zweite Kaffee war schwarz wie Mooreiche, bis die Sahne darin zum Erblühen kam – zärtlich wie der Kuss einer Geliebten. Überhaupt setzten die Beilagen ganz ähnliche Assoziationen frei: Erdbeermarmelade strahlend rot und süß wie Lippen, Brötchen kross und rund, Butter weich, hell und zart und das Ei nicht zu weich und nicht zu hart … Alles genau richtig.

Heute Morgen gab es keine Gratis-CT zu gewinnen, ich suchte in meinem Smartphone nach der Online-Ausgabe im Internet. Unter der Schlagzeile

Unbekannte zertrümmern Auto – Fahrer kommt mit Blessuren davon stand in etwa beschrieben, was ich erlebt hatte. Ohne Übertreibung und mit der gebotenen Zurückhaltung – wohltuend sachlich, anders als der Boulevard-Journalismus vieler Hamburger Blätter. Ich leerte die Tasse und legte die Serviette beiseite. Es war ein üppiges Frühstück gewesen, von dem ich den ganzen Tag zehren konnte.

Draußen vor der Tür warf ich einen Blick auf meine Armbanduhr, die Verabredung mit Antje drängte zur Eile. Am Himmel zogen eine Handvoll Wolken in Richtung Osten, sie glichen zerlumpten Männern in weißen Mänteln. Ich wandte mich nach Süden, betrat nach etwa zehn Minuten das helle Redaktionsgebäude der *Cloppenburger Tageszeitung*. Hinter dem Empfangstresen gaben mir zwei weibliche Wesen durch ihre Geschäftigkeit zu verstehen, dass sie eigentlich keine Zeit für mich hätten und ich es besser vermeiden sollte, sie anzusprechen. Darum wartete ich geduldig, um mich bei ihnen beliebt zu machen. Die Stämmigere und Ältere der beiden – etwa in meinem Alter – verzog sich in eines der hinteren Büros. Ihre Kollegin war in den Zwanzigern, schwarzhaarig, mit morgenmuffeligem Blick, gekleidet in enge schwarze Jeans und ein so tiefrotes Oberteil, dass sogar eine ausgestopfte Wildkatze darauf reagiert hätte. Sie würdigte mich keines Blickes.

Nach einer kurzen Weile kam die Ältere wieder hereinspaziert, den Blick auf ein Papier gerichtet, das sie mit beiden Händen hielt. Sie legte es behutsam auf ihren Platz. Dann tat ich etwas Unerhörtes – ich räusperte mich. Es war ein leises, aber bestimmtes Räuspern, so wie es jemand tut, um Anwesende darauf aufmerksam zu machen, dass man es satt hat, ignoriert zu werden. Endlich bewegte sich die Ältere in meine Richtung, mit einer Mischung aus Routine und Desinteresse im Blick. Sie erinnerte mich an jene Damen auf dem *Juni-Markt*, die einem das Luftgewehr reichten, um eine Plastikblume zu schießen, wenn man Pech hatte und ein guter Schütze war.

Weil sie mich herausfordernd ansah, als wollte sie sich mit mir duellieren, zog ich zuerst. Ich sagte mit der abgeklärten Miene eines Clint Eastwood: „Guten Morgen, ich habe einen Termin mit Frau Antje Meiners."

Was darauf folgte, musste irgendwann inszeniert worden sein. Sie lächelte spitz, als habe sie unter all ihren Kollegen das Rennen gemacht: Antjes neuen Lover zu erspähen. Ihr Blick glitt wohlgefällig zur Seite, dann bewegte sie ihren säulengleichen Körper geschmeidig zur Telefonanlage, wählte eine Kurzwahlnummer, atmete tief ein und als Antje abnahm, säuselte sie in einem bedeutungsschweren Singsang auf den Schwingen ihres entweichenden Atems: „Süße … Hier wartet eine tolle Überraschung auf dich …" Dann drückte sie mit dem Zeigefinger auf die Gabel, bevor sie den Hörer auflegte. Als sie mich zudem noch lasziv und lautlos schnurrend anblickte, begann ich an der Seriosität dieser Redaktion zu zweifeln.

Endlich betrat Antje die Bühne. Unter den Blicken der Empfangsdamen winkte sie mich mit nahezu unbewegter Miene durch, und wir gingen ins Archiv. Es war ein heller Raum mit dunklem Fußboden, vertikalen Lamellen vor den Fenstern und geöffnetem Panzerschrank, der dem Archiv eine gewisse Bedeutsamkeit verlieh. Wir waren allein.

Antje legte ihre Hand auf meine Schulter und fragte mit sorgenvollem Blick auf die Schrammen in meinem Gesicht: „Frank, wie fühlst du dich? Tut es noch sehr weh?"

„Mir geht es wirklich gut, es sieht schlimmer aus, als es ist. Mach dir bitte keine Sorgen. Übrigens, danke, dass du dir Zeit für mich genommen hast und mir die Recherche ermöglichst!"

„Das ist eine meiner leichtesten Übungen." Antje ging zum Tresor, zog ein paar Karteikästen heraus und stellte sie auf den Schreibtisch in der Mitte des Raumes. Dabei fiel mir ihr umwerfendes Kleid auf. Schmale Streifen im Retro-Look in den Farben Dunkelrot, Creme und Braun umschmeichelten in psychedelischen Wellen ihre anmutige Figur.

Es gelang mir mühsam, mich auf blutdrucksenkende Gedanken zu bringen. „Sag mal, wer ist denn die Raubkatze da am Empfang? Ich fürchtete fast, von ihr angefallen zu werden."

Antje dachte kurz nach und lachte auf. „Ach, du meinst die wilde Hilde. Sie hat sich fest vorgenommen, mich noch in diesem Jahr unter die Haube zu bringen, und sie merkt nun, dass ihr nicht mehr viel Zeit bleibt. Darum hat sie einen Gang höher geschaltet. Ich hoffe, dass Hilde dir nicht allzu sehr zugesetzt hat."

Ich schüttelte sanft lächelnd den Kopf. „Unterstützt du ihre Bemühungen oder bist du völlig … abgeneigt?"

„Sicher ist nur, dass es in diesem Jahr nichts mehr werden wird. Aber wenn der Richtige kommt, wer weiß …?" Antje lächelte offen, ich lächelte auch und wir wussten beide, dass es ein unverbindliches Lächeln war, ganz ohne Hintergedanken. Jedenfalls hatte es den Anschein.

Ich schaute mich um. An der Wand rechts stand ein weiterer Tisch mit heller Kunststoffbeschichtung und einem Mikrofilmgerät darauf, als stoischer Botschafter analoger sowie fotografischer Archivtechnik, dessen Handhabung mir noch aus Studientagen vertraut war. Jene CT-Ausgaben, denen ich besondere Aufmerksamkeit schenken wollte, waren digital nicht verfügbar; ob das jemals geschehen würde, könne niemand sagen – technisch gesehen wäre das jedenfalls kein Problem, meinte Antje.

Sie suchte für mich die Mikrofilmplane der Monate November bis Dezember 1985 heraus. Behutsam fingerte sie ein blaues Plastikblättchen aus dem Karteikasten und legte es unter die Fixierplatte der Apparatur. Ich übernahm und schob die Vorrichtung vorsichtig unter das Display. Hunderte von Zeitungsseiten wurden als Negative auf dem erleuchteten Monitor sichtbar.

Bevor Antje sich wieder in ihr Büro verabschiedete, wollte sie wissen, ob unsere Verabredung für den Abend noch gültig sei. Ich hatte sie nicht vergessen und bestätigte ihr dies. Meine ganze Konzentration galt nun dem blassblau schimmernden Monitor.

Unter der Kopfzeile *Oldenburger Münsterland* sah ich mir jede Ausgabe nach dem fünfzehnten November genauer an. Der Sechzehnte war ein Samstag gewesen, der Mord ganz frisch – also zu früh für eine Veröffentlichung. Die darauffolgende Ausgabe war die vom Montag, dem achtzehnten November. Deren Titelschlagzeile lautete: *Mord auf dem Marktplatz*, und darunter in kleineren Lettern: *Schüler zu Tode getreten.* Der Artikel schilderte ausführlich, was zumindest die unmittelbaren Ermittlungen bis zu diesem Zeitpunkt ergeben hatten. Wenngleich die Obduktion noch nicht abgeschlossen und die Kriminaltechnische Untersuchung noch mit der Auswertung der Befunde befasst gewesen war. Die Befragung von Angehörigen, Freunden und Mitschülern lief auf Hochtouren.

Von einer DNA-Auswertung stand dort und in den darauf folgenden Artikeln natürlich noch nichts. Alec Jeffreys war zwar schon 1984 zufällig auf dieses Verfahren gestoßen, aber in Deutschland war es erst 1988 als Beweis in einem Strafprozess vor Gericht anerkannt worden. Der erste DNA-Reihentest war erstmals 1997 in München und der zweite im März 1998 im Landkreis Cloppenburg durchgeführt worden, im Mordfall

Ronny Rieken. Die Speichelproben von sechzehntausend Männern im Alter von achtzehn bis dreißig Jahren waren damals untersucht worden. Der Mord an einem elfjährigen Mädchen aus Strücklingen hatte auf diese Weise aufgeklärt werden können. Aber hier, im Fall von 1985, war man noch weit entfernt gewesen von derartigen Untersuchungsmethoden.

Das Eintauchen in die Vergangenheit bereitete mir Unwohlsein, eine Mischung aus Beklemmung und Schwermut. Wie das Aufbrechen einer versunkenen, unwirklichen Welt; längst verloren geglaubte und verdrängte Eindrücke überrollten mich lawinenartig. Nun verschoben sich diese Emotionen ins Bewusstsein, ließen verrostete Schubladen aufspringen, Gesichter, Stimmen und Gefühle wurden präsent. Auch manche Irritationen auf der Spur des Erwachsenwerdens. Man bewegte sich damals zwischen Popper und Punks, zwischen Puch und Peugeot, zwischen römisch-katholisch und pragmatisch-katholisch. Zur Schule ging es sechs Tage die Woche und man hatte bis Mitte der achtziger Jahre die Wahl zwischen drei Fernsehprogrammen und dem Radio, man beschäftigte sich mit Walkman, Zauberwürfel, Videorekorder, *Miami Vice*, Opel-Manta, Nena-Songs, Schulterpölsterchen und *Dirty Dancing*.

Oder aber man war progressiv veranlagt – Dorfpunk eben. Monarchie und Alltag: Maloche von Montag bis Freitag, an den Wochenenden ging es per Anhalter oder zu neunt in einem ‚Strich-Achter' zum *Circus Musicus*, um nach der Musik von *Slime*, *Ramones* und *Extrabreit* zu flippen. Andere blieben im *Pogo*, manche mit exzentrischen Ponyfrisuren, die die Sicht versperrten, bekleidet mit langen, dunklen Mänteln, sich rhythmisch im Geldaufhebetanz bewegend.

Für Popper und alle anderen boten das *White Horse* und *Big Ben* Gelegenheit zum Schaulaufen, für very small Talks sowie introvertierte Hüpftänzchen, in breitschultrigen, hellen Blazern und Bundfaltenhosen im Karottenschnitt. Teds, Popper, Punks. Deutschlands Jugend splittet sich auf und findet in der *Neuen Deutschen Welle* einen adäquaten Sound.

Die *Neue Heimat* bot ein bisschen von allem. Ein angesagter Laden mit aktueller Mucke aus den Bereichen New Wave, Independent, Synthie-Pop, aber auch Klassiker wie *Alan Parsons Project's ,Eye In The Sky'* sowie Live-Musik füllten schnell die Tanzflächen auf mehreren Ebenen.

Opel Manta-Mannies mit der für sie typischen Vokuhila-(vorne kurz, hinten lang)-Frisur, offenen Motorhauben und Fuchsschwänzen an den Antennen, positioniert an strategisch wichtigen Verkehrsknotenpunkten, um sehen und gesehen zu werden.

Im *Dorfkrug* und auf dem Podest im Schaufenster der *Destille* hockend, die Zottelbärte mit Haarbürste und *Drum*-Packung im Bundeswehrparka mit abgetrennter Deutschlandflagge; auch Dufflecoat, Bluejeans und die *Camel*-Boots gehörten zum Look der friedensbewegten Jugend. Man demonstrierte gegen den NATO-Doppelbeschluss und Atomkraft. Es ist die Zeit des Regierungswechsels in Bonn, nach dreizehn Jahren sozial-liberaler Koalition. Kanzler Kohl predigt die ‚geistig-moralische Wende' und den wirtschaftlichen Aufschwung. Als Gegenbewegung zieht die ‚Turnschuhgeneration' der späten siebziger Jahre ins Parlament ein. Mit den ‚Grünen' halten Fusselbärte und Selbstgestricktes Einzug ins Hohe Haus.

Es ist eine beunruhigende Zeit; verstörte Menschen in Ost und West, getrennt durch die Zonengrenze, im Würgegriff der sowjetischen SS-20 und amerikanischen Pershing-II-Raketen. Die Furcht vor atomarer Bedrohung treibt jung und alt auf die Straße, und allen ist klar, wenn die Supermächte in Ost und West die roten Knöpfe drücken, liegt Deutschland mittendrin.

Der Glaube an die alten 68er Ideale ist verlorengegangen. Während die einen auf der Suche nach neuen Werten sind, verlieren sich die anderen im Samstagnacht-Fieber oder steigen radikal aus. *No future* war das Lebensmotto einer Generation zwischen Disco und Demo.

Demos gegen Rechts, vor dem *Hotel Taphorn* und in Dötlingen, Ostermärsche unter Beobachtung der Behörden – Bilder lösten sich aus meinem Gedächtnis, als verlören Fotoecken ihren Halt.

Ein paar Ausgaben später wurde von den Bemühungen der Polizei berichtet, das persönliche Umfeld des Opfers Michael Ostermann zu durchleuchten. Mir waren Namen wichtig, ich fand eine knappe Stellungnahme von Martina Pleye, einer guten Freundin. Diesen Namen notierte ich abschließend und beendete die Recherche nach etwa sechzig Minuten angestrengten Lesens. Ich rieb mir die Augen, schaltete das Gerät ab und stellte die Mikrofilmkarte zurück in den Karteikasten. Ein freundlicher Redakteur half mir bei der Suche nach Antjes Büro. *Antje Meiners, Herbert Klugmeyer – Redaktion Lokales* stand auf dem Türschild. Ich klopfte und trat nach Aufforderung ein. Antje saß vor einem aufgeklappten Ordner und heftete gerade etwas ab, Herbert war nicht da.

„Na, Erfolg gehabt?", fragte sie lächelnd.

„Definiere Erfolg", sagte ich. „Die Recherche hat mir jedenfalls geholfen, mich in die Problematik von damals einzufinden. Manches hatte ich vergessen oder anders in Erinnerung." Ich zauberte meine Notiz aus der hohlen Hand. „Hier habe ich einen Namen und wollte dich bitten, herauszufinden, wo diese Martina Pleye heute lebt und ob du mir ihre Kontaktdaten heraussuchen könntest. Ihr habt doch Möglichkeiten, von denen wir Normalsterblichen nur träumen können."

„Noch nie etwas von Datenschutz gehört?", erwiderte sie entrüstet.

„Ach, so etwas gibt es tatsächlich? Und warum werde ich fast täglich mit Anrufen und Anschreiben bombardiert, von Firmen, von denen ich nicht einmal wusste, dass sie existieren? Woher haben *die* meine Daten?"

Antje zog ihre Mundwinkel nach unten und hob gleichzeitig die Schultern.

„Ist der Blick ins Telefonbuch auch ein Verstoß gegen den Datenschutz?", wollte ich wissen.

„Wohl kaum. Ich werde mal sehen, was ich tun kann. Außerdem habe ich ein paar Kollegen, die dir die komplette Ahnentafel angestammter Cloppenburger aus dem Ärmel schütteln könnten."

„Nun, wer es braucht … Ich benötige aber wirklich nur die Kontaktdaten, ausschließlich im Rahmen des Datenschutzes, bitte!" Ich lächelte übertrieben deutlich.

„Natürlich, alles nach Recht und Ordnung, mein Lieber." Sie lächelte schief. „Vielleicht kannst du mir mal erzählen, um was es bei deinen Recherchen überhaupt geht? Ich werde das Gefühl nicht los, bereits knietief in deiner Ermittlertätigkeit zu stecken."

Ich nickte und gab zu: „Dein Gefühl täuscht dich nicht. Ich wollte es dir erzählen, wenn du mich heute Abend besuchen kommst." Unvermittelt kam mir eine weitere Person in den Sinn. Wegen seines Drogenkonsums und des zunächst nicht vorhandenen Alibis hatte er zu Beginn der Ermittlungen unter Mordverdacht gestanden. Peter Blase aus dem *Briefkasten* hatte mir seinen Namen genannt, es war Christoph Wessels.

Ich legte den Papierfetzen auf den Tisch, nahm einen Stift und fügte den hinzu. „Und diesen bitte auch, wenn es dir nicht zu viel wird …"

„Ich hab ja sonst nichts zu tun. Ich sitze hier den ganzen Tag herum, drehe Däumchen und warte auf Namen, die mir auf kleinen Papierschnipseln über den

Tisch geschoben werden. Sonst noch etwas?", sagte sie mit einem gekünstelten kleinen Seufzer. Sarkasmus schwang mit. Ich durfte davon ausgehen, dass es in Ordnung war.

Es klopfte, die Tür öffnete sich unaufgefordert. Ein Mann, etwa Anfang sechzig, mit grauem Arbeitskittel und grüner Schirmmütze, trat einen halben Schritt in den Raum. Er nahm seine Mütze vom Kopf, knüllte sie mit beiden Händen und sagte: „Oh, entschuldigen Se …!"

Antje bedeutete ihm mit der Hand, dass er hereinkommen solle: „Schorse, ich hab schon auf dich gewartet."

„Moin, Antje! Du, ick schall hier wat affhoaln, is dat waohr? Dei Lü van dei Druckereie hebbt mi dat vertellt."

„Joa, dat is woahr, Schorse! Teuf moal äbend." Sie zog an einer der Schreibtischschubladen und reichte ihm einen braunen Umschlag. „Feuerst du dor vondoage noch hen?", fragte Antje.

Schorse nickte: „Joa, nu!"

„Dat is gaut, disse Breif is förn Hinnerk. Besten Dank dorvör!"

„Nix tau danken, Antje. För di dau ick dat doch immer gern."

Schorse wollte gerade die Tür hinter sich schließen, als mir ein Gedanke kam: „Schorse, fahren Sie jetzt zur Druckerei?"

„Ja, das will ich, aber danach gleich weiter zur Post."

„Wo ist die Druckerei? Noch immer am Kessener Weg?"

„Ganz richtig."

„Könnten Sie mich auf Ihrer Tour dorthin mitnehmen?"

„Na klar! Geh'n Se schon mal nach hinten durch, zum Parkplatz. Das is der weiße *Crafter*. Ich geh noch eben für kleine Königstiger ..." Er zog ab und ließ die Tür offen stehen.

Antje hob verwundert ihre Augenbrauen. „Hast du dir das gut überlegt, Frank?" Ihre Stimme ließ eine gehörige Portion Skepsis erkennen.

Ich hatte nicht vor, ihr zu erzählen, dass ich mir bei dieser Gelegenheit am hellichten Tag noch einmal das alte Ziegelhofgebäude anschauen wollte. Darum sagte ich schlicht: „Es kommt mir gerade sehr gelegen, Antje. Wir sehen uns heute Abend!"

„Gut, bis dann, wenn du die Fahrt überleben solltest. Übrigens, lass dein Abendessen heute ausfallen, ich bring Pizza und Wein mit!"

Ich formte Daumen und Zeigefinger zu einem O und hielt es hoch. „Perfekt!"

Sie zeigte mir den Weg zum Hinterausgang.

Der Transporter war schnell gefunden. Ein paar Minuten später kam Schorse angetrottet, er schloss die Türen auf, wir stiegen zu den Sitzen hoch. Der *Crafter* startete und schoss wie ein wild gewordener Stier rückwärts aus der Parklücke. Ein gehöriger Tritt auf die Bremsen verhinderte den Zusammenprall mit anderen abgestellten Fahrzeugen hinter uns. Schorse arbeitete sich am Schaltknüppel ab und ließ die Kupplung langsam kommen. Es gab einen langen knirschenden Ton – der berühmte Gruß vom Getriebe. Er trat wieder in die Kupplung, versuchte es mit einem anderen Gang und ließ die Kupplung erneut kommen. Der Wagen machte einen Satz nach vorn, dann erstarb der Motor. Ich schaute zur Redaktion zurück, an einem Fenster standen fünf bis sechs Gestalten mit bangen Gesichtern, einer hielt ein selbstgefertigtes Schild in die Höhe: *Regeln Sie Ihren Nachlass!*

Auf der Brandstraße blieben besorgt dreinblickende Passanten stehen und warteten, bis die Gefahr vorüber war. Schorse drehte den Schlüssel, dieses Mal fand er auf Anhieb den ersten Gang. Mit einem Satz fuhren wir an, der Motor jaulte auf, bis wir einen halben Meter auf der Brandstraße zum Halten kamen. Da sich bereits sämtliche Fußgänger in Sicherheit gebracht hatten und andere Fahrzeuge in diesem Teil der Fußgängerzone nicht zu erwarten waren, konnten wir den Weg fast gefahrlos fortsetzen.

Mein Chauffeur schlug das Lenkrad nach links ein und wir brausten über die Eschstraße stadtauswärts die Sevelter Straße entlang. Im Radio lief währenddessen auf *Antenne* das Stück ‚*We built this City*‘ von *Starship*. Schorse saß sicher und fest auf seinem Sitz, wie ein Prälat mit der Aussicht auf Berufung zum Weihbischof. Er fuhr zielstrebig, resolut und voller Gottvertrauen.

Wütendes Gehupe anderer Verkehrsteilnehmer begleitete uns die gesamte Fahrt über, aber das störte ihn nicht im Geringsten. Ich starrte auf die Christopherusplakette auf dem Armaturenbrett, dem Schutzpatron der Autofahrer. Auch der Heilige hielt sich irgendwo fest, was mich nicht wunderte. Was hatte Antje noch gesagt? ,Hast du dir das gut überlegt? ... wenn du die Fahrt überleben solltest ...'

Es gelang mir, mit Schorse ins Gespräch zu kommen, wollte ihn aber um Himmels willen nicht von seiner Tätigkeit ablenken – wir plauderten über Gott und die Welt. Er sprach mehr mit dem Lenkrad als mit mir; das folgerte ich aus seinen Antworten, die nicht das Geringste mit meinen Fragen zu tun hatten. Auf dem Herzog-Erich-Ring war bedeutend weniger Verkehr, sodass ich den Mut aufbrachte, ihn um einen kleinen Gefallen zu bitten. Ich fragte ihn, ob wir auf dem Rückweg statt die Sevelter Straße nunmehr die Ziegelhofstraße nehmen könnten. Er war einverstanden.

Auf dem Parkplatz der Druckerei bremste Schorse derart heftig ab, dass es sich anfühlte, als wären wir gegen eine Mauer gefahren. Mit Antjes Umschlag bewaffnet eilte er ins Büro, während ich angeschnallt sitzen blieb. Ich atmete konzentriert tief ein und noch tiefer wieder aus, bis mir schwindelig wurde, dann atmete ich normal weiter und fühlte mich gleich ruhiger. Mein Puls schlug wieder normal, aber ich fürchtete, dass es nicht lange anhalten würde.

Mein Mobiltelefon klingelte. Auf dem Display stand in hellen, schmalen Lettern *Antje ruft an*.

Ich nahm ab. „Ja, Antje?"

„Frank, ich hab was zu Martina Pleye. Sie heißt heute Martina Tapken und wohnt in der Inselstraße 94."

„Prima! Hast du zufällig auch ihre Telefonnummer?"

„Einen Moment", es raschelte, es klickte, es pausierte, „nein, leider nicht. Sie steht nicht im Telefonbuch, auch nicht online." Im Hintergrund hörte ich jemanden ins Büro kommen. Antjes Stimme klang gedämpfter: „Auch meine Kollegen haben keine Idee."

„Ist gut, dann muss es so gehen. Ich danke dir für deine Mühe! Hm, was ist mit Christoph Wessels?", hakte ich vorsichtig nach.

„Dafür brauche ich noch etwas Zeit. Ich melde mich, okay?"

„Geht klar." Ich wollte den Bogen keinesfalls überspannen. „Dann bis spätestens heute Abend!"

„Ich freue mich!", flüsterte sie in den Hörer.

„Was?", brüllte ich.

„Idiot!"

Wir legten auf.

Ein paar Minuten später öffnete sich die Fahrertür, Schorse kletterte auf seinen Führerstand. Dabei legte er ein kleines Päckchen auf das Armaturenbrett. Es rutschte nahe an die Windschutzscheibe. Der Transporter machte einen Satz nach vorn, das Getriebe grüßte nicht mal mehr, dafür flog das Päckchen auf meinen

Schoß. Ich blickte zum Bürofenster zurück. Drei Angestellte standen am Fenster, einer hielt ein selbst gefertigtes Transparent in die Höhe: *Springen Sie jetzt!* Doch ich war fest entschlossen, mich auf dieses Höllenkommando einzulassen.

Ich erinnerte Schorse an den kleinen Umweg über die Ziegelhofstraße. Er nickte stumm, fuhr erst zum Herzog-Erich-Ring zurück und bog dann scharf rechts ab. Das Hinterrad schnitt die Bürgersteigkante – wieder eine Unwucht mehr im Reifen. Nach etwa dreihundert Metern vollführte er einen harten Rechtsruck, hier gab es keine Kante; der Hinterreifen rutschte entspannt über den Splitt. Ich bat Schorse, jetzt deutlich langsamer zu fahren, und stellte damit höchste Ansprüche an sein motorisches Geschick. Es gelang ihm fast.

Wir näherten uns dem alten Ziegelhofgebäude von Süden her. Rechts lag ein Häufchen Glassplitter am Straßenrand, ein stiller Gruß von meinem Volvo, und ein paar Meter weiter das Haus hinter den Tannen. Bei Tag sah alles weniger bedrohlich aus, was mir half, das Trauma von vorgestern zu überwinden. Ich schaute angestrengt zur anderen Straßenseite, zum Verwaltungsgebäude. Im zweiten Stock hing jetzt eine der Pressplatten vor den Fenstern schief, definitiv eine Veränderung – es musste also jemand im oder am Haus gewesen sein.

Während wir vorbeirollten, blieb mein Blick an dem alten Gemäuer kleben, aber ich sah nichts, was mir verdächtig vorkam. Schorse schaute mich fragend an. Mit einem knappen Nicken signalisierte ich ihm, dass er schneller fahren könne.

Auf einmal sah ich rechts, in einem verborgenen Seitenweg, einen blauen Golf-Kombi stehen. Es gelang mir, wenigstens die letzten Ziffern des Kennzeichens zu erfassen. Ich schaute hinter meinem Ohr nach – es war tatsächlich Wienkens Wagen! Die Gedanken schossen wild durcheinander: Was wollte Wienken hier? Waren es meine Fragen, die ihn neugierig gemacht hatten, oder hatte er mich schlichtweg angelogen? Ich musste an Sophie denken und an Wienkens verwirrten Gesichtsausdruck, als ich ihm ihr Bild gezeigt hatte. Unmittelbar vor der Auffahrt zur Löninger Straße grub ich in meiner Jackentasche nach dem Foto und zeigte es Schorse auf gut Glück.

„Nee, die kenn ich nich. Dei jungen Dinger vondoage sehn doch alle gliek ut." Er wusste nicht, ob er Nieder- oder Hochdeutsch mit mir sprechen sollte.

Ich betrachte das Bild selbst noch einmal. „Das finde ich überhaupt nicht", widersprach ich ihm. „Während die jungen Leute herumlaufen, als wären sie allesamt Hollywoodstars, grenzt sich dieses Mädchen mit seinem dunklen Style geradezu ab. Ich meine, dass sie eine außergewöhnliche Erscheinung ist."

„Zeigen Se mir das doch noch mal." Er hatte sich für Hochdeutsch entschieden.

Ich hielt es hoch.

Er kniff die Augen zusammen. „Ach, ohne Brille kann ich das gar nich richtig sehn."

Ich schluckte. „Gilt das etwa auch fürs Autofahren?"

„Wenn Ses nich an die große Glocke hängen, Meister …"

Ich musste noch einmal schlucken, hielt mich mit beiden Händen fest und beobachtete mit Argusaugen die Straße vor uns, um Schorse vor möglichen Gefahren zu warnen und ihn mit Tipps zum laufenden Verkehr zu versorgen. Im Radio lief dazu wie bestellt der Song ‚Mary's Prayer' von Danny Wilson.

Wir schafften es heil bis zur Fritz-Reuter-Straße, bogen dort ein, brausten am Marktplatz, an einigen Reihenhäusern und der *Tanzschule Wienholt* vorbei. Unmittelbar vor der Brücke bogen wir links in die Innenstadt ein, wo sich der Kreis unserer Tour schloss. Beim Zentralen Omnibus-Bahnhof trennten sich unsere Wege. Ich wollte der nächsten Spur nachgehen, die Antje mir geebnet hatte. Darum legte ich das kleine Päckchen zurück auf das Armaturenbrett und öffnete die Beifahrertür.

„Moak dat man gaut!", grüßte Schorse.

„Du uck!", gab ich zurück, bevor meine Tür ins Schloss fiel.

Während Schorse es wie durch ein Wunder unbeschadet durch den Kreisel in die Bahnhofstraße schaffte, bestieg ich einen der *Hanekamp*-Busse in Richtung Stadion, der in den nördlichen Teil der Stadt fuhr. Maria Tapken, nach Information der *Cloppenburger Tageszeitung* eine Freundin des Mordopfers Michael Ostermann, wohnte dort ganz in der Nähe, in der Inselstraße.

Der Bus rotierte durch den halben Kreisel und gab links den Blick auf eine Häuserzeile in der Bahnhofstraße frei, dessen Anblick sich seit den achtziger Jahren gravierend verändert hatte. An die Stelle aufgereihter, niedriger Giebel und Fassaden aus den fünfziger oder sechziger Jahren waren moderne Geschäfts- und Bürohäuser getreten. Unter anderem hatten sich dort vor dreißig Jahren – vis-à-vis *Berties Pommes Shop* – sowohl ein Ökoladen als auch ein Jugendcafé namens *Regenbogen* befunden, ein Kunst-, Kultur- und Schülertreff als Angebot der offenen Jugendarbeit, mit einer Drogenberatungsstelle in der oberen Etage. Dieser seltsamen Kombination war es zu verdanken gewesen, dass böse Zungen das *Café Regenbogen* abfällig *Drogenbogen* genannt hatten, was den hehren Zielen nicht gerecht wurde. Das Jugendcafé war eine Sammelstelle für all jene gewesen, die sich in den etablierten Vereinen des Sports und der Kirchen nicht zurechtfanden. Jetzt war alles, wie Wienken es ausdrückte, ,platt gemacht'.

Die Busfahrt verlief weiter durch die Hagenstraße, am *Soestebad* vorbei, links durch eine nagelneue Osterstraße. Das Radio im Stadtbus – auf den Sender *ffn* eingestellt – spielte unmittelbar nach den Nachrichten das Lied ,*Over My Shoulder*' von *Mike & the Mechanics*. Links und rechts der Friesoyther Straße erhob sich das Altenpflegeheim St.-Pius-Stift, dessen Areale durch eine mit Stahl und Glas ummantelte Fußgängerbrücke verbunden waren. Etwas weiter passierte der Bus das Stadion, Autohäuser, zahlreiche aufgehübschte Wohnhäuser aus den sechziger Jahren und einen Kiosk. Der Bus war zu einem Drittel besetzt: schnatternde Hausfrauen mit vollen Einkaufstüten, aufmerksam lauschende Senioren, eine Handvoll Schüler, die mit ihren Smartphones beschäftigt waren. Auf einer Busfahrt langweilt man sich nie. Wenn man sich auf Menschen versteht, findet man stets was Neues zu beobachten. Das gilt für Hamburg, nicht für Cloppenburg.

Etwa in Höhe Inselstraße, gegenüber der *Grillstube Bruns*, endete für mich die Sightseeing-Tour.

Der Wind war aufgefrischt. Als ich ausstieg, schlug er mir kalt ins Gesicht. Die Wolken waren dichter geworden, aber es blieb trocken. Ich wanderte etwa hundert Meter in östlicher Richtung, zu einem achtgeschossigen Hochbau, auf dem unzählige Sendemasten für den Mobilfunk angebracht worden waren. Eine Elster flog darüber und hüstelte trocken. Ich pfiff das Solo von ‚*Over My Shoulder*‘ zu Ende. Der Wohnblock aus dunklem Stein und braunen Kunststofffenstern verdiente das Prädikat ‚Unfassbare Bausünde‘. Weitere Häuser dieses Wohnviertels, mit ansprechend gepflegten Gärten, immergrünen Sträuchern und kurzen Rasenflächen, nahmen sich daneben aus wie niedliche Zwergenhütten.

Einige Fenster dieses dunklen Hauses waren mit Wolldecken verhangen, wohl für den unwahrscheinlichen Fall, dass sich heute Sonnenstrahlen hierhin verirren sollten. Wie Affenschaukeln hingen Kabel von Satellitenschüsseln an Balkonen und endeten in Fensterritzen, deren Kunststoff im Laufe vieler Sonnenstun-

144

den verblichen war. An der Hausfront zur Straße hin klebten zwei Ziffern: 9 und 4. Die 9 hing so quer, dass man sie fast für eine 6 hätte halten können, als sollte auf diese Weise der ein oder andere Gerichtsvollzieher in die Irre geführt werden.

Auf einem der vielen Klingelschilder fand ich den Namen *Tapken|XXX* in einen roten Plastikstreifen geprägt, klebend auf einem vergilbten Klingelknopf. Ich drückte dreimal, wie auf dem Schild angegeben.

„Hallooohooo", eine übertrieben hohe Frauenstimme ertönte aus der Gegensprechanlage, gefolgt von Knistern.

„Guten Tag, mein Name ist ..."

Es summte laut.

„Vierter Stoohoock", jodelte es aus dem Lautsprecher.

Ich stieß die Tür auf und stiefelte die Stufen empor. Erste Etage. Es war Mittagszeit. Die Düfte exotischer Küchen, von Sri Lanka bis Oberbayern, durchzogen das Treppenhaus. Zweite Etage. Der Bau war hellhörig. Töpfe und Geschirr klapperten, eine Mutter keifte ihre Kinder an, die keiften zurück, irgendwo plärrte ein Baby und in den Rohren rutschten die Abwässer. In solchen Häusern gab es immer irgendwelche Rohre, in denen Abwasser rutschte. Dritte Etage. Geräusche aus einer Küchenmaschine, einem Fernseher und einer anderen Küchenmaschine. Die Wände im Treppenhaus waren grün und porentief rein. Nicht ein einziges vulgäres Wort, kein bisschen Rotz. Irgendjemand hier führte ein strenges Regiment und hatte einen fleißigen Wischlappen. Im vierten Stock ging ich direkt auf Martina Tapkens Tür zu, drückte die Klingel. Schritte näherten sich, aber die Tür blieb verschlossen.

Dann wieder die hohe Stimme: „Bitte, die Tür liihiiinks!"

Erst jetzt sah ich den Pfeil, der in dieselbe Richtung wies. Dort war tatsächlich eine weitere Tür, auf der ein winziger Herz-Sticker mit dem Namen *Chantale* klebte. ,*Chantale tu doch mal die Oma winken*' kam hier nicht zur Anwendung – ich bemühte mich, diesen Satz aus meinem Gedächtnis zu verbannen. Irgendetwas passte nicht zusammen: Ich wollte zu Martina, nicht zu *Chantale*!

Die Tür war einen kleinen Spalt offen, ich schob sie auf und betrat den Raum dahinter. Ich stand in einem fensterlosen, rot beleuchteten Flur, so winzig, dass es wohl problematisch war, die Glühbirne zu wechseln. Rechts an der Wand hing eine schmale, schief angeschraubte Garderobe für ganze zwei Jacken oder Mäntel. Ich schloss die Tür hinter mir und klopfte an der nächsten. Niemand antwortete, zögernd öffnete ich auch diese und trat ein.

Es war ein großer, dämmriger Raum mit Glitzerbeleuchtung. Ich schaute zur Zimmerdecke – eine einsame Diskokugel drehte ihre Runden. In der Mitte stand ein quadratisches Bett mit glänzendem Latex-Bezug, an dessen Kopfende ein Tuch aus einer *Kleenex*-Box ragte. Rechts auf einer Anrichte blubberte eine dieser roten Lavalampen vor sich hin, die man aus den sechziger und siebziger Jahren kennt. Die Luft war stickig und extrem warm. Im Hintergrund säuselte etwas, das an Musik erinnerte, etwa im Stil von *Je t'aime*. Der Raum war insgesamt übersichtlich und aufgeräumt. Definitiv keine Besenkammer.

Erst als sich hinten links jemand in den Raum bewegte, erspähte ich einen weiteren türlosen Zugang. Die Dame, die hereinkam, wollte so gar nicht zu einer Martina passen – eher zu Chantale. Sie hatte volles schwarzes Haar, mit einem violetten Schimmer (jedenfalls sah es bei dieser Beleuchtung so aus), volle, dunkle Lippen, breite Schultern und ausladende Hüften, die mit einem ledernen Minirock (oder einem Stück Treckerreifenschlauch) umgürtet waren. Überdies trug sie einen schwarzen Leder-BH, der bedeutend mehr zu tragen hatte, als wissenschaftlich nachgewiesen werden konnte. In den Händen hielt sie zwei gefüllte Champagnergläser, deren Inhalt kaum mehr sprudelte. Sie drehte sich, neigte sich etwas nach vorn, stellte die Gläser neben die *Kleenex*-Box und war flink dabei, ihren BH abzulegen.

„Na, Süßer? Du kannst dich doch wohl schon alleine frei machen; Tante Chantale ist ja nicht von der Sozialstation", sagte sie mit melodischer Stimme, dabei setzte sie ein Knie aufs Latexbett.

„Dann kann ich die Stützstrümpfe also wieder einpacken?", wollte ich wissen.

Sie fror ein, war augenblicklich im Stimmbruch: „Wer sind Sie und was wollen Sie hier?!"

„Bitte verzeihen Sie, aber ich hatte unten bereits versucht, zu erklären …"

„Maul halten!" Sie wurde lauter. „Was wollen Sie?" Ihre Stimmfrequenz erreichte sphärische Höhen.

„Ein paar Informationen!"

„Worüber?"

„Über die Zeit im November 85."

Sie stutzte. „Warum sollte ich Ihnen diese Informationen geben?", sagte sie vollkommen emotionslos, als befände ich mich in einer computergenerierten Telefonwarteschleife. Aber ihre Anspielung verstand ich natürlich und holte einen Zwanziger heraus. Sie kam näher, nahm mir den Schein aus der Hand, murmelte so etwas wie „Mitkommen!" und führte mich durch einen schmalen Gang in den rückwärtigen Bereich, dann rechts um die Ecke durch ein weiteres Zimmer, bis wir in Chantale's Wohnzimmer standen.

Sie zog ihre schwarze Perücke ab, kurzes brünettes Haar wurde sichtbar, eine Metamorphose von Chantale zu Martina, vom Vamp zur Hausfrau. Noch immer barbusig, nahm sie sich einen weißen Frotteebademantel von der Couch und warf ihn sich über, ohne zuzubinden. Ich entledigte mich meiner Jacke und legte sie über die Sessellehne. Sie bot mir einen Platz an und als wir uns setzten, versanken wir fast in der abgewetzten Garnitur. Martina machte einen fertigen Eindruck, wie Rocky Balboa nach K.O. in der dritten Runde. Kaum Schweiß, aber das Gesicht aufgedunsen von zu vielen Trösterchen aus der Hausbar. Auf einmal knallte es irgendwo, ich erschrak.

„Keine Angst, das war mein Sohn; der geht immer so aus der Wohnung. Der wohnt noch hier, bei Hotel Mama. Aber er kann es einfach nicht ausstehen, wie ich mein' Zaster verdiene ... darum knallt er die Tür immer so.‟

„Wundert Sie das?‟, fragte ich, ohne Schärfe in der Stimme.

„Nein, verdammt! Aber irgendwann kann man sich ja mal dran gewöhn'. Ich hab mich ja auch daran gewöhnt, außerdem tu ich das doch für ihn! Wovon bezahlt er denn diesen ganzen Klimbim, diese Pläistäischens, Äppelfoöns oder wie das alles heißt ...‟ Sie öffnete die *Bommerlunder*-Flasche, die vor ihr auf dem Tisch stand, und zauberte zwei Schnapsgläser hervor, die praktischerweise gleich neben dem Sofa auf der unteren Ebene eines Teewagens lagen. Martina ließ den Kümmelschnaps in beide Gläser laufen, schob mir das eine herüber. Der Tisch zwischen uns war hellbraun und abgeschabt, zeigte eingegrabene Ringe von einer Vielzahl von Flaschen und Gläsern, kleine Narben von Zigarettenglut unter einer speckigen Schicht von Fett und Staub.

Ich betrachtete ihr Gesicht. Tief verborgen lauerte das nette Mädchen von vor fünfunddreißig Jahren. Ein Teenager mit einem Zwinkern für alle, die es haben wollten, das auf dem Bolzplatz *Küss den Frosch* gespielt hatte – aber allzu viele Frösche geküsst hatte und nie den richtigen. Ich war nicht darunter gewesen. Ich hatte derweil tief unten im Brunnen gehockt, mich nicht gerührt, nicht den Weg an die Oberfläche gesucht, bis Antje in den Brunnen geschaut hatte …

Ich nahm das Glas, wir prosteten uns zu: „Prostata!", der Kümmelschnaps lief unsere Kehlen hinunter, ließ mich kurz nach Luft schnappen.

„Na, wohl nix gewohnt, wa?", fragte sie mit einer Joe-Cocker-Stimme.

Ich schüttelte den Kopf.

„Wat wolln Se eigentlich, Herr …?"

„Gerdes. Ich bin Frank."

„Sie sind kein Bulle. Das würde ich bei Gegenwind riechen – von hier bis nach Resthausen!"

„Richtig! Ich suche privat nach Informationen, in einer alten Sache, an die Sie sich bestimmt noch erinnern können. Es geht um die Ereignisse im November 85."

„Daran kann sich verdammt noch mal jeder in Cloppenburg erinnern!" Sie nahm sich eine Zigarette vom Teewagen und das Feuerzeug gleich dazu. „Wollnse auch eine?"

Ich verneinte dankend. Sie ließ die Fluppe aufglimmen und legte das Feuerzeug wieder auf den Teewagen, auf dem fast alles zu finden war, nur kein Tee.

„Sie gaben damals der CT ein kurzes Interview. Stimmt es, dass Sie die Freundin von Michael Ostermann waren?"

„Ach, das … war nix Festes." Sie machte eine abwertende Handbewegung. „Ich wollte mich nur vor der Presse aufplustern, und so, wissen Se? Der Michael und ich, wir haben nur so'n bisschen rumgemacht und waren drauf und dran, andere Wege zu gehn. Er den einen und ich einen ganz anderen, wenn Se verstehn, was ich meine … Der war mir zu technisch, einfach zu nachdenklich, immer ans Grübeln gekomm'. Der steckt einem die Zunge in den Hals und berechnet dazu die Sinuskurve, löst alles nach X auf. Das is nix für mich."

Nickend schaute ich mich um. Die Wohnung war bieder und etwas heruntergekommen: abgewetzte, grün-beige Sitzgarnitur mit Holzgriffen an den Lehnenden, Fliesentisch mit Holzkante, Ölgemälde vom Königssee, Perserteppich-Imitat und ein Eichenwohnzimmerschrank der übelsten Sorte. Die Tapete war dunkelbraun mit einem Muster aus grünen Königslilien und rundherum, auf Fensterbänken und Regalen, überall Pflanzen. Die Wohnung führte ein Eigenleben, Antje hätte wohl nichts daran auszusetzen gehabt. Durch die geöffnete Tür konnte ich einen winzigen Blick auf die orange-farbene Küchenfront werfen. Sie war vermutlich so alt, dass sie schon wieder *en vogue* war.

„Wenn Sie an die Zeit zurückdenken, haben Sie jetzt vielleicht eine Ahnung, wer Michael auf dem Gewissen haben könnte?" Ich spielte mit dem Glas in der Hand, Martina verstand das falsch, hob die Flasche und schenkte uns jeweils noch einen ein.

„Nee, das weiß ich echt nich, aber die hatten doch Christoph am Wickel; ich kannte ihn von Michael. Die Beidn konntn sich ja aufn Tod nicht ausstehen, das hatte mir Michael mal gesacht. Und Christoph, die arme Socke, hatte kein Alibi. Fühln Se *ihm* doch mal aufn Zahn! Dat is 'ne heiße Spur, die noch glüht, glaub ich!"

„Sein Alibi wurde später bestätigt. Er war zur Tatzeit im *Big Ben*."

„Na, dann is ja gut. Ich hab ihn ja respektiert, aber er war immer 'n oller Schlaukopp – ich wurde nie richtig warm mit ihm."

Wir schütteten das Zeug hinunter, und es hielt auch mich am Glühen. Martina sog wieder an ihrem Nikotinstängel. Als ich das Foto mit dem Mädchen am Fenster aus der Tasche zog, bekam sie Stielaugen.

„Wat is dat denn?"

„Kennen Sie dieses Haus?"

Martina legte ihre Zigarette auf der Kante des Teewagens ab. „Mann, dat gib's ja nich … Dat ist doch … beim *Pogo*! Wo ham Se dat denn her?" Sie war wirklich verdattert.

„Es wurde mir zugeschickt. Ich weiß nicht, von wem und warum. Aber das Foto hat mich neugierig gemacht, denn es zeigt etwas, was bisher unbekannt war. Schauen Sie mal dort: Sehen Sie dieses Mädchen da?"

„Na klar seh ich die!"

„Wissen Sie, wer das sein könnte?"

Sie überlegte und fuhr sich mit den Fingern durchs Haar. „Nee, das weiß ich nich, aber wir waren damals oft da drinne, und wir waren viele. Aber glauben Se, dass es etwas mit dem Mord zu tun haben könnte?"

„Drehen Sie das Bild mal um", forderte ich sie auf. Sie blickte entgeistert auf das Datum und es schien ihr für einen Moment die Sprache zu verschlagen.

„Hä, hat die Tussi vielleicht den Mörder gesehen? Mein' Se dat?"

Ich zuckte mit den Schultern und gab ihr mit einer Geste zu verstehen, dass ich das nicht mit Bestimmtheit behaupten könne. „Es kann natürlich auch eine Finte sein, wenn der Absender absichtlich ein falsches Datum notiert hat, nur um jemanden zu denunzieren. Aber es ist schon verblüffend, dass es dieses Foto überhaupt gibt", fasste ich zusammen, um den nächsten Gedanken einzuleiten. Ich ging behutsam vor, um sie nicht – sollte ich mit meiner Vermutung richtig liegen – zu kompromittieren. „Was halten Sie von den Gerüchten, die damals um das alte Haus kursierten?" Ich blieb unverbindlich.

„Das mit den geilen Böcken, die da in dem Haus mit den jungen Dingern rummachten?"

Ich war baff – also musste diese These verbreiteter sein, als ich vermutete. „War da was dran?"

„Worauf Se einen lassen können."

„Wer waren die Männer und wer die Mädchen?", fragte ich jetzt ganz direkt.

„Dat weiß *ich* doch nich, Mann! Ich war nur ein paarmal zum Knutschen da, und wenn die alten Säcke mit den Mädels drin warn, hatte jemand die Tür abgeschlossen. Dann kam man nich rein."

„Und wer war dieser Jemand?"

Martina hob und senkte die Schultern, schwieg eine Weile gedankenverloren. Sie stand auf, holte eine mittelgroße Kiste aus dem untersten Schubfach ihres Wohnzimmerschranks, wühlte in einem Berg von Fotos und zog nach einer Weile ein bestimmtes heraus. Dann setzte sie sich zu mir auf die breite Sessellehne und hielt das Bild in einem gebührenden Abstand, damit wir es gemeinsam betrachten konnten. Auch bei ihr hatte es den Anschein, als sehe sie es zum ersten Mal. Ihr Atem ging jetzt doppelt so schnell; vermutlich waren es die mit dem Bild verwachsenen Erinnerungen, die sie in Wallung brachten.

Mein Smartphone rappelte in der Hosentasche – eine SMS ging ein, ich ignorierte es.

„Hier, das Bild wurde im Sommer geknipst, das war 84, glaub ich", gab sie kurzatmig von sich.

Das Foto zeigte eine Strandszene mit sechs jungen Leuten, in leicht verblassten Farben. Vier junge, lachende Kerle in kurzen, bunten Badehosen. Zwei auf der einen, zwei auf der anderen Seite und in der Mitte zwei geniert dreinblickende, aber ebenso offen lächelnde Mädels in bunten Bikinis. Es war das Jahr, in dem an Stoff gespart wurde. Alle waren etwa sechzehn, siebzehn Jahre alt.

Dem Wasser fehlte jegliche Brandung. Martina erzählte, dass es am Badesee in Halen aufgenommen worden war. Die zwei Jungs zur Linken waren Michael Ostermann, schlaksig und hochgewachsen, runde Brille, blondes, struppiges Haar, und Wolfgang Sieverding, etwas kleiner, schmaler Oberkörper, schwarzhaarig, dunkle Augen. In der Mitte zappelten Martina und ihre Freundin Birgit herum. Martina, damals schon gut gebaut, Brüste und Hüften noch im richtigen Verhältnis zur Körpergröße, alles hinter roten Stofffetzen. Lockige Haarpracht bis zu den Schultern. Birgit Mellies (Biggi genannt), himmelblaue Augen, etwas schiefer Schneidezahn, sinnliche Lippen und hohe Wangenknochen, die roten Haare zu einem Zopf gebunden, schmale Hüften und flache Brust im grünen Bikini, dazu lange Beine.

Michael hatte zeitweise mal ein Auge auf Biggi geworfen, verriet Martina. Und die beiden Kerle rechts waren Christoph Wessels mit wilden braunen Haaren, vollen Lippen und Bartflaum, rundem Gesicht und Bauchansatz, und ganz rechts tänzelte Stefan Willenbrink ... Nein, sie korrigierte sich: Stefan Willen*borg*, fast so groß wie Michael, muskelbepackter Oberkörper, kantiges Gesicht, stechender Blick, mit schmalen Lippen und hellblonden, kurzen Haaren, Modell Billy Idol in jungen Jahren. Der Typ kam mir bekannt vor, wusste ihn aber nicht einzuordnen. Vielleicht verwechselte ich ihn tatsächlich mit Billy Idol.

Ich interessierte mich zunächst für Christoph Wessels. „Was ist mit Christoph? Wissen Sie, wo ich ihn finden kann?"

Martina erhob sich träge, trottete wieder zum Sofa zurück und ließ sich fallen. Sie blieb stumm, ich verstand und holte einen Zehner aus der Tasche. Der reichte wohl nicht; ich zog einen Fünfer und dann etwas zögerlich noch einen heraus. Ähnlich wie bei einer Music-Box rotierte ihre Platte wieder: „Christoph lebt nich mehr hier – schon seit Ende der Achtziger nich. Er hatte die Schnauze so was von voll … Weil man ihn damals verdächtigte, hat ihn jeder geschnitten. Niemand wollte noch was mit ihm zu tun haben."

„Wissen Sie, wo er jetzt zu finden ist?"

„Ich glaube, der is runter an den Bodensee. Er wollte Koch werden, oder so wat … Warten Se mal …" Martina wühlte wieder in der Fotokiste, zog nach einer Weile eine Ansichtskarte heraus. „Hier! Die Karte hab ich von Christoph … schön, nech?" Sie reichte mir die Karte mit Bodensee-Impressionen, auf der in geschwungenen Lettern *Grüße aus Überlingen* stand. Ich durfte die Rückseite lesen, auf der stand, dass Christoph sich dort sehr wohl fühle und einen festen Arbeitsplatz habe. Er war froh, das Scheiß-Cloppenburg nicht mehr sehen zu müssen. Herzliche Grüße und so weiter … Die Karte war vom Mai 88. Ich gab sie zurück.

Plötzlich mischte sich zum Nikotingestank auch noch der Geruch von verkohltem Holz. Martina sprang auf, nahm den Glimmstängel von der Kante des Teewagens und warf ihn geistesgegenwärtig in ihr *Bommerlunder*-Glas. Nachdem sie einen feuchten Lappen aus der Küche geholt und auf die verkohlte Stelle gelegt hatte, nahm sie wieder auf dem breiten Sofa Platz. Währenddessen zog ich das Bild von Sophie aus der anderen Jackentasche.

„Eine letzte Frage noch: Kennen Sie dieses Mädchen? Sie heißt Sophie Stuke." Ohne nachzudenken holte ich meinen letzten Zehner aus der Geldbörse.

Martina machte mit empörtem Gesicht eine abweisende Handbewegung. „Lassen Se man stecken! Glauben Se, ich bin käuflich?"

Ich verkniff mir jeglichen Kommentar.

Sie nahm das Foto und schüttelte bedächtig den Kopf. Sie kramte ihr *Galaxy*-Handy vom Teewagen herauf. Nach dem Abfotografieren des Fotos übermittelte sie es via *WhatsApp* an ihren Sohn, wie sie sagte. Er kenne sich in der Szene schließlich besser aus als sie. Ich staunte nicht schlecht über ihre technische Versiertheit.

„Wenn ich etwas von ihm hör, melde ich mich bei Ihnen, Herr Gerdes. Gebm Sie mir mal Ihre Handynummer!" Das tat ich. Sie schenkte mir noch einen ein: Dreimal ist Südoldenburger Recht. Und weil ihr Glas gerade von einer Kippe belegt war, hielt sie sich die Flasche direkt an den Hals.

Sie sog zischend Luft an, hielt sie, atmete aus und fragte: „Die heftigen Kratzer da in ihrem Gesicht, war das 'ne Frau? Die lassen Sie'n bisschen verwegen aussehen ..."

Ich machte eine Handbewegung, als wollte ich nicht daran erinnert werden. Der Schnaps hatte mich das Brennen auf der Haut fast vergessen lassen.

Sie versuchte es erneut: „Sie sind'n ganz Schlimmer, glaub ich", leckte sich kurz die Lippen und studierte mein Gesicht oder das, was ich darin preisgab. „Deine

Wasser sind bestimmt ganz tief, stimmt's? Haste nicht doch noch'n bisschen Lust, mit rüber zu komm'?" Ihre Stimme klang fast wieder so hoch wie zu Beginn dieses Treffens.

Es war an der Zeit, zu gehen. Ich gab Martina die Hand und bedankte mich artig, nahm die Jacke, zog sie mir über. Mein Geld hatte sie bereits, bis auf zehn Euro waren meine Ressourcen erschöpft. Weitere Fragen standen nicht auf der Agenda.

„Du bist ein netter Junge, Frank. Wenn du dich mal einsam fühlst, besuch die gute alte Chantale mal wieder." Ihre Augen wurden feucht. Vielleicht gab es in ihrem Umfeld kaum jemanden, mit dem sie sich gesittet unterhalten konnte; oder es war der Alkohol-Pegel, der ihr die Tränen in die Augen trieb. Wer weiß, ob sie nicht schon vorher was getrunken hatte …

Als ich nach draußen trat, schoss mir das Blut in die Wangen, vielleicht eine Folge meines Kümmel-schnaps-Pegels. Überdies realisierte ich jetzt, wohin ich eigentlich geraten war. Mein Blick fiel noch einmal auf das Klingelschild. Die drei XXX auf dem Etikett hatten eine ganz andere Bedeutung als angenommen. Sie standen für: Verlorenheit – Sehnsucht – Betäubung.

Ich zog das Mobiltelefon aus der Tasche, Antje hatte geschrieben: *Lieber Frank, über Christoph Wessels konnte ich nichts in Erfahrung bringen. Auch seine Eltern sind unbekannt verzogen. Tut mir leid! LG, Antje*

Ich antwortete ihr: *Ich habe die Witterung soeben aufgenommen … dennoch, herzlichen Dank für Deine Mühe! LG, Frank – hicks! Das hicks!* löschte ich wieder und drückte auf *Senden*.

Ich trabte gemächlich zur Friesoyther Straße zurück. Das mir verbliebene Kapital legte ich bei *Bruns* an, in Form einer knackigen Currywurst.

KAPITEL 9

Der anschließende Verdauungsspaziergang führte mich durch eine relativ neue, ruhige Wohngegend. Von der Thorner Straße ging ich links am evangelischen Friedhof entlang und später am St.-Josefs-Hospital vorbei, dann über den Parkplatz hinauf ins Loft. Mit Notebook und Handy bewaffnet, ließ ich mich auf der Couch nieder und begab mich via Internet auf die Suche nach den Kontaktdaten von Christoph Wessels.

Unmittelbar nach Eingabe des Namens, in Kombination mit dem Begriff *Überlingen*, wurde lediglich ein brauchbares Ergebnis ausgespuckt. Der Name erschien als der eines Mitinhabers eines französischen Restaurants namens *Coq Au Vin*, in Überlingen am Bodensee; es gab keine Privatanschrift. Ich griff nach dem Smartphone, wählte die im Impressum angegebene Nummer. Nach dreimaligem Rufzeichen meldete sich eine geschäftige weibliche Stimme mit antrainiertem französischem Akzent.

Ich grub in meinen verschütteten Französischkenntnissen: „Bonjour, je veux parler à Monsieur Wessels."

Sie ließ es mit dem Akzent. „Herr Wessels ist unterwegs, darf ich vielleicht Ihre Nummer notieren? Er wird Sie in Kürze zurückrufen!"

„Was bedeutet ‚in Kürze'?"

Die Dame überlegte. „Innerhalb der nächsten halben Stunde etwa."

Ich ließ mich darauf ein, nannte ihr meine Nummer.

„Merci!", sagte sie und legte auf.

So so, ein Koch, der um die Mittagszeit selbst nicht kochte. Entweder liefen die Geschäfte nicht gut oder sie liefen zu gut. Vielleicht ließ er andere für sich arbeiten, betätigte sich ausschließlich als Geschäftsführer, wie im Impressum nachzulesen war. Oder er hatte heute einfach nur seinen freien Tag.

Notebook und Handy legte ich auf den Tisch und begab mich in die Horizontale, um nachzudenken. Aber es stiegen Erinnerungen hoch an die Zeit mit Susanne, als wir vor etwa zehn Jahren ein Seminar in Konstanz am Bodensee dazu genutzt hatten, ein paar Tage dranzuhängen, um Stadt und Umgebung zu erkunden.

Ich dachte an den abendlichen Spaziergang am See, nach einem romantischen Candle Light Dinner. Ich dachte an den Sonnenuntergang, auf einer Bank direkt am Steg, mit einem Glas schwerem Spätburgunder in der Hand, und an das Glitzern der Wasseroberfläche im Mondlicht, es glänzte wie flüssiges Silber. Da waren die Erinnerungen an unsere Gespräche, das Echo ihrer Stimme, das noch lange in mir widerhallte. Ich sah ihr Haar vor mir, erinnerte mich, wie es war, mich vorzubeugen und ihren Duft zu atmen, die Aura ihrer Haut zu spüren, zu streicheln und dabei ihr Lachen zu hören …

Das Läuten meines Mobiltelefons riss mich aus den Erinnerungen. Ich drückte auf *Gespräch annehmen* und meldete mich: „Gerdes!"

„Christoph Wessels! Sie wollten mich sprechen?" Seine Stimme klang hektisch bis gereizt, er war in Eile. Keine Zeit für Geplauder, keine Zeit für irgendetwas.

„Herr Wessels, danke für Ihren Rückruf!"

„Worum geht es?", knurrte er.

„Spreche ich mit dem Christoph Wessels, der in Cloppenburg aufgewachsen ist?"

„Richtig! Was spielt denn meine Herkunft für eine Rolle, Herr … Gerdes?" Ich merkte dem Klang seiner Stimme an, dass ihm jedes Wort, das er sprach, zu viel war.

„Ich rufe aus Cloppenburg an, und …"

Er unterbrach mich mit einem Schnauben und hielt sein Handy zu. Nachdem er mit jemandem ein paar Worte gewechselt hatte, war er wieder da. Er fauchte: „Da haben Sie aber Pech, Herr Gerdes. Damit haben Sie auf einen Schlag alle Arschkarten ausgespielt. Mit Cloppenburg habe ich nichts mehr zu schaffen und möchte auch nicht daran erinnert werden." Sein Ton war bestimmt.

Ich fürchtete, dass er auflegen würde, sobald ich weitersprach; riskierte es aber: „Was meinen Sie mit ,daran erinnert werden', wenn ich fragen darf? Meinen Sie die Stadt im Allgemeinen oder die Zeit, in der Sie hier lebten?"

Eine Kunstpause folgte, daraufhin ein tiefer Seufzer. „Beides!" Er merkte wohl, dass sein Ton etwas zu barsch gewesen war. Schließlich lenkte er ein. „Also, worum geht es?"

„Ich möchte vorausschicken, dass ich weder Polizist noch Journalist bin."

„Sie haben eine Trumpfkarte gezogen!" Seine Stimme schlug um, wies aber noch eine Spur Reserviertheit auf.

Ich atmete kaum merklich durch, besann mich auf mein Anliegen. „Ich ermittle privat in dem Disco-Mord von 1985. Und ich weiß, dass Sie damals zu Unrecht verdächtigt wurden. Ihr Alibi wurde ja bestätigt."

„Jetzt haben Sie den Joker!"

„Wenn Sie nach all den Jahren daran zurückdenken, haben Sie vielleicht einen Verdacht, wer so etwas getan haben könnte? Gab es nachträglich irgendwelche Anfeindungen oder Äußerungen, die auf einen Täter hätten hinweisen können?"

Eine Spur badischer Dialekt war herauszuhören, als er sagte: „Nein, da war nichts. Nach dem Abi bin ich an den Bodensee gezogen und habe mich hier später selbstständig gemacht. Was sich in Cloppenburg abspielte, habe ich nicht weiter verfolgt – es hat mich nicht interessiert. Ich bin fertig mit der Stadt."

„Erinnern Sie sich an das alte Haus, das neben dem *Pogo* steht?"

„Rechts vom Parkplatz?"

„Ganz genau."

„Was ist damit?"

Nach dem Besuch bei Martina Tapken hatte ich nun weniger Vorbehalte, darüber zu sprechen. „Wissen Sie, was sich da im Haus abgespielt hat? Kennen Sie die Gerüchte?"

„Gerüchte", sagte er zögernd, „ich weiß nicht, welche Gerüchte Sie meinen … Da sollen sich ein paar alte Säcke mit jungen Mädels getroffen haben – wenn Sie das meinen. Aber was hat das mit dem Mord zu tun?"

„Ich weiß nicht, ob es da eine Verbindung gibt. Ich frage in alle Richtungen."

„Und welche Richtung wollen Sie jetzt von mir hören?"

„Können Sie mir nähere Angaben über die Personen machen, die dort ein- und ausgingen?"

Er lachte. „Ah, eine neue Spur, was? Wenn Sie Namen und Anschriften haben wollen, sind Sie bei mir an der falschen Adresse …" Er hielt inne, um nach wenigen Augenblicken fortzufahren: „Ich erinnere mich daran, dass die Herrschaften nicht aus Cloppenburg, sondern zugereist waren; aus der Gegend von Quakenbrück oder Osnabrück. Politiker, Zeitungsfutzis, Geschäftsleute und ein Geistlicher sollen auch darunter gewesen sein. Wer die Mädels waren – keine Ahnung."

Noch immer kein Durchbruch in dieser Sache; es waren immer nur kleine Schritte, die ich vorwärts kam. Die Tatsache, dass das bunte Treiben in diesem Haus über die Grenzen der Stadt bekannt gewesen war, war allerdings eine Neuigkeit, die es zu berücksichtigen galt. Es machte die Sache aber auch nicht einfacher. Ein weiteres Puzzlestück, das ich im Hinterkopf behielt.

Ich konfrontierte ihn mit einer Neuigkeit: „Wissen Sie, dass Wolfgang Sieverding tot ist?"

„Wolfgang Siev… was?!" Seine Stimme ließ Betroffenheit erkennen. „Oh … Woran ist er gestorben?"

„Er sprang vom Landesdarlehnsgebäude in der Stadtmitte. Ob freiwillig oder gezwungenermaßen, wird derzeit von der Kriminalpolizei untersucht."

Wessels machte kein Hehl aus seiner Verärgerung, die immer noch in ihm schwelte. „Als ob die Kriminalpolizei im Oldenburger Münsterland dazu fähig wäre. Pah, da kann ich nur lachen!" Eine lange, dunkle Pause, die sich anhörte wie ein Sog hinaus ins Telefonnetz. „Wolfgang Sieverding …" Er sprach den Namen mit deutlichem Unbehagen aus. „Jetzt kann ich es ja sagen, Sieverding war ein ausgesprochener Opportunist; egal woher der Wind wehte, er war immer ganz oben mit dabei, dick im Geschäft, hatte ständig gute Jobs an der Hand. Dann kam der mit seinem neuen BMW 525i um die Ecke, und natürlich immer das nötige Kleingeld dabei. Von ihm bekam ich damals die Drogen, niemand wusste, woher er die hatte. Immer wieder schaffte er es, aus jeder Scheiß-Situationen Gewinn für sich herauszuschlagen, niemand kam ihm auf die Schliche. Ich habe ihn fast dafür bewundert."

In mir begannen die Alarmglocken zu schrillen. „Glauben Sie, er hat sich später im Drogengeschäft etabliert?"

Als Wessels merkte, dass seine letzte Bemerkung mein Interesse geweckt hatte, machte er einen Rückzieher. „Um Himmels willen! Das wollte ich damit nicht gesagt haben – das waren Jugendsünden, mehr nicht!"

„Und das können Sie mit Bestimmtheit sagen, obwohl Sie den Kontakt zur Stadt abgebrochen haben?"

Er lamentierte herum: „Über Tote sagt man bekanntlich nichts Schlechtes. Wolfgang kam aus einem grundsoliden Elternhaus, machen Sie keinen Dealer aus ihm!"

Wessels musste mir die Antwort schuldig bleiben, er hatte ja all die Jahre nicht mitbekommen, was weiter passierte. Aber er war noch nicht fertig: „Ich will mich da jetzt nicht tiefer reinhängen. Wie gesagt, ich habe mit der ganzen Gegend abgeschlossen. Denn im Grunde wird sich da nie etwas ändern; es ist und bleibt so, wie es immer war und wie es mal im *Merian* über Südoldenburg und Cloppenburg stand: *Morgens bescheißen, abends bescheißen und mittags in die Kirche gehn.* Die Journaille hat es begriffen ..."

„Dass Ihre Verärgerung nach all den Jahren noch so tief sitzt, ist für mich kaum nachvollziehbar", entgegnete ich mit unverhohlenem Missmut. „Können Sie sich nicht vorstellen, sich mit der Vergangenheit auszusöhnen?"

Falls ihn meine veränderte Stimmlage überraschte, ließ er es sich nicht anmerken. „Niemals! Wozu auch?"

„Um mit der Vergangenheit abzuschließen?"

„Blödsinn! Das habe ich doch schon längst. Ich dachte, das hätte ich gesagt! Sie meinen, ich soll Cloppenburg so etwas wie eine … Absolution erteilen, nachdem die mich echt fertig gemacht haben? Was soll das? Die Generation, die jetzt am Ruder ist, hat die gleiche Mentalität wie die Generation davor. Die sind nichts besser! Mein Name ist noch überall bekannt, es würde alles wieder von vorne losgehen. Also, was soll das?"

Ich begnügte mich mit einem Schweigen, denn ich merkte, dass er nicht verstand. Es ging mir nicht darum, ihn öffentlich zu rehabilitieren, warum auch – er hatte sich nichts zuschulden kommen lassen. Er pflegte einen Groll, der auf seine Umwelt und ihn selbst eine destruktive Wirkung zu haben schien. Es hatte ihn tief verletzt, wegen der Verdächtigungen in der Mordsache Michael Ostermann zur Zielscheibe einer ganzen Stadt geworden zu sein. Diese Verletzung war omnipräsent, und er schlug sie mir mit ganzer Wucht um die Ohren. Ich konnte unmöglich ermessen, was er damals durchgemacht haben mochte. Aber ich hatte trotzdem keine Lust, mir das länger anzuhören, darum beendete ich an dieser Stelle das Gespräch. Ich wünschte ihm alles Gute. Sollte sich etwas Dringendes ergeben – so vereinbarten wir – durfte ich mich bei ihm melden. Wie gütig!

Mein Ohr schwitzte; ich wischte die Oberfläche des Mobiltelefons an der Hose ab, legte es auf den Tisch und hämmerte einen weiteren Namen in das Notebook: *Ostermann, Raimund, Cloppenburg.* Die Suchmaschine meldete ein Resultat in 0,12 Sekunden, und das entsprach in etwa meiner Schätzung.

Raimund und Elsa Ostermann, die Eltern des Mordopfers im November 1985, wohnten in der Akazienallee. Ihre Namen hatte ich heute Vormittag einer Todesanzeige dem Mikrofilm-Archiv der CT entnommen. Die Telefonnummer der Ostermanns erschien ebenfalls auf meinem Notebook, ich tippte sie ins Handy. Eine ausgesprochen sympathische männliche Stimme meldete sich am anderen Ende der Leitung. Ich schilderte Herrn Ostermann mein Anliegen und fragte, ob es möglich wäre, ihn und seine Frau persönlich zu sprechen. Er willigte ein, wir vereinbarten ein Treffen für den nächsten Tag.

Ich setzte eine SMS an Antje ab, kramte meine Badehose hervor und machte mich auf ins *Soestebad*, um endlich ungestört ein paar Bahnen zu ziehen. Nach dem Schnaps bei Chantale und der fetten Currywurst brauchte ich dringend etwas Bewegung. Das Hallenbad war frisch saniert worden, die Preise leider auch. Ich hatte Glück; eine Bahn hatte ich fast für mich allein, von einer quirligen Seniorengruppe, die mir ständig in die Quere kam, einmal abgesehen. Unbeirrt arbeitete ich überschüssige Kräfte am Widerstand des Wassers ab, schwamm mich so durch. Später, am Beckenrand, kam ich mit einem Mitglied der Seniorenwassersportgruppe *Die Silberfische* ins Gespräch. Wir unterhielten uns über den Gesundheitszustand der Stadt (ganze zwei Minuten), und (weitere zwanzig Minuten) über den Gesundheitszustand der Seniorengruppe. Es stellte sich heraus, dass mein Gesprächspartner ehemaliger Pädagoge an der *Marienschule* für Mathematik, Physik und Chemie war.

Als es kühl wurde, schwammen wir nebeneinander her, tauschten dabei Theorien über Gravitation und Magnetismus aus, und mir wurde bewusst, wie wenig ich aus der Schulzeit habe herüberretten können. Ein paar Bahnen später fiel dem Pensionär ein, dass er ja gar keine Zeit habe. Er machte sich auf und davon, und verpasste damit das Beste ... Ich war drauf und dran, einen Zahn zuzulegen, als *sie* plötzlich am Beckenrand erschien und damit sämtliche Blicke auf sich zog.

Diese Frau hätte es niemals nötig gehabt, Berechnungen über Gravitation oder Magnetismus anzustellen, sie *war* Gravitation und Magnetismus in ihrer reinsten Form. Braunes Haar bis zu den Schultern, ideale Maße, lange Beine bis zum Hals, und das alles steckte in einem schwarzen Badeanzug. Ich glaubte, dieses Wesen schon einmal gesehen zu haben. Richtig, es war Antje. Ihr suchender Blick erfasste mich, anmutig ließ sie sich ins Wasser hinab und schwamm auf mich zu.

„Hey, da hast du aber schnell Feierabend gemacht", begrüßte ich sie, auf der Stelle schwimmend.

„Danke, Frank, für die SMS! Heute Nachmittag habe ich sowieso frei und ich war lange nicht mehr hier, da kam mir deine Idee sehr gelegen." Sie blickte sich nach allen Seiten um. „Das Bad ist richtig schön geworden."

Wir zogen gemeinsam ein paar Bahnen, und Antje gab die Schöpfungsgeschichte der Hallenbad-Sanierung zum Besten – sie hatte epische Ausmaße …

Als es dämmerte, machten wir einen Bummel durch die Innenstadt, stöberten durch die Geschäfte, ließen uns treiben. Es war kühl; dichte Wolken zogen über uns hinweg, aber es blieb trocken. Später besorgten wir uns eine Flasche trockenen Bordeaux sowie Pizzen aus der ‚Mamma Mia‘-Pizzeria; wechselten die Straßenseite und verschwanden ins Loft. Draußen war es inzwischen stockdunkel, ich entfachte mehrere Teelichter; sie spiegelten sich in den wandgroßen Fensterscheiben, als habe jemand ein freischwebendes Plätzchen über der Mühlenstraße für uns hergerichtet. Ich nahm Gläser aus dem Schrank, kredenzte den Rotwein. Aus dem Internetradio ertönte die Ballade ‚Nothing's Gonna Change My Love For You‘ von Glenn Madeiros.

Antje kam im Halbdunkel auf mich zu, ihr Schatten brach auf der Anrichte, als wäre er aus Papier. Sie schwieg und es schien, als wollte sie diesen Augenblick der Zweisamkeit in ihrem Herzen bewahren. Ich reichte ihr ein gefülltes Glas. Wir stießen an, nahmen einen Schluck und machten es uns auf der Couch bequem. Die Pizzakartons wurden geöffnet, wir rissen große Stücke aus den Pizzen und hatten Mühe, uns beim Schlingen nicht gegenseitig zu überbieten. Die gute Erziehung war dahin, aber wir spürten beide, wie die Lebensgeister zurückkehrten.

„Weißt du noch, wann wir das letzte Mal auf diese Weise Pizza gegessen haben?", wollte Antje wissen und nahm einen weiteren Schluck.

Ich tat, als müsse ich überlegen. „Waren *wir* das?"

„Dummkopf!", gab sie enttäuscht zurück.

„Natürlich erinnere ich mich, wie könnte ich das vergessen: Deine Eltern waren verreist, du hattest mich zu dir nach Hause eingeladen, wir setzten uns *vor* die Couch. Das Weinglas fiel um und du hattest alle Mühe, den Fleck wieder herauszubekommen …"

„Vergiss bitte nicht, *du* hattest das Glas umgekippt, und ich musste mich damit herumplagen!"

„Wie bitte? Ich war das nicht!"

„Natürlich warst du das!", sagte sie mit einem Lächeln.

„Na gut, aber letztendlich war ich es, der den Fleck verschwinden ließ", brüstete ich mich und nippte am Glas.

„Du hast das Sofa verschoben!"

„Haben deine Eltern etwas bemerkt?"

„Sie haben nie etwas gesagt."

„Na, bitte."

Während wir aßen, lief im Radio das Grand Prix-Siegerlied aus dem Jahre 1980, ‚What's Another Year' von Johnny Logan. Wir unterhielten uns lange über die alten Zeiten, und die Lebenswege gemeinsamer Freunde aus jenen Tagen. Später räumte ich die Kartons zur Seite und schaltete Tisch- und Standleuchten ein, die den Raum in indirektes Licht tauchten.

„Die Phalaenopsis hält sich tapfer unter meiner Obhut", sagte ich nicht ohne Stolz.

„Sie gibt ja auch keine Widerworte", fügte Antje trocken hinzu.

Ich schaute sie irritiert an. „Was soll das heißen?"

Antje leerte ihr Glas und sagte: „Nun, wie sieht es mit deinen Ermittlungen aus? Willst du deine Mitarbeiterin nicht mal einweihen?"

„Aber sicher. Darauf wäre ich gleich zu sprechen gekommen." Ich langte über die Sessellehne nach meiner Jacke, fingerte jenes Foto hervor, das mir am Freitag zugesandt worden war, und reichte es ihr. Es wies einige Knitterspuren auf. Sie betrachtete es gründlich, konnte sich aber keinen Reim darauf machen. Erst als sie die Rückseite sah, wurden ihre Augen größer. Ihre rechte Hand ergriff meine.

„Also doch …", sagte sie leise.

„Was meinst du?"

„Deine Ermittlungen haben etwas mit dem Mord an Michael Ostermann zu tun. Ich hatte es schon vermutet, wegen der Mikrofilmdaten, die du heute Vormittag einsehen wolltest. Woher hast du das Bild?"

„Ich bekam es am vergangenen Freitag zugeschickt, es hatte mich … wie soll ich sagen … von Anfang an in den Bann gezogen. Vielleicht zeigt das Foto eine Augenzeugin, die bei den polizeilichen Ermittlungen damals nicht berücksichtigt wurde." Ich goss etwas Wein nach.

„Und die Zeugin ist diese junge Frau, da am Fenster?"

„Erkennst du sie?"

Sie schaute noch einmal hin, und schüttelte langsam ihren Kopf. „Nein, leider nicht; es ist zu undeutlich. Aber woraus schließt du, dass es eine Augenzeugin sein könnte? Der Mord passierte auf dem Marktplatz, mitten in der Nacht."

„Kennst du das alte Haus direkt beim *Pogo*-Parkplatz?"

Antje ging in sich, auf einmal fiel es ihr ein. „Ja, es war damals unbewohnt ..."

„Die Augenzeugin sah möglicherweise nicht den Mord selbst, dafür war es zu dunkel. Eventuell aber den oder die Täter, auf dem Weg zum Marktplatz oder zurück. Als das Verbrechen am nächsten Morgen publik wurde, hätte sie sich alles zusammenreimen können."

Antje betrachtete es erneut. „Seitdem das *Pogo* geschlossen ist, war ich nicht mehr da."

Ich ließ einen Testballon steigen. „Kennst du das Haus von innen?"

Über diese Frage lächelte sie. „Witzbold! Hast du eine Ahnung, was da früher abging?"

„Was denn?", hörte ich mich fragen.

„Es waren Gerüchte im Umlauf, die mich davon abhielten, dieses Haus überhaupt zu betreten."

„Magst du mir davon erzählen?"

„Also, da sollen Drogen konsumiert worden sein, und es waren oft Pärchen da, die ungestört sein wollten. Kommt dir das Problem irgendwie bekannt vor?", fragte sie lächelnd und schob sich eine Haarsträhne hinters

Ohr. Ein verschmitztes Lächeln huschte über mein Gesicht. Wir schwiegen.

„Sonst noch etwas?", fragte ich in die Stille hinein.

Sie betrachtete einen Augenblick mein Gesicht, das im Halbschatten lag, bevor sie weitersprach: „Wie gesagt, es war ein Gerücht und darauf gebe ich eigentlich nichts, aber es hieß, dass sich da auch Mädchen mit Typen trafen, also gegen Bezahlung." Sie sprach die letzten Worte aus, als habe sie Zweifel daran, dass sogar dieses Gerücht tatsächlich existierte. Darum fügte sie hinzu: „Das kann durchaus böswillig gestreut worden sein – aus welchen Gründen auch immer. Vielleicht als Abschreckung, damit niemand mehr das Haus betrat; was weiß ich."

Ich neigte mich nach vorn, führte meine zusammengelegten Hände zum Gesicht, verbarg Nase und Mund dahinter, nahm die Hände wieder auseinander. Frustriert gab ich Antje meine Hilflosigkeit zu verstehen: „Weißt du, was mir nicht in den Kopf will?" Sie wartete ab. „Anscheinend bin ich der Einzige, der überhaupt keine Erinnerung daran hat. Dieses Gerücht und überhaupt … Es fällt mir insgesamt schwer, mich an die Zeit zu erinnern."

„Du wirst mit zunehmendem Alter anstrengend, mein Lieber. Zu unserer Zeit ließ dich die Erinnerung aber nicht so im Stich", sagte sie schmunzelnd und fügte hinzu: „Es ist ja nichts Ungewöhnliches! Wenn du zu keiner Clique gehörtest, und auch sonst von niemandem eingeweiht wurdest, konntest du es nicht wissen."

174

Ihr Ton legte nahe, dass sie mit diesem Umstand vertraut war. Sie hielt inne und wartete auf meine Reaktion. Als keine kam, fuhr sie fort: „Und es spricht für dich! Du gibst ebenfalls nichts auf solche Gerüchte – genau wie ich. Das ist mir sympathisch!"

Sie hatte mit allem recht. Man hatte mich damals als Einzelgänger bezeichnet, und das hat sich bis heute nicht grundlegend geändert.

Ich setzte zur nächsten Frage an, und die hätte ich mir besser verkniffen: „Kannst du mir die Namen jener Mädchen nennen, die damals daran beteiligt waren?"

„Warum willst du die wissen?"

Ich hob meine Hände. „Um weitere Anknüpfungspunkte zu haben, Zeugen zu finden, mehr über die Hintergründe zu erfahren ... Antje, das ist mein Job!"

„Kannst du die Vergangenheit nicht einfach ruhen lassen? Wem soll das jetzt noch nützen? Jedenfalls wurde nie ein Name erwähnt – es tut mir leid." Sie wandte ihren Blick ab, darauf folgte beredtes Schweigen. Mein Stochern war ihr sichtlich unangenehm. „Also, was mich interessiert, ist, was das Ganze eigentlich mit dieser Sophie zu tun hat; das Mädchen, nach dem du suchst?"

Warum reagierte sie derart heftig auf meine Frage? Wollte sie von irgendetwas ablenken? Ich antwortete: „Gar nichts! Sophies Tante sprach mich darauf an, ich habe dir ja davon erzählt."

„Was für ein Zufall, dass du jetzt auch noch im Drogenmilieu ermittelst", erwiderte sie, vielleicht gereizter als beabsichtigt, um hinzuzufügen: „Du weißt vielleicht noch, dass bei mir damals ebenfalls Drogen im Spiel waren?"

Als Ausdruck meiner Sprachlosigkeit schüttelte ich langsam den Kopf.

„Du erinnerst dich nicht daran … wirklich nicht?" Ehe ich etwas sagen konnte, fuhr sie mit belegter Stimme fort: „Dumm wie ich war, hatte ich damals meiner Freundin Steffi einen Gefallen getan; hatte Gras für sie versteckt, und in solchen Dingen war ich ziemlich ungeschickt. Es flog auf und veranstaltete eine Riesenwelle! Und ich musste einen Drogentest machen – war das peinlich … Beinahe wäre ich von der Schule geflogen, und ich hab immer geglaubt, dass du deswegen nichts mehr mit mir zu tun haben wolltest. Ich war so was von am Ende … Und jetzt bist du wieder da, willst Namen von mir hören, ermittelst in der Szene. Frank, das ist fast drei Jahrzehnte her! Wo ist da der Zusammenhang? Ich komme mir bei dir vor, als säße ich wieder auf der Anklagebank." Ihre Augen sprühten Funken. „Ich weiß gar nicht, wie ich meine Gefühle beschreiben soll."

Auch diesen Vorfall hatte ich wohl völlig aus meinem Gedächtnis gestrichen. Es tat mir unendlich leid. Damals wie heute empfand sie vermutlich dieselbe ohnmächtige Wut im Bauch. Es ist unerträglich, wenn solche vernarbten Wunden wieder aufgerissen werden. Jedes weitere Wort wäre jetzt unangebracht gewesen.

Unser gemütliches Beisammensein war plötzlich zu einer Art Auseinandersetzung geworden. Die vertrauensvolle Stimmung, mit der der Abend begonnen hatte, war zerrissen. Sie schaute mich an, sagte aber kein Wort. Wir wussten beide, was wir zusammen erlebt hatten – wenn auch mit offensichtlichen Erinnerungslücken meinerseits.

Antje stand auf, ging zum Fenster und schaute eine Weile in die Dunkelheit und ich beobachtete sie von der Seite, bis sie es nicht mehr aushielt, länger zu schweigen. „Es geht mich ja nichts an, aber wer hat dich eigentlich beauftragt?"

„Niemand. Ich tue das aus eigenem Antrieb. Als ich den anonymen Brief öffnete, lag nur dieses Foto im Umschlag."

„Hast du jemals in Betracht gezogen, dass dies alles eine Finte sein könnte? Da will jemand einer unliebsamen Person den Schwarzen Peter zuschieben, zu Unrecht denunzieren. Bist du dir für diese Drecksarbeit nicht zu schade?"

„Alles ist möglich, ich kann nichts ausschließen. Bisher deutet aber nichts auf diese Theorie hin." Ich suchte nach den passenden Worten. „Irgendetwas sagt mir, dass der Fall doch noch aufgeklärt werden kann. Das ist reine Intuition, nichts weiter. Und wenn ich das nicht mache, wer zum Teufel denn sonst?"

Sie sah mich trotzig an. „Also geht es dir in erster Linie um dein Ego?"

Das kränkte mich. Ich ließ ein paar Sekunden verstreichen, dann: „Es geht darum, dieses Ungleichgewicht wieder in die Waage zu bringen; besonders für die Angehörigen. Von Gerechtigkeit will ich gar nicht sprechen. Wenn sich nach so langer Zeit neue Indizien auftun, kann ich nicht einfach zur Tagesordnung übergehen!"

Sie wollte mich nicht verstehen, das sah ich ihr an; allenfalls respektierte sie meine konsequente Haltung in diesen Dingen. Es trat eine bedeutungsschwere Stille ein, Antje gähnte und mir fielen bald die Augen zu, möglicherweise war es der Wein, und das Schwimmen am Nachmittag. Darum schlug ich vor, den Abend zu beenden. Ich bot ihr an, sie auf dem Nachhauseweg zu begleiten, sie nahm das Angebot an. Wir löschten die Kerzen und griffen nach den Jacken. Als wir ins Treppenhaus traten, bemerkten wir unten hektische Schritte. Ich schaute hinunter und hörte nur noch, wie die Tür ins Schloss fiel. Antje und ich tauschten verwunderte Blicke aus. Es schien fast so, als habe mir jemand einen Besuch abstatten wollen und es sich dann anders überlegt.

In der Dunkelheit gingen wir fast schweigend nebeneinander her, bis zu ihrer Wohnung am Ritzereiweg, Ecke Erfurter Straße. Es war sternenklar und noch kühler geworden. An der Haustür verabschiedeten wir uns, ich schlug den Jackenkragen hoch und machte kehrt. Währenddessen ließ ich unser Gespräch noch einmal Revue passieren und kam zu dem Ergebnis, dass der Abend mit etwas gutem Willen auf beiden Seiten wahrlich harmonischer verlaufen wäre. Vielleicht ein andermal …

KAPITEL 10

Freitag, 7. November

Der mysteriöse Besuch vom Vorabend ging mir nicht
aus dem Kopf. Die Ereignisse der letzten Tage hatten
mich in Bezug auf ungewöhnliche Vorkommnisse auf-
merksamer werden lassen. Deshalb wandte ich mich
unmittelbar vor dem Frühstück an die Rezeption. Eine
etwas rundliche junge Frau in einem dunkelblauen Kostüm, mit Puppengesicht und aufgetüdeltem brünettem
Haar war mit der Eingabe von Daten in einen Computer
beschäftigt. Sie rief nach ihrer Kollegin, die umgehend
aus dem Hinterzimmer geflitzt kam. Bei oberflächlicher
Betrachtung hätte sie ihre jüngere Schwester sein können: von ähnlicher Gestalt, mit identischer Frisur.

„Guten Morgen, wie kann ich Ihnen helfen?", fragte
sie höflich.

„Mein Name ist Frank Gerdes. Wie Sie vielleicht
wissen, bewohne ich derzeit das Loft auf der anderen
Straßenseite ..." Sie nickte stumm, ich sprach weiter:
„Gestern Abend war jemand dort im Treppenhaus ..."

„Unser zweites Haus ist offiziell noch gar nicht eröff-
net!", unterbrach sie mich mit überraschtem Blick.

„Hm, ja. Aber als ich ins Treppenhaus trat, machte

sich die Person aus dem Staub. Können Sie mir sagen, ob mich jemand besuchen wollte oder das Hotelpersonal drüben war?"

Die Augenbrauen hoben sich leicht, ein paar der mit unzähligen Spangen gezähmten Locken fielen ihr von der Stirn ins Gesicht. Sie strich sie elegant hinters Ohr. „Wie spät war denn das etwa?"

Ich überlegte. „Gegen zweiundzwanzig Uhr."

„Ich frage meine Kollegin; sie war gestern Abend im Dienst." Mit diesen Worten verzog sie sich ins Hinterzimmer.

Ich wunderte mich darüber, dass jemand, der so spät noch gearbeitet hatte, bereits am nächsten Morgen wieder auf der Matte stand. Mit einer Vierteldrehung lehnte ich mich gegen den Tresen. Die Glastüren des Eingangsportals bewegten sich auseinander, Handwerker kamen herein; offenbar von einem anderen Betrieb als sonst, sie trugen dunkle Blaumänner mit leuchtend gelber Schrift auf Brust und Rücken. Ich nahm mir vor, keinen weiteren Gedanken an das Schicksal des fehlenden Azubi zu verschwenden.

Nachdem die Monteure durch den Korridor entschwunden waren, kam ein Nachzügler. Mit hochrotem Kopf eilte er seinen Kollegen hinterher. Ich glaubte meinen Augen nicht zu trauen. Kein Zweifel, es war der fehlende Azubi! Ebenfalls in einem Blaumann, mit leuchtender Schrift. Was in aller Welt …

Jemand räusperte sich, und dieses Räuspern kam von der anderen Seite des Tresens, wo inzwischen die nächste Kollegin Aufstellung genommen hatte. Sie war deutlich älter, jedoch schlanker. Ihr schwarzes Haar trug sie kurz und struppig. Offenbar war sie über mein Anliegen unterrichtet worden; bereitwillig gab sie in sächsischem Dialekt Auskunft: „Verzeihen Sie bitte, Herr ... ähm ..."

„Gerdes."

„Herr Gerdes, gestern Abend ... ich glaube, da habe ich einen Fehler gemacht."

„Inwiefern?", wollte ich wissen.

Sie fuhr sich mit der Zunge über die Lippen, räusperte sich und sagte: „Es hatte sich gestern Abend jemand nach Ihnen erkundicht. Er wollde Sie überraschen, sagte er. Und ich habe ihm in meiner Dummheit den Weg zum Löft erklärt." Sie wurde rot. „Wissen Se, ich arbeite hier noch nicht sööö lange und ..."

„Wie sah er aus?", unterbrach ich sie.

Ihr Blick wanderte nach oben, als sie antwortete: „Alsö, er war sö alt wie Sie, schätze ich. Etwas kleiner vielleischt, rundes Gesischt und seine Haare hingen sö über den Öhrn wie dünne Ströhhalme. Er trug einen Anzug aus Ballöngseide."

„Sie meinen Mikrofaser, Polyester?"

„Eiverbibbsch, jö, genau!" Sie lächelte verlegen. „Ballöngseide war des damals bei uns in der Dä Dä äR. Eine schwarze Mikrofaserjacke mit hellgrünen Streifen und eine dunkle Höse hatte er an, und an den Füßn waren sö Spörtschuhe."

Im Kopf blätterte ich meine Personenkartei durch; sie war ohnehin ziemlich dünn und es gab dort niemanden, auf den diese Beschreibung passte. Ich bedankte mich und beruhigte sie, dass es aufgrund ihres Übereifers kein Nachspiel geben würde; sie gelobte Besserung.

Nach dem Frühstück beschäftigte mich die Frage, wie der Unbekannte überhaupt in das Gebäude gelangen konnte. Ich inspizierte die Eingangstür, sie war in einem tadellosen Zustand, ohne Brüche oder Kratzspuren, wie ein Lineal am ersten Schultag. Die Überprüfung der Schließmechanik brachte ebenfalls keine weiteren Erkenntnisse. Die Tür rastete problemlos ein; Spaltmaße waren gleichmäßig und dicht; da war kein Spiel, durch den man den Mechanismus hätte manipulieren können. Entweder war die Tür hinter mir nicht richtig ins Schloss gefallen oder der Eindringling war im Besitz eines Zweitschlüssels. Ich wusste mir darauf keinen Reim zu machen, dabei beließ ich es.

Es begann zu regnen. Die Haustür zog ich mit Bedacht ins Schloss und rüttelte daran – sie war eingerastet, alles bestens. Oben im Loft startete ich das Notebook für eine weitere Recherche, die Suche nach der Witwe von Wolfgang Sieverding. Kondolenzbesuche gehörten nicht zu meinen Stärken, ich machte stets einen großen Bogen um solche Dinge. Aber nun ließ es sich nicht vermeiden. Der Austausch mit Hauptkommissar Deeken und Christoph Wessels hatte ein klärendes Gespräch mit Frau Sieverding erforderlich gemacht: In welcher Beziehung stand Wolfgang Sieverding zum Mordopfer, was wusste seine Frau von den Vorkommnissen damals? Wichtig war mir vor allem, ein Gespür für ihre Beziehung zu ihrem Mann zu bekommen, und dafür, was sie tatsächlich am Suizid zweifeln ließ. Überdies wollte ich möglichst jene Anschuldigungen abgleichen, die Wessels gegen Wolfgang Sieverding ausgesprochen hatte. Die Frage nach seiner Geschäftstüchtigkeit wäre sicherlich zulässig, die Frage nach etwaigen Drogengeschäften sollte ich lieber bleiben lassen. Vielleicht würde sich zwischen den Zeilen Antworten ergeben.

Das Internet rückte auf Anhieb die Kontaktdaten wie Wohnort, Straße und Telefonnummer von Wolfgang Sieverding heraus, als wäre er noch am Leben, als habe er dort in der digitalen Welt seine Identität bewahren können – in einer kleinen 64-Bit-Wohnung.

Ich wählte die angegebene Festnetznummer, nach einer Weile nahm jemand ab und meldete sich zögernd: „Heidrun Sieverding …" Ihre Stimme klang dünn wie zweimal aufgegossener Tee.

Ich stellte mich vor und erklärte manierlich, dass ich in einer persönlichen Angelegenheit Informationen aus gemeinsamen Jugendtagen sammeln würde. Es ginge lediglich um Ereignisse aus dem Leben ihres Mannes: sein Werdegang, seine Karriere, seine Ziele, und um eine länger zurückliegende Sache, die ich nur im persönlichen Gespräch vorbringen wolle.

„Ich bedaure, Sie kommen ein wenig zu spät. Mein Mann ist vor wenigen Tagen verstorben …"

„Das habe ich erfahren, Frau Sieverding. Mein aufrichtiges Beileid!" Ich ließ ein, zwei Sekunden verstreichen, bevor ich hinzufügte: „Vielleicht können Sie mir dennoch helfen, wenn es Ihnen nichts ausmacht. Manchmal tut es gut, über gemeinsame Zeiten zu sprechen, und damit die Trauer ein Stückweit auszuhalten."

Sie protestierte nicht, sagte aber auch nicht zu. Sie schwieg, und das tat ich auch; dabei schaute ich durch die großen Fenster zum Museumsdorf hinüber. Der Himmel verfinsterte sich zusehends, eine himmlische Faust hatte eine Handvoll Wasser gegen die Scheiben geworfen. Plötzlich bereute ich es, Frau Sieverding in ihrer Situation überhaupt belästigt zu haben. Ich war kurz davor, einfach aufzulegen, als sie fragte, ob ich mit der Polizei zusammenarbeiten würde oder von der Presse sei.

Beides verneinte ich und rechnete damit, dass sie nun ablehnen würde, doch überraschenderweise sagte sie: „Das ... lässt sich einrichten."

Mir fiel ein Stein vom Herzen. Ich fragte, ob es ihr morgen zwischen zehn und elf Uhr recht wäre. Sie ließ sich etwas Zeit mit der Antwort, meinte noch leiser, dass ihr Arzt um diese Zeit wohl schon gegangen wäre – es würde also passen. Höflich bedankte ich mich und legte auf.

Zehn Minuten vor zehn zwängte ich mich in den Leihwagen und machte mich auf zu den Ostermanns in die Akazienallee, im östlich gelegenen Ortsteil Emstekerfeld, auf halbem Weg nach Emstek. Dieser Besuch war für mich nicht weniger schwierig als jener bei Witwe Sieverding morgen, obschon der schmerzliche Verlust des Angehörigen ungleich länger her war.

Es ging über den Niedrigen Weg, vorbei am fast achtzig Meter hohen *Pfanni*-Turm, dem heimlichen Wahrzeichen der Stadt. In den frühen sechziger Jahren errichtet für ein Trocknungsverfahren zur Pulverisierung von Lebensmitteln, das kläglich scheiterte. Der Turm machte eine Umschulung, schaute sich nach anderen Betätigungsfeldern um. Er bekam einen Job als Mobilfunkmast und Werbeträger. Seit Ende der achtziger Jahre ragte der restaurierte Koloss in verschiedenen Beige- und Brauntönen als riesenhafte Knödelpackung aus dem Erdreich, doch jetzt im Vorbeifahren schien es, als sei der Glanz dahin, der Idealismus verflogen. Es mangelte gar an Kraft, die Farbe zu halten.

Etwa in Höhe eines Senioren-Pflegezentrums meldete sich mein Mobiltelefon, ein Anruf unterbrach den dröhnenden Elektro-Beat des Stückes ‚Whenever You Need Somebody' von Rick Astley. *Conny* stand auf dem Display. Ich steuerte den Wagen auf den Parkplatz des Senioren-Zentrums *Cura Vitalis* und nahm den Anruf entgegen.

„Hallo, Frank!"

Dass wir per du waren, hatte ich fast vergessen. „Conny! Wie geht es dir?" Das Auto ruckelte, der Motor erstarb. Ein heftiger Regenschauer ging nieder, dicke Tropfen prasselten auf das Dach.

„Na ja, den Umständen entsprechend … Was ich dich fragen wollte: Hast du schon irgendetwas über Sophie in Erfahrung bringen können?" Ihre Stimme klang nach wie vor bedrückt.

„Leider nicht, aber ich bleibe dran!" Von Deekens Aufforderung, die Suche nach Sophie zu unterlassen, erzählte ich ihr nichts.

„Okay, danke, Frank." Aus ihrer Bedrücktheit war Entmutigung geworden; Resignation lag in ihrer Stimme. „Ich weiß nicht, was ich sonst noch tun kann …" Der Satz endete mit einem Schluchzen.

„Du hast sicher alles getan, Conny. Es gibt Dinge, die wir schlussendlich nicht beeinflussen können; dann ist es Zeit, sich in Geduld zu üben. Auch wenn es sich abgedroschen anhört, versuch es mit Gelassenheit, sonst lähmt es dich am Ende selbst und damit wäre niemandem geholfen, allen voran Sophie nicht!" Ich hörte, wie Conny sich die Nase putzte.

Nach einer Pause atmete sie tief durch. „Vermutlich hast du recht. Ich … werde es versuchen."

Ich sagte: „Übrigens, ich habe mit Bernd Wienken gesprochen. Er wird die Augen nach Sophie offen halten!"

„Das ist schön! Was ich dich noch fragen wollte: In der CT stand etwas von einem Übergriff in der Ziegelhofstraße, auf einen …", ich hörte Papier rascheln, „Mann aus Hamburg … der in seinem Auto mit Baseballschlägern angegriffen wurde. Warst du dieser Mann?"

„Tja, leider."

„Das hatte ich befürchtet! Ich fühle mich deswegen schlecht, weil ... Ja, weil ich dich da mit hineingezogen habe. Wie geht es dir, bist du verletzt?"

„Es sind nur ein paar Schrammen; nur der Schreck sitzt mir noch kräftig in den Gliedern. Ich versuche, nicht mehr daran zu denken. Aber du hast mich da nicht hineingezogen, ich habe den Job aus freien Stücken übernommen."

Conny akzeptierte das nur zögerlich. „Wie du meinst, Frank. Es tut mir trotzdem leid!"

„Danke für dein Mitgefühl! Sobald ich etwas in Erfahrung bringe, melde ich mich bei dir."

„Ich hoffe, dass sich bald was tut ... Du bist im Moment mein einziger Lichtblick."

Wir verabschiedeten uns.

Der einzige Lichtblick zu sein, war alles andere als angenehm. Es erhöhte den Druck, die Suche nach Sophie zu einem guten Ende zu führen. Wieder etwas, das mir nicht gefiel. Worauf hatte ich mich da eingelassen? Fast nichts hatte etwas zu tun mit dem, was ich normalerweise machte. Hier ging es um menschliche Schicksale und gebrochene Seelen, um gescheiterte Existenzen, und nicht um Bilanzfälschungen, Geldwäsche oder Insidergeschäfte.

Ich setzte die Fahrt über den Alten Emsteker Weg fort, passierte rechter Hand die von Wilhelm Scheperjans gegründete und von Hildegard Kuhnigk liebevoll umsorgte Ermlandsiedlung, ein Sozialbauprojekt der sechziger Jahre. Darauf folgte eine gepflegte Wohnsiedlung mit Einfamilienhäusern aus den fünfziger bis siebziger Jahren; den Abschluss bildete die Akazienallee, in die ich rechts einbog.

Ein Blick auf die Uhr sagte mir, dass ich mich um elf Minuten verspätet hatte – noch innerhalb der akademischen Viertelstunde. Es hörte auf zu regnen, aber es blieb düster. Im rechten Fenster des hell verputzten Einfamilienhauses aus den fünfziger Jahren bewegte sich eine Gardine. Bestückt war der kleine Vorgarten mit hohen und niedrigen immergrünen Pflanzen, gänzlich ohne Rasen, insgesamt sehr aufgeräumt. Ich öffnete die kleine Pforte und folgte einem schmalen Plattenweg aus Waschbeton bis zur Eingangstür. Ein poliertes Messingschild mit dem Namen *Ostermann* sagte mir, dass ich hier richtig war. Ich visierte die Klingel an, drückte sie. Mit einem fröhliche Dreiklang erwachte die Puppenstube wie in einem Märchenwald. Im Flur ging das Licht an, schlurfende Schritte näherten sich, Wellensittiche begannen zu zwitschern, und eine bunte Katze nahm Reißaus, als sich die Tür öffnete. Was fehlte, waren Zwerge, die nach getaner Arbeit im Bergwerk mit geschulterter Spitzhacke in Reih und Glied durch die geöffnete Tür ins Haus marschierten.

Ein älterer Herr mit freundlichen Gesichtszügen und wachsamen Augen streckte mir seine Hand entgegen, die ich schüttelte. Ich stellte mich vor, nahm Bezug auf unser gestriges Telefonat. Herr Ostermann nickte wissend und bat mich herein. Der Duft von frisch geschnittenen Zwiebeln, Schnittlauch und anderen Zutaten zog an meinen Geruchsnerven vorbei, als ich ihm in den schmalen Gang folgte. Frau Ostermann, eine Dame mit aufgestecktem Haar, trat aus der Küche und trocknete sich die Hände in der Schürze ab. Sie begrüßte mich ebenfalls. Ich wurde in das Wohnzimmer geführt, mit Blick durch ein großes Fenster, auf einen hübsch angelegten Garten mit Obstbäumen, Staudenbeeten und geharktem Rasen.

Herr Ostermann bot mir einen Platz im Sessel an, ich setzte mich. Links von mir erhob sich eine breite Faltschiebetür, ein kleiner Spalt gab die Sicht auf die gute Stube frei. Grüngraue Ornamenttapeten trugen nicht gerade zur Erheiterung bei, auch die Kunstdrucke in gedeckten braun-beigen Tönen ließen nicht direkt Partystimmung aufkommen. Rechts neben der Falttür hing ein gerahmtes Bild. Ein Shantychor füllte es komplett aus: weiße Hemden, schwarze Hosen, rote Halstücher und in der Mitte ein Schifferklavier. *Dei Soestenschipper St. Bernhard Emstekerfeld* stand in breiten Lettern darunter. Herr Ostermann bemerkte meinen Blick.

„Meine Jungs! Nächstes Jahr feiern wir unser Zwanzigjähriges!" Er lächelte breit.

Ich nickte anerkennend und ließ meinen Blick eine Etage tiefer rutschen. Ein Gruppenfoto. Blutjunge Senioren in blaugelber Sportbekleidung, alle mit erhobenem Daumen. *Die alten Knochen – TuS Emstekerfeld*, stand da in sauberen Schreibmaschinenlettern.

„Und das ist meine Truppe. Wir treffen uns seit fünfzehn Jahren jeden Montag, und ich habe noch keine
Stunde verpasst. Der TuS wird im kommenden Jahr
fünfzig Jahre alt!"

Ich hob meinen Daumen ebenfalls, als wäre es das
inoffizielle Verbrüderungszeichen des Sportvereins.
Vielleicht gehörte ich jetzt dazu. Nun wandte ich mich
ihm wieder zu und musterte ihn unauffällig. Er war
momentan weniger sportlich gekleidet, trug ein braun
kariertes Flanellhemd, darüber eine dunkelrote Strickjacke und hellbraune Kordhosen.

Seine Frau betrat zögerlich den Raum; sie trug einen
brombeerfarbenen Pullover über einer hellen Bluse
und einen braunen Rock mit auffälligen Zickzacklini-
en. Beide hatten Puschen an ihren Füßen, die sich nun
zu einem gemütlichen Stelldichein an der Sofakante
trafen. Das Paar nahm mir gegenüber im Sofa Platz
und beäugte mich aufmerksam, aber nicht übermäßig
neugierig. Herr Ostermann schaute mit zusammenge-
kniffenen Augen, seine Frau reichte ihm das Etui, er
nahm die runde Brille heraus und setzte sie auf. Seine
Lippen formten stumm jenen Satz, den mir sein Blick
verriet: ‚Ach, so sieht der aus'. Draußen vor dem Fenster
erschien die Katze mit einem Miauen, blickte das Frau-
chen herausfordernd an und war kurz darauf wieder
verschwunden. Frau Ostermann erhob sich mit einer
Entschuldigung, stapfte auf Socken in den Flur, öffnete
die Haustür, schloss sie wieder und kam in Begleitung
des Stubentigers zurück. Während Frau Ostermann

sich wieder setzte, machte Miezekatze es sich auf der Sofalehne gemütlich, in unmittelbarer Nähe zum Heizkörper.

Ich setzte zum Sprechen an und bemerkte dabei, dass Mieze mich mit nur einem Auge anpeilte.

„Ich danke Ihnen, dass Sie mich empfangen, um mit mir über Ihren Sohn Michael zu sprechen und über das, was damals passiert ist. Wie ich Ihnen, Herr Ostermann, bereits am Telefon sagte, komme ich nicht von einer Ermittlungsbehörde oder von der Presse, sondern bin privat an diesem Fall interessiert. Ich bin selber in Cloppenburg aufgewachsen, und die Tragödie um Michael ist mir nie aus dem Kopf gegangen. Ich bin auf der Suche nach neuen Indizien. Vielleicht ergibt sich daraus ein anderes Bild, vielleicht wurde damals etwas übersehen?"

Das ältere Paar nickte stumm und blickte gedankenverloren durch mich hindurch.

Ich ergänzte: „Ich werde verantwortungsvoll und achtsam mit den Informationen umgehen, die Sie mir anvertrauen." Nichts lag mir ferner, als Michaels Eltern zu kränken oder zu verletzen; ich war im höchsten Maße bemüht, angemessene Worte zu finden. „Es ist ja nun fast dreißig Jahre her, aber … ist es Ihnen möglich, mir Michaels Verfassung zu beschreiben, unmittelbar bevor er … getötet wurde?"

Das Paar nahm sich Zeit, bevor Herr Ostermann zu erzählen begann: „Zunächst einmal, meine Frau und ich sind sehr froh darüber, dass Sie uns das fragen, weil sich niemand sonst mehr für unseren Jungen interessiert. Der Fall wurde wohl zu den Akten gelegt. Von den Behörden haben wir jedenfalls lange nichts mehr gehört. Was Ihre Frage angeht, so können wir Ihnen kaum etwas dazu sagen. Nicht, weil wir uns nicht erinnern würden, denn wir erinnern uns, als wäre es gestern gewesen; sondern weil Michael sich etwa zwei Jahre vor seinem Tod regelrecht abgekapselt hatte. Er war immer mit den falschen Freunden unterwegs, und an jenem Abend war er vielleicht zur falschen Zeit am falschen Ort. Das wissen wir nicht."

Seine Frau schob mit sanfter Stimme nach: „Früher war Michael immer so ein lieber Junge, er hat viel gebastelt, war technisch versiert und vielseitig interessiert … Das hatte er von seinem Vater. Mein Mann ist … Er war Ingenieur, wissen Sie?"

Ich nickte mit verständnisvollem Blick, dann ergriff Herr Ostermann wieder das Wort: „Das tut nichts zur Sache, Elsa. Nur wenige Jahre zuvor waren wir drei ein Herz und eine Seele. Wir können uns nicht erklären, was in den Jungen gefahren war. Kannten Sie Michael denn persönlich?"

„Nein, leider nicht. Wir besuchten unterschiedliche Schulen. Da fällt mir ein, warum ging Michael nicht auch aufs Gymnasium II, wie ich? Sein Schulweg wäre erheblich kürzer gewesen."

Darauf antwortete sie: „Der Schulweg war ihm gar nicht wichtig, es ging ihm um seine Jungs, die sich nach der Orientierungsstufe fast alle für das Clemens-August-Gymnasium entschieden hatten. Er wollte mit ihnen zusammen bleiben, denn es fiel ihm schwer, neue Freundschaften zu schließen. Er war ein bisschen eigenbrötlerisch, wissen Sie ..." Sie streckte ihren Arm nach einem gerahmten Foto auf der Kommode aus und reichte es mir. Das Bild zeigte einen hageren Jungen von etwa sechzehn Jahren, mit intelligenten Gesichtszügen, runder Brille und kurzen blonden Haaren. Er lächelte zaghaft – es war das Lächeln seiner Mutter. Vielleicht war es sein letztes Schulportrait. Ich erkannte das Gesicht von jenem Strandfoto wieder, dass Martina-Chantale mir gezeigt hatte.

„War Michael in festen Händen, hatte er eine Freundin?", fragte ich.

Elsa Ostermann schüttelte den Kopf. „Er machte sich nicht viel aus Mädchen, obwohl so ein junges Ding es bei ihm versucht hatte. Wir wissen das, weil das Mädchen es uns selbst erzählte, während eines Besuches. Es war ein wirklich nettes Mädchen – so anständig! Ich glaube, Martina hieß sie ... Martina Pleye; aber Michael machte sich nicht viel aus ihr. Seine Welt war die Technik und die Musik."

Herr Ostermann flocht die Finger ineinander, und seine Knöchel traten hervor wie Hügel in einer weißen Landschaft. „Er hatte ehrgeizige Pläne, und die hätten ihn gar nicht weit genug von uns weg führen können, wenn wir mal ehrlich zu uns selber sind", dabei schaute er kurz seine Frau an. „Michael hatte immer schon den Drang hinaus in die Welt, mit hochfliegenden Träumen

… Ja, ein Träumer war er, und es wäre fraglich gewesen, ob er sie je in die Tat hätte umsetzen können. Es fehlte ihm an Geduld und Durchhaltevermögen. Wenn es darauf ankam, musste er kapitulieren. So war er von frühester Kindheit an."

Frau Ostermann ließ ihren Kopf sinken, sie hielt sich ein Papiertaschentuch an die Nase.

Er setzte nach: „Wenn man vom Abitur ausgeschlossen wird, ist das doch ein Zeichen dafür, dass Anspruch und Wirklichkeit weit auseinanderklaffen. Spätestens dann hätte er begreifen müssen …"

„Bitte, Raimund, wir haben doch damit abgeschlossen", wandte sich seine Frau an ihn. Dabei legte sie ihre schmale Hand in seine Armbeuge.

Raimund nickte und legte seine Hand auf ihre. „Du hast ja recht, meine Liebe." Und an mich gewandt: „Wissen Sie, sein Jahrgangslehrer, Dr. Ralf Beckmann und ich, wir sind befreundet, und er hat es mir damals anvertraut. Von unserem Jungen hätten wir es nicht erfahren; wir wären einfach vor vollendete Tatsachen gestellt worden."

„Können Sie mir den Grund für seinen Ausschluss nennen? Gab es zu viele Unterkurse in den Leistungskursen, hat es im Mündlichen gehakt oder gab es zu viele Fehlzeiten …?"

Seine Stimme war fest und angenehm, er blieb gleichbleibend liebenswürdig, wenngleich er innerlich zu brodeln schien. „Ach, es war Mogelei, schlicht und einfach! Er wurde bereits bei den Klausuren davor beim

Abschreiben erwischt, oder er hatte sich Spickzettel gemacht – das weiß ich gar nicht."

Meine nächste Frage brachte ich in aller Achtsamkeit vor: „Wenn Sie jetzt nach all den Jahren an die Zeit zurückdenken … haben Sie vielleicht eine Ahnung, wer Ihrem Sohn das angetan haben könnte? Haben sich im Nachhinein irgendwelche Verdachtsmomente ergeben oder ist durch Dritte etwas an Sie herangetragen worden? Irgendwelche Anspielungen oder Vermutungen?"

Frau Ostermann faltete ihre Hände, sie sprach leise: „Wie wir Ihnen ja gerade erzählt haben, war es schwierig für uns, überhaupt an ihn heranzukommen. Der einzige Kontakt war, dass er zum Essen und Schlafen nach Hause kam. Das Essen nahm er sich sogar gleich mit aufs Zimmer. Deshalb kannten wir auch seine Freunde nicht und wussten überhaupt nicht, welche Kontakte er pflegte. Wir wissen diesbezüglich nichts … und … es hat auch keine Bedeutung mehr für uns. Wir haben dieser zerstörerischen Kraft die Macht genommen; wir haben dem oder den Tätern bereits vergeben. Wer immer es auch war."

Raimund mischte sich ein: „Elsa, das interessiert doch Herrn Gerdes nicht."

Ich bedeutete ihm mit einer Geste, dass ich sehr wohl interessiert war. „Wie meinen Sie das, Frau Ostermann?"

Elsa Ostermann steckte das Taschentuch in ihre Schürze, blickte aus dem Fenster und sagte: „Ich will damit sagen, dass wir für uns keinen Weg mehr sahen.

Wir waren nach Michaels Tod regelrecht am Boden zerstört, wir hatten keine Kraft mehr ..." Jetzt schaute sie wieder mich an. „Dann lernten wir in einer Selbsthilfegruppe andere verwaiste Eltern kennen, darunter ein Elternpaar, dessen Kind ebenfalls gewaltsam zu Tode kam. Von ihm lernten wir, was es bedeutet, aus dem Gefängnis der Qualen herauszufinden, wie man zu innerem Frieden kommt, und am Ende über Tat und Täter triumphiert. Und das nicht aus einem Gefühl der Schwäche heraus, sondern nur wer stark ist, kann vergeben, sagte Mahatma Gandhi."

Auf einmal erhob sich die Katze, als wäre sie durch ein atmosphärisches Ungleichgewicht geweckt worden. Mit einem Satz sprang sie auf Frau Ostermanns Schoß, um von ihr beachtet und gestreichelt zu werden.

Um ganz sicher zu sein, dass ich sie richtig verstanden hatte, hakte ich nach: „Sie meinen, obwohl Ihnen die Täter vollkommen unbekannt sind und Sie nicht genau wissen, was in jener Nacht vorgefallen ist, haben Sie ... bereits mit allem abgeschlossen?"

Sie sagte: „Ganz richtig, aber das passiert nicht einfach so, von einem Moment zum anderen. Man kann es sich nicht vornehmen, und alles ist gut. Vergebung ist ein langwieriger Prozess, der Weg führt über Ohnmacht und Hilflosigkeit, Wut und Hass, bis hin zur Verzweiflung und Bitterkeit. Die wenigsten Menschen wissen, dass viele Konflikte in ihrem Alltag aus früheren Erfahrungen stammen, die sie wie kleine oder große Päckchen mit sich herumtragen. Dieser Ärger offenbart sich dann durch das, was Menschen unglücklich macht, wie hohe Erwartungen, Kritik und der Umgang damit, Zerwürfnisse oder Streit. Durch Vergebung finden Menschen wieder zum inneren Frieden zurück. Vergeben ist das Öl unserer persönlichen Beziehungen."

Miezekatze streckte ihre Tatzen weit nach vorn aus und gähnte.

Was Frau Ostermann sagte, hatte mich beeindruckt. „Wie kann man jemandem eine solche Tat vergeben, ohne ihm wenigstens ein Mal in die Augen geschaut zu haben und zu erfahren, ob der Täter seine Handlung bereut?"

Frau Ostermann hob ihre Hände, als sie erklärte: „Herr Gerdes, auch ich habe einst so empfunden. Der Idealfall wäre natürlich, wenn der Täter von der Vergebung erführe und infolgedessen ein Umdenkungsprozess in Gang käme. Was unmöglich erscheint, gelingt auch einseitig: In der Vergebung geht es darum, mit Dingen klarzukommen, die man nicht ändern kann, und Frieden mit ihnen zu schließen. Und das ist der Lohn der Vergebung, Frieden und Ruhe. Vergeben heißt, nicht länger auf eine bessere Vergangenheit zu warten … also auch nicht auf die Einsicht des Täters zu hoffen."

Ich achtete auf die lebhafte Sprache ihrer Hände, als sie davon redete.

Mit einem milden Gesichtsausdruck, der nicht ganz einem Lächeln gleichkam, sagte Herr Ostermann: „Ich … ich habe es noch nie so deutlich vor mir gesehen:

Möglicherweise ist das der Sinn des Lebens, dass wir lernen zu verstehen, was Vergebung letztlich bedeutet."
Es entstand eine Stille, und ich sah seine Augen rot und feucht werden. Nach einer Weile fügte er hinzu: „Søren Kierkegaard sagte einmal: ‚Das Leben wird vorwärts gelebt und rückwärts verstanden'." Dann wieder Stille. Er nahm seine Brille ab und sagte: „Aber nun sollten wir Herrn Gerdes nicht weiter mit unseren Grübeleien behelligen."

„Herr und Frau Ostermann", wandte ich mich wieder an beide, „es ist lange her, dass ich mich über derartige Gedanken so intensiv austauschen konnte. Ich möchte Ihnen dafür danken, dass Sie mich an ihren Gefühlen haben teilhaben lassen."

Nach meinem Empfinden hatte das Ehepaar Ostermann etwas ganz Wesentliches verstanden, etwas, das den Kern der Mitmenschlichkeit ausmacht. Sie standen im Herbst ihres Lebens und hatten ihre Kreuzwege weit hinter sich gelassen. Jetzt, in der Zielgraden, gab es nur noch eine Richtung, und die Beiden brauchten keinen Kompass.

Ich erhob mich und versprach, von mir hören zu lassen, sobald sich durch meine Recherchen etwas Neues ergeben sollte. Miezekatz wurde behutsam auf den Sessel zurückbefördert, dabei lugte sie durch das andere Auge. Auch Herr und Frau Ostermann erhoben sich, begleiteten mich durch den Flur zurück zum Ausgang.

Mir kam noch etwas in den Sinn: „Bitte verzeihen Sie, ich möchte nicht unhöflich erscheinen. Ist Michaels Zimmer noch vorhanden?" Beredtes Schweigen. Und in dieses Schweigen hinein konkretisierte ich meine Frage: „Ich weiß, dass Eltern oft das Zimmer ihres verstorbenen Kindes in Ehren halten, es so beibehalten, wie das Kind es verlassen hatte. Als würde es eines Tages dorthin zurückkehren …"

Frau Ostermann hob an, obwohl Herr Ostermann ebenfalls zum Sprechen ansetzte, ihr aber den Vortritt ließ: „Sein Zimmer ist noch so, wie er es damals verlassen hat. Von Zeit zu Zeit habe ich natürlich Staub gewischt, aber ansonsten ist es wie 1985."

„Dürfte ich vielleicht einen Blick hineinwerfen?"

Die beiden schauten sich an, als würden sie sich über irgendetwas verständigen, Elsa nickte und sagte ruhig: „Wir vertrauen Ihnen! Lassen Sie uns nach oben gehen."

Schweigend, andächtig wie auf einer Prozession, stiegen wir die knarrende Holztreppe hinauf. Oben wandten sie sich nach links, ich folgte. Frau Ostermann öffnete die Tür zu einem Zimmer, das fast die halbe Wohnfläche des Obergeschosses einnahm. Es hatte Dachschrägen und an der Stirnseite ein Fenster.

„Treten Sie ruhig näher", lud Herr Ostermann mich ein. Ich tat es, das Paar blieb in der Tür stehen.

An Wänden und Schränken hingen Poster und Aufkleber, die ich zum Teil selbst einmal besessen hatte. Michael Ostermann hatte damals wohl ebenso wie ich auf *Ramones, The Who, The Clash* und sogar *The Smiths* gestanden. Ein ‚*Meat is Murder*'-Cover lehnte am Fußende des Bettes.

Auf dem Schreibtisch sah es wüst aus. Diverse Schulmaterialien, der obligatorische Zauberwürfel und das Bild einer blonden Lady in einer MC-Hülle – Kim Wilde war es nicht, aber Debbie Harry. Zudem eine Schaltplatine, vermutlich aus einem Verstärker, und Lötkolben, Zinn, eine Dose Lötfett. An der Pinnwand darüber steckte ein Artikel über die *School-Out-Partys* im Stadtpark, und den Wirbel, den sie verursachten. Ich erinnerte mich dunkel daran; hinter dem Ostflügel des Amtsgerichts war ich damals mit einer Band aufgetreten. Am Ende hatte der Stadtpark ausgesehen wie nach einem militärischen Zwischenfall.

Ein silberfarbener HiFi-Turm stand neben dem Kopfende des Bettes, dessen Daunendecke aufgetürmt dalag, als wäre Michael gerade erst aufgestanden. Unter dem *TEAC*-Verstärker gab es ein altes Tape-Deck, mit Doppellaufwerk zum Kopieren von Musikkassetten, und einen FM-Receiver. Auf dem PVC-Fußboden lagen Musikkassetten von *BASF, Memorex, TDK* und *AGFA* herum. Ganz oben ein Plattenspieler der Marke *Technics*, den ich auch einmal gehabt hatte. Ein riesenhaftes Regal zwischen Schreibtisch und Zimmertür beherbergte unzählige Schallplatten. Ich bekam Lust, darin zu stöbern.

Links hinter der geöffneten Tür lugte ein klobiger Zweiundzwanzig-Zoll-Fernseher von *Nordmende* hervor, darauf ein *Panasonic*-Videorekorder. Einige VHS-Videokassetten lagen kreuz und quer auf Fernseher, Rekorder und Fußboden. Auf dem Regal ein kleines gerahmtes Foto, es erregte meine Aufmerksamkeit. Ich trat näher, sah einen jungen Mann darauf abgebildet. Michael war es nicht. Zum Vergleich rief ich mir noch einmal das Foto in Erinnerung, das Martina-Chantale mir gezeigt hatte: schmale Schultern, schwarzhaarig, dunkle Augen ... Ganz klar, es war Wolfgang Sieverding! Was mich jedoch verwunderte, war die Tatsache, dass Wolfgangs Augen auf dem Foto ausgestochen waren. Offensichtlich gab es hier mehrere Feindschaften unter den Jungs. Der Hass muss tief sitzen, wenn man sich das Bild des Widersachers ins Zimmer stellt.

Ich dachte daran, was mir Christoph Wessels am Telefon über Wolfgang Sieverding erzählt hatte, er sei ein ‚ausgesprochener Opportunist' gewesen, ‚immer ganz oben mit dabei', ‚Immer wieder schaffte er es, aus jeder Scheiß-Situation Gewinn für sich herauszuschlagen, niemand kam ihm auf die Schliche' ...

Möglicherweise hatte er es zu weit getrieben.

Dieses Zimmer war digital unverseucht, ein letzter analoger Gruß. Es gehörte unter Denkmalschutz oder ins Museumsdorf; aber ich sagte nichts dergleichen, sondern nickte Michaels Eltern stumm zu. Wir gingen schweigend die Treppe hinab. Umrahmt von herbstlichen Impressionen – Buchenbäume mit goldenen Pailletten – prangte ein Zitat von Eberhardt Berghaus an der Wand: *Unentwegt rieselt der Sand durch das Zeitglas. Alles Glück des Moments ist im Unglück des Zukünftigen eingeschlossen. Und dann, beim Zurückschauen fragen wir uns, wo es geblieben ist.*

Bei der letzten Stufe fiel Frau Ostermann ein, dass sie ihrer Gastgeberrolle nicht nachgekommen war. „Bitte verzeihen Sie, Herr Gerdes, jetzt haben wir Ihnen gar nichts angeboten."

Sie legte eine Hand über ihren Mund, und Raimund sagte: „Ach, ja ..."

„Möchten Sie etwas trinken?", fragte sie.

Ich dankte für das freundliche Angebot, wollte mich aber auf den Weg machen. Mit einem letzten Blick auf das Haus und sich bewegende Gardinen fuhr ich über die Emsteker Straße zurück in die City. Es war Zeit für das Mittagessen und eine daran anschließende Siesta über den Dächern der Stadt – ich war schließlich im Urlaub!

Als ich gegen halb drei erwachte, kamen mir sofort die Ereignisse der letzten Tage in den Sinn: der anonyme Brief, das Wiedersehen mit Antje, und, obwohl wir uns kaum mehr kannten, an das vertraute Gefühl nach all den Jahren. Ich dachte an ‚Agneta' in der Drogenberatungsstelle, an Conny und ihre Nichte Sophie. Ich dachte an die Wucht der vielen Glassplitter und das Krachen zerberstenden Glases in der kühlen Finsternis, an das seltsame Gespräch mit Bernd Wienken, einem Sozialarbeiter mit Hang zu Höherem. Und daran, dass er angeblich das Ziegelhofhaus nicht kannte und nur ein Tag später sein *Pink-Floyd-Golf* in der Nähe gestanden hatte. Ich dachte an das informative Gespräch mit Martina-Chantale Tapken. Ich rief mir das Telefongespräch mit dem verbitterten Christoph Wessels in Erinnerung, und im Gegensatz dazu die erbaulichen Worte des Ehepaars Ostermann. Ich dachte an meinen Volvo, nahm das Telefon und erkundigte mich in der Werkstatt, wie es voran ginge. Es liefe alles bestens, sie benötigten jedoch noch ein paar Tage und würden sich melden.

Ich legte auf und lehnte mich, die Arme hinterm Kopf verschränkt, zurück. Durch die Fenster sah ich, wie sich eine bleischwere Wolkenwand über die Dächer legte. Mein Unterbewusstsein war unentwegt damit beschäftigt, Indizien, Begegnungen und Gesprächsfetzen der letzten Tage wie ein Puzzle zusammenzufügen. Es geschah ganz von selbst, ich konnte da nichts machen. Irgendwann holte ich einen Gedanken hoch, der ganz tief an einer langen Leine hing, der sich zu melden begann wie eine Friedhofsglocke. Ich fand es seltsam, nicht schon viel früher daran gedacht zu haben.

Ich stieg in die Schuhe, nahm die Jacke vom Haken und verließ das Loft. Das feuchte Pflaster in der Mühlenstraße war an einigen Stellen sanierungsbedürftig; uneben und lückenhaft – meinem Erinnerungsvermögen wohl nicht ganz unähnlich. Von der Stadtmitte schwenkte ich nach rechts in die Lange Straße. Beim Blick zurück erinnerte ich mich daran, diesen Bereich im Alter von vier oder fünf als Durchgangsstraße für den Autoverkehr erlebt zu haben – laut und stinkend. Etwas weiter, im Eingangsbereich der Buchhandlung *Terwelp*, überflog ich eine Konzertankündigung: Werke von Antonin Dvorák in der Aula des Clemens-August-Gymnasiums. So etwas gab es also noch …

Unmittelbar vor dem *Intersport*-Fachgeschäft wechselte ich links in eine Gasse, ging schnurstracks bis zur Eschstraße, unmittelbar vor der nördlichen Begrenzung des Marktplatzes blieb ich stehen. Etwas Grelles traf mein Gesicht. Eine himmlische Hand hatte die Wolkendecke zur Seite geschlagen und goldenes Licht über die Stadt gegossen. Die wärmenden Strahlen taten gut.

Auf einmal vernahm ich das markante Geblubbere eines Achtzylinder-Motors. Ein orangefarbener Dodge Challenger rollte langsam an mir vorbei, ich sah den kahlköpfigen Fahrer grüßend einen Arm heben – es war Wienken. Während ich die Straßenseite wechselte, bog er an der Kreuzung beim *Subway*-Restaurant links in die Löninger Straße ein. Ich ging die Straße Am Markt entlang, die in ihrer gesamten Länge den Marktplatz an seiner Westseite begrenzte, und blickte konzentriert in jene Richtung, wo damals der Mord geschehen sein musste. Langsam ging ich weiter bis fast zum Ende des schmalen Asphaltwegs, etwa bei der *Münsterlandhalle*.

Hier war der Parkplatz der ehemaligen Szene-Disco *Pogo*. Jenes Gelände, über das ich in den Achtzigern unzählige Male in die Disco gegangen war. Das *Pogo* war zum größten Teil abgerissen worden, lediglich ein kurzer Seitenflügel war stehengeblieben. Ich blickte nach rechts, zum alten Haus, dessen Grußkarte aus der Vergangenheit mich bis hierher geführt hatte. Ich nahm das Foto des anonymen Absenders aus der Jackentasche und verglich es mit der realen Ansicht. Das Fenster mit der mutmaßlichen Augenzeugin war wohl auf der anderen Seite, ich musste ein paar Schritte zurück.

Unmittelbar bevor ich kehrtmachte, bemerkte ich einen Beobachter. Er saß an einem der Fenster des rückwärtigen Nachbarhauses. Ein älterer Mann mit grauer, zotteliger Mähne und ungepflegtem Bart beobachtete mich. Ich bewegte mich aus seinem Blickfeld, ging also ein paar Meter zurück, um nach der Übereinstimmung von Haus und Foto zu schauen. Hier war ein schmaler, unebener Plattenweg, der direkt an der Eingangstür entlangführte. Das Haus schien unbewohnt zu sein; von innen angebrachte Hartfaserplatten verhinderten die Sicht in die Räume. Eine Glasscheibe war zerborsten, eine andere hatte einen Sprung. Die Tür war ebenso alt wie das Haus, vermutlich aus den fünfziger Jahren. Die blassbraune Farbe war an unzähligen Stellen abgeblättert, im oberen Drittel ein Fenster mit Sprossenkreuz, durch das man nicht hineinsehen konnte, die Scheiben waren mit Farbe beschmiert worden.

Ich schaute mir das Schloss an. Es war ein anständiges kleines Schloss, dessen Öffnen nur etwa fünf Minuten kosten dürfte. Ich sah mich um. Rechts ragten ein paar Kupferdrähte aus der schmuddeligen Wand. Der passende Klingelknopf war bei der Studentenrevolte flöten gegangen. Ich sah von den Drähten wieder zum Schloss und überlegte hin und her. Dann entschied ich mich dafür, so lange wie möglich sauber zu bleiben.

Plötzlich hörte ich leise Schritte hinter mir. Sie stammten von jenem Mann, der mich vorhin im Visier gehabt hatte; nun stand er da wie ein Indianerhäuptling, in eine Decke gehüllt. Er beherrschte die Kunst des Anschleichens recht gut und erinnerte mich an einen Westernhelden aus Kindheitstagen, einem Sam Hawkens nicht unähnlich. Er schaute mich lange aus seinen listigen kleinen Augen an.

Dann wollte er wissen: „Wolln Se da rein?"

Ich stutzte, nickte langsam. „Mhmja …"

„Dann machen Se doch die Tür uff!!!", blaffte er.

Ich wandte mich um und drückte die Klinke, die Tür sprang auf.

„So sind die Leude heude, kriegn 'ne Tür nich mehr auf! Muss ja alles audomadisch gehn, tss tss …" Er machte eine wegwerfende Handbewegung. „Na ja, iss ja nich mein Haus, gehörd dem Bürgermeister", brabbelte er in seinen Bart und suchte das Weite.

Ich schob die Tür ganz auf, setzte einen Fuß in den schmalen Korridor, schickte mich an, die Räume zu inspizieren. Grünlich-graue Flecken zierten die schmucklosen Wände, Kalk rieselte von der Decke, die Fußböden waren uneben. Das größte Zimmer mochte wohl das meist benutzte gewesen sein; es hatte etwas von einem Liebesnest, wenngleich auf unterstem Niveau: Da waren zwei Sofas, drei bis vier fleckige Matratzen, flach auf dem Boden liegend oder an die Wand gelehnt. Ich schaute unter den Sofas nach. Dort lagen kleine Verpackungen und gebrauchte Kondome herum. Ich befürchtete, sie würden anfangen, sich zu bewegen.

In den anderen Räumen sah es ähnlich aus. Fenster ohne Pressplatten, durch die noch ein Rest von Tageslicht fiel, allesamt mit Farbe bestrichen, wohl um sich Spanner vom Leib (oder den Leibern) zu halten. Manche Türen hatten Nummern. An Zimmerdecken hingen nackte Glühbirnen, in einem anderen Raum lag auf einem Stuhl ein Telefonbuch aus den achtziger Jahren. Ein Fall für *ebay* ...

Draußen versuchte ich jene Stelle zu lokalisieren, von wo das Foto aufgenommen worden war, das man mir nach Hamburg geschickt hatte. Ich ging weiter den Plattenweg entlang, näherte mich dem rückwärtigen Nachbarhaus. Dort machte ich eine Wende um hundertachtzig Grad und versuchte nach Augenschein eine Übereinstimmung zwischen Bild und Wirklichkeit herzustellen. Die Blickrichtung stimmte, jedoch war die Aufnahme von einer erhöhten Position aus gemacht worden. Als ich meinen Blick hob, sah ich knapp unter der Traufe eine Metallhalterung, festgemacht an drei dicken, verrosteten Schrauben. Für eine Kamera möglicherweise.

Plötzlich öffnete jemand das Fenster darunter.

„Wat tun Se denn da eigentlich?", quakte Sam Hawkens und strich sich den Bart zurecht. „Ham Se 'ne Genehmigung?"

„Nein, haben Sie eine?"

„Nee, ich auch nicht!"

„Dann ist ja alles in bester Ordnung", sagte ich.

„Jau, alles bestens!" Er lehnte sich mit beiden Armen auf den Fensterrahmen.

„Sagen Sie, seit wann wohnen Sie hier?"

„Also ..." Ein Räuspern. Er lehnte sich weiter aus dem Fenster, dabei rutschte die Decke von seinen Schultern, dann fuhr er leiser fort: „Also, eigentlich wohn ich hier ja gar nich. Das Haus is leer. Bin quasi auf der Durchreise."

„Wohin geht denn die Reise?"

Er bewegte sich wieder zurück, nahm eine gerade Haltung an. „Na, um das herauszufinden, bin ich ja hier ersma eingezogn! Das muss doch orntlich geplant werdn!" Seine Stimme gewann an Schärfe, sie klang empört, aber nicht aufmüpfig.

„Eine weitere Frage, wenn Sie erlauben: Waren Sie Mitte der achtziger Jahre zufällig auch hier in der Gegend, oder auf der Durchreise?"

Er tat, als müsse er nachdenken. „Warten Se mal ... Nee, das war vor meiner Krankheit, da hatte ich noch ein richtiges Zuhause. Eine Frau, ein Kind und was sons noch allet so dazugehört! Und dann fing ich mit dem Spieln an, und am Ende war alles futsch ... aber *alles*!"

„Das tut mir leid."

„Tun Se mir 'n Gefalln, guter Mann – verraten Se nich, dass ich hier bin. Morgen bin ich wieder wech. Versprochn!"

„Geht in Ordnung", versprach auch ich, und machte mich vom Hof.

Um 21 Uhr schreckte ich aus dem Schlaf hoch. Ich setzte mich auf, rieb mir die Schläfen und fuhr mit den Fingern durchs Haar. Nach dem Abendessen hatte ich mich noch einmal hingelegt, musste wohl eingeschlafen sein. Für die Abendstunden nahm ich mir eine Observation vor; allemal besser, als untätig herumzusitzen. Auf dem Weg zum Wagen zog ich den Reißverschluss bis zum Kragen hoch. Es war kühler geworden, eine trockene Kälte, die von unten in die Hosenbeine kroch.

Ich fuhr nach Westen. Bei der alten *Destille*-Kreuzung bog ich nach rechts in die Molberger Straße, über die ich in das neue Wohngebiet jenseits der Umgehungsstraße kam. Unmittelbar hinter dem Galgenmoorgraben steuerte ich den Wagen nach links in den Rebhuhnweg. Der Schein der Straßenlaternen gab hier und da die Sicht auf ansehnliche Häuserfronten preis. Heute Abend näherte ich mich Wienkens Haus von Norden her, bog nach wenigen Metern links in den Schwanenweg ein und hielt in angemessener Entfernung auf einem gepflasterten Seitenstreifen. Das Licht der Straßenlaterne erfasste mich nicht, Scheinwerfer und Standlicht pustete ich aus. Wienkens Palast stand in gerader Linie vor mir. Manche Fenster waren diffus beleuchtet. Es sagte aber nichts darüber aus, ob jemand zu Hause war oder nicht. Viele Leute ließen die Beleuchtung brennen, wenn sie unterwegs waren … oder eine niedrige Stromrechnung verabscheuten.

Ich wartete zehn Minuten, nichts tat sich. Die Beine wurden mir kalt, während ich weitere zehn Minuten darauf wartete, dass etwas Spannendes passierte. Ein älteres Paar trottete mit Hund an mir vorbei, nahm mich aber nicht wahr. Das war es dann auch schon mit der Spannung – das Einzige, was danach noch spannte, waren meine Nackenmuskeln. Bis zur vierzigsten Minute konnte ich auf eine hübsche Ansammlung stumpfsinniger Leere zurückblicken. Ich kam zu der Erkenntnis, dass es im Westen nichts Neues gab, und drehte den Zündschlüssel behutsam um ein Viertel. Da wurde es in einem der oberen Fenster hell. Es war nicht die Deckenbeleuchtung, eine Steh- oder Tischlampe war eingeschaltet worden, obwohl keinerlei Bewegung hinter dem Fenster auszumachen war. Vielleicht eine Zeitschaltuhr, um potentielle Einbrecher abzuschrecken?

Das Paar mit dem Hund war auf dem Rückzug, es nahm auch dieses Mal keine Notiz von mir. Nun tat sich etwas dort oben: Eine Frau mit dunkel wallendem Haar und nacktem Oberkörper bewegte sich hektisch durch das Zimmer. Es war zu weit weg, um den Grund dafür ausmachen zu können. In diesem Moment bedauerte ich es, ohne Equipment angereist zu sein. Aber die Kamera war nach der letzten Observation wegen erheblicher Kratzspuren an Linse und Display ohnehin nicht einsatzfähig.

Einen Augenblick später sah ich Wienkens Fleischmütze glänzen. Er, wohl im Adamskostüm, folgte Eva ins Nebenzimmer. Sie wirbelte herum, blieb wie versteinert stehen und ließ sich rückwärts fallen. Er sprang hinterher – wohin auch immer. Dass sie Wienkens Kimono bügelte, konnte ich ausschließen.

Nach einer Weile richteten sich eng umschlungene Körper wieder auf, hielten und küssten sich. Nicht besonders nah am Fenster; ich sah lediglich Köpfe, Schultern und Arme. Sie küssten sich wieder und wieder, es fing an, langweilig zu werden. Irgendwann ließen sie voneinander ab, und das Licht erlosch. Weitere zehn Minuten später wurde die Außenbeleuchtung eingeschaltet. Die Frau mit dunkelbraunem oder rotem Haar verließ das Portal nach Süden. Mit beiden Händen hielt sie sich ihren langen dunklen Mantel in Kragen- und Brusthöhe zu, als wäre keine Zeit gewesen, ihn richtig zuzuknöpfen. Wienken stand da, hob die Hand. Sie schaute sich kurz um, warf ihren Kopf in den Nacken und lief eilends davon.

Spontan gab ich meinen ursprünglichen Plan, Wienken zu observieren, auf, konzentrierte mich stattdessen auf die Frau. Dies brachte mich jedoch in die Bredouille: Bliebe Wienken noch länger in der Tür stehen, würde er mich sehen, womöglich wiedererkennen.

Es gab eine Alternative. Rechts hinter mir stieß der Brachvogelweg auf den Schwanenweg. Ich setzte bis dahin zurück und bog ein. Ich rechnete mir aus, dass die beiden Straßen am Ende wieder zusammenführen würden. Das stimmte nur bedingt, es gab eine kleine Umleitung über den Teichhuhnweg, aber am Ende ging der Plan auf. Ich sah die Frau wieder, als ich mich der Querstraße näherte. Ohne mich zu beachten, lief sie mit gesenktem Kopf auf einen schwarzen SUV zu. Ich folgte ihr im Schritttempo, überholte sie und hielt nach fünfzig Metern am Fahrbahnrand. Die Scheinwerfer schaltete ich aus, ließ den Motor aber laufen. Im Rückspiegel sah ich, dass sich der SUV langsam in Bewegung setzte. Der Porsche *Macan Turbo* rollte an mir vorbei, ich rutschte tief in den Sitz. Sie bog nicht ab, fuhr geradeaus weiter. Ich startete meinen Wagen, ließ etwas Zeit verstreichen, schaltete die Scheinwerfer ein und folgte der Dame in gebührendem Abstand. Die Straßen waren wie leergefegt, nur ein Fahrzeug kam uns entgegen. Am Ende bog der Wagen rechts auf die stärker frequentierte Vahrener Straße.

Ab hier gestaltete sich die Verfolgung schwieriger, aber es war leichter, dabei nicht aufzufallen. Ein anderes Fahrzeug überholte mich, setzte sich genau zwischen uns. Die Dreierformation hielt sich an die vorgeschriebene Geschwindigkeit, fünfzig, und ich hatte keine Probleme, zu folgen. Nach etwa fünfhundert Metern sah ich durch die Scheiben des vorausfahrenden Fahrzeugs, dass die Fahrerin den Blinker nach links setzte, ich tat es ihr gleich. Sie steuerte den *Macan* in den Adolf-Kolping-Ring, unmittelbar darauf nach rechts. Ich war nicht darauf gefasst, dass sie dort hielt. In unvermindertem Tempo fuhr ich an ihr vorbei, bog unmittelbar rechts in die einmündende Sackgasse und hielt hinter einer mannshohen Hecke. Dort löste ich den Gang, zog die Handbremse und ließ den Motor laufen. Ich sprang aus dem Wagen und spurtete zurück.

Die Fahrerin des *Macan* ließ den Motor ebenfalls laufen, sie ging zu einem Einfamilienhaus auf der anderen Straßenseite. In der Hand hielt sie einen hellen, unförmigen Gegenstand, vielleicht eine Papiertüte. Sie klingelte an der Tür des Bungalows, ein Licht flackerte auf. Eine mittelgroße, schlanke Frau mit kurzen blonden Haaren öffnete, eingehüllt in einen hellen, mit großen Mohnblumen bedruckten Hausmantel. Sie nahm die Tüte lächelnd entgegen, umarmte die Frau kurz und schloss die Tür wieder. Die Fahrerin trabte zum Wagen zurück und machte kehrt. Ich beeilte mich, ihr zu folgen. Ich musste mich sputen. Der schwarze Porsche fuhr ohne Umwege in die City, bog bei der St.-Andreas-Kirche links ab in Richtung Stadion. Ich folgte in großem Abstand, rutschte gerade noch bei Rosa unter der Ampel durch. Beim Anblick der illuminierten Kirche wurde mir bewusst, dass ich lange keinen Beichtstuhl mehr von innen gesehen hatte. Es fiel mir zusehends schwerer, der Kirche die Absolution zu erteilen.

Der Abstand wurde größer. In Höhe des Schwedenheimes schloss ich auf, nachdem sich ein paar Fahrzeuge zwischen uns gedrängelt und schließlich wieder abgebogen waren. Es ging geradewegs ins Inselviertel in die Rügenstraße. Der schwarze Wagen steuerte dort in eine der ersten Hauseinfahrten auf der rechten Seite. Ich bremste und setzte langsam in die verwaiste Inselstraße zurück, parkte den Wagen in einer der Buchten. Dann stieg ich aus und sah mich um. Nur zwei Meter von mir entfernt gab es einen Fußweg, der in die Wohnsiedlung führte und vollständig von der Dunkelheit verschluckt wurde.

Ich schloss den Wagen nicht ab, lief eilends zurück in die Rügenstraße. Im Schein der Garten- und Hausbeleuchtung beobachtete ich, wie die Frau eine Haustür öffnete; das Garagentor war dabei, sich zu senken. Als sie ins Haus trat und das Licht einschaltete, erkannte ich, dass ihr Haar nicht braun oder schwarz, sondern auberginefarben war. Nach etwa fünfzehn Minuten erlosch das Licht; das Haus war komplett dunkel. Um herauszufinden, wem ich gefolgt war, steuerte ich den Hauseingang an. Ein kurzer Blick auf das Klingelschild sollte ausreichen. Auf halbem Weg erstarrte ich, ich glaubte ein Geräusch gehört zu haben … Stille. Ich hatte mich wohl getäuscht. Auf dem Smartphone aktivierte ich die LED-Lampe, um zu sehen, wohin ich trat.

Plötzlich, wie aus dem Nichts, kam ein Fahrzeug um die Ecke geschossen. Dem Motorgeräusch nach war es der kleine Bruder des *Macan*, ein Porsche *Panamera*. Als mich das Scheinwerferlicht erfasste, duckte ich mich.

Der Porsche-Fahrer trat auf die Bremse, riss die Fahrertür auf und schrie: „Hey! Was willst du hier!?!" Er stieg aus und bewegte sich in meine Richtung.

Ich sprang auf, nahm Reißaus, spurtete über den Rasen, schlug mich durch die Büsche und stolperte über einen niedrigen Zaun in den Vorgarten des Nachbarn. Ich rollte über die Schulter ab, stieß mit dem Kopf gegen einen Stein und als ich mich mit dem Arm abstützen wollte, tauchte meine Hand in kaltes Wasser – vermutlich ein Gartenteich.

Mein Verfolger setzte mir schwer atmend durch die Rabatten nach. Ich kam auf die Beine und sah im Schein der Straßenlaterne eine weitere Einfahrt, über die ich auf die Straße rannte. Mein Verfolger kam ins Trudeln, es platschte schwer und laut. Ein Aufschrei. Ich riskierte einen Blick zurück. Im künstlichen Seerosenteich schalteten sich bunte Strahler ein, es begann zu plätschern, der Nachbar im Pyjama öffnete laut zeternd die Tür, und im Schein der Halogenlampen stand eine durch und durch triefende Gestalt, umgeben von verspielten Wasserfontänen in Festtagsbeleuchtung. Der Mann reckte geballte Fäuste in die Höhe und rief mir etwas nach, was ich nicht verstehen konnte – jedenfalls keine Einladung zum Barbecue.

Nach etwa sechzig bis siebzig Metern blieb ich stehen. Ich war aus der Puste. Wie jetzt weiter? Ich malte mir aus, dass der Kerl mich mit seinem Porsche verfolgen könnte. Die Straße machte einen Schlenker nach rechts, hielt aber für Fußgänger geradeaus einen schmalen Durchgang parat; den lief ich bis zum Ende und kam an jene Stelle, an der ich den *Up* geparkt hatte. Ich riss die Tür auf, warf mich hinters Lenkrad und brauste davon, zunächst ohne die Scheinwerfer einzuschalten. In regelmäßigen Abständen überprüfte ich im Rückspiegel, ob mir jemand folgte. Die Straßen waren fast leer. Um eine etwaige Verfolgung unmöglich zu machen, bog ich mal links, mal rechts ab, schlug Haken, erst dann schaltete ich das Scheinwerferlicht ein.

Ich musste laut lachen. Es war ein erleichterndes Lachen; dabei stellte ich mir vor, wie ein klatschnasser Porsche-Fahrer zappelnde Piranhas aus seinem Sakko zog, um sie nach und nach hinter sich auf den Rücksitz zu werfen ...

KAPITEL 11

Samstag, 8. November

Die Nacht verlief unruhig. Ich wälzte mich hin und her, träumte schlecht, und in meinem Kopf türmte sich Gewölk auf, das sich in einem Gewitter von Migräne entladen wollte. Ein sicheres Anzeichen dafür, dass von Westen ein neues Tiefdruckgebiet heraufzog.

Ich schaute auf meine Armbanduhr, die neben dem Bett auf der Anrichte lag. Es war zehn nach zwei. Bis zum Morgen blieb viel Zeit zum Nachdenken. Ich dachte an das, was ich beobachtet hatte: Wienken war nicht der asketische Mönch, für den er sich ausgab; er hatte eine Freundin, und diese Freundin gehörte offensichtlich in ein anderes Nest. Das war nicht meine Sache, aber es verhielt sich deutlich anders, als Wienken es mir vorgegaukelt hatte: *Die da draußen, die sind meine Familie, meine Frau und meine Kinder. Wenn ich denen helfen kann, bin ich zufrieden. Diese Tätigkeit erfüllt mich und gibt mir Lebenssinn, was brauche ich mehr?*

Und dann war da noch die Sache mit dem seltsamen Liefer-Service. Wen hatte Wienkens Freundin beliefert und vor allem womit?

Ich versank in eine Art Halbschlaf und spürte, dass es unmöglich war, jetzt schon Schlüsse aus all dem zu ziehen. Wie Schlieren an einer Tafel blieben die Fragen zurück, sie versickerten in meinem Unterbewusstsein. Es vergingen ein paar Stunden, bevor ich den Schlaf zurückerobert hatte, und die Eroberung war nicht besonders glorreich; er war voller verschrobener Träume.

Als ich nach fünfzehn Minuten wieder erwachte, stellte ich fest, dass ich sechs Stunden geschlafen hatte. Das Tiefdruckgebiet schob sich mit voller Wucht gegen das Loft und meine Hirnrinde – es war ein hässlicher Morgen. Ich pellte mich aus der Decke und versuchte, unter einer heißen Dusche Leben in meinen Körper zu peitschen, bevor es an den Frühstückstisch ging. Als auch das Koffein nichts gegen die Migräne ausrichten konnte, beeilte ich mich, in die nahe gelegene *Burg-Apotheke* zu kommen. Ich wählte das Mittel mit den Triptanen und bat um ein Glas Wasser, um es sofort einnehmen zu können. Als ich die Apotheke verließ, hatte Sprühregen eingesetzt. Das Handy meldete sich mit einer SMS von Antje, zum Lesen stellte ich mich irgendwo unter.

Lieber Frank, mir geht unser Abend nicht aus dem Sinn, habe überreagiert. Hoffe, Du bist mir nicht böse!!! LG, Antje

Ich ließ das Gerät sinken, musste darüber nachdenken. Die Stimmung war tatsächlich auf Grundeis. Das hätte leicht vermieden werden können.

Ich sandte ihr Antwort: *Alles gut! Wie wärs demnächst mit einem Spaziergang an der Talsperre?*

Nach wenigen Sekunden kam die Bestätigung: *Sehr gern!* :-)

Mein Blick streifte die Apotheken-Uhr, es war zehn. Zeit für die Verabredung mit Witwe Sieverding. Und es war Samstagmorgen. Sicher nicht die beste Zeit, um eine trauernde Witwe zu besuchen. Aber ich wollte alle Puzzlestücke beisammen haben – je eher, desto besser.

Eben in der Apotheke war mir etwas aufgefallen; nur eine Assoziation, aus dem Zusammenhang gerissen ... Ich kam nicht drauf, ging noch einmal hinein. Ich blieb hinten stehen und beobachtete. Die Kunden äußerten ihre Wünsche, der Apotheker reichte die angeforderten Medikamente über den Tresen ... Manches wurde in dünne Plastiktüten gesteckt, anderes in Papiertüten ... Medikamente in Papiertüten? Das war es! Ich dachte an gestern Abend, und daran, was da überreicht worden war. Vielleicht etwas Pharmazeutisches ...

Gegen halb elf ging es über die *Famila*-Brücke nach Lankum, in einen südöstlich gelegenen Stadtteil, der an Emstekerfeld grenzt. Von erhöhter Position aus sah ich links auf das verlassene Gelände der Fleischwaren-Fabrik Pieper. In der Mitte hoch aufragend der lange, dünne Schornstein aus Ziegeln, den man Ende der sechziger Jahre der Stadt wie ein Thermometer ins Rektum gesteckt hatte. Rechts hinter den Büschen hatte sich damals mein Elternhaus befunden, das nach dem Tod meiner Eltern verkauft und Jahre später für ein Investitionsprojekt abgerissen worden war. Der Verkaufserlös hatte mir ein sorgenfreies Studium ermöglicht. Was mir vom Haus geblieben ist, sind Erinnerungen und eine Handvoll Fotos.

An der großen Kreuzung bog ich rechts in die Schützenstraße, am Cappelner Damm stieg ich aus und schaute mich um. Hier, auf meinem ehemaligen Schulweg, hatte früher ein Gemischtwarenladen gestanden, der vor allem von den Schülern profitiert hatte, und ein Zimmereibetrieb, der überlebt hatte. In östlicher Richtung lag das Schulzentrum wie eine Mondbasis da. Erinnerungen an die Zeit meines Blindflugs durch den Kosmos des Wissens kamen hoch – es waren bestimmt ausgemachte Meteoriteneinschläge darunter gewesen, aber auch jede Menge Schwarze Löcher, die nicht gerade zu meinen Glanzleistungen zählten.

Auf der anderen Seite hielt ein Taxi. Eine ältere Dame stieg aus, die lange brauchte, das nötige Kleingeld und den Haustürschlüssel zu finden. Es begann wieder zu nieseln. Ich stieg in den *Up* und steuerte die Schubertstraße an. Kurz vor elf fand ich das Haus der Witwe Sieverding auf Anhieb. Es war ein moderner, würfelartiger Bau aus dunklem Stein. Pultdach, Balkon mit Geländer aus mattem Edelstahl und kleine Fenster mit schwarzen Kunststoffrahmen. Es hatte etwas von einem Bunker – für manche Leute ist immer Krieg. Außer dem Unkraut gab es hier kaum Pflanzen. Ein nüchterner, dünner Zaun um einen zerrupften Rasen. Ein paar Kirschbaumblätter vom Nachbargrundstück waren herübergeweht, sie verwandelten sich auf dem gepflasterten Weg zu Matsch. Ein breiter Streifen aus hellem Kies umgab das Haus, eine breite Abgrenzung aus Beton verhinderte den Frontalangriff des Unkrauts auf den Bunker. Unterm Dach lugten Gewehrschäfte hervor, die sich bei genauer Betrachtung als Teil einer ausgefeilten Dachkonstruktion entpuppten.

Ich drückte den Klingelknopf des in die Wand eingelassenen Überwachungssystems. Nach etwa fünfzehn Sekunden vernahm ich Absatzgeklapper hinter der edlen dunkelbraunen Eingangstür. Sie wurde geöffnet von einer zierlichen Frau mit schwarzem Haar im Pagenschnitt, grauem Kostüm und schwarzen, hochhackigen Schuhen. Nachdem ich meinen Namen genannt und gesagt hatte, dass wir für diese Uhrzeit verabredet waren, streckte sie mir ihre schmale Hand entgegen. Ich ergriff sie vorsichtig. Sie bat mich herein. Erwartungsgemäß lächelte sie nicht, das Gesicht blass, die Augen dunkel unterlaufen – eine Frau, die um ihren Mann trauerte.

Die Eingangshalle war groß, aber nicht allzu hell. Das Tageslicht hatte Mühe, durch die kleinen Fenster zu gelangen. An der fensterlosen Wand links hing ein hohes, schmales Bild, eine Farbexplosion ohne Hinweis auf die Ursache. Die freischwebende Treppe rechts führte in das Obergeschoss.

Frau Sieverding führte mich geradeaus ins Wohnzimmer, bot mir einen Platz auf einer ausladenden Sitzgarnitur an. Sie selbst platzierte sich in einen *Stressless*-Sessel der teuersten Kategorie, gleich neben dem

Couchtisch. Ich fragte, ob ich ablegen dürfe, und sie entschuldigte sich, dass sie nicht daran gedacht hatte. Ihr Blick schien unkonzentriert, als sei sie sich nicht im Klaren darüber, einen leibhaftigen Gast zu haben. Ich legte die Jacke der Einfachheit halber über die Sofalehne.

Die Einrichtung konnte als gelungenes Experiment in Grau bezeichnet werden. Alles, was auf dem Markt an grauem Interieur in unterschiedlichsten Schattierungen zu bekommen war, hatte hier eine Bleibe gefunden. Vielleicht ein paar Gegenstände zu viel, ich bekam fast keine Luft mehr. Die schmalen Fenster gaben die Sicht auf graue Wolken frei. Wirklich gelungen, dieses Arrangement.

Auf mich machte Frau Sieverding den Eindruck einer Migränepatientin; sie benötigte Ruhe und Abgeschiedenheit, machte keine hektischen Bewegungen, all ihre Sinne waren nach innen gerichtet. Dies kam mir bekannt vor, mit dem Unterschied, dass es für meinen Zustand ein Medikament gab. Bei mir wirkte es bereits, doch machte sich als Nebenwirkung nun Müdigkeit bemerkbar.

Plötzlich blickte sie mich fest an, als sei sie sich ihrer guten Erziehung bewusst geworden. „Bitte verzeihen Sie ... Ich hatte mir gerade einen ... Tee gemacht. Möchten Sie auch etwas trinken?" Ihre Stimme klang wie Bachplätschern über rundgeschliffenen Steinen.

Ich entschied mich für die einfachste Lösung. „Ein Glas Leitungswasser, wenn es keine Umstände macht."

Sie ging in die Küche und kam mit einem vollen Glas und ihrem Tee zurück, stellte beides auf den Tisch. Ich wusste nicht recht, wie ich auf dem Sofa sitzen sollte. Die Sitzfläche war sehr tief. Saß ich vorne, konnte ich mich nicht anlehnen; rutschte ich weiter nach hinten, waren meine Beine lang ausgestreckt und ich fühlte mich wie ein kleiner Junge, der in dieser Position schwerlich ernst genommen werden konnte. Ich wählte die vordere Sitzposition.

Der Duft von Fenchel und Anis durchzog den Raum. Frau Sieverding wählte nun einen anderen Sessel, mir gegenüber, näher am Tisch. Sie griff nach ihrer Tasse.

„Vielen Dank, Frau Sieverding, dass Sie mich empfangen – gerade jetzt, wo es vieles zu regeln gilt und diese Tage so überaus schwer für Sie sind. Ich möchte Ihnen mein aufrichtiges Beileid aussprechen", sagte ich ruhig und war bemüht, meine Stimme vertrauenerweckend und mitfühlend klingen zu lassen.

Sie nickte knapp. „Danke, Herr Gerdes. Das meiste ist schon erledigt und ich bin dankbar für jede Art Ablenkung, insbesondere über jene, die mit Wolfgang zu tun hat. Kannten Sie ihn persönlich?"

Ich verneinte und erklärte, dass ich zwar in Cloppenburg aufgewachsen war, wir uns aber nie bewusst begegnet waren, und dass ich seit fünfundzwanzig Jahren in Hamburg lebte. Sie reagierte kaum, nippte aber an ihrer Tasse. Ich nahm einen kräftigen Schluck kühlen Wassers. Irgendwo draußen startete jemand einen dieser lästigen Laubbläser.

„Frau Sieverding, wie ich bereits am Telefon andeutete, sammle ich Informationen über einen länger zurückliegenden Fall. Es geht um ein … Verbrechen aus dem Jahre 1985. Sie erinnern sich vielleicht?"

Sie sah mich unschlüssig an. „Ich erinnere mich daran, allerdings nur dunkel. Aber was hat das mit Wolfgang zu tun?"

„Rein gar nichts! Es geht mir darum, etwas über die Umstände damals in Erfahrung zu bringen, mehr über die Menschen zu erfahren, die das Opfer Michael Ostermann kannten", beeilte ich mich klarzustellen. „Hat Ihr Mann jemals über diese Sache gesprochen?"

„Wie …? Jeder … jeder hier in Cloppenburg hat über die Sache gesprochen. Was meinen Sie?"

„Vielleicht später noch mal oder in der letzten Zeit?"

Frau Sieverding schüttelte leicht den Kopf.

„Wissen Sie, dass Ihr Mann zu Beginn unter Mordverdacht stand?"

„Das … hatte er mal erwähnt. Aber es hatte sich dann als Irrtum herausgestellt. Mehr kann ich Ihnen wirklich nicht dazu sagen. Es war nie Thema zwischen uns." Frau Sieverding wurde langsam munter.

„In welcher Beziehung stand Ihr Mann zu Michael? Waren sie gute Kumpel?"

Sie konzentrierte sich und sagte: „Jaja, Wolfgang war mit Michael in einer Clique. Das war ungefähr, als ich meine Ausbildung bei der *Landesdarlehnskasse* begann. Wolfgang stieg kurze Zeit später ins Bankgeschäft ein, unmittelbar nach seinem Abitur und zu jener Zeit, als die Privatbank in der Stadtmitte gegründet wurde. Der Vorstandsvorsitzende war der Vater einer seiner Schulkameraden. Wolfgang und ich lernten uns in Osnabrück bei einem Seminar kennen. Er war der Seminarleiter, noch so jung, aber überaus eloquent ... ein begnadeter Redner ..." Ihre Augen wurden feucht, und ich merkte, dass es ihr gut tat, den Erinnerungen freien Lauf zu lassen. „Wenn ich mich recht erinnere, ging es damals um geschlossene Investmentfonds. Ich weiß noch, dass Wolfgang eigenmächtig ein weiteres Thema hinzugefügt hatte, weil es uns persönlich betraf. Warten Sie mal ... ja, genau, es ging dabei um die Attraktivität sogenannter Kick-Backs, also Rückerstattungen an uns Banker. Das war ja alles weit vor dem großen Immobilien- und Bankencrash 2009. Jetzt ist selbstverständlich alles reguliert, besonders für den Kunden nachvollziehbar und transparent gestaltet worden. Das Bankensystem hat aus seinen Fehlern gelernt, es hat sich verbessert und kann als geläutert betrachtet werden ..." Sie merkte, dass sie abschweifte, kehrte aus ihren Erinnerungen zurück. „Nun, also bei dieser Mordsache damals kann ich Ihnen leider nicht weiterhelfen."

Ihre Redseligkeit erstaunte mich, und bei ihren Worten ging mir ein Licht auf. Ich dachte an die Schlüsselkarte in Sieverdings Geldbörse, als Deeken darin herumgewühlt hatte – darauf stand irgendwas von *Privé* ... Und ich erinnerte mich auch an Vaskes Worte, als er aus Sieverdings Abschiedsbrief zitiert hatte. Er hatte Spekulationsverluste erwähnt. Möglicherweise meinte

Sieverding damit nicht nur die eigenen, sondern auch jene Verluste, die er der Bank zugefügt haben konnte. Wie ‚eloquent' mochte Sieverding wohl auf dem Parkett gewesen sein? Oder hatte er sich gar überschätzt, hatte alles auf eine Karte gesetzt? Er wäre nicht der Erste gewesen, der auf diese Weise den Pappkarton für seinen persönlichen Exodus hätte packen müssen …

Ich blieb bei den beruflichen Fakten, hakte nach. „Ihr Mann hatte also kein Studium aufgenommen, sondern ging unmittelbar nach dem Abi zur Privé*Invest* und war dort relativ früh in leitender Position tätig?", fragte ich sanft, um sie nicht umzupusten.

„In der Tat, so war es! Er war so begabt, dass sie ihn gleich vom Fleck weg eingestellt haben. Er absolvierte zunächst eine auf ihn abgestimmte und modifizierte Blitzausbildung zum Banker, eigentlich nichts Offizielles. Anschließend erwarb er sich durch Fortbildungen die nötigen Qualifikationen für die Leitungsebene. Er war eben ein Naturtalent."

„Das bedeutet, während Sie im Erdgeschoss arbeiteten, war Ihr Mann zwei Stockwerke über Ihnen bei der Privé-*Invest*, also bei der Konkurrenz tätig?"

Eine kurze Weile verstrich, ehe sie antwortete. „Sehen Sie das als Problem? Es bestanden zu keinem Zeitpunkt Interessenkonflikte, wenn Sie darauf hinaus wollen. Hin und wieder kam es sogar zu … ich nenne es mal: betriebsübergreifenden Projekten, bei denen wir so manchen Kunden an die Privé-*Invest* weitervermitteln konnten. Aber das war alles durch unsere Geschäftsleitung abgesegnet! Ich möchte Sie bitten, mit dieser Information nicht hausieren zu gehen", sagte sie mit einem Lächeln, das kaum ihre Augen berührte. Dann schaute sie auf ihre Hände.

Ich wollte auf gar nichts hinaus, sondern war bemüht, Fakten zu sammeln, aus denen sich Stück für Stück ein Bild zusammenfügte. Was das geläuterte Bankensystem anging, so waren Zweifel angebracht. Erst vor wenigen Tagen war bekannt geworden, dass deutsche Banken mit ausländischen Staats- und Beteiligungsfonds Dividendenansprüche hin- und herschoben, um so die Kapitalertragssteuer zu umgehen. Trotz entsprechender Hinweise schaute die Politik den fragwürdigen Deals schon jahrelang tatenlos zu. Die Finanzverwaltung schätzte die Steuerausfälle für den deutschen Fiskus auf bis zu zwölf Milliarden Euro.

Ein weiteres Beispiel für das vermeintlich geläuterte Finanzwesen waren die Ausgabenaufschläge, die die Rendite einer Anlage enorm schmälerten. Provisionen verteuerten die Anlage nicht nur, sondern führten auch dazu, dass häufig nicht die für den Kunden beste Investition angeboten wurde, sondern diejenige, die dem Berater die höchste Abschlussgebühr einbrachte. Hatte der Bankangestellte das Geld seines Kunden erst angelegt und die Provision eingestrichen, sollte er umschichten. Die Folge war, dass mehr als die Hälfte aller langfristigen Anlagen vorzeitig beendet wurden – mit Verlust für den Kunden natürlich. Die Erfinder des Welterfolgs ‚Leerverkäufe‘ hatten neue Verdienstmöglichkeiten gefunden. Aber das alles sagte ich nicht, stattdessen wechselte ich das Thema, in der stillen Hoffnung, dass sie da mitmachte.

„Ihr Mann wurde vor jenem Gebäude tot aufgefunden, in dem er auch gearbeitet hat, und die Polizei fand einen Abschiedsbrief. Die Schlussfolgerung liegt nahe, dass Ihr Mann – ohne der Polizei vorgreifen zu wollen – Suizid begangen hat.“

Sie sah von ihren Händen auf, blickte mich mit großen, mit Tränen gefüllten Augen an und nickte zustimmend oder zum Zeichen, dass sie verstanden hatte. Es war ihr anzusehen: Momentan durchlebte sie eine Achterbahnfahrt der Gefühle. Sie sagte mit brüchiger Stimme: „Ja, das hatte Herr Deeken mir auch mitgeteilt, aber ich sagte ihm gleich, dass das nicht stimmen kann. Wolfgang hätte keinen Grund gehabt, sich umzubringen.“

„Woraus schließen Sie das?“

Sie ließ sich mit der Antwort Zeit, als müsse sie erst abwägen, inwieweit sie solche Dinge an einen völlig Unbekannten weitergeben konnte. Ein ums andere Mal blickte sie sorgenvoll auf. Als sie eine Entscheidung getroffen hatte, antwortete sie: „Es ist seltsam, dass Herr Deeken mir diese Frage nicht gestellt hat …“, sie biss sich kurz auf die Unterlippe, öffnete den Mund, aber es kam nichts heraus.

Ich hob leicht die Hand, als Zeichen, dass es gut war. Sie brauchte nicht zu antworten.

Doch dann schien es, als bekäme sie von irgendwoher neue Kraft. „Wolfgang hatte Pläne, große Pläne! Er hatte bereits gekündigt, und er wollte sich nach Ablauf der Kündigungsfrist als unabhängiger Broker selbstständig machen."

„Wollte er sich verändern oder gab es dazu einen konkreten Auslöser?"

„Er erzählte mir vor wenigen Monaten, dass der Druck auf jeden einzelnen Mitarbeiter enorm zugenommen hatte. Er erhielt die bindende Anweisung, Aktienanleihen zu einem Volumen von mindestens hunderttausend Euro pro Monat zu verkaufen. Das war aber mit einer ausgewogenen Beratung nicht vereinbar. Die Summe des Vermögens, das Wolfgang insgesamt betreute, war einhundert Millionen Euro. Er wurde angehalten, trotz anhaltender Kritik der Verbraucherschützer, vermehrt geschlossene Fonds an den Mann zu bringen. Und das ist purer Wahnsinn, weil über einen Zeitraum von zwanzig Jahren betrachtet etwa neunzig Prozent der geschlossenen Fonds ihr Ziel nicht erreichen und dabei fünfzig bis siebzig Prozent einen Verlust erzielen. Eigentlich wären solche Fonds für neunundneunzig Prozent der Anleger vollkommen ungeeignet."

Ich ließ zischend etwas Luft ab. „Und was wäre geschehen, wenn Ihr Mann die Vorgaben nicht erfüllt hätte?"

Frau Sieverding hob kurz die Schultern. „Darüber kann ich nur spekulieren. Wolfgang erzählte von subtilen Maßnahmen und persönlichen Krisengesprächen mit seinem Chef, Kürzungen der Boni und auch von Versetzungen oder Kündigungen. Dem wollte er sich entziehen! Er beabsichtigte, für solvente Kunden auf eigene Rechnung in den Wertpapierhandel einzusteigen. Eigens dafür hatte er sich ein Büro einrichten lassen. Nie und nimmer hätte er die Absicht gehabt, sich umzubringen!" Ihre Tränen rannen wieder und hinterließen längliche Spuren auf ihrem Kostüm. Sie betupfte mit einem Taschentuch ihre Nase.

„Das ist in der Tat ein gewichtiges Argument gegen einen Suizid! Herr Deeken täte gut daran, auf Ihre Einwände einzugehen und sich nicht gleich auf die erstbeste Möglichkeit festzulegen. Sie dürfen nicht locker lassen, sollten unbedingt noch einmal mit ihm sprechen", riet ich. Und vielleicht würden die Ergebnisse der Pathologie den entscheidenden Anstoß geben, der zu weiteren Ermittlungen führen sollte, wie Kommissar Vaske meinte; aber das sagte ich ihr ebenfalls nicht.

Heidrun Sieverding hatte beide Hände um die Tasse warmen Tees gelegt. Sie saß mit gebeugtem Rücken da und starrte in die Tasse, kauerte sich um sie herum, wie um sich selbst zu wärmen. Ihr würde vielleicht nie wieder ganz warm werden, sie würde immer eine innere Kälte in sich tragen, irgendwo.

Sie nahm einen Schluck und richtete sich auf, starrte aus dem Fenster, als suche sie draußen in dem trostlosen Grau nach der Wahrheit über den November. Der Laubbläser bekam einen Asthmaanfall.

Ich überlegte und kam zu dem Schluss, alle Fragen angesprochen zu haben; doch etwas beschäftigte mich noch. Es betraf Frau Sieverding persönlich. Ich bildete mir ein, sie schon einmal gesehen zu haben.

„Sagen Sie, kann es sein, dass wir uns von früher her kennen?" Mein Blick suchte ihren und fand ihn.

Sie überlegte und wiederholte meinen Namen. „Frank Gerdes … ist Ihr Name?"

Ich nickte.

Sie schaute mich prüfend an, dann schüttelte sie bedächtig den kleinen Pagenkopf. „Nein, das glaube ich nicht."

„Waren Sie damals vielleicht des öfteren im *Café Regenbogen*, dem Jugendtreff?"

„Das auch nicht." Sie blickte ins Nichts, das ihr näher zu sein schien als ihr Gegenüber.

Ich gab es auf, sah auf die Uhr, als hätte ich ein volles Programm, und dankte ihr, dass sie sich Zeit für mich genommen hatte. Gemeinsam gingen wir vom Wohnzimmer in den Hausflur, während ich meine Jacke anzog. Unmittelbar vor der Tür verlangsamte Frau Sieverding ihren Schritt und bat mich, kurz zu warten. Sie schwebte die Treppe hinauf und kam mit einem braunen Aktenkoffer zurück. Auf beiden Unterarmen hielt sie ihn mir flach entgegen. An der Griffhalterung prangte ein schmales Chromschild, darin war der Name Wolfgang Sieverding eingraviert.

„Herr Gerdes, diesen Koffer möchte ich lieber Ihnen als der Polizei geben." Sie hob den Koffer an, ich nahm ihn an mich.

„Wie komme ich zu dieser Ehre?"

„Ich glaube, dass Sie gewissenhaft an die Dinge herangehen, und ich möchte, dass die Wahrheit in Bezug auf Wolfgangs Tod bekannt wird."

„Und was hat der Koffer damit zu tun?" Mir waren die Folgen nicht ganz klar, auf die ich mich da einließ.

„Ich glaube, dass Wolfgang diesen Koffer ganz bewusst mit Belegen gefüllt hat, die Licht ins Dunkel bringen könnten, falls ihm etwas zustoßen sollte. Die Polizei ist nicht wirklich offen dafür, bei Herrn Deeken ernte ich nur Kopfschütteln. Leider ist der Koffer verschlossen, und ich weiß nicht, wo sich der Schlüssel befindet. Ich dachte, in seinem Büro, aber das wurde bereits aufgelöst. Wolfgangs Sekretärin sagte mir, dass sie keinen Schlüssel gefunden hätte. Und ich habe keine Kraft, das Schloss aufzubrechen. Wenn es erforderlich sein sollte, es gewaltsam zu öffnen, dann können Sie das machen." Frau Sieverding hob ihre Schultern, als wollte sie sich dafür entschuldigen.

„Ist das der Koffer, der auf der Baustelle der Privé*Invest* gefunden und Ihnen von der Polizei übergeben wurde?"

Sie schaute überrascht, nickte sanft. „Ja, das ist er."

„Ich werde sehen, was ich tun kann, Frau Sieverding. Wir sollten uns aber darüber im Klaren sein, dass wir an den Behörden vorbei ermitteln, schließlich könnte der Koffer aussagekräftige Indizien enthalten", sagte ich mit einem leicht gekünstelten Tonfall.

„Dessen bin ich mir bewusst und ich übernehme die volle Verantwortung – ich halte Sie da heraus, wenn es kompliziert wird. Und Sie sollen das natürlich nicht kostenlos machen, ich werde Sie dafür bezahlen!"

Ich ließ es in der Luft hängen, wo die meisten Geldfragen normalerweise hängen bleiben, bevor sie sich auf wundersame Weise auflösen. Überdies, wie sollte ich das legal und offiziell abrechnen? Einmal unterschlagenen Indizienkoffer geöffnet – drei Euro siebzig?

Darum sagte ich nur: „Wenn ich etwas in Erfahrung bringe, werde ich es Sie wissen lassen. Sollte es allerdings für die Polizei relevant sein, muss ich es weiterleiten. Das ist doch sicher in Ihrem Sinne?"

Sie nickte beruhigend.

Dann fiel mir Sophie ein, ich zog das Foto aus der Tasche und fragte Frau Sieverding, ob sie das Mädchen kennen würde, sie verneinte. Ich bedankte mich nochmals für das Gespräch und hoffte, ihr keine Unannehmlichkeiten bereitet zu haben. Sie sagte, dass ihr unser Gespräch neue Hoffnung gegeben hätte. Für den Fall, dass ihr noch etwas einfallen sollte, gab ich ihr meine Mobilfunknummer.

Vom Auto aus schaute ich zum Bunker zurück. Ich hatte das Gefühl, einem Gefängnis entkommen zu sein, es war ein ambivalentes Gefängnis für unerfüllte Sehnsüchte und ausgesperrte Farben.

Nach dem Mittagessen im *ParkHotel* stapfte ich durch den Regen, besorgte mir ein paar Zeitungen für die Mittagspause. Während des Lesens hörte ich im Loft-Radio auf *Radio Ostfriesland* das Stück ‚Human' von *The Human League*.

Etwas später schaute ich mir den Aktenkoffer genauer an. Das waren keine 08/15-Schlösser. Sieverding hatte einiges an Euro in den Koffer aus Blankleder und Metallbeschlägen investiert. Falls ich ihn doch einmal Deeken übergeben müsste, sollten die Schlösser möglichst unbeschadet sein. Darum wäre es sinnvoll gewesen, den passenden Schlüssel zu finden. Auch zu diesem Zweck nahm ich mir vor, am kommenden Montag der Privé*Invest* einen Besuch abzustatten. Vielleicht würde es mir gelingen, herauszufinden, ob Sieverding seinen Job tatsächlich von sich aus gekündigt hatte.

Ich stellte den Koffer hinter die Couch und nahm den Autoschlüssel von der Anrichte. Es gab da etwas, was ich auf meiner Zufriedenheitsliste noch nicht abgehakt hatte: Es war das alte Gebäude in der Ziegelhofstraße, dessen Observation ein so explosives Ende gefunden hatte. Unmittelbar bevor die Scheiben an meinem Volvo zertrümmert worden waren, hatte ich an einem der dunklen Fenster ein Blitzlicht oder etwas Ähnliches gesehen. Ich hatte nicht genügend Zeit und Gelegenheit gehabt, der Sache auf den Grund zu gehen. Aber so schnell wollte ich mich nicht geschlagen geben – im wahrsten Sinne.

Die Wolken hingen tief und kämpften sich um St.-Andreas-Kirche, Funk- und *Pfanni*-Turm, als ich mit dem *Up* durch die Straßen nach Süden sauste, der Wagen brummte zufrieden wie eine Hummel. Der triste

Regen jedoch, der die Straßen befeuchtete, hatte etwas Ermüdendes.

Wieder in der Ziegelhofstraße angekommen, bog ich rechts in einen unscheinbaren Seitenweg, gut hundert Meter vom Haus entfernt. Ich drehte den Schlüssel zurück in die Ausgangsposition, der Motor erstarb. Nun saß ich da und betrachtete die Tropfen, wie sie die Windschutzscheibe herunterliefen. Es tropfte grau und regelmäßig, seit heute Mittag durchgängig. Ich hatte das Gefühl, in einem U-Boot zu sitzen, das gerade die Oberfläche erreicht hatte. Und ich hatte kaum Ambitionen, das Festland zu betreten; zudem gab es keine Landungsbrücken, also musste ich wohl oder übel hinüberwaten. Ich schlug mich seitwärts durch die Büsche, über wilde Rabatten und altes, überwuchertes Mauerwerk. Die Hosenbeine waren fast bis zu den Knien nass. Bevor ich um das Haus ging, warf ich einen prüfenden Blick zur Straße. Verdächtige Fahrzeuge waren nicht auszumachen, generell herrschte hier kaum Verkehr. Niemand würde mich heute Nachmittag bei meiner Besichtigungstour stören. Das Haus hinter den Tannen, auf der anderen Straßenseite, lag ruhig da. Von meinem Berliner Freund war nichts zu sehen, womöglich saß er bei diesem Wetter an seiner DDR-Briefmarkensammlung, um sie zu sortieren – die mit den Wendehälsen und Leisetretern kamen ganz nach vorn.

Ich wandte mich zur rückwärtigen Seite des Gebäudes. Dort entdeckte ich eine Kellerluke, die nur behelfsmäßig mit einer OSB-Platte abgedeckt worden war. Ein paar Ziegelsteine und Eisenstangen verhinderten, dass sie verrutschte. Ich räumte alles zur Seite, zog die Platte seitwärts weg, um zu sehen, ob dahinter ein offenes Fenster zu finden war. Lediglich eine spitze Glasscherbe ragte aus dem Rahmen heraus, an der ich mich vorsichtig vorbeischlängelte, mit den Füßen voran. Ich ertastete ein Regal, auf das ich zunächst meinen linken Fuß setzte, dann den anderen. Plötzlich schepperte es entsetzlich; allem Anschein nach hatte ich einen Gegenstand vom Regal gestoßen. Ich hielt inne, nichts rührte sich. Langsam bewegte ich mich weiter abwärts, doch die Füße fanden keinen Halt mehr. Ich sauste über die Kante des Regals auf den Kellerboden und kam schief auf. Mein rechter Fuß knickte um, ein stechender Schmerz durchfuhr den Knöchel und ich konnte einen gedämpften Aufschrei nicht gänzlich unterdrücken.

Wieder horchend, begann ich mich umzusehen. Meine Augen mussten sich zunächst an die Dunkelheit gewöhnen. Der Raum war verdreckt und mit Spinnweben verhangen. Auf der anderen Seite nahm ich die Umrisse einer offenen Tür wahr. Behutsam setzte ich den rechten Fuß einen Schritt nach vorn, der Schmerz ließ nach. Der andere Fuß kam hinterher. Ich steuerte vorsichtig auf die Tür zu. Es wurde zusehends dunkler, neben mir bewegte sich etwas an der Wand entlang. Als ich kurz innehielt, hörte ich das lustige Getrippel kleiner Füßchen. Die Ratten schlafen halt nur nachts.

Im Smartphone aktivierte ich das LED-Licht. Unmittelbar hinter der Tür lag ein längerer Kellerflur, mit mehreren, teils offenen Türen auf beiden Seiten. In der Mitte des Ganges führten breite Holzstufen nach oben. Vorsichtig setzte ich einen Fuß auf die unterste Stufe, darauf gefasst, mein Gewicht zurückzuverlagern, falls es knarren sollte – nichts geschah. Ich stieg vorsichtig weiter und horchte zwischendurch. Im Erdgeschoss angekommen, schaute ich in verdreckte und staubige Räume, erblickte umgestürzte Büroschränke, zerstörte Schreibtische, herumfliegende *Elba*- und *Leitz*-Ordner, eine Büroküche. Vor dem Öffnen geschlossener Türen hielt ich die Luft an, war auf einen raschen Rückzug vorbereitet. Kein Laut, keine Bewegung. Ich setzte meinen Aufstieg in die nächste Etage fort, ganz nah an der Wand entlang. Hier erwarteten mich in etwa die gleichen Räumlichkeiten, lediglich die Dielen waren weniger abgenutzt. In einem der Zimmer hing die Verdunkelung etwas zur Seite geneigt, schmuddeliges Licht fiel herein.

Die dritte Etage brachte keine neuen Erkenntnisse. Ein weiteres Geschoss höher, direkt unterm Dach, gab es bedeutend weniger Räume zu besichtigen. Ich kam mir vor wie ein Museumsdirektor auf der Suche nach entschwundenen Ausstellungsobjekten. Unterwegs im linken Teil des Dachgeschosses hörte ich draußen plötzlich Stimmen. Sicherheitshalber löschte ich das Handy-Licht. Aufs Geratewohl öffnete ich rechts die nächstbeste Tür und verschwand dahinter, ließ sie aber einen Spalt offen. Im schwachen Licht von den Rändern der Pressholzplatten an den Fenstern konnte ich mich im Zimmer orientieren.

Die Dunkelheit bekam langsam Konturen, Schwarz wurde zu Dunkelgrau in den unterschiedlichsten Schattierungen. Mein Blick heftete sich an etwas vor mir – mich traf fast der Schlag! Dort gab es einen Durchgang und ich sah, dass ich nicht allein war. Jemand, der etwas in der Hand hielt, erwartete mich. Ich wollte bluffen und bewegte das Smartphone wie eine Waffe langsam in Brusthöhe. Er auch! Es vergingen ein paar Millisekunden, bis ich begriff, dass ich auf mein eigenes Spiegelbild zielte. Das Licht aus meinem Mobilfunkgerät gab mir letzte Gewissheit: Ein riesiger Spiegel, fixiert auf einer furnierten Spanplatte, hing direkt vor mir an der Wand.

Ich lauschte konzentriert, die Stimmen waren verstummt. Vermutlich Fußgänger auf der Straße. Mit wenigen Schritten war ich wieder auf dem Korridor, ging zurück zur Treppe.

Fast am Ende des Flures schaute ich durch einen halboffenen Zugang in eine Büroküche, ausgesprochen spartanisch eingerichtet. Dort stand ein Wasserkessel auf einem einfachen Kochherd mit beträchtlichen Rostschäden. Rechts daneben eine Tür. Es roch nach einer penetranten Mischung aus ranzigem Fett, billigem Kaffee und Nikotin. Ich drückte die Klinke. Nichts rührte sich. Auf der Suche nach einem versteckten Schlüssel tastete ich den oberen Türrahmen ab, aber die Menschheit hatte sich weiterentwickelt – es wäre auch zu einfach gewesen. Ein Blick mit der Handy-Lampe in den rostigen Kessel ließ mich dann doch an der Evolution zweifeln: Da lag er! Mit diesem schlichten Buntbart-schlüssel öffnete ich die Tür und trat vorsichtig in den nächsten Raum.

Alle Achtung, der Jäger des verlorenen Schatzes war fündig geworden! Und um die gesamte Ausbeute ab-schätzen zu können, versenkte ich das Smartphone in der Tasche und riss mit einem kräftigen Ruck den Vor-hang vom Fenster.

Hätte ich es nicht besser gewusst, hätte ich mich in einem professionellen Foto-Atelier gewähnt, mit drei Kreisspotblitzen, mehreren Stativen, indirekten Be-leuchtungsschirmen, zwei Heizlüftern und ein paar Kabeltrommeln. In der Mitte stand ein französisches Bett, ein filigranes Gestell mit heller, fleckiger Matratze. Tapeten hingen in großen Fetzen von den Wänden wie getrocknete Palmenblätter. Ich schaute mich weiter um und entdeckte auf einem der drei Klappstühle eine grob gezeichnete Karte, die ich zur Hand nahm. Sie stellte ein Waldgebiet im Norden der Stadt dar, in hastiger Hand-schrift hatte jemand *Bührener Tannen* darauf notiert. Ich versuchte mich zu orientieren, ließ Straßen und Wege im Geiste vorbeiziehen, die ich noch aus meiner Jugend kannte. An einer bestimmten Stelle, etwa dort, wo sich eine einsame Jagdhütte befinden musste, war das Papier mit einem Kreuz markiert worden.

Unvermittelt vernahm ich erneut Stimmen, sie dran-gen jetzt definitiv vom Treppenaufgang zu mir herauf. Gelächter und Gegröle, laute Wortfetzen, stampfende Schritte auf der Holztreppe, die im alten Mauerwerk widerhallten. Es war zu spät, in einen anderen Raum zu flüchten. Ich spurtete zurück in die Küche, presste mich hinter die offen stehende Tür, hielt den Atem flach. Vier oder fünf Gestalten betraten mit Taschenlampen ausgestattet die Küche, sie erspähten sogleich die offene Ateliertür. Aufgeregt fluchend stoben sie darauf zu, und als sie hinter der Zarge verschwunden waren, nutzte ich die Gelegenheit, trat blitzschnell aus meinem Versteck hervor und entwich in den Korridor.

Einer bekam das mit, setzte mir nach. Als ich die Treppe erreichte, stoppte ich, da ich fürchtete, bei dem Tempo hinunterzufallen. Bei der Dunkelheit erkannte ich weder Umriss noch Profil meines Verfolgers. Ihm war entgangen, dass ich haltgemacht hatte, er rannte in mich hinein. Ich griff nach dem Treppengeländer, es war rund, glatt, mit Staub bepudert, und ich bekam es nicht zu fassen. Wir stießen gleichzeitig einen Schrei aus, verloren das Gleichgewicht und polterten in inniger Umarmung die Stufen hinab, die mir waschbrettartig über den Rücken schrubbten. Harte Landung auf dem Zwischendeck. Ich knallte mit dem Hinterkopf gegen die Wand und als kleine Aufmerksamkeit verpasste mir mein Kontrahent einen gezielten Hieb in die Magengrube und einen mitten ins Gesicht. In meinem Kopf explodierte eine Supernova, deren Ausläufer die finstersten Winkel meines Hirns mit hellem Sternenstaub füllten, dann verlor ich das Bewusstsein …

KAPITEL 12

Sonntag, 9. November

Als ich erwachte, hatte ich den Geschmack von welkem Gras auf der Zunge, was vor allem daran lag, dass ich tatsächlich einen Büschel Halme im Mund hatte. Ich hustete und spuckte sie aus. Meine Bemühungen, die Augen zu öffnen, scheiterten kläglich. Bis mir klar wurde, dass ich sie bereits geöffnet hatte – um mich herum tiefschwarze Nacht. Ich lag irgendwo draußen, in nassem Gestrüpp. Unter größter Anstrengung rollte ich mich auf die Seite und kam allmählich auf die Beine. Mir war speiübel. Schwer schluckend starrte ich in die Finsternis. Ein fürchterlicher Schmerz durchfuhr meinen Körper, vom Nacken bis in die Beine. Es fühlte sich an, als wäre ich von einer Herde Gnus überrannt worden.

Vorsichtig bewegte ich meinen Kopf, ließ es im Nacken knacken. Schultern und Hinterkopf schmerzten gleichermaßen. Ich setzte einen Fuß vor den anderen und hoffte, dass ich die richtige Richtung zum Auto eingeschlagen hatte, bis ich merkte, dass es die falsche war. Ich machte stolpernd kehrt. Mir wurde bewusst, dass ich auf dem Gelände hinter dem Ziegelhofhaus war.

Irgendjemand musste mich aus dem Haus gezerrt und hier abgelegt haben. Auf einmal nahm ich einen beißenden Geruch wahr und sah einen in Rauch gehüllten Lichtschein in einem der Fenster des Dachgeschosses – es brannte!

Nun kam Leben in mich. Ich humpelte in jene Richtung, in der ich den *Up* vermutete. Dabei stolperte ich über all die Hindernisse, die mir bereits auf dem Hinweg im Weg gelegen hatten, bis ich nach einer scheinbaren Ewigkeit endlich das helle Auto vor mir sah. Glücklicherweise fand ich den Schlüssel in der Hosentasche. Der Motor zündete auf Anhieb, ich setzte ruckartig zurück und schaute abermals zum Haus hinauf. Die Flammen leckten bereits an der Außenseite des Dachstuhls. Feuerwehr!, war mein nächster Gedanke. Das Mobiltelefon machte – im Gegensatz zu mir – keinerlei Anstalten, aus seiner Ohnmacht zu erwachen.

Jetzt hatte ich zwei Probleme: Zum einen musste der Berliner in seinem Haus gewarnt werden, zum anderen sollte ich es tunlichst vermeiden, meine Identität preiszugeben. Deeken hätte mir einen Strick aus dieser Sache gedreht. Also setzte ich mit dem Auto bis auf die Ziegelhofstraße zurück und hupte wie ein Irrer. Die Fenster des gegenüberliegenden Hauses schalteten von dunkel auf hell – das hatte ich bezweckt! Die richtigen Schlüsse würde der Berliner selbst ziehen können, wenn er herausschaute und ihm seine Briefmarkensammlung lieb und teuer war …

Brutal trat ich das Pedal bis aufs Bodenblech durch und entkam mit höchster Geschwindigkeit in nördlicher Richtung, als säßen mir dreihundert Perser im Nacken, bestrebt, eines einzigen Griechen habhaft zu werden. Eins ums andere Mal schaute ich über die Schulter und in den Rückspiegel. Das persische Reich lag am Boden, die Tempel von Persepolis brannten lichterloh, der griechischen Armee waren Tür und Tor geöffnet. Und als ich die Fritz-Reuter-Straße passierte, war die Feuerwehr in Richtung Ziegelhof unterwegs.

Als ich Antjes Wohnung erreichte und mit letzter Kraft die Türklingel gedrückt hielt, sackten meine Beine unter mir weg. Ich schrammte mit dem Kinn am Mauerwerk entlang und hielt mich an einer einzigen Fuge fest. Als sich endlich die Tür öffnete, erschien ein lieblicher Engel des Lichts, der mit durchdringender Stimme rief: „Scheiße! Wie siehst du denn aus?!"

Mit letzter Kraft stammelte ich: „Ich … bin so … geschwollen. Kann das … eine … Allergie sein …?"

Im nächsten Moment verlor ich das Bewusstsein und erwachte erst wieder, als ich Antjes Hand auf meiner Stirn spürte. Ich lag auf einem Bett und sie saß neben mir. Lächelnd hielt sie eine Tasse Tee an meine Lippen, der nach eingeschlafenen Füßen roch.

„Na, da bist du ja wieder", flüsterte sie.

Ich versuchte, mich aufzurichten, ließ es aber wegen der Schmerzen sein. Bevor ich meinen Kopf wieder sin-

ken ließ, nippte ich kurz an der Tasse und fragte Antje mit letzter Kraft: „Kann ich hier … übernachten …?"
Von ihrer Antwort bekam ich nichts mehr mit.

Montag, 10. November

Als hätte jemand einen Schalter in meinem Kopf betätigt, erwachte ich plötzlich. Ich schaute zunächst an die Zimmerdecke, ließ den Blick über Wände und Einrichtung schweifen. Es war offensichtlich ein Schlafzimmer: breiter, heller Schrank mit großer Spiegelfläche, stimmungsvolle Südsee-Impressionen auf Keilrahmen gezogen, flauschiger Teppich links neben dem Bett. Die Plissees an den Fenstern waren zugezogen, die Helligkeit des neuen Tages schimmerte hindurch.

Was war geschehen? Meine Erinnerungen kamen nur bruchstückhaft an die Oberfläche: die Entdeckung des ominösen Foto-Ateliers, die markierte Stelle auf der Karte, der Sturz und das Feuer im oberen Stockwerk. Es hatte immer etwas Grauenhaftes, wenn Flammen an Gebäuden fraßen. Dieses Bild würde noch lange auf meiner Netzhaut haften bleiben. Das Feuer war von jemandem gelegt worden, der zerstören, aber nicht töten wollte.

Mit letzter Kraft hatte ich es bis zu Antje geschafft … Sie hatte mich am Oberarm gehalten, mich in ihre Wohnung geführt, ins Bad. Es war, als spazierte ich geradewegs in die Sonne. Weißes Licht hatte meine Augen geblendet … Antje hatte mit einem feuchten Handtuch mein Gesicht abgetupft. Sie war behutsam vorgegangen … Dann riss die Erinnerung wie ein zu dünn gefilzter Faden.

Ich versuchte mich zu konzentrieren, meine Gedanken zu ordnen und einen Zusammenhang zu sehen. Aber es war, als holte man an einem gewitterschweren Augustabend die Schäfchen von der Weide. Sie waren in alle Richtungen verstreut, und bald würde das Unwetter losbrechen …

Was die Typen in dem Haus gewollt hatten, entzog sich meiner Kenntnis, und ob meine Entdeckung des Ateliers der eigentliche Grund dafür gewesen war, es anzuzünden, ebenfalls. Es war klar, dass sie zwar Spuren beseitigen, nicht aber in einen Mord verwickelt werden wollten. Es wäre ein Leichtes gewesen, mich einer Feuerbestattung zuzuführen, meine Asche in Frieden ruhen zu lassen.

Als ich die Decke zurückschlug und mich erheben wollte, schmerzte es überall, aber immerhin gelang es mir, meinen Körper durch die kleine Wohnung in die Küche zu bewegen. Mir war, als hätte ich Putzwolle mit Terpentin im Kopf, irgendwas unbestimmtes Graues, das jederzeit in Rauch aufgehen konnte. Ich fing schon mal mit dem Löschen an, nahm ein Glas Leitungswasser. Auf dem Tisch lag eine Notiz von Antje: *Lieber Frank! Ich hoffe, dass Du in Ruhe ausschlafen konntest. Bitte versprich mir, bei anhaltenden Beschwerden den Notarzt zu rufen! (was ich eigentlich machen wollte, aber Du hast mich daran gehindert)* Nimm Dir alles, was Du brauchst! *Alles Liebe und gute Besserung, Antje.* Neben der Notiz lag eine Ausgabe der *Cloppenburger Tageszeitung.* Ich schaute auf das Datum: Es war Montag! Hatte ich den gesamten Sonntag durchgeschlafen?! Das erklärte, warum Antje nicht zu Hause war. Auf der Titelseite stand in Großbuchstaben: *Brand im alten Ziegelhof* und etwas kleiner darunter: *Brandstiftung nicht ausgeschlossen.* Ich überflog die Zeilen und betrachtete das Foto. Die obersten Geschosse des Gebäudes waren komplett zerstört. Verkohlte Dachbalken ragten wie schwarze Finger einer Riesenhand gen Himmel. Es wurde von einem aufmerksamen Nachbarn berichtet, dem zu verdanken war, dass der Brand relativ schnell gelöscht werden konnte. Er war der Held, der aus meinem Gehupe die richtigen Schlüsse gezogen hatte.

Nach dem ausgiebigen Schlaf fühlte ich mich überaus fit, trotz der Blessuren im Gesicht und am Rücken. Das Smartphone war aus dem Koma nicht ins Leben zurückgekehrt – der Prozessor hatte aufgehört zu pulsieren. Und der Spiegel in Antjes Bad war defekt, er zeigte mein Gesicht stark deformiert; irgendwann merkte ich, dass es nicht am Spiegel lag. Der K.O.-Schlag hatte einen beträchtlichen Abdruck in meinem Gesicht hinterlassen. Auf dem Küchentisch stand ein Frühstück: Brötchen, Müsli, Orangensaft und das Elixier Kaffee. Ich spürte das Loch in meinem Bauch, das eine Horde Moorlemminge dort hineingefressen hatte, deshalb langte ich nach dem Duschen kräftig zu.

Es gab jedoch einen Gedanken, den ich gern geklärt hätte. Im Schlafzimmer betrachtete ich das Bett. Neben meinem Kopfkissen lag ein weiteres. Auf dem Teppichboden lag zusammengefaltet eine wollene Decke und auf dem Nachtschrank stand eine halbvolle Flasche Mineralwasser. Daraus folgerte ich, dass Antje mir in den dunklen Stunden tatsächlich wie ein Engel beigestanden hatte.

Ich hinterließ ein herzliches Dankeschön auf dem Zettel, zog die Tür hinter mir zu und machte mich auf die Suche nach dem Mietwagen. Er stand schräg in einer Kurve, mit einem Reifen auf dem Bürgersteig. Während ich einstieg, schaute ich auf die Uhr im Display. Es war neun Uhr dreißig. Die beste Zeit, um sich ein neues Handy zuzulegen. Glücklicherweise war der kompetente Verkäufer in der Lage, SIM- und SD-Karte unbeschadet aus dem defekten Gerät zu bergen. Später im Loft machte ich Aufnahmen von beiden Fotos, die in meiner Jacke steckten, sowohl von Sophie als auch vom alten Haus.

Um elf wählte ich die Nummer der Privé*Invest*. Ich wollte soweit wie möglich Heidrun Sieverdings Aussagen mit denen des Arbeitgebers ihres verstorbenen Mannes abgleichen. Das Ergebnis dieses Gesprächs würde vielleicht Hauptkommissar Deeken zum Umdenken bewegen, was die Suizid-These anbelangte. Und hoffentlich würde dieses Treffen auch mir neue

Erkenntnisse verschaffen. Schließlich war es die Person Wolfgang Sieverding, die Vergangenheit und Gegenwart verband.

Als ich von der netten Stimme am anderen Ende gefragt wurde, worum es ginge, nannte ich den Namen von Heidrun Sieverding, und dass ich von ihr beauftragt worden war, nähere Informationen einzuholen. Ich bedauerte, nichts Schriftliches in der Hand zu haben, um es bei Bedarf vorlegen zu können.

Die freundliche Dame sagte: „Einen kleinen Augenblick, bitte!" Für zehn Sekunden ertönte eine dieser schwungvollen Bossa-Nova-Allerweltsmelodien von Antonio Carlos Jobim, aus seiner frühen Schaffensperiode. Ich war drauf und dran, den Part von Astrud Gilberto zu übernehmen, doch als ich loslegen wollte, brach die Musik ab. Fast übergangslos meldete sich die rauchige Stimme eines Herrn Gernot Schrader; er stellte sich als Personalreferent der Privé*Invest* vor. Ich nannte meinen Namen, aber der sagte ihm nichts (Ich hatte ja auch noch nie Dividendenscheine herausgegeben), ich erklärte ihm mein Anliegen und bat um ein persönliches Gespräch. Er gab mir für den Nachmittag einen Termin und war bereit, mich anzuhören – vorbehaltlich einer Bestätigung durch Frau Sieverding, die er telefonisch einholen würde. Ich bedankte mich und legte auf.

Bis fünfzehn Uhr dreißig blieb ausreichend Zeit. Zeit, die ich an der frischen Luft, in den *Bührener Tannen* verbringen wollte. Ich versuchte, mir die Karte vorzustellen, die ich im Foto-Atelier des Ziegelhof gefunden hatte. An einer Stelle war sie mit einem X gekennzeichnet worden, und ich vermutete hier eine Wald- oder Jagdhütte, die ich noch aus Jugendtagen kannte. Die wollte ich mir mal näher ansehen. Ich zog mich um und aß im Hotel zu Mittag, danach fuhr ich stadtauswärts in Richtung Norden. Das *Nordwestradio* brachte das Stück ‚*Streets Of Your Town*' der australischen Band *The Go Betweens*.

Der Himmel war grau und wolkenverhangen, mit einem schwachen Schimmer von Regen in der Luft. Ein Zementblock hatte sich über die Stadt gesenkt, und es war schon weit vor der Dämmerung unnatürlich dunkel geworden. Die Baumspitzen der *Bührener Tannen*, dem Mischwaldgebiet zwischen Resthausen, Bethen und Staatsforsten, verschwanden in Wolken kühler Nässe.

Nach fünfzehn Minuten zähflüssigen Vorwärtskommens bog ich von der viel befahrenen Friesoyther Straße rechts in einen Waldweg ein.

Hier in der Nähe waren wir als Kinder mit dem Rad unterwegs gewesen. Es waren die ersten langen Touren mit frisch geölten, polierten Fahrrädern, die ersten spannenden Ausflüge über Schotter-, Sand- und Waldwege. Als junger Mann hatte ich hier die Pausen vom Alltag zu schätzen gelernt, bei Spaziergängen allein oder später mit Antje. Es tat gut, ein wenig rauszukommen, abzuschalten und dabei Kraft und Inspiration zu tanken. Manchmal hatte ich dagesessen bis zur

Dämmerung, Geräuschen gelauscht und Tiere beobachtet.

Den Weg rollte ich im Schleichgang bis zu einem Balken, der die Weiterfahrt verhinderte. Ich stieg aus, schloss ab und wanderte in den Wald hinein. Es war still um mich herum, die Geräusche des Verkehrs waren nicht mehr zu vernehmen. Eine Stille, die mir wie ein Freund begegnete und mich empfing, als wäre ich Teilhaber einer Verabredung, der ich nach langer Zeit endlich nachkam. Ich ging weiter bis zu einem unscheinbaren Pfad, der links in eine Schonung führte. Der Waldboden federte unter meinen Füßen. Ich musste achtgeben, auf den feuchten Wurzeln nicht auszurutschen.

Dieser Ort entsprach in etwa der Skizze, die mir aus dem Ziegelhof noch in Erinnerung geblieben war. Leider verfügte ich nicht über ein fotografisches Gedächtnis, dennoch war mir der Wald soweit vertraut, dass ich die Markierung auf der Karte mit jenem Fleckchen Erde in Verbindung bringen konnte, an dem sich eine Hütte befinden musste.

Meine Nase begann zu triefen, ich schnaubte – allein die Berührung des Gesichts rief höllische Schmerzen hervor. Ich dachte ganz kurz an die Flucht, den Sturz von der Treppe und an den Schrank, der mir eins verpasst hatte. Man denkt, diese miese Art wäre längst ausgestorben, und kaum dreht man einen Stein um, hockt noch so etwas darunter. Ich war dankbar, überhaupt noch zu leben und mich weiterhin dieser Angelegenheit widmen zu können. Aber ich fragte mich, was dieses Pfadfindergetue noch mit meiner eigentlichen Aufgabe zu tun hatte.

Die Hütte gab es noch, sie lag still und unscheinbar zwischen den Bäumen. Ich umging sie im weiten Bogen, blieb in einiger Entfernung stehen und lauschte. Kein Geräusch. Ich ließ meinen Blick von Baum zu Baum wandern, es fiel mir schwer, in dem Graudunkel mehr als Konturen auszumachen. Ein Wald konnte voller Leben sein und er konnte so tot sein, als sei er versteinert – in diesem Moment bewegte sich nichts. Vielleicht saßen sie dort irgendwo und warteten, freuten sich auf eine neue Runde mit dem Lieblingsprügelknaben Frank Gerdes.

Ich beobachtete das flache Holzhaus. Das Dach war mit moosbewachsener Dachpappe beschichtet, die Tür schmal und eine Spur zu niedrig, als wäre sie für Hobbits konzipiert worden. Die beiden Fenster links und rechts daneben waren hinter massiven Fensterläden verborgen. Aus dem dünnen Schornstein kam kein Rauch.

Ich schlich leise näher bis unmittelbar vor das rechte Fenster. Durch die Ritzen der Fensterläden sah ich keinen Lichtschimmer. Ich horchte. Noch immer kein Laut, außer dem Rauschen der Bäume. Trotzdem hatte ich das unangenehme Gefühl, nicht allein zu sein. Erneut ließ ich den Blick über die Bäume schweifen. War das eine natürliche Wulst an einem der Stämme? Ich sah einen Kopf zwischen den Bäumen herausragen oder vielleicht doch nur einen dicken Aststumpf? Regte sich da jemand im Halbdunkel?

Vorsichtig bewegte ich mich weiter an der Hüttenwand entlang. Ich schaute auf den matschigen Boden, übersät mit einer Menge unterschiedlicher Fußabdrücke.

Von außen ließ sich definitiv nicht feststellen, ob sich jemand in der Hütte aufhielt, aber es sprach auch nichts dagegen. Nachdem ich noch einmal gelauscht hatte, nahm ich allen Mut zusammen, trat direkt vor die Tür. Mit der linken Hand drückte ich die Klinke, die Tür gab nach. Langsam schob ich sie auf, die Unterkante schleifte über den Dielenboden und machte ein unangenehmes Geräusch. Spätestens jetzt wäre ich aufgeflogen.

Drinnen herrschte ein noch graueres Dunkel, eine noch tiefere Stille. Oder sah ich eine schwache Bewegung – auf dem Boden? Nein, nichts.

Ich betrat den Raum; niemand rückte mir mit schwingenden Fäusten oder Baseballschlägern zu Leibe. Während meine Augen sich an die Dunkelheit gewöhnten, blieb ich stehen und atmete durch. Ich überlegte, ob ich das LED-Licht meines neuen Mobiltelefons gleich hier ausprobieren sollte. Ich stimmte ab, der Vorschlag wurde mit einer Stimme Mehrheit angenommen.

Das Licht wanderte über Tisch, Stühle, Liegen, Küchengeräte und dergleichen Utensilien. Diverse Veranstaltungsheftchen und Stadtmagazine aus Oldenburg und Bremen lagen verstreut auf einer dünnen

Tischplatte, die wegen der Feuchtigkeit an den Ecken hochgebogen war. An der Wand hing das Portrait des Landrats, es sah aus, als hätten die Bewohner das Bild als Dart-Scheibe benutzt. Es war durchlöchert wie der Haushaltsplan des Landkreises.

Im Raum war es kühl und feucht, und als ich tief einatmete, roch ich den schalen Geruch von Bier und Nikotin. In einem Regal standen ein paar Bücher aus einer Buchclub-Edition, auf einem Stuhl lag ein Stapel Männermagazine. Ich sah das Titelgirl des Hefts, das oben lag. Ich kannte es nicht, aber folgte mit analytischem Blick der Topografie ihrer Hügel und Heideauen. Vielleicht die nächste Botschafterin für das Erholungsgebiet *Pestruper Gräberfeld* …

Im Raum nebenan, eine Art größere Besenkammer mit Klappbett und Hängeschrank, gab es nichts Aufregendes. Ich tat zwei Schritte zurück und wandte mich der Küchenzeile zu. In der Spüle lagen Brettchen und Geschirr – alles verdreckt. Ein Stuhl war umgefallen, als wäre die Hütte fluchtartig verlassen worden. Zurückgeblieben war Totenstille. Das einzige, was ich hörte, war das Pochen meines eigenen Blutes gegen die Schläfen und ich merkte, wie mein Puls einen Trommelwirbel vollführte. Dann der Schock: Jemand saß still da und wartete auf mich, bekleidet mit dunkler Jacke, eine Sturmhaube über den Kopf gezogen. Er rührte sich nicht …

Als nichts passierte, löste ich mich aus meiner Starre und tat einen Schritt vor. Nichts bewegte sich – war der tot? Ich rührte ihn an, er kippte zur Seite und knallte mit lautem Geschepper auf das Geschirr, das auf dem Boden lag. Jetzt sah ich die matte, krallenartige Hand. Es war eine Schaufensterpuppe, verkleidet als Chaot.

Teufel – schon wieder! Ich bin zu alt für diesen Scheiß! Mein Puls stabilisierte sich, ich atmete ganz bewusst durch, bis das Zwergfell automatisch die Atmung wieder übernahm. Ein Blick auf die Uhr sagte mir, dass es Zeit war, den Rückzug anzutreten. In einer halben Stunde hatte ich den Termin in der Privé-*Invest.*

Was diese Hütte betraf, so wäre es sicherlich hilfreich, zu wissen, wem sie gehörte. Auf dem Weg zurück zum Auto suchte ich über das mobile Internet die Nummer der Forstverwaltung heraus und rief dort an. Es gab tatsächlich eine unverbindliche Auskunft, selbstverständlich nur im Rahmen des Datenschutzes. Das Waldhaus gehörte einer zerstrittenen Erbengemeinschaft, die sich schon lange nicht mehr darum kümmerte. Trotz mehrmaliger Aufforderung habe sich nichts getan, meinte der Förster. Und dies sei einer geordneten Forstverwaltung nicht gerade zuträglich, fügte er hinzu. Namen dürfe er aber in diesem Zusammenhang nicht nennen, doch unterm Ladentisch nur soviel: Der Name des verstorbenen Besitzers begann mit einem *W* und endete mit *illenborg*. Die gesamte Forstverwaltung wäre mir zu tiefstem Dank verpflichtet, sollte ich in ihrem Sinne etwas bewirken können. Artenschutz vor Datenschutz

– ich hatte verstanden, bedankte mich für das Gespräch und legte auf.

Pünktlich um fünfzehn Uhr dreißig saß ich auf einer Traversenbank im Panton-Stil der späten sechziger Jahre. Die Retro-Sitzbank mit weißem Kunststoffschalen stand im dritten Stock des Landesdarlehnsgebäudes, der teils Großraumbüro, teils Büroflur der Privé*Invest* war. Er war so groß, dass man eine Polonaise darin hätte tanzen können, sechs Minuten in jede Richtung. Direkt vor mir standen auf anthrazitfarbener Auslegeware mehrere Schreibtische in lockerer Anordnung, mit Trennwänden als Sichtschutz dazwischen. Rechts waren fünf Büroräume in einer Reihe und links von mir großflächige getönte Scheiben, die den Blick auf die Lange Straße ermöglichten. Hin und wieder öffnete sich die eine oder andere Tür, durch die junge, dynamische Menschen im fancy Outfit von einem Büro ins andere hasteten. Sie trugen stylische Brillen und hatten stets einen hippen Spruch auf den Lippen, flippige Sprüche für die jungen Damen an den Schreibtischen, die mit In-Ear-Kopfhörern vor Flatscreens saßen. Es gab tatsächlich auch ältere, grauhaarige Modelle in den hinteren Büros, weil niemand sie auffordern konnte, zu Hause zu bleiben – und wohl in der Erwartung, dass sie nicht viel ausrichten würden.

Auf einem niedrigen Tisch neben den Sitzschalen lagen diverse Broschüren über lukrative Fonds verstreut, das Veranstaltungsheft *Stadtmagazin* sowie die abgenutzte Extra-Ausgabe des Reisemagazins *Merian – Oldenburg*, bei dessen Anblick mir die Worte von Christoph Wessels in den Sinn kamen: „Was war im *Merian* über das Südoldenburger Land und Cloppenburg zu lesen? ,Morgens bescheißen, abends bescheißen und mittags in die Kirche gehn.'" Ich griff nach dem Heft und blätterte es durch. Tatsächlich, auf Seite 93 wurde ich fündig. Neben der Titelüberschrift *Flexibel, katholisch und sehr kreativ* konnten diese Worte gestanden haben. In diesem Heft jedoch waren sie mit einem Edding sorgfältig geschwärzt worden. Kritikfähigkeit gehörte wohl nicht zu den Stärken der Investmentbank.

Ich legte die Zeitschrift beiseite, stand auf und ging zur Fensterfront hinüber. Dort unten lag jener Platz, auf dem Wolfgang Sieverding tot aufgefunden worden war. Jetzt hatte sich an gleicher Stelle ein Straßenmusikant mit Gitarre niedergelassen, plärrte vermutlich einen *Simon & Garfunkel*-Song. Rechts oben lag das nach wie vor im Bau befindliche Stockwerk. Entweder war die Arbeit noch nicht wieder aufgenommen worden oder sie hatten sehr früh Feierabend gemacht, jedenfalls rührte sich nichts.

Ich hing meinen Gedanken nach … Was sollte das hier? Ich war angetreten, einem alten Fall nachzuspüren, und hatte mittlerweile drei Jobs an den Hacken: den Mord von 1985, Sophie Stuke und nun Wolfgang Sieverding. Noch fühlte ich mich der Sache gewachsen, aber ich musste aufpassen, mein Auftragsbuch übersichtlich zu halten. Hin und wieder wäre es angebracht, Deeken über den aktuellen Stand in Kenntnis zu setzen. Er brächte es sonst fertig, mich wegen Verschweigens sachdienlicher Hinweise vor den Kadi zu zerren – zu seinem größten Vergnügen!

Ich setzte mich wieder und dachte an die verschlüsselte Botschaft des Försters und seinen anspruchsvollen Code *W + illenborg*, zerbrach mir den Kopf darüber, wo mir dieser Name zuletzt untergekommen war.

Viele Möglichkeiten gab es nicht. Martina-Chantale Tapken? Richtig. Sie hatte diesen Namen genannt, als wir das Bild mit den jungen Leuten am Halener Badesee betrachtet hatten. Einer der jungen Kerle hieß Stefan Willenborg. Es war der Typ Billy Idol, mit kantigem Gesicht und kurzen blonden Haaren, jetzt war ich mir ziemlich sicher … Die Waldhütte musste also seinem verstorbenen Vater gehört haben.

Es tat sich etwas auf dem Flur. Eine bildhübsche Frau im Businesskostüm, das blonde Haar hochgesteckt mit lockigen Ausläufern links und rechts ihres schmalen Gesichts, trat aus einer Bürotür und kam geradewegs auf mich zu. Ihr Gang hatte etwas Beschwingtes, sie ging elfengleich, schwebte knapp über dem Boden. Ihre Nase war schmal, die Augen türkisblau mit vereinzelten helleren Flecken.

„Herr Gerdes?", fragte sie mit hellem Glockenklang in der Stimme. Ich schaute mich um, aber ich war allein auf der Besucherbank, und das war ja mein Name.

„Äh … ja?", brachte ich immerhin zustande.

„Ich bedaure, Herr Schrader ist leider verhindert. Doch unser Vize-Vorstandsvorsitzender Herr Lübbehüsen hat sich bereiterklärt, Sie zu empfangen …" Ihre Körperhaltung ließ erkennen, dass ich mich dafür oder dagegen entscheiden konnte, jedoch ein dafür beiden Seiten dienlich wäre.

„Sehr gern." Ich erhob mich.

Die Elfe lächelte verhalten, machte auf dem Absatz kehrt und schwebte zurück ins Büro.

Ich stolperte fast über meine Füße, als ich ihr folgte.

Ihr Schreibtisch war übersät mit Schriftstücken aller Art: Papiere, Drucksachen, Broschüren. Ein Korb mit *Eingängen* war deutlich leerer als der mit *Ausgängen*, vermutlich schwang die gute Fee einfach ihren Zauberstab und die Arbeit erledigte sich von selbst. Der Monitor zeigte eine aufwändige Exceltabelle, und das Namensschild an der Tischkante verriet mir ein wichtiges Detail: *Karin Zapatka*. An der Wand hingen gerahmte Werbeplakate einer Investmentgesellschaft, die in Saubere Energie machte. Durch das Fenster waren der Hochbau des St.-Josefs-Hospitals und die Dächer der Mühlenstraße zu sehen. Eine schwere Wolkendecke versiegelte den Himmel. Die getönten Scheiben ließen die Wolkenschichten kontrastreich erscheinen.

Frau Zapatka blieb hinter ihrem Schreibtisch stehen und lächelte. Es war ein betörendes Lächeln.

„Dürfte ich erfahren, worum es geht? Um Herrn Sieverding vielleicht?", fragte sie überaus direkt. Dabei legte sie ihre Hände ineinander.

Ich nickte und gab zu: „Das dürfte sich wohl inzwischen herumgesprochen haben. Ja!"

Ihre Stimme wurde auffallend leiser, sie beugte sich vertraulich über den Tisch und gab sich diskret. „Und Sie sind hier im Auftrag seiner Frau Heidrun?"

Ich beugte mich ebenfalls ‚vertraulich' zu ihr hinüber und antwortete leise, wobei ich eine Miene bekümmerter Nachdenklichkeit aufsetzte. „Gewissermaßen, ja."

Sie beugte sich noch etwas weiter vor, um auf meine bürokratische ‚Vertraulichkeit' besser eingehen zu können. „Gibt es denn neue Erkenntnisse?" Der Anflug eines entwaffnenden Lächelns huschte über ihre vollen Lippen, mit Schneegestöber im Blick.

„Gewissermaßen, nein." Meine Antwort schlug ihr Lächeln in die Flucht. Schnell fing ich es wieder ein und gab es ihr zurück, mit den Worten: „Es gibt bis jetzt nur Mutmaßungen und neue Indizien sind aufgetaucht, doch möglicherweise klären sich während der Unterredung mit Herrn Lübbehüsen einige Ungereimtheiten. Können wir uns nicht anschließend weiter darüber unterhalten?"

Es schien, als habe sich ein Vögelchen auf ihre Schulter gesetzt, um ihr etwas einzuträllern. Sie wurde sich ihrer Verschwiegenheitspflicht bewusst und schüttelte leicht eingeschüchtert den Kopf. Dabei tanzten die Löckchen als kleine Elfen einen lustigen Reigen um ihr Gesicht. „Das geht leider nicht. Ich bin nicht befugt, mit Dritten über interne Vorgänge zu spre…"

In diesem Moment öffnete sich eine Tür im hinteren Bereich des Büros. Ein mittelgroßer, untersetzter Mann mit dunklen, gegelten Haaren, rötlichem Gesicht und kleinen, blassgrauen Augen, die durch die auffällige Brille größer wirkten, betrat resolut die Bürobühne, auf der er es gewohnt war, die Regie-Anweisungen zu geben. Sein massiver Körper steckte in einem gut sitzenden dunkelblauen Anzug, weißem Hemd und weißblau gestreifter Krawatte. Er war etwa in meinem Alter, aber deutlich kurzatmiger.

Frau Zapatka zuckte merklich zusammen, sie räusperte sich. „Ähm … Herr Lübbehüsen, Herr Gerdes wäre jetzt da." Ihr Lächeln erstarb gänzlich.

Lübbehüsen kam mit der Dynamik einer Wanderdüne auf mich zu und streckte mir seine Hand entgegen, die ich kurz schüttelte. Ich stellte mich vor und erläuterte knapp, worum es ging. Er musterte mich mit wachsamen Augen von Kopf bis Fuß, machte aber nicht den Eindruck, als wäre er mit dem Ergebnis zufrieden. Wider Erwarten führte er mich in sein Reich. Das Büro war großzügig eingerichtet. Helle Wände, der Mahagonischreibtisch so groß, dass man darauf hätte Tischtennis spielen können. Solch ein Schreibtisch verkörpert Macht und der Raum bekam Schlagseite. Hinter dem hohen Bürosessel hing ein modernes Gemälde, eine Mischung aus Kaiserschmarrn und Ravioli-Suppe.

Er wies auf den Besucherstuhl dicht vor seinem Schreibtisch.

Ich zog ihn ein wenig zurück und nahm Platz. Ich saß, er thronte.

„Kennen wir uns nicht?", begann er.

Ich stutzte und überlegte.

Er fügte hinzu: „Erst die Orientierungsstufe, danach das G II am Cappelner Damm?"

Langsam lichteten sich die Nebelschwaden. „Ja, selbstverständlich! Clemens Lübbehüsen", ich lächelte. „Das ist ja eine Ewigkeit her …"

Er lächelte auch, allerdings unter Vorbehalt. „Das Schicksal geht manchmal seltsame Wege", versuchte er philosophisch zu werden.

„Für die einen werden sie zu Schnellstraßen, für die anderen zu Sackgassen", bemühte ich mich, dem ein Ende zu setzen. Mühsam fischte ich weitere Details aus meiner trüben Erinnerung: Lübbehüsen – ein spaßiger kleiner Fettsack, mit einem Hang zum Eigenbrötlerischen und dem Bestreben nach durchaus Sinnvollem im Leben, wie beispielsweise den Diaprojektor seines Vaters zu zerlegen, Frösche bei lebendigem Leib zu obduzieren oder Schneebälle in Brotdosen und Schulranzen zu stecken. Später, auf dem Gymnasium, bedachte er seine Mitschüler mit zynischen Kommentaren. Mädchen unseres Jahrgangs hegten Suizidgedanken, weil sie fortwährend mit ‚Komplimenten' bedacht wurden. Irgendwann kriegte er im Dunkeln eins auf die Fresse, niemand wusste, von wem. Danach war Ruhe. Nach dem Abi begegneten wir uns glücklicherweise nicht mehr. Anscheinend hatte sein Weg ihn geradewegs auf die Schnellstraße geführt, aber ich bezweifelte, dass es irgendjemanden gab, der sein Beifahrer sein wollte.

Er sagte nicht ohne Schärfe: „Nur damit wir uns von Anfang an richtig verstehen: Informationen über interne Abläufe, insbesondere persönliche Daten – selbst von Verstorbenen – werden hier nicht preisgegeben. Daran ändert auch nichts, dass wir zufällig mal die selbe Schule besucht haben, oder dass du von Heidrun höchstpersönlich geschickt worden bist!"

Immer noch derselbe Kotzbrocken. Ich schwieg.

„Dein Ansinnen ist also völlig ohne Belang und deine Bemühungen sind absolut wertlos."

„So wertlos wie die Anteilscheine, mit denen ihr handelt?", fragte ich, vielleicht ein bisschen zu plump.

Er legte die Fingerkuppen aneinander, hielt sein Pokerface auf Spannung, die Wangenmuskeln zuckten. „Mit platten Klischees erreichst du hier gar nichts!" Fast unmerklich schüttelte er seinen schweren Kopf und sagte in besänftigendem Ton, als spräche er mit einem Kind: „Diplomatie gehört wohl nicht zu deinen Stärken, schlechte Voraussetzungen für einen Detektiv."

„Nun, wenigstens bleibt es mir erspart, Kunden zum Umschichten ihrer Fonds zu überreden, um ein weiteres Mal kräftig abzukassieren", konterte ich, auch wenn ich nicht vom Fach und somit unterlegen war. Unsere Blicke verkeilten sich ineinander wie zwei Ringer beim ersten Zupacken. Ich begann zu schwitzen. Das Gespräch schien nicht den Verlauf zu nehmen, den ich mir ausgemalt hatte; aber so schnell gab ich nicht auf. Ich wollte herausfinden, ob Sieverding tatsächlich gekündigt hatte, um sich eine neue Existenz aufzubauen, wie Heidrun behauptete. Ganz direkt konnte ich die Frage nicht stellen, Lübbehüsen hätte abgeblockt. Wenn dem so war, stand die Suizid-These auf tönernen Füßen, mit der scheinbar alle – außer Heidrun natürlich – gut leben konnten. Aber warum? War es Bequemlichkeit oder steckte noch etwas anderes dahinter?

Ich verfolgte ein Ziel und manche Ziele sind besser über Umwege zu erreichen, darum versuchte ich es mit einer weiteren Frage. „Was genau war eigentlich Sieverdings Job?"

„Es war sein Spezialgebiet, das Vermögen der Kunden so gewinnbringend wie möglich anzulegen. Du bist hier in einer Investmentbank, schon vergessen ...?", schob er süffisant nach.

„War er erfolgreich?"

Lübbehüsen sah mich mit müder Herablassung an. „Und ob! Es ist ein großer Verlust für uns alle, dass er *gegangen* ist. Aber er sah ganz offensichtlich keinen Ausweg mehr aus seiner persönlichen Misere", sagte er dumpf und gähnte, als habe er diesen Satz schon hundertmal gesagt.

„Was war die Misere? Hatte Sieverding seine Sollzahlen nicht zur Zufriedenheit der Privé*Invest* erfüllt?"

Wir saßen da und glotzten einander eine lange, tote Sekunde an. Er stand auf, neigte mir seinen Körper so weit entgegen, dass ich befürchtete, der Schreibtisch würde kentern. Ich fasste die Reling auf meiner Seite, so dass wir zwei Leichtmatrosen glichen, die sich nach dem Sturm an ein Floß klammern, in der Erwartung, den anderen bei nächster Gelegenheit in die Soeste zu schubsen.

Er zischte: „Worauf willst du hinaus?"

Ich griff nach den letzten Coupons, die ich mir aus den Erzählungen von Heidrun Sieverding und Christoph Wessels herausschneiden konnte: „Nun, nach der Neuordnung des Bankensystems mussten neue Vertriebswege gefunden werden, um das liebe Geld wieder hereinzuholen. Und wie mir Sieverding beschrieben wurde, dürfte er wohl keine Probleme damit gehabt haben, sich den neuen Erfordernissen anzupassen. Aber reichte das aus? Falls nicht, wäre es ein Leichtes gewesen, ihn vor die Wahl zu stellen. Entweder sich für euch ins Zeug zu legen, ohne Rücksicht auf Verluste, oder zu gehen. Er hatte keinen Studienabschluss, nicht einmal einen anerkannten Berufsabschluss – die goldenen Zeiten wären für ihn passé gewesen. Ihr hattet ihn in der Hand ..."

Das Telefon läutete. Die Augen unter seinen buschigen, grauschwarzen Brauen schauten aufs Display. Er nahm ab, hörte zu, bestätigte und legte wieder auf. Als habe er nur auf diesen erlösenden Anruf gewartet, sagte er schroff: „Es tut mir leid, ich bin etwas unter Zeitdruck und muss das Gespräch hier abbrechen."

Ich legte nach, gab einen Schuss ins Blaue ab, setzte alles auf eine Karte: „Mir ist zu Ohren gekommen, die Privé*Invest* übe enormen Druck auf ihre Mitarbeiter aus, und Suizidgedanken wären wohl auch keine Ausnahme."

Er war so verblüfft, dass er eine Sekunde lang kein Wort herausbrachte. Sein Kopf lief rot an, als hätte er sich etwas zu eifrig aus seinem Flachmann bedient. Dann: „Was unterstellst du uns da? Ich verklage dich wegen Verleumdung! Wer behauptet denn so etwas?"

Ich drehte meine Handflächen entschuldigend nach oben. „Namen kann ich dir aufgrund des Datenschutzes leider nicht nennen, aber ..."

„Ich zeig dir mal was!", unterbrach er mich, zog wütend eine Schublade auf und holte eine schwarze Tagesmappe heraus. Er blätterte sie durch und zog ein Papier heraus, das er fast senkrecht zur Tischplatte hielt, während er es überflog. Lübbehüsen schaute erleichtert drein. „Von wegen ‚Druck auf die Mitarbeiter', wir sind hier doch nicht in Japan! Wir treiben unsere Mitarbeiter nicht in den Tod!", fauchte er gereizt. Seine Stirnader schwoll an. Er reichte mir das Kündigungsschreiben von Sieverding, eigenhändig unterschrieben.

Ich las es schnell durch, prüfte das Datum und reichte es ihm zurück.

Er riss es mir aus der Hand und ließ es zügig wieder in der Mappe verschwinden. Ich fand es auffällig, dass er mit keinem Wort laut gesagt hatte, dass Sieverding gekündigt hatte. Fürchtete er, dass unser Gespräch aufgezeichnet wurde? Oder wurde es womöglich gerade jetzt mitgehört? Was sollte diese Geheimniskrämerei und was hatte die Privé*Invest* zu verbergen?

Ich versuchte eine letzte Frage: „Weiß die Polizei davon?"

Lübbehüsen tippte mit dem Zeigefinger auf seine Uhr und antwortete knapp: „Sie haben nicht danach gefragt, und es ist auch nicht wichtig", wobei er sich von seinem ledernen Polstersessel erhob. Irgendetwas stimmte nicht mit seiner Wahrnehmung. Was auch immer er einnahm, es war offensichtlich die falsche Dosis. Ich konnte nicht glauben, was ich da eben gehört hatte. Dieses Faktum war extrem wichtig und ich würde es Hauptkommissar Deeken noch unter die Nase reiben.

Er streckte mir die Hand entgegen als Zeichen, dass die Audienz beendet war.

Ich ignorierte sie und ging zurück in Zapatkas Büro.

Lübbehüsen schlich eilends hinterher, er beobachtete uns.

Demonstrativ freundlich verabschiedete ich mich von ihr, sie gab mir sogar die Hand. Als ich meine zurückzog, hatte sie mir etwas in die Handfläche gezaubert; ich verbarg den Gegenstand. Beim Herausgehen sah ich gerade noch, wie Lübbehüsen mit einem resignierten Augenaufschlag auf dem Absatz kehrt machte und in sein Büro entschwand. Ich schloss die Tür hinter mir, ging an den Schreibtischen vorbei bis zu den Fenstern und schaute in meine Handfläche. Die Elfe hatte den Schlüssel gefunden und ich wusste, wo der passende Koffer dazu war: Luftlinie gerade mal hundert Meter von hier entfernt. Ich ließ ihn in meine Jackentasche rutschen und wanderte einen gefühlten halben Tagesmarsch zum Treppenhaus zurück.

Dort überlegte ich, wohin mich die Stufen führen sollten, entschloss mich spontan, statt treppab nach oben zu gehen – zwei Stockwerke höher. In den oberen Etagen war deutlich weniger Publikumsverkehr. Mein Orientierungslauf endete vor einer schwarzen Folie, die von zementbefleckten Kieferbrettern umrahmt war. Sie bestand aus einer Doppelbahn, am Schnittpunkt übereinandergelegt, und verhinderte die Sicht auf die Baustelle dahinter. Verstohlen schaute ich mich um, niemand war in der Nähe. Ich schlüpfte hindurch. Das matte Tageslicht reichte gerade noch aus, die zugige Etage gefahrlos erkunden zu können. Nach wie vor fehlten die Fenster. Große, helle Planen dichteten mehr schlecht als recht die leeren Augenhöhlen des Gebäudes ab. Es zog wie Hechtsuppe.

Vorsichtig setzte ich einen Fuß vor den anderen, überstieg Schalenbretter, Brocken von Ytongsteinen und Dämmmaterial. Ich suchte den gesamten vorderen Bereich zur Stadtmitte hin ab, ohne überhaupt zu wissen wonach. Und da waren Zigarettenstummel, Kaugummipapier, die zerknüllte Lohnabrechnung eines offenbar unzufriedenen Dieter Bührmann. All dies brachte aber nichts. Innerhalb von zehn Minuten umrundete ich ein weiteres Mal die luftige Katakombe, so öde und dunkel wie die Rückseite des Mondes. Dabei schaute ich besonders in jene Ecken, in denen der Wind seine Artefakte vorzugsweise zusammentrug. Die Sammlung umfasste nichts Außergewöhnliches: Reste von Styropor und Plastikfolie, Fetzen von Glaswolle, jede Menge Baustaub, Holzsplitter und ein kleines Stück beschriebenes Papier. Dieses kleine Fragment jedoch schien das wertvollste in der Ausstellung zu sein. Ich fasste es an den Rändern und betrachtete es prüfend.

Zur besseren Lesbarkeit der handgeschriebenen Buchstaben streute ich eine Prise LED-Licht aus meinem Smartphone darauf. Es war eine männliche Handschrift, ordentlich und gleichmäßig – etwas zu ordentlich vielleicht. Der Text war rätselhaft, jedoch nicht rätselhaft genug, um nicht erahnen zu können, worum es sich hier handelte: ... *was ich Euch angetan ... nicht wiedergutmachen ... nicht mit dieser Schande leben ...*

Ich hob den Blick, um über das Gelesene nachzusinnen, da traf mich fast der Schlag. Vor mir stand ein Mann in einer Security-Uniform. Es war wohl der Sicherheitsdienst der Privé*Invest*.

„Na, was machen wir denn hier?", fragte er mich mit einem Lächeln, um das ihn ein Wolf beneidet hätte. Dabei schaltete er das Licht seiner riesenhaften *Mag-Lite*-Stablampe ein, die in Fachkreisen auch Meinungsumformer genannt wird.

„Ooooch, jetzt haben Sie alles kaputt gemacht ...", antwortete ich in gespielter Empörung.

Sein Gesicht nahm die Form eines Fragezeichens an. „Was denn?"

„Meinen Versuchsaufbau zur Erforschung des Balz-
verhaltens der Spreizflügelfalter im November!"
Er wies mich hinaus – ganz hinaus!

Ungefähr fünfzehn Minuten später saß ich auf meiner Couch, mit dem Aktenkoffer auf dem Schoß.
Der Schlüssel passte, das Schloss ließ sich problemlos
öffnen. Darin lag ein dicker brauner A4-Umschlag,
den ich vorsichtig herausnahm. Den Koffer stellte ich beiseite. Was ich aus dem Kuvert herauszog,
waren zwei nüchterne Stapel Kontoauszüge, ausgestellt von der Privé*Invest*. Das Konto mit der IBAN
DE95250100300447734303 lief auf den Namen Wolfgang Sieverding und wies eine Menge beträchtlicher
Haben-Buchungen auf. Es war nicht ersichtlich, woher
das Geld stammte – lediglich eine Reihe von Zahlen,
gefolgt von einer OE-Kennzahl, extra ausgewiesen.
Ich kannte diese Anordnung aus meiner beruflichen
Praxis: Allem Anschein nach handelte es sich dabei
um ein sogenanntes Verrechnungskonto, ein internes
Bankkonto, auf dem kurzfristige Umbuchungen vorgenommen werden, gefolgt von einer Organisationseinheit, die über Aus- und Einnahmen zu wachen hat.
Gäbe es einen Weg, diese OE dem entsprechenden
Bankmitarbeiter zuzuordnen, wäre man einen erheb-
lichen Schritt weiter.

Dies war aber wegen des Bankgeheimnisses Aufgabe
der ermittelnden Behörde – es sei denn, es böte sich mir
eine alternative Option …

Was belegten die Auszüge? Sie bewiesen nichts, außer, dass Sieverding in dubiose Transaktionen verwickelt gewesen sein *könnte*. Denn Zahlungen gehen in der Regel einher mit Gegenleistungen. Vielleicht als Strohmann, vielleicht treuhänderisch, vielleicht schwarz.

Bevor ich die Auszüge wieder zurücklegte, fotografierte ich ein paar Seiten. Anschließend schob ich den Aktenkoffer unter die Couch. Sollte Heidrun Sieverding nichts dagegen einzuwenden haben, beabsichtigte ich, ihn beizeiten Hauptkommissar Deeken zu übergeben. Ich rief sie an, erzählte ihr von meinem Gespräch mit Lübbehüsen und beschrieb den Inhalt des Koffers. Sie war hocherfreut, dass sich etwas tat, und damit einverstanden, die Papiere der Polizei zu übergeben.

Ich hatte das Smartphone noch nicht ganz aus der Hand gelegt, da meldete es einen eingehenden Anruf. Es war *V·A·G Eckert* mit der Nachricht, dass die Operation meines Volvo erfolgreich verlaufen war. Morgen, nach der Chefarztvisite, könnte er entlassen werden, oder so ähnlich …

Mir fiel der Papierschnipsel von der Baustelle wieder ein. Als der Security-Mann mich entdeckte, hatte ich diesen unauffällig in die andere Jackentasche gleiten lassen. Ich nahm einen Briefumschlag vom *ParkHotel* und legte das Fragment mit spitzen Fingern hinein, für eine etwaige kriminaltechnische Untersuchung.

Nach dem Essen passierte nicht mehr viel. Den Abend verbrachte ich mit Fernsehen und Telefonieren. Zunächst wählte ich die Nummer von Martina-Chantale Tapken.

Der Anrufbeantworter meldete sich: „Hallo, Ihr Lieben! Eure Chantale ist gerade ganz doll beschäftigt. Und wenn ihr nicht wisst, wohin mit euren Gefühlen, sprecht sie euch nach dem Piep einfach von der Seele … Ciao, ciaooo!"

Ich legte auf, denn ich wusste wohin mit meinen Gefühlen. Unmittelbar darauf erreichte mich eine SMS von Antje:

Lieber Frank! Wann treffen wir uns zum Spaziergang?
Morgen Nachmittag?, schrieb ich.

Antwort: *Halb drei bei der Jugendherberge.*

Geht klar! Ich drückte auf *Absenden.*

Dann gab ich den Namen des damaligen Jahrgangslehrers von Michael Ostermann in die Suchmaschine meines Notebooks ein: *Dr. Ralf Beckmann, Cloppenburg.* Es gab keinen Eintrag.

Eine halbe Stunde später rief Martina-Chantale an: „Hallo Frank, mein Lieber! Haste angerufn?"

„Danke für deinen Rückruf! Ich wollte dich fragen, ob dein Sohn etwas über Sophie Stuke in Erfahrung bringen konnte?"

„Er kennt sie, aber er hat sie lange nich mehr gesehen! Mehr kann ich dir dazu nich sagen, es tut mir leid."

„Dann noch eine Frage: Es geht um euren damaligen Jahrgangslehrer, Dr. Beckmann."

„Oh, erinnere mich nicht daran, Frank! Beckmann hatte dafür gesorgt, dass ich von der Schule flog."

„Was war passiert?"

Sie atmete tief ein, eine Pause entstand. Sie antwortete etwas leiser, weniger gut gelaunt: „Wie ich schon sagte, erinnere mich nicht daran. Ehrlich gesagt, möchte ich nicht darüber reden."

„Weißt du, wo er wohnt?"

„Einmal habn wir ihn zu Hause besucht, irgendwo hinter Bethen … Warte mal … Die Straße hieß Heideweg oder so. Der steht doch im Telefonbuch."

„Eben nicht."

„Probier's im Heideweg!"

„Das werde ich, vielen Dank Martina!"

„Immer wieder gerne, du weißt ja …"

Ich drückte die *Auflegen*-Taste.

Eine halbe Stude später rief eine besorgte Conny an.

„Frank, ich habe von dem Brand im alten Ziegelhof gehört …"

„Ich hätte dich früher anrufen sollen, Conny. Bitte entschuldige!", unterbrach ich sie. „Sophie war nicht im Haus, als das Feuer ausbrach. Ich war unmittelbar vorher dort und habe sämtliche Räume nach ihr abgesucht."

Sie atmete erleichtert auf und fragte herausfordernd: „Hast du es danach gleich abgefackelt?"

„So mache ich das für gewöhnlich, darum werde ich selten eingeladen."

„Verstehe … Gibt es was Neues wegen Sophie?"

„Leider nein, aber du weißt ja: Ich bleibe dran – versprochen!"

„Danke, Frank!"

Ich legte auf. Das Batteriesymbol begann zu blinken und während der Akku genüsslich an der Steckdose saugte, überlegte ich mir, was als Nächstes zu tun war. Der Abend endete unaufgeregt vor dem Fernseher.

Um mich herum welkten die Stunden langsam dahin. Ein Tag wurde weggewischt, eine neue Nacht holte die Stadt ein.

KAPITEL 13

Dienstag, 11. November

Der Tag startete mit etwas Erfreulichem: Ich tauschte den winzigen *Up* gegen meinen geräumigen Volvo ein, und das gab mir das Gefühl, einen alten Freund bei mir zu haben. Allein die Abstände zu anderen Verkehrsteilnehmern galt es neu abzuschätzen.

Der Weg führte mich nach Bethen, einem im Norden gelegenen Stadtteil, wo ich hoffte, auf Dr. Beckmann zu treffen. *Radio ffn* spielte das Stück ‚*Age of Reason*‘ des Australiers John Farnham, dem Frontman der *Little River Band*; darauf folgte Don Henley, der Bandleader der Gruppe *Eagles* mit dem Titel ‚*The Boys of Summer*‘.

Nach Sommer sah es beileibe nicht aus. Dunkle Wolken fegten aufgrund heftiger Böen über Häuser, Felder und um die Basilika. Es stellte sich heraus, dass der Tipp von Martina-Chantale nur bedingt zu gebrauchen war, der Heideweg war lang – sehr lang. Ich vermutete, dass hier jeder jeden kannte. Es sollte also kein Problem sein, den ehemaligen Jahrgangslehrer von Michael Ostermann ausfindig zu machen – ganz ohne digitale Helferlein. Der erste Versuch scheiterte an einem wachsamen Hofhund, der zweite auch fast. Ich stand am Maschendrahtzaun und wartete ab. Ein in die Jahre gekommener Rottweiler bellte bemüht, aber kraftlos. Er stand nahe der Hauswand und wedelte mit dem Schwanz.

Aus einer halboffenen Dielentür des alten Fachwerkhauses drang eine brüchige Stimme. „Der tut nix!"

„Ich aber!", kam meine spontane Replik. Ich war drauf und dran, meine Suche an anderer Stelle fortzusetzen.

„Wat wolln Se denn?"

„Ich suche Doktor Beckmann. Können Sie mir sagen, wo ich ihn finden kann? Er soll hier am Heideweg wohnen."

Der Unbekannte trat aus dem Dunkel heraus, lehnte sich auf den unteren Teil der Dielentür und rückte seine Mütze zurecht. Die Adern in den bläulichen Wangen schwollen an, kopfkratzend schob er die Mütze wieder nach hinten und überlegte. Derweil trottete der Rottweiler mit triefender Zunge auf mich zu – spekulierte auf eines meiner Hosenbeine, um der alten Zeiten willen.

„So so, den Herrn Dokter suchen Se also? Den hab ich hier schon lang nich mehr gesehn … Fahrn Se man weiter nach Staatsforsten." Sein gebogener Zeigefinger wies nach Norden.

Ich hob dankend die Hand, ließ mich hinters Lenkrad fallen und rollte weiter. In Staatsforsten musterte ich die Häuser und war bemüht, eine Kohärenz von Doktortitel und Hausgröße herzustellen – vergebens. Neben einem Wäldchen erschienen einzelne Einfamilienhäuser aus den fünfziger und sechziger Jahren, etwas weiter Mastställe. Der Dachstuhl eines im Bau befindlichen Maststalls lugte hinter einer Reihe Bäume hervor, die bei diesem Wind die Rücken krümmten und sich gegen den Boden stemmten. Die Häuser lagen weit voneinander entfernt, und es glich einem Ratespiel, die Hausnummern auszumachen. Interviews an Haustüren führten zu nichts. Ich rollte nach Bethen zurück. Der Landwirt war mutig geworden, hatte sich bis zum Zaun vorgewagt. Er stand da und biss gerade in einen Knust.

Ich hielt direkt vor ihm, ließ das Beifahrerfenster herunter und rief: „Doktor Beckmann ist weit und breit nicht zu finden."

„Na, dat is ja wat …"

„Wat?"

„Obses glaubn oder nich, da wollte vorhin schon einer hin …"

Ich schaute ihn ungläubig an; er sprach kauend weiter: „Der Beckmann wohnt seit zehn Jahren nich mehr hier. War wohl nich fein genuch hier. Der wohnt jetzt in Holliwutt."

„Wo?"

„Na, bei den Schönen und Reichen inner Stadt, da wo se jammern tun …"

Ich verstand. Er meinte die Gegend zwischen Museumsdorf und Bahnhof – das Jammertal. Bevorzugte Wohnlage, prächtige Stadtvillen mit Skulpturen und edlen Formgehölzen in den Gärten.

„Wissen Sie die Hausnummer?"

„Nee."

„Na, besten Dank!"

„Nichts zu danken."

Er hatte recht.

Der Begriff *Jammertal* war möglicherweise auf die Unmutsäußerungen der Anwohner bei Kursverlusten ihrer Aktien zurückzuführen, oder auf jene Ganoven, die sich an den Sicherheitseinrichtungen die Zähne ausbissen. Ich parkte in der Nähe der berufsbildenden Schulen und klapperte ein Haus nach dem anderen ab. Das Interesse der Hausbewohner an der Nachbarschaft hielt sich in Grenzen.

Es dauerte einige Zeit, bis ich die Villa von Dr. Ralf Beckmann nebst Schwester ausgemacht hatte. Sie bewohnten eine Jugendstilvilla des Typs: *Lasst uns in Frieden! (außer Müllabfuhr und Plegedienst selbstverständlich)*, die ich bereits von Blankenese kannte, mit Stufengiebel und blattlosen Weinranken um pseudosakrale Fenster- und Türbögen. Weitere Villen standen in respektvollem Abstand. Ein breiter Weg aus hellen Kieseln führte sowohl zur geschlossenen Garage als auch zur Eingangstür, die besser zu einem Geldschrank gepasst hätte: dunkles, massives Holz mit soliden Eisenbeschlägen. Der Rasen war kurz gehalten und mit niedrigem, gepflegten Buxus gesäumt. Alle Kanten wie mit dem Lineal gezogen.

Ich klingelte an der Pforte.

Aus der Gegensprechanlage ertönte das „Ja, bitte?" einer weiblichen, belegten Stimme mit ungefähr siebzig Jahren Sprecherfahrung.

Ich nannte meinen Namen und sagte, dass ich gern Herrn Dr. Beckmann gesprochen hätte.

Aus dem Apparat kam zustimmendes Geknister. Eine kleine Pause. Daraufhin die Frage, worum es ginge.

Ich wollte schnell vorwärts kommen. „Es geht um die Verleihung des Niedersächsischen Verdienstordens." So etwas funktioniert manchmal.

Der Summer ertönte, ich schob die Pforte auf. Als sich die schwere Haustür öffnete und eine drahtige kleine Frau in der Haustür erschien, verbeugte ich mich knapp. Die Dame in einer anthrazitfarbenen Bluse-Rock-Kombination mit dezenter, schwarzer Schürze und einer Frisur wie ein verlassener Ameisenhaufen bohrte ihren Blick in meine Seele und leuchtete sie hemmungslos aus. Ich ließ diesen Scan geduldig über mich ergehen, dann sagte sie frei heraus, dass sie niemanden kenne, der einen Orden verdienen würde. Schon gar nicht in diesem Haus. Was ich also wolle?

Ich kannte diesen Schlag Frauen; sie war eine dieser alteingesessenen Cloppenburgerinnen, die ein Auge zukneifen und dich mit dem anderen mustern, als wollten sie den richtigen Abstand ermitteln, um dir eine Ohrfeige zu verpassen. Darum lächelte ich ertappt, machte eine entschuldigende Handbewegung und gab zu, Dr. Beckmann in einer Angelegenheit aus seiner aktiven Zeit als Pädagoge sprechen zu wollen.

Sie studierte mich noch zwei, drei Sekunden lang, fand wohl, es könnte der Mühe wert sein, und verkündete feierlich: „Na ja, dann kommen Sie mal mit! Sie haben Glück, mein Bruder ist zu Hause." Sie wandte sich zur Tür, und ich folgte im gehörigen Abstand.

Und ich hatte mich getäuscht, das waren keine hellen Kiesel unter meinen Füßen; der weiße Marmorsplit verdarb einem bereits die Laune, bevor man die Haustür erreichte. Im Flur war es dunkel. Der äußere Baustil setzte sich auch im Inneren fort: Rundbögen über Nischen und Fenstern, Lampen mit vergilbten Schirmen spendeten funzliges Licht. Schritte und Geräusche wurden durch einen weichen rostbraunen Teppich und schwere Textiltapeten an den Wänden gedämpft. Es roch nach Rinderrouladen und Rotkohl, wie immer in solchen Häusern.

Frau Beckmann befahl mir abzulegen, und während ich beobachtete, wie meine Kultjacke zwischen teuren Pelzmänteln geparkt wurde, sagte sie unvermittelt: „Dr. Beckmann bewohnt den oberen Teil des Hauses." Sie wies auf die gegenüberliegende Seite. „Mein Bruder erwartet Sie. Gehen Sie einfach die Treppe hinauf und dann durch die Tür."

Dass Dr. Beckmann mich erwartete, überraschte mich. Ich bedankte mich und tat wie befohlen.

Hinter einer hellen Tür mit Blumenornamenten aus farbigem Glas erschien ein stattlicher Mann, dessen Alter ich schwer schätzen konnte – eine Persönlichkeit irgendwo zwischen Curd Jürgens und Claus Kleber, mit einem strengen Zug um den Mund. Er trug ein mint-farbenes Hemd, darüber einen dunkelgrünen Strick-pullover und hellbraune Cordhosen.

„Guten Tag, ich bin Ralf Beckmann. Was verschafft mir die Ehre?" Sein messerscharfer Blick erfasste mich (und die Blessuren in meinem Gesicht), er trat nah an mich heran – wahrte den Meter nicht.

Ich machte einen Viertelschritt zurück, ergriff die knochige Hand, die er mir entgegenstreckte, und er-klärte mein Anliegen, dabei erzählte ich ihm in knap-pen Worten von dem Gespräch mit Raimund und Elsa Ostermann.

Dr. Beckmann nickte bedächtig, bestätigte beiläufig deren Freundschaft und wollte wissen, was das Gan-ze mit dem Niedersächsischen Verdienstorden zu tun habe.

Ich schaute ihn konsterniert an und behauptete kühn, dass da wohl etwas durcheinandergeraten war.

Er fixierte mich mit scharfem Blick, aber warf mich nicht achtkantig raus, sondern bat mich in seine Woh-nung. Durch den Flur kamen wir in ein helles, geräu-miges Wohnzimmer mit breiten Fenstern. Verglichen mit dem düsteren Parterre ein Unterschied wie Tag und Nacht. Das Zimmer war möbliert, wie pensionierte Stu-dienräte eben ihre Wohnzimmer einzurichten pflegen, ein Stil irgendwo zwischen *Ikea* und *Bauhaus* (Dessau! – nicht der Baumarkt). An den Wänden hingen Drucke von Picasso und Munch, Originale von Klosa, Stein-brecher und Radierungen von Landwehr. Weiß lasierte

Regale an den Wänden, Möbel aus hellem Holz, geknüpfte Teppiche, gebatikte Mitbringsel aus Indien mit entsprechenden Fotos, eine beeindruckende Schallplattensammlung, bestehend aus Klassik und Jazzstandards der fünfziger und sechziger Jahre. Und eine Auswahl an Büchern, die einem beim Älterwerden halfen.

„Der einzige Grund, warum ich Sie empfange, ist", begann er seinen Bericht zur Lage der Nation, „dass mich all die Jahre das fürchterliche Schicksal meines ehemaligen Schülers Michael Ostermann beschäftigt hat. Natürlich auch im Interesse seines Vaters und zugleich meines Freundes Raimund, der mich bereits von Ihrem Besuch bei ihm in Kenntnis gesetzt hatte. Es war nur noch eine Frage der Zeit, bis Sie hier erscheinen würden …" Er musterte mich wie ein Raubvogel und wippte ungeduldig auf den Zehenspitzen, die Arme auf dem Rücken, Oberkörper leicht nach vorn geneigt. „Raimund Ostermann erzählte mir von Ihrem ehrlichen Ansinnen und deshalb … verwundert mich Ihr – sagen wir mal – abenteuerlicher Vorwand, um hier vor mir zu erscheinen", dozierte er, sehr um einen sachlichen Ton bemüht. „Das ist so ziemlich das Letzte, was ich von Ihnen erwartet habe. Sie haben nicht einmal den Schneid, die Wahrheit zuzugeben – geschweige denn, sich bei mir zu entschuldigen!" Er holte seine Arme hinter dem Rücken hervor und verschränkte sie vor der Brust.

Ich sah ein, dass mich meine Dreistigkeit in eine Sackgasse geführt hatte, und es gab nur eine Möglichkeit, zu wenden: „Ich möchte mich in aller Form für meine Anmaßung entschuldigen, Doktor Beckmann ..."

Er machte eine abwertende Handbewegung, war versöhnlich gestimmt und während er sich dem Lehnstuhl zuwandte, sagte er: „Na, lassen Sie mal. Setzen Sie sich!"

Dr. Beckmann nahm selbst Platz. Die Ellenbogen auf Lehnen gestützt, legte er die Fingerspitzen aneinander.

Ich setzte mich in einen Korbstuhl, ihm gegenüber. Der Couchtisch zwischen uns stellte so etwas wie die entmilitarisierte Zone dar. Es war, als säßen wir zu Tisch. Der kleine Fränki hatte etwas Ungeziemendes getan, Vater hatte ihn zurechtgewiesen, nun war alles gut, und wir speisten schweigend weiter.

„Wenn Sie erlauben, möchte ich Sie zu den Umständen von 1985 befragen." Er nickte, ich setzte an: „Wie war Ihr Verhältnis zu den Schülern des Jahrgangs?"

„Wenn ich Ihnen ‚gut bis herzlich‘ sage, würde ich mich derselben Mittel bedienen, derer Sie sich bedient haben, um vor mir zu erscheinen."

Dieser Vergleich erreichte mich nicht – mir waren nachtretende Menschen zuwider. Der hagere Mann beugte seinen Oberkörper vor, kämmte mit seinen Fingern die grauen Stirnhaare nach hinten, die ihm ins Gesicht gefallen waren, räusperte sich und kam zum Wesentlichen: „Das Verhältnis war überaus sachlich bis neutral, wenn ich diesen Euphemismus bemühen darf. Es war der fehlende Respekt gegenüber dem Lehrkörper, der das Schulklima von Grund auf vergiftete, dem ich mit allen pädagogischen Mitteln und strenger Hand entgegenwirken musste. Aber was erzähle ich Ihnen da? Sie entstammen ja derselben vergnügungssüchtigen Klientel, respektive Generation, die allenthalben propagiert, Müßiggang sei eine Tugend …"

Die geschraubte Ausdrucksweise wirkte ein wenig pathetisch. Es war, als würde er mit beißender Ironie versuchen, einen Abstand zu etwas zu schaffen, das nur allzu nah war – vielleicht war es das Alter, vielleicht war es das Vakuum des Pensionär-Daseins, das viele überfällt, weil sie sich nicht rechtzeitig um eine sinnvolle Beschäftigung gekümmert haben. Beckmann gefiel es, im Gespräch die Fronten abzustecken, sich auf einen Hügel zu stellen, der alle überragt. Letztlich bewirkte dies nur eines: einen gehörigen Abstand zum Gegenüber.

Indes, ich war nicht gekommen, um mir das ewige Klagelied einer verdorbenen Jugend anzuhören, darum schob ich die nächste Frage gleich hinterher: „Raimund Ostermann erzählte mir von seinem schwierigen Verhältnis zu seinem Sohn, und dass Michael vom Abitur ausgeschlossen wurde. Würden Sie mir bitte den Grund dafür nennen?"

Beckmann erhob sich und forderte mich auf, ihm in sein Arbeitszimmer zu folgen. Ebenso groß wie das Wohnzimmer, gehörte es in eine andere Kategorie. Der Teppich war so weich, dass man hinunterschauen musste, um festzustellen, ob man noch stand oder schon schwebte. An den Wänden dunkelbraune Regale mit

Glastüren und Artefakten aus Ton dahinter. Daneben weitere Bücherregale mit unzähligen Klassikern, die tadellos wirkten, als wären sie niemals gelesen worden. Zwischen Regalen und fensterlosen Wänden hingen gerahmte Kunstdrucke von Caravaggio, Vermeer und Rembrandt. Die schlichten Holzmöbel in der Sitzecke sahen aus, als wären sie seit den fünfziger Jahren fortwährend mit Glanzlack behandelt worden; ich fürchtete, darin Platz nehmen zu müssen, um für alle Zeiten dort kleben zu bleiben.

Beckmann begann in seiner obersten Schublade zu kramen, dabei fing er an zu lamentieren: „Die Abiturzulassung war eine leidige Angelegenheit in dem Jahr. Wir hatten gleich drei solcher Pappenheimer, bei denen die Zulassung auf der Kippe stand. Michael Ostermann hatte es schließlich erwischt … und niemand konnte ihn vor der Guillotine bewahren", sagte er unbarmherzig. Seine Wortwahl war in diesem Zusammenhang mehr als geschmacklos. Beckmann hielt in seinen Bewegungen inne, ich wartete geduldig auf das Resultat seiner Suche. „Das verstehe ich nicht. Gestern habe ich die Unterlagen hier hingelegt …" Er machte eine resignierende Handbewegung und lächelte schief.

„Ach ja, das Alter …", sagte ich lächelnd.

Seine Gesichtszüge erschlafften. „Es reicht, wenn ich selbst täglich daran erinnert werde!", bemerkte er tadelnd. Und ich hatte es im Gefühl, dass wir heute keine Freunde mehr werden würden.

Mit einem Male wandte er sich um, griff ins Regal und fischte aus einem Ablagekorb zwei Papiere und eine Broschüre im Schwarz-Weiß-Druck. Er reichte mir zunächst die Bögen. „Dies sind Kopien des Abiturprotokolls. Ich hatte sie ihrer Brisanz wegen aufgehoben. Die Originale sind nicht mehr auffindbar. Es hieß, sie seien im zuständigen Kommunalarchiv, dem Landesarchiv oder im Staatsarchiv. Ich habe mich jeweils dort erkundigt, sie sind aber nicht aufzufinden …" Beckmann hob und senkte die Schultern. „Aber auch aus den Kopien geht hervor, dass Michael bei den entscheidenden Arbeiten betrogen hatte. Ein Pädagoge vermerkte dies hier unten." Er wies auf das untere Drittel des Blattes.

„Kann es sein, dass die Kriminalpolizei im Besitz der Originale ist?", wollte ich wissen.

Die Antwort kam prompt: „Dort hatte ich mich ebenfalls erkundigt. Sie wussten nicht einmal von dem Sachverhalt, es war ihnen entgangen oder sie haben es geflissentlich übersehen."

Es entstand eine kühle Pause. Ich fragte: „Bei unserem Gespräch gab Herr Ostermann an, dass Sie ihn von diesem Vorfall unterrichteten …"

„Das ist korrekt! Offiziell bedurfte es keiner Benachrichtigung, Michael war ja volljährig. Weil sein Vater und ich jedoch gute Freunde waren und noch sind, konnte und durfte ich es Raimund gegenüber nicht verschweigen. Das versteht sich von selbst." Der Doktor biss sich auf die Unterlippe, auch er hatte seinen wunden Punkt.

Während ich das Protokoll überflog, nahm Beckmann die Broschüre zur Hand und blätterte darin herum. Wie sich herausstellte, handelte es sich um das Jahrbuch des Clemens-August-Gymnasiums von 1985. Als er die gesuchte Seite gefunden hatte, fuhr er kräftig mit seinem Daumen über die Mitte, um ein unbeabsichtigtes Zuklappen zu verhindern.

„Hier haben Sie den kompletten Jahrgang auf einen Blick."

Ich trat an seinen Schreibtisch heran. Er drehte das Buch so, dass ich es betrachten konnte. Auch dieses Foto war schwarz-weiß, wie es damals allenthalben üblich war. Ich machte Michael auf Anhieb ausfindig. In seiner unmittelbaren Umgebung standen die anderen jungen Kerle, die ich bereits von Martinas Strandfoto kannte. Christoph Wessels mit wilder Mähne, den schmächtigeren Wolfgang Sieverding und den kantigen Stefan Willenborg mit hellblondem Bürstenschnitt, das Billy Idol-Duplikat.

„Sie haben vom Tod Wolfgang Sieverdings gehört?", fragte ich und schaute zu ihm hinauf.

Er hob den Kopf an und antwortete mit einer Gegenfrage: „Es war Suizid?"

Halbherzig bestätigte ich: „Es sieht ganz so aus."

Er schüttelte den Kopf und sagte mit ruhiger, fast ausdrucksloser Stimme: „Dem einen gelingt es, aus seinem Leben etwas zu machen, wie Stefan Willenborg zum Beispiel, und andere verglühen nach einem kometenhaften Aufstieg …"

„Sie verfolgen die Karrieren Ihrer Schützlinge?"

„Nur, wenn sie in der Stadt bleiben oder nach ihrem Studium wieder nach Cloppenburg zurückkehren. Der Karriereverlauf Wolfgang Sieverdings gab mir allerdings Rätsel auf."

„Inwiefern?"

„Sein Aufstieg bei der Privé*Invest* verlief nahezu problemlos, dabei erwarb er mit Abstand das schlechteste Abizeugnis in der einhundertjährigen Geschichte des CAG." Kopfschüttelnd fügte er lächelnd hinzu: „Dies hätte eigentlich in der diesjährigen Fest-Chronik entsprechend gewürdigt werden müssen."

Ich stimmte ihm teilweise zu: „Das mit der Karriere ist in der Tat bemerkenswert." In diesem Zusammenhang fiel mir noch etwas anderes ein: „Was ist eigentlich aus Stefan Willenborg geworden?"

Er sah mich ungläubig an. „Das wissen Sie nicht? Der ist in die Fußstapfen seines Vaters getreten. Willenborg Junior ist heute Vorstandsvorsitzender der Privé*Invest*!"

Dies galt es zu verdauen!

Nach höflichem Geplänkel und dem Austausch von Telefonnummern verabschiedete ich mich; es wurde höchste Zeit, meine Jacke aus der erstickenden Gesellschaft zu befreien. Ich begab mich an die frische Luft, um in aller Ruhe über das Gehörte nachzudenken. Diese Information über Stefan Willenborg war mir mangels gründlicher Recherche schlichtweg entgangen. Mich ärgerte das. Auf einmal kamen mir die Worte der Witwe Sieverding wieder in den Sinn: ‚Wolfgang stieg kurze

Zeit später ins Bankgeschäft ein, unmittelbar nach seinem Abitur und zu jener Zeit, als die Privatbank in der Stadtmitte gegründet wurde. Der Vorstandsvorsitzende war der Vater einer seiner Schulkameraden.'

Warum hatte ich an diesem Punkt nicht nachgehakt, den Namen des Kameraden nicht erfragt?

Und noch eins: Die Hütte im Wald – sie war laut Aussage des Försters im Besitz der Erbengemeinschaft Willenborg!

Mir schwindelte und es formte sich ein kühner Gedanke: Der Name Willenborg war das verbindende Element, das alle drei meiner Fälle einte! Willenborg, der gemeinsam mit Wolfgang Sieverding und Michael Ostermann im selben Jahrgang die Schulbank gedrückt hatte. Ostermann war tot, Sieverding auch. Die Hütte im Wald – vermutlich Ausweichquartier der Junkies aus dem Ziegelhof, zumindest zeitweise – gehörte ebenfalls Willenborg! Es konnte natürlich ein Zufall sein; das sollte ich überprüfen. Warum nicht jetzt?

Ich schaute auf die Uhr, zehn Uhr dreißig. Über das mobile Internet ermittelte ich die Anschrift von Stefan Willenborg – und bekam einen weiteren Schlag: Die Lage des Wohnhauses war mir nur allzu bekannt, allerdings bei Nacht! Es war am vergangenen Freitag das Ziel meiner Verfolgungsfahrt gewesen, nachdem ich der Geliebten Wienkens bis ins Inselviertel gefolgt war, dort den Garten verwüstet hatte, während vermutlich ihr Mann Stefan bei den Fischen ein Bad nahm.

Der Schwindel in meinem Kopf wollte nicht nachlassen. Das hieße ja, dass über Frau Willenborg eine direkte Verbindung von Stefan Willenborg zu Wienken bestand, der sich um die Drogenproblematik der Stadt zu kümmern hatte …

Ich startete den Wagen, machte mich auf den Weg zurück in die Höhle des Löwen und hoffte inständig, dass Stefan Willenborg mich nicht wiedererkannte.

Den ganzen Weg bis in die Rügenstraße überlegte ich mir eine Strategie, um an Informationen zu gelangen, ohne mit der Tür ins Haus zu fallen. Zunächst wollte ich in Erfahrung bringen, ob Willenborg Eigentümer der Waldhütte war und ob nicht nur seine Frau, sondern auch er selbst in Verbindung mit Wienken stand. ‚Erstens kommt es anders und zweitens als man denkt‘, sagt ein dämliches Sprichwort, das sich aber oft als wahr erwiesen hat. So auch jetzt, als ich in die Rügenstraße einbog. Vor Willenborgs Haus stand ein weißes Cabrio. Ich parkte unmittelbar dahinter und blickte zur Haustür. Eine hochgewachsene Frau Typ Mannequin stand dort, mit schulterlangem, auberginefarbenem Haar, gekleidet in einen dunkelblauen Hausmantel mit filigranen hellblau- und silberfarbenen Blümchenapplikationen. Ich erkannte sie als Wienkens Gespielin wieder. Sie war vielleicht zehn bis fünfzehn Jahre jünger als er, und damit etwa so alt wie ich.

Aus ihrer Umarmung löste sich eine Frau mit kurzen, blonden Haaren, dezent geschminkt, schlank, modisch-sportiv, gleiches Alter. Helles Strickkleid, darüber eine auf Taille geschnittene, schneeweiße Pelzjacke und weiße Stiefel mit ausreichend Absatz. Es war jene Frau, die am vergangenen Freitag das Papiertütchen in Empfang genommen hatte. Ich stieg aus, ging ebenfalls Richtung Eingang – erwartete Rudelbildung, doch vergebens. Ich hatte kein Tütchen dabei, lediglich einen Gruß, als Blondie an mir vorbeiging und mich vor allem mit ihren Augen anstrahlte. Als ich aufmerkte und sah, dass Frau Willenborg ihrer Bekannten zuwinkte, verharrte ich einen Moment, um diese Abschiedszeremonie nicht zu stören. Zudem prägte ich mir das Kennzeichen des Fahrzeugs ein. Erst als das weiße Cabrio in die Inselstraße abgebogen war, ging ich weiter den Plattenweg entlang, bis zur Haustür, wo Frau Willenborg auf mich wartete.

Ich setzte mein unverbindlichstes Gesicht auf. „Guten Tag, mein Name ist Frank Gerdes." Wir gaben uns die Hand.

„Maria Willenborg. Guten Tag!"

„Es geht um das Waldgrundstück in den *Bührener Tannen*, das sich jetzt im Besitz der Erbengemeinschaft Willenborg befindet."

Ihre vollen Lippen spannten sich und formten ein O. „Oh, es tut mir Leid. Mein Mann ist geschäftlich unterwegs, und … was das Waldgrundstück angeht, fragen Sie besser …" Sie beendete den Satz nicht, sondern schien es sich anders zu überlegen. Frau Willenborg ließ ein Lächeln aufblitzen und fügte deutlich entspannter hinzu: „Nein, es ist an der Zeit, auch solche Dinge selbst zu regeln. Bitte treten Sie näher!"

Das tat ich und war heilfroh, dass sie keinen Behördenausweis sehen wollte. Ich folgte dem langen Hausmantel durch einen breiten Korridor mit aufwändig gerahmten IKEA-Kunstdrucken an den Wänden.

In dem sich anschließenden Wohnzimmer bat Maria Willenborg mich, in der gediegenen Polstergarnitur Platz zu nehmen. Im Kamin loderte ein Feuer, das bereits auf dem Rückzug war. Die ganze Einrichtung machte einen schweren, erdrückenden Eindruck, und ich befürchtete, in der stickigen Luft einzugehen.

Während ich mich setzte, öffnete ich die Jacke.

Frau Willenborg bemerkte es und bat mich, abzulegen. Mit der Jacke schwebte sie zurück in den Flur, und als sie nach wenigen Sekunden zurückkam, blieb sie für einen reizvollen Augenblick im Türrahmen stehen, stützte sich mit angewinkeltem Arm dort ab und blickte mich offen an. Unter dem seidenen Stoff zeichneten sich deutlich die Knospen ihrer wohlgeformten Brüste ab.

Ich hielt ihrem Blick nicht lange stand, zog das Smartphone aus der Tasche, tippte einmal kurz darauf und bluffte: „Es geht um das Flurstück 12/867 …"

„Ich weiß, Herr … Gerdes?"

Ich nickte.

Sie trat ins Zimmer, ließ sich in einen der breiten Sessel nieder und räkelte sich darin. „Mein Mann möchte es gern behalten, aber ich will es unbedingt verkaufen, weil es nur Arbeit macht und es einen Interessenten gibt …" Sie seufzte und sprach nach einer kurzen Pause weiter: „Dabei haben wir wirklich andere Sorgen, als krampfhaft am Vermächtnis meines Schwiegervaters festzuhalten und immerzu Geld dafür auszugeben. Wie denken Sie darüber?"

Ich hob die Augenbrauen und machte dicke Backen. „Nun, es kommt darauf an, was einem lieb und teuer ist; und wie man seine Prioritäten setzt, nehme ich an …"

„Genau das sage ich Stefan auch immer! Wenn er sich darum kümmern will", sie hob ihre Hand, „bitte, dann soll er das tun! Aber wenn, wie in unserem Fall, überhaupt keine Zeit dafür übrig ist … Man sieht ja, wohin das führt. Weil er nicht in die Puschen gekommen ist, müssen Sie, Herr Gerdes, sich auf den Weg zu uns machen. Pah! Das ist wiedermal typisch!"

„Haben Sie sich mal überlegt, einen Verwalter einzusetzen?", fragte ich, und um das Gespräch auf die Hütte zu lenken, fügte ich hinzu: „In unseren Akten steht, dass sich auf dem Gelände eine kleine Jagdhütte befindet, die derzeit nicht im allerbesten Zustand ist."

„Da sehen Sie, worauf das hinausläuft: Für einen Verwalter wollen wir kein Geld ausgeben, also muss es verkauft werden. Und so ist es in fast allen Dingen! Stefan will etwas ganz anderes als ich. So kommen wir nie auf einen Nenner!" Frau Willenborg simulierte einen empörten Augenaufschlag, nahm eine Strähne aus ihrem makellosen Gesicht und schlug die nackten Beine übereinander. Sie lächelte verlegen und biss sich auf die Unterlippe.

„Wenn Ihnen an einer vernünftigen Lösung gelegen ist, kommen Sie nicht umhin, dies in aller Sachlichkeit zu besprechen", riet ich. Es sollte mir irgendwie gelingen, mehr Details über Stefan Willenborg in Erfahrung zu bringen. Vorsichtig tastete ich mich weiter, blieb bei ihrem Thema. Vielleicht erfuhr ich nebenbei den Namen des Interessenten. „Haben Sie Vertrauen in den potentiellen Käufer, dass der sich entsprechend um das Waldstück kümmert? Es läge sehr in unserem Interesse, wenn …"

Maria Willenborg antwortete nicht sofort, sie winkte ab und nickte, dann fächelte sie sich mit der flachen Hand Luft zu.

Ich wartete.

Auf einmal liefen ihre Augen über und die Lippen begannen hemmungslos zu zittern. Sie vergrub das Gesicht in den Ärmeln des blauen Stoffes.

Draußen schlug der Wind Äste gegen das Fenster, die Scheite im Kamin glühten nur noch.

Maria Willenborg hob den Kopf und sah mich wieder an. Ihr Gesicht, mit hohen Wangenknochen und braunen Mandelaugen, sah auch tränenverhangen noch anmutig aus. Als sie weitersprach, war das Timbre ihrer Stimme um ein paar Grade kühler geworden: „Ich kann mit meinem Mann nichts sachlich besprechen – das geht schon lange nicht mehr …" Die Stimmung war gekippt. „Stefan geht einfach seinen Weg, ist kaum noch zu Hause. Ich komme in seinem Leben gar nicht mehr vor. So habe ich mir das am Anfang unserer Ehe nicht vorgestellt ..."

Nun, ich wusste aus eigener Erfahrung, dass es so sein kann. Am Anfang steht der Gedanke: Ich treffe auf jemanden, wir verlieben uns ineinander und der Himmel hängt voller Geigen. So bleibt es aber nicht. Die Beziehung stellt zumindest einen der beiden irgendwann nicht mehr zufrieden, Erwartungen werden enttäuscht, es fehlt an Engagement, Gefühl, Liebe, Respekt, Leidenschaft. Man denkt nicht an Einsamkeit, Tränen und Egoismus. Man sieht die anfänglich glücklichen Paare im selben Bett liegend, zwanzig, dreißig Jahre später, einander den Rücken zukehrend, wenn sie sich nichts mehr zu sagen haben, nichts mehr miteinander anzufangen wissen, nach vielen Jahren grauen Alltags, ohne Lichtblicke, ohne Feiertage. Maria Willenborg machte nicht den geringsten Versuch, die Tatsache zu verbergen, dass über die Jahre etwas in ihr zerbrochen war.

„Die Ehe ist kein Wunder und fällt auch nicht als fertiges System vom Himmel. Ohne beiderseitiges Bemühen kann sie wohl nicht gelingen ...", versuchte ich die richtigen Worte zu finden, wohlwissend, dass ich hier nicht als Eheberater angetreten war.

„Sie sagen es, Frank, *beiderseitig*!"

„Denken Sie, wenn ich fragen darf ... Ich meine, vermuten Sie, dass Ihr Mann ..."

Sie seufzte resigniert, schon ahnend, was kommen würde, und schüttelte den Kopf. „Nein, nein! Eine andere Frau ist nicht im Spiel. Das würde ich sofort merken!" Sie hielt inne, als galt es abzuwägen, wie weit sie ihre eigenen Erfahrungen wiedergeben konnte, ohne gewisse Umstände zu verraten, die mich nichts angingen. Sie konnte ja nicht ahnen, dass ich bereits von ihrem Zeitvertreib mit Wienken wusste. Maria Willenborg überlegte sich, wie sie ihre Gedanken vorbringen konnte, ohne Wienken da hineinzuziehen: „Ich spürte es mit jeder Faser meines Herzens, als wäre alle … Liebe, die ich in mir trug, zu Eis gefroren – in finstere Räume eingesperrt worden. Deshalb ist immer so eine tiefe Sehnsucht in mir … ein Verlangen, das ich nicht beschreiben kann. Es will gestillt werden! Ich würde sonst … durchdrehen!" Sie rang nach den richtigen Worten und war bemüht, dieses unbehagliche Gefühl zu unterdrücken, von dem sie sprach.

Ich fürchtete, dass sie nicht mehr lange an sich halten konnte. Ich las es in ihrem Gesicht. Etwas, das sie längst begraben hatte und das sich weigerte, zu verwesen. Ich wusste nicht recht, was ich sagen sollte. Nach dem Namen des Kauf-Interessenten zu fragen, wäre jetzt sinnlos. Viel wichtiger war es wohl, in solchen Momenten einfach nur zuzuhören.

Frau Willenborg legte ihre Fingerspitzen an die Stirn und sprach konzentriert weiter: „Und dann kann es passieren, dass ich die Übersicht verliere, dass ich Stefan etwas vorwerfe, was ich selbst nicht erfüllen kann. Wir beide werden schuldig aneinander und tragen unsere unerfüllten Träume vor uns her …" Ihre Stimme war jetzt nicht mehr kühl. Sie barst wie dünnes Porzellan vor meinen Augen, weinte wieder in die Ärmel hinein.

Ich machte mir Gedanken über die Bedeutung dessen, was sie damit gemeint haben konnte. Es hatte etwas zu tun mit dem, was ich von Herrn und Frau Ostermann gelernt hatte. Das Leben verläuft oft in seltsamen Bahnen und so sehr wir uns auch mühen, es gelingt nicht, ohne einander Verletzungen zuzufügen. Die Frage ist nur, wie gehen wir mit dem eigenen Versagen um? Mir fehlten die Antworten und Maria Willenborg hatte auch nichts anzubieten. Auch hier war Vergebung der Schlüssel für einen Neuanfang. Überdies war Frau Willenborg sich womöglich im Klaren darüber, dass auch Wienken nur ein kurzfristiger Ersatz für etwas war – nicht aber die erhoffte Erfüllung.

Das Weinen ging in Schluchzen über und wir betrachteten einander. Ein wenig zu lange, fand ich. Ihr betörender Duft waberte zu mir herüber. Ich wartete darauf, dass sie weitersprach. Sie zauberte ein Papiertaschentuch hervor und tupfte sich damit die Nase, sie leckte sich rasch die Lippen.

Ich sortierte meine Gedanken, stellte fest, dass ich keine weitere Information erhalten würde – nicht auf diese Weise, nicht in dieser Situation.

Sie spürte, dass ich innerlich in Aufbruchstimmung war. Maria Willenborg fasste sich ein Herz, es lag eine plötzliche Wildheit in ihrer Stimme, als sie hervorstieß: „Es gibt Dinge, die muss man anfassen, befühlen, schmecken, mit Haut und Haaren erleben. Ansehen genügt nicht, sie sind zu schön, um nur betrachtet zu werden."

Ich musste dabei an einen Ford *Mustang Shelby GT* denken, ließ aber ihre Worte einen Moment sacken. Sie sackten tief, und ich hörte nicht, dass sie auf dem Boden auftrafen. Sie blieben irgendwo hängen, und lösten etwas in mir aus. Es war Zeit, zu gehen, darum sagte ich erneut in meiner Rolle als Oberförster: „Es wäre schön, wieder von Ihnen zu hören, Frau Willenborg. Vielleicht mit einer einmütigen Entscheidung …" Ich erhob mich.

Sie ebenfalls.

Wir standen uns gegenüber und schauten einander zwei, drei Sekunden in die Augen, dann öffnete sie den schmalen Schal, der um ihre Taille lag, und zog den Seidenmantel auseinander. Sie stellte behutsam ein Bein vor, legte ihre schlanken Hände an die nackten Hüften und ließ mich ihre ganze Pracht sehen. Ein altes Kirchenlied kam mir in den Sinn: ‚*Maria breit' den Mantel aus*' … Sie ließ den Stoff von ihren Schultern gleiten, öffnete leicht den Mund und legte ihren Kopf in den Nacken.

Ach du Scheiße, dachte ich, griff nach der Decke auf der Sofakante und legte sie ihr über.

Sie drückte die Decke an sich, ihre Augen wurden glasig. Ein rasches Zucken lief über die weichen Lippen, der ganze Mund erzitterte. Die Tränen drückten von innen gegen ihre Lider und konnten nicht gehalten werden. Sie bahnten sich ihren Weg hinaus, auf der Suche nach Trost, den ich ihr aber nicht geben wollte. Sie presste die Lippen aufeinander und wischte sich rasch mit der linken Hand über die Augen.

Ich sagte nur: „Leben Sie wohl, Maria Willenborg."

Sie reagierte nicht. Ich hatte ihr nichts zu bieten, es gab nichts, was ich ihr weiter hätte sagen können, und ich sah nicht auf, als ich ging.

Nach dem Mittagessen legte ich mich hin, kam aber nicht zur Ruhe. Mir gingen die Ereignisse des Vormittages durch den Kopf, ich hatte die Bilder vor Augen und war bemüht, die Beziehungen der Personen untereinander im Blick zu behalten. Draußen drückte der Wind gegen die Scheiben und ich war skeptisch, was den Spaziergang mit Antje am Nachmittag anbelangte. Jedenfalls wäre es gut, sie heute noch zu treffen. Vielleicht musste ich sie um weitere Informationen bitten.

Etwa zehn Minuten später erreichte mich eine SMS von Antje: *Bei diesem Wind macht ein Spaziergang nicht wirklich Spaß* :-(

Gibt es Alternativen?, sandte ich zurück.

Wie wäre es mit einem Kaffee im Seeblick?, fragte sie.

Ich bin flexibel wie ein Amboss im freien Fall.

Also, nicht?

Geht es eine Stunde später?

Natürlich!

Gut. Bis dann.

Ich freue mich!

Ich dagegen liebe es, bei Wind und Wetter einen Spaziergang zu machen, die Seele durchpusten zu lassen. Weit vor der verabredeten Uhrzeit parkte ich meinen Wagen auf dem Platz vor dem *Hotel Seeblick* und marschierte stramm den Wanderweg am See entlang. Es kam wieder anders: Der Wind ließ allmählich nach. Als ich durch bewaldetes Gebiet ging, blickte ich zurück. Die Talsperre lag dunkel und fast unbewegt vor mir, das Wasser kräuselte sich nur leicht an den Rändern. Das matte Novemberlicht lag wie eine Haut über der Landschaft. Zwei unerschrockene Läufer in neonorange-schwarzem Sportdress liefen an mir vorbei, sie grüßten. Ich trat an den Rand des Wassers. Zwischen braunen Pflanzenstängeln sah ich ein paar Karpfen. Von den Bäumen her waren Geräusche zu vernehmen. Ab und zu raschelte es irgendwo, vielleicht ein Tier, das durch das Laub huschte. Manchmal zirpte ein Vogel und flatterte zwischen den Baumkronen hin und her. Eine Schar Spatzen war damit beschäftigt, reife Vogelbeeren vom Wegesrand zu picken, die der heftige Wind von den Ebereschen geschüttelt hatte. Natur pur.

Eine Dreiviertelstunde später erreichte ich wieder das Hotel, Antjes Fiat kam gerade auf den Parkplatz gerollt. Nachdem sie ausgestiegen war, umarmten wir uns kurz. Sie begutachtete die blauen Stellen in meinem Gesicht.

„Auf dem Weg der Besserung", gab ich als Erwiderung auf ihre besorgte Miene. „Danke noch mal für deine Hilfe! Ich möchte dich gern zu Kaffee und Kuchen einladen." Sie willigte ein, wenn auch nicht ohne Protest.

Als wir eintraten, war ein junges Paar gerade dabei, das Café zu verlassen. Wir fanden einen ruhigen Platz an der Fensterfront, mit Blick auf den dunklen See. Zwei Tische weiter saß einer der beiden Läufer. Er hielt dann und wann seine Augen geschlossen, als memorierte er alle seine Marathonerfolge der letzten Jahre.

„Wie steht es um die Befindlichkeit der Frau in Cloppenburg?", fragte ich Antje unvermittelt, nachdem wir bestellt hatten.

„Was hast du denn gefrühstückt? Meinst du etwa meine Befindlichkeit?"

Ich schüttelte den Kopf.

Sie überlegte kurz. „Es gibt glückliche Frauen und unglückliche, wie es auch glückliche und unglückliche Männer gibt. Was soll die Frage? Die Befindlichkeit der Männer und Frauen hier ist vermutlich genauso wie bei dir in Hamburg und in der ganzen Welt. Ich glaube kaum, dass es ernstzunehmende Studien darüber gibt."

Ich nickte, kramte in meinem Zitatenschatz und rezitierte: „'Das Glück beruht oftmals auf dem Entschluss, glücklich zu sein.'"

„Hey, was ist denn mit dir los?" Sie sah mich voller Argwohn an, sah aus, als wollte sie dazu noch etwas sagen, ließ es aber.

„Was sind eigentlich die Themen, über die du so schreibst?", versuchte ich uns auf andere Gedanken zu bringen. Kaffee und Kuchen wurden an den Tisch gebracht.

„Ach, alles mögliche. Querbeet. Alles, was die Stadt so hergibt: Mariä Geburtsmarkt contra Cityfest, eine siebzig-jährige Rentnerin will sechstausend Euro Falschgeld in Umlauf bringen, die schwelende Krankenhauskrise, mehrere Straßensperrungen zur gleichen Zeit als neue Möglichkeit, Kaufkraft aus der Stadt zu verbannen, manchmal noch etwas zur Aussiedlerproblematik, zwischendurch gütliche Einigungen im Dechanten-Prozess, Kindergartenneubau St. Andreas, die stetigen Bemühungen des Offizialats, sich zu positionieren, die neue Osterstraße, Südtangente, Geschwindigkeit auf der B 213, Belebung der Mühlenstraße, der Kulturbahnhof, Kauflandansiedlung, und so weiter und so weiter …" Sie holte tief Luft, eine Denkfalte erschien auf ihrer Stirn. „Und, sag mal, gibt es bei dir was Neues?"

Zögernd antwortete ich: „Ein Name taucht in letzter Zeit immer wieder auf, der von Stefan Willenborg."

„Etwa *der* Stefan Willenborg … von der Privé*Invest*?"

„Richtig! Was weißt du über ihn?"

Sie schluckte und wedelte mit der Gabel vor mir herum. „Oh Mann, du stellst Fragen …"

„Ich bin nun mal jemand, der so etwas macht."

„Lernt man solche Argumente im Kriminalistik-Studium? Ich weiß nur so viel: Kurt Willenborg, sein Vater, galt als ehrgeizig, mit der Betonung auf geizig. Sohnemann Stefan dagegen ist eher der Partylöwe der Stadt. Jeder halbwegs interessante Anlass musste anscheinend gefeiert werden, und er hatte den passenden Freundeskreis dazu. Dem Senior war das ein Dorn im Auge. Jetzt, nach Kurts Tod, ist gerade etwas Ruhe eingekehrt. Was die Beiden gemeinsam hatten, waren die Selbstgefälligkeit und die Überheblichkeit, mit der sie anderen alles abverlangten, ohne Rücksicht auf Verluste. Es wurden verschiedentlich Klagen gegen das Imperium Willenborg angestrengt, die aber allesamt mangels Beweise oder Zeugen abgewiesen wurden."

Ich nahm die Kuchengabel aus dem Mund und sagte: „Der Apfel fällt nicht weit vom Pferd, heißt es." Mit einem großen Schluck Kaffee spülte ich den Käsekuchen hinunter.

Sie erzählte weiter: „Das trifft hier zu. Die Familie genießt einen guten Ruf, weil sie dann und wann als Gönner auftritt – meist bei wohltätigen Anlässen, zu denen selbstverständlich die Presse eingeladen wird. Diese zur Schau gestellte Wohltätigkeit wird auch hier von den Ehefrauen gesteuert, um den Schein zu wahren. Du weißt, wie das läuft …"

Ich sah sie vielsagend an, ohne zu nicken, und kam auf den anderen Toten zu sprechen: „Von Witwe Sieverding und vom damaligen Jahrgangslehrer hatte ich erfahren, dass Wolfgang Sieverding es mit einem grottenschlechten Abitur und ohne Studium bis ganz nach oben in die Chefetage der Privé*Invest* geschafft hatte. Weißt du, womit das zusammenhängt?"

302

Antje steckte ein Stück Torte ab, schob es sich in den Mund und sagte nach ausgiebigem Kauen: „Mit Fleiß vielleicht? So was soll es geben! Ich habe zu wenig Ahnung von diesen Dingen, es tut mir leid. Falls du damit auf irgendwelche ... Abhängigkeiten anspielst – davon ist mir nichts bekannt. Ich hoffe nur, dass du nicht anfängst, Gespenster zu sehen ..."

Draußen vor dem Fenster hüpften unentwegt eine Handvoll Spatzen herum, als wären sie aufgezogenes Blechspielzeug.

Nun sagte ich etwas leiser: „Sag mal, kennst du jemanden in der Privé*Invest*? Jemand vertrauensvollen, meine ich."

Antjes Augenbrauen hoben sich, sie sagte spitzbübisch lächelnd: „Ja, warte mal ... Vor Jahren hatte ich mal einen Stasi-Mitarbeiter enttarnt, hatte es aber nicht an die große Glocke gehängt. Seitdem arbeitet er dort für mich."

Der Spaß gefiel mir. „Wie heißt denn der? *IM Disagio*?"

„Nein, ganz im Ernst. Die Schwester einer guten Freundin von mir arbeitet da. Sie hat das Herz auf dem rechten Fleck, wie man so sagt, und ist nicht ganz glücklich in ihrer Position als Vorzimmerdame für ..."

„... für Clemens Lübbehüsen", beendete ich den Satz mit erhobener Kaffeetasse und dachte an das elfengleiche Geschöpf; das vermutlich einzig wirkliche Lebewesen dort.

Antje war wirklich überrascht. „Du kennst Karin?"

„Kennen ist zu viel gesagt, aber ich habe bereits die Vorzüge ihrer Gutherzigkeit zu spüren bekommen, sie war mir gegenüber sehr kooperativ. Sag, glaubst du, sie könnte etwas für mich in Erfahrung bringen?"

Antje überlegte und nickte zaghaft. Ich erzählte ihr von Sieverdings Koffer, den Bankbelegen und den dazugehörigen Buchungsnummern, mit dessen Hilfe man unter Umständen die Herkunft der Einzahlungen identifizieren könnte. Überdies bat ich Antje um den Gefallen, die Besitzerin des weißen Cabrios ausfindig zu machen, die mir bei Maria Willenborg begegnet war. Zu meinem Bedauern alles außerhalb der Datenschutzrichtlinien.

Antje gab zu, dass sie selbst diesen Service hin und wieder in Anspruch nehmen müsse; eine ihrer besten Freundinnen saß in der Zulassungsstelle. Diskretion käme bei ihr morgens ins Müsli; und das hatte ich immer schon vermutet. Gelobt sei das Netzwerk einer Kleinstadt – das Internet wird völlig überbewertet.

Beides, sowohl das Kfz-Zeichen als auch zwei, drei Fotos der Bankauszüge, sandte ich ihr unmittelbar aufs Handy. Und einen Kuss, unmittelbar auf ihre Wange.

Eine Viertelstunde später verabschiedeten wir uns. Antje mit der Versicherung, sich zu melden, sobald sie etwas in Erfahrung gebracht hatte und ich, in der gespannten Erwartung auf ihre Ergebnisse.

KAPITEL 14

Die Sonne war fast untergegangen, die Bäume um den Parkplatz hoben sich dunkel vor dem Abendhimmel ab. Von der Talsperre fuhr ich weiter nach Friesoythe, der sogenannten Eisenstadt in der Hunte-Leda-Moorniederung. Unterwegs sah ich auf dem Radweg einen alten Bekannten. Sein Rad war voll bepackt; prall gefüllte Plastiktüten baumelten am Lenker – es war Sam Hawkens aus dem Pogo-Haus.

In Friesoythe angekommen, besorgte ich mir die *Hamburger Rundschau* an einem Kiosk und machte noch andere kleine Besorgungen, bis es gänzlich dunkel geworden war. Anschließend ging es zurück nach Cloppenburg; und wegen der Nager in meinem Magen direkt ins Hotel-Restaurant. Ich stellte den Volvo auf einen der Plätze rechts neben dem Eingang ab. Es war nahezu windstill, dafür deutlich kühler. Nach dem Essen nahm ich die Einkäufe aus dem Wagen und ging hinauf ins Loft. Ich schaute auf das Display meines Smartphones: keine Nachrichten, keine Anrufe; auch auf dem Hoteltelefon waren keine Anrufe eingegangen. Offenbar hatte Deeken zwischen mir und dem Ziegelhofbrand keine Verbindung herstellen können.

Ich warf mich auf die Couch und blätterte im Regionalteil der *Rundschau*, bis ich auf einmal ein leises, schabendes Geräusch vernahm. Mich aufrichtend, versuchte ich den Grund dafür auszumachen; schaute hinaus ins Dunkel der Nacht. Schlich dort jemand über die Galerie? Ich legte die Zeitung auf den Couchtisch, erhob mich und schaute im Flur nach. Nach dem Einschalten des Lichts entdeckte ich einen unter der Tür durchgeschobenen hellen Umschlag. Im selben Augenblick hörte ich hektische Schritte im Treppenhaus.

Blitzschnell griff ich nach den Schlüsseln, öffnete die Wohnungstür und schaute ins Parterre hinunter. Das Licht brannte, jemand eilte keuchend die letzten Stufen hinab und entschwand durch den Hauseingang. Ich zog die Lofttür hinter mir zu, rannte die Treppe hinunter, immer zwei Stufen auf einmal nehmend, unten angekommen starrte ich in die Dunkelheit und versuchte mich zu orientieren. In einiger Entfernung sah ich eine Gestalt unter der Auffahrt zum Hospitaleingang verschwinden. Ich spurtete ihr nach, nach etwa vierzig Metern schlug ich unter der Rampe einen Haken, sprang nach rechts auf die Einfahrt für Rettungswagen, an dessen Ende sich ein Rolltor hinabbewegte. Mit einem beherzten Satz gelang es mir, unter dem Tor hindurchzurollen – es hätte mich beinahe erwischt. Wie ein gehetztes Tier kam ich auf die Füße, hechtete durch die geöffnete Schiebetür in die chirurgische Ambulanz im Untergeschoss und wäre fast mit einem Patienten zusammengestoßen.

Weiter hinten führte der breite, gekachelte Flur ins Dunkel, ich lief geradewegs darauf zu, ohne zu wissen, was mich dort erwartete. Lediglich das dämmrige Licht der Fluchtwegbeschilderung ließ jene Person erahnen, der ich auf den Fersen war. Als sie rechts hinter einer Wand verschwand, sah ich grellgrüne Streifen sowohl an der Jacke als auch an den Schuhen reflektieren; über den Kopf war eine schwarze Kapuze oder Skimütze gezogen. Ich rannte, dass mir die Beine schmerzten. Unmittelbar vor der verwaisten Bäderabteilung und der geschlossenen Cafeteria bremste ich ab, folgte dem Flüchtenden rechts in einen stockfinsteren Gang. Meinem Instinkt folgend ging es im Schritttempo weiter, ich vermied jedes Geräusch. Meine Nerven vibrierten, waren zum Zerreißen gespannt, allesamt in Alarmbereitschaft. Ich spürte, dass ich nicht allein war. Irgendwo dort in der Dunkelheit lauerte mir jemand auf …

Plötzlich schepperte eine beträchtliche Anzahl Töpfe oder Pfannen in einem der Räume rechts, offenbar die Krankenhausküche. Blind eilte ich an der Wand entlang, sie endete an einer Tür. Ich zog sie vorsichtig auf, suchte mit der anderen Hand das Smartphone. Es war nicht, wo ich es vermutete – es relaxte im Loft. Mir blieb nur, mich auf die Geräusche zu konzentrieren.

Irgendwo schlug eine Tür zu, gefolgt von gedämpften, hastigen Schritten. Ich legte einen Zahn zu, polterte ebenfalls gegen die verstreuten Töpfe, kam aber nicht zu Fall. In etwa zehn bis fünfzehn Meter Entfernung nahm ich einen matten Lichtschein wahr. Vielleicht der

Zugang zur Cafeteria. Ich erreichte eine weitere Tür, schlüpfte vorsichtig hindurch. Der Duft von Buletten und Salmiak stieg mir in die Nase. Links waren Lichtschalter, ich drückte sie der Reihe nach, Neonlicht flackerte auf.

Es war die Mitarbeiterkantine oder ein riesenhaftes Wartezimmer mit Bistro, keine Ahnung. Gekachelte Wände und Fußböden, gruppierte Tische und Stühle, Kentiapalmen in Hydrokultur als Raumteiler oder Wanddekor. Auf der gegenüberliegenden Seite ein Durchgang. Ich lief darauf zu, stieß dabei einige Stühle um, das harte Echo verstärkte den Rabatz. Im Halbschatten sah ich die Treppe, jemand war auf dem Weg nach oben. Dann plötzlich laut anschwellendes Dröhnen eines Helikopterrotors. Es brach sich an den Wänden, schraubte sich im Treppenhaus abwärts. Ich jagte die Stufen zum Erdgeschoss hinauf und sah dort im Dämmerlicht die geöffnete Notausgangstür. Kühle Nachtluft schlug mir entgegen. In etwa zwanzig bis dreißig Meter Entfernung rannte der Typ quer über den Krankenhausrasen, in dessen Zentrum ein Hubschrauberlandeplatz war. Ein Helikopter setzte gerade zur Landung an. Ich lief dem Flüchtenden in einem großen Bogen hinterher – der Abstand vergrößerte sich zusehends. Eine durch den Rotor verursachte Böe erfasste mich, hämmernder Rotorenlärm unterdrückte das Rufen der gestikulierenden Ärzte und Pfleger in der offenen Tür. Ich lief einfach weiter.

Der Kerl schlug sich ins Grünzeug, wurde von den Büschen verschluckt. Sekunden später schmiss ich mich ebenso in die Rabatten, ein hoher Zaun dahinter setzte einer raschen Verfolgung allerdings ein jähes Ende. Ich hielt Ausschau nach einem Loch oder Riss im Draht, es war sinnlos bei der Dunkelheit. Also zog und strampelte ich mich hoch, überwand die Begrenzung, blieb aber mit meinen Hosen am spitzen Draht hängen, es gab einen fürchterlichen Riss. Auf der anderen Seite ließ ich mich hinab, balancierte die steile Soestenböschung entlang, bemüht, nicht abzurutschen. Der Rotor des Helikopters war fast verstummt. Ich atmete heftig, war nach der Hetzjagd aus der Puste, und als ich die Holzbrücke erreichte, versuchte ich den Unbekannten zwischen den Autos auf dem Parkplatz der Bürgermeister-Heukamp-Straße ausfindig zu machen. Vielleicht hielt er still, wartete, bis ich verschwand … Doch die Straßenbeleuchtung war unzureichend, ich musste mich geschlagen geben. Er war mir entwischt.

Auf einmal wurde die Stille durch einen Donnerschlag zerrissen – eine unglaubliche Detonation, gefolgt von einem auflodernden Feuerschein hinter den Häusern im Osten. Die Luft knisterte, danach absolute Stille, nicht ein Lüftchen regte sich, als wäre die Rotation der Erde zum Stillstand gekommen. In einiger Entfernung sah ich zwischen zwei Fahrzeugen plötzlich jemanden aufspringen und mit riesigen Schritten auf die Passage zwischen *Deutscher Bank* und *Spielothek* zulaufen. Ich setzte ihm bis zur Mühlenstraße nach, schaute mich um. Er war weg – wie vom Erdboden verschluckt.

Noch etwas: Die ganze Straße war wie leergefegt. Nach wenigen Augenblicken begann das jaulende An- und Abschwellen von Sirenen über den Dächern der Stadt.

Was, um Himmels willen, war geschehen?

Ich wandte mich nach links, sah Passanten, wie sie aufgebracht aus dem *Grand Verace* kamen und in Richtung *ParkHotel* liefen. Ich folgte ihnen, wie von einem starken Magneten gezogen.

Martinshörner mehrerer Feuerwehrzüge näherten und vermengten sich mit dem Sirenengeheul zu einer Art apokalyptischer Kakophonie – eine geradezu gespenstische Szenerie. Auf den letzten Metern zum Hotel begegnete mir eine Gruppe Männer und Frauen, deren aufgeregtes Geplapper in brüllendes Gelächter überging. Was war hier los? Dann sah ich das Desaster …

Auf dem Parkplatz vor dem Hotel, exakt an jener Stelle, wo ich meinen Wagen abgestellt hatte, gähnte ein schwarzes Loch, und was vom Volvo übrig war, lag in hundert Teilen auf dem Parkplatz verstreut. Sie brannten oder glimmten vor sich hin. Vier bis fünf Fenster des Hotels waren zerborsten, im Hotel brannten die Vorhänge. Hotelmitarbeiter waren damit beschäftigt, Feuer auszuschlagen oder mit Handlöschern einzudämmen. Ein paar Flammen leckten an der Fassade. Besonnene Passanten hielten andere auf Abstand. In unmittelbarer Nähe abgestellte Fahrzeuge waren in Mitleidenschaft gezogen worden, Scheiben hingen zersplittert in Rahmen, Karosserien waren zerbeult, und auf Autodächern und Motorhauben lagen dampfende Blechteile herum, vor allem aber Scherben. Die Feuerwehr traf mit zwei Löschzügen ein, im Schlepptau die Polizei und ein Rettungswagen des DRK. Die Sirenen verstummten, immer mehr Schaulustige kamen angerannt.

Ich konnte keinen klaren Gedanken fassen, meine Knie begannen zu zittern. Etwas abseits setzte ich mich auf den Boden, stützte die Arme auf angewinkelte Knie und begrub mein Gesicht darin. Tausend wirre Gedanken rasten mir durch den Kopf, es war wie eine psychedelische Lichtshow, in der sich Hell und Dunkel unentwegt ablösten.

Unbehagen und Furcht stieg als fremdartiges Gemisch in mir auf. Unbehagen, weil ich spürte, dass dieser Anschlag ganz sicher etwas mit meinen Ermittlungen zu tun hatte, und Furcht vor dem, was wohl noch folgen mochte. Es war, als wäre mir der Boden unter den Füßen weggezogen worden. Alles schaukelte, ich trieb wie ein Kutter irgendwo auf hoher See, wo das Tosen der Wellen und die Winde heimtückisch sind, und die Tiefe ihren eigenen, finsteren Sog hat.

Was hatte ich hier zu suchen? Niemand hatte mich beauftragt, es gab zugegebenermaßen nichts Greifbares. Zwei Tote und eine Handvoll Mutmaßungen, nicht mehr … Vielleicht war es jetzt an der Zeit, Segel und Netze einzuholen, sich einen passenden Vertäuungsplatz zu suchen, wieder an Land zu gehen und sich um das Wesentliche im Leben zu kümmern.

Ich hörte eine Stimme, die mir bekannt vorkam, und hob meinen Kopf an. Hauptkommissar Deeken erschien mit Gefolge. Es bestand aus zwei Uniformierten und seinem Kollegen Kommissar Vaske.

Die Feuerwehr hatte Scheinwerfer aufgestellt, sie blendeten mich. Ich stand schwerfällig auf. Keine Zeit für Sentimentalitäten, keine Zeit für Selbstmitleid. Deeken sah mich, kam auf mich zu, gut gelaunt wie ein Metzger. Er sah mich stumm an, starrte forschend in mein Gesicht, ohne den Blick einen Millimeter zu bewegen.

Ich hielt ihm einigermaßen stand.

Er sagte: „Hier rüber, Gerdes!"

Ich folgte seiner freundlichen Einladung, wir entfernten uns von den Schaulustigen.

„Was ist hier passiert?"

Ich hob resigniert die Arme. „Mein Parkticket war abgelaufen ... Gibt es Verletzte?"

„Wie es aussieht, nicht. Eine Armada von Schutzengeln musste hier gehaust haben." Er schaute sich um, schien sie zu suchen, besann sich und sprach weiter: „Gerdes, was treibst du hier? Seit du in der Stadt bist, gibt es Ärger!"

Ich zuckte mit den Schultern. „Irgendjemand scheint es auf mich abgesehen zu haben, vielleicht hat es mit Sophie Stuke zu tun."

Deeken wurde hellhörig. „Jetzt, wo du es erwähnst: Vor nicht allzu langer Zeit erwischten wir dich vor dem

312

Ziegelhof, ein paar Tage später wurde das Haus abgefackelt."

„Und was habe ich damit zu tun?", fragte ich übertrieben aufgebracht.

Er sah aus, als wollte er sich abwenden.

„Gar nichts!", beantwortete ich meine Frage selbst. Dass ich mich zu jenem Zeitpunkt dort herumgetrieben hatte, ging ihn nichts an. Dies ist ein freies Land.

Er wandte sich nicht ab, legte eins drauf: „Und woher kommen die Schrammen in deinem Gesicht? Nach der Baseballschlägeraktion letzte Woche sahst du noch nicht so verbeult aus. Oder warst du etwa beim Frisör?"

Ich merkte, dass ihm gefiel, was er sah. Sein grobschlächtiger Humor prallte an meiner Müdigkeit ab und versank in der Soeste. Er musterte mich mit erwartungsvoller Miene, ich schwieg ein paar Sekunden und sagte dann: „Du kriegst Ärger mit der Barbier-Innung."

„Hör mal zu", hob er an und streckte mir dabei seinen Autoritätsfinger entgegen, „ich will dich morgen auf dem Kommissariat sehen und dann unterhalten wir uns weiter. Haben wir uns verstanden?"

Er sagte nicht ‚Ich werde dich foltern, bis du mir alles erzählt hast', er hätte es meinetwegen tun können, die Worte hingen eh wie ein Fallbeil über uns. Bei diesen Gedanken fühlte ich, wie Wachheit und Vitalität langsam in meine Glieder zurückkehrten.

„Und was ist mit meinem Wagen?", wollte ich von ihm wissen.

Deeken schaute sich um: „Welcher Wagen? Ich sehe keinen." Er wandte sich mit ein paar Anweisungen an Vaske, stieg in seinen BMW und ließ die Scheibe herunter. „Was dein Fahrzeug betrifft, frag deine Versicherung. Oder hast du gar keine?" Dabei fuhr er an, so elegant wie ein Eisbrecher auf dem Weg nach Murmansk.

Meine Nerven verlangten nach einem kräftigen Schluck, ich ging zum *Grand Verace* zurück. Es waren nur wenige Plätze besetzt, was wohl vor allem daran lag, dass mein zerstörter Volvo das ultimative Ziel für das Sensationspilgertum geworden war. Mein Freund war als Märtyrer von uns gegangen.

Ich ließ mich irgendwo ganz hinten nieder und sah mich um. An der langen Fensterfront saßen zwei Pärchen, tranken Bier zu ihren Röstis mit überfahrenen Omeletts. Am Tisch neben mir saß ein fülliger Mann in tadellosem Anzug, mit geflecktem Gesicht, das er hinter einer Zeitung verbarg. Er las sie nicht, sondern glotzte über den Rand eine auffallend reizvolle Dame an, die einen Tisch weiter saß und es bemerkt hatte. Als kurz darauf ihr Bekannter eintraf, tauschten sie die Plätze. An der Bar stand ein angetrunkener junger Mann um die achtzehn und versuchte, mit einer Fünfundvierzigjährigen anzubandeln. Wie sich herausstellte, war es seine Mutter, die ihn ins Schlepptau nahm, wohl um ihn zu versohlen und ins Bett zu stecken. In der Ecke, mir gegenüber, saß ein Mann Anfang dreißig, mit wilden, in die Stirn fallenden Locken, der mit einem *Sta-*

bilo-Point Seite für Seite eines Notizblocks füllte, als sei ihm gerade die zündende Idee gekommen, wie die Welt von hier aus noch zu retten wäre. Vor ihm standen eine Cola *Zero* und ein Tuppertöpfchen mit Krabben, die längst hätten bestattet werden müssen. Mittlerweile füllten sich die Plätze wieder.

Das Stimmengewirr schwoll in allen Tonlagen an, und über dem Ganzen säuselten atonale Klänge, wie sie sämtliche Lokale dieser Art erfüllten: das Zischen der Espressomaschine, Klappern und Klirren von Gläsern, Geschirr und Besteck, Geldgeklimper, Lounge-Rhythmen aus den Boxen.

Eine Stunde später war das *Grand Verace* zum Bersten voll. Einige Gäste hatten sich auf die letzten freien Stühle an meinen Tisch gesetzt. Ich bestellte nach und nach drei oder vier Hennessy und mehrere klare Berentzen in relativ kurzen Abständen. Der Barkeeper machte keine Anstalten, mich zu bremsen. Später hatte ich Probleme, den Weg zur Toilette und wieder zurück zu finden. Irgendjemand zeigte mir, wo mein Platz war.

Als ich eine weitere Bestellung aufgeben wollte, sah ich ihn. Der Mann saß kackfrech an der Bar. Sein Blick schweifte ziellos durch den Raum, so wie Menschen zwanglos die Umgebung erkunden, wenn sie nicht auffallen wollen. Er hielt ein großes Glas mit Dunkelbier etwa in Brusthöhe, stellte es erst gar nicht ab, als hätte er es eilig. Ich versuchte mich zu konzentrieren, schaute noch einmal unauffällig hin. Hicks – ein Bäuerchen, wieder ein Blick. Jetzt war es klar, es waren seine Schuhe und es war seine dunkle Jacke, sie hatten neon-grüne Streifen! Denen war ich doch vorhin im Hospital nachgerannt. Das war … zu viel! Der poro … porvo … provozierte mich …! Ach, was sollte die Zurückhaltung? Ich blätterte ein paar Geldscheine auf den Tisch, erhob ich mich langsam – alles schwankte. Ich stiefelte zu dem Kerl hinüber, blieb an der Theke stehen, hielt mich daran fest und stierte ihn lange an. Dann beugte ich mich zu seinen Schuhen hinunter. Das leuchtend grüne, umgedrehte Opelzeichen verschwamm vor meinen Augen.

„Kann ich was für Sie tun?", fragte der auch noch.

„Www … wwwaaas, was habm Sie mit meim Volvo gemacht? Sss… Sieee … Schwein!", schrie ich ihn an.

„Gibts Probleme?", hörte ich eine Stimme von oben.

„Probleme?! Die kannste haben …", drohte ich. Mit ausgestrecktem Arm holte ich weit aus, mit stählerner Pranke wurde er in der Bewegung abgefangen.

Ein sprechender Berg stand plötzlich rechts neben mir. „Hörr mal, Jünkchen …", sprach der Ural mit russischem Akzent, „ich bin dein Freund Waldemarr und ich brringe dich jätz zurr Türr. Un wänn du sährr kluch bist, machs du keine Probläme. Verstähen wirr uns? Poschalusta!"

Ich hatte keine Ahnung, was der wollte, schließlich war ich bereits auf dem Weg zum Ausgang; wollte nur eine Verschnaufpause einlegen … Ich begriff im Zeitlupentempo, und gab sabbernd von mir: „Man wird doch wohl ei… einem alten Freund auf die Sch… Schuhulter klopfen dürfen, oder nich, oder was?"

Waldemar regte sich ab, ich sah ihn dem Barkeeper einen fragenden Blick zuwerfen.

Ich unterbreitete ihm einen Vorschlag, den er nicht ablehnen konnte: „Was hältst du … davon? Ich bleibe noch ein bisschen hier stehen … und rede mit diesem Suppuppenkasper hier …"

Der Vorschlag wurde abgewürgt. Waldemar hätte nicht deutlicher zu werden brauchen, wurde es aber. Er drehte meinen Arm auf den Rücken, ich gab nach, bog mich nach vorn, er schob. Er schob so heftig, dass ich gegen die Tür krachte. Sie öffnete sich, machte den Weg zur Straße frei, verdrängte Gäste, die gerade dabei waren einzutreten.

Ich stolperte, fiel der Länge nach auf das harte Pflaster.

Heißer Atem schlüpfte in meine Gehörgänge, als ich Waldemar sagen hörte: „Jünkchen, denk mal überr dein Läben nach und komm zu innerren Frrieden", dabei drückte er mir ein kleines Pamphlet in die Hand. Dann ließ mir der predigende Klotz meine Ruhe.

Ich rappelte mich auf, zupfte die Kleidung zurecht und hoffte auf meinen inneren Kompass, aber der rotierte unentwegt. Ich ging einfach drauflos. Nach wenigen Metern wurde es extrem schattig, ich musste irgendwie vom Weg abgekommen sein. Doch auf einmal war es taghell, LED-Licht blendete meine Augen. Von einer Handvoll Jugendlicher wurde ich gegen eine Wand gedrückt, sie leerten meine Hosentaschen und verschwanden mit dem restlichen Bargeld. Ich sah ihnen hilflos nach. Glücklicherweise hatten sie keine Verwendung für meine Schlüssel. Ich hob sie vom Pflaster auf und schaffte gerade noch die paar Meter bis ins Loft, dann senkten sich für mich die Rollos.

Kapitel 15

Mittwoch, 12. November

Ich wachte zu früh auf und konnte nicht mehr schlafen. In mir waren zu viele Gespenster, die mich nicht in Ruhe ließen. Kopflose, kettenrasselnde Kobolde, die meine Haarwurzeln vergifteten, die mit Baseballschlägern von innen gegen meine Netzhaut schlugen und an den Nerven zerrten. Ich versuchte kühlen Kopf zu bewahren, die Situation abzuwägen: Der Anschlag auf mein Auto – war das eine Warnung; musste ich jetzt um mein Leben fürchten? Warnung wovor? Ohne einen Hinweis oder eine Erklärung war eine solche Überlegung sinnlos.

Ohne Hinweis?! Jetzt fiel mir der Umschlag ein, der gestern Abend unter der Tür durchgeschoben worden war. Ich knipste das Licht an. Mit verdrecktem Hemd und eingerissener Hose lag ich auf dem Bett; neben dem Kopfkissen ein Flyer. Es war die Einladung einer Christengemeinde zu einer Vortragsveranstaltung, mit dem Thema: *Welchen Sinn hat das Leid in der Welt?*

All die Eindrücke von gestern rasten als Videoclip durch meinen Schädel. Die Verfolgung des Briefboten durch das Hospital, die Explosion des Volvo, die Unterredung mit Deeken, der Prediger im *Grand Verace*, mein holpriger Abgang, und als Finale der Überfall. Der Clip stockte an einer Stelle; der ominöse Briefbote war gekleidet wie die Person, die sich am Donnerstag an der Hotelrezeption nach mir erkundigt hatte – schwarzer Microfaser-Anzug mit grünen Streifen. Ach ja, der Umschlag …

Ich schleppte mich zur Tür, hob ihn auf und öffnete ihn. Darin lag ein Schlüssel, ein ganz gewöhnlicher Schließfachschlüssel. Nichts, was Aufschluss über den Absender hätte geben können.

Bei seinem Anblick kam mir zunächst der Gedanke an die Zauberfee Karin Zapatka von der Privé*Invest*, aber sie hätte ihn mir einfach gegeben, nicht einen solchen Zirkus veranstaltet. Ich beschloss, nach dem Schließfach zu suchen; womöglich hatten ein paar Scherzbolde als Aufmunterung eine Torte für mich hinterlegt.

Unter der Dusche zog eine gewisse Systematik in meinen Brummschädel ein. Die Register standen wieder aufrecht hintereinander und nach dem Ankleiden zog ich in meinem imaginären Karteikasten den nächsten Reiter nach vorn.

Als nächstes rief ich bei der 24-Stunden-Hotline der Versicherung an und meldete den Totalverlust meines Fahrzeugs. Man nahm den Sachverhalt auf und versicherte mir, dass ein Fachmann für derartige Schäden zu einer christlichen Zeit zurückrufen würde, schließlich war es erst halb fünf.

Das war mir irgendwie entgangen. Ich entschuldigte mich, während die andere Seite lang anhaltend in den Hörer gähnte. Ich legte auf, ohne auf das Ende zu warten. Bis zum Frühstück war noch etwas Zeit, darum legte ich mich auf die Couch und schlief wieder ein.

Fünf Stunden später saß ich in Deekens Hauptquartier und blickte in Kommissar Vaskes schmächtiges Gesicht. Er war höflich und zuvorkommend, bot mir Kaffee und einen Platz an. Ich wählte Letzteres, während er mich darüber in Kenntnis setzte, dass Deeken auf dem Weg hierher sei.

Mit scharfem Blick überprüfte ich die Staubschicht auf den Tischecken, sie war seit meinem letzten Besuch erwartungsgemäß angewachsen. Auch ein Poster war hinzugekommen. Es zeigte das Topmodel Lena Gercke, als Schutzengel verkleidet: *Don't Drink and Drive.* Endlich jemand, zu dem Deeken aufblicken konnte …

Auf dem Flur fiel eine Tür ins Schloss, es näherten sich Schritte. Hauptkommissar Deeken trat durch die offene Tür. Schnaufend wie eine Dampflok steuerte er auf den Bürostuhl zu und stellte seine Tasche auf den Tisch. Zwischen seinen schmalen Lippen steckte eine kleine kalte Lunte. Vaske begab sich vorsorglich ans Fenster.

„Sooo …" Dieser tonale Seufzer, mit dem er uns begrüßte, war kaum liebenswürdig zu nennen. Sein Gesicht wies Spuren großer Müdigkeit auf, er rieb sich die

Augen, als wäre er gerade erst seinem Nachtlager, dem BMW, entstiegen.

Deeken zog den Mantel aus und reichte ihn an Vaske weiter. Der wusste nicht wohin damit, und hängte ihn an den Griff des Fensters. Deeken schaute ihn missbilligend an, ließ sich aber nicht aus der Ruhe bringen; war so gesprächig wie ein kalter Backofen. Die Sekunden schleppten sich dahin, als hätten sie Zementsäcke auf dem Rücken.

Vaske räusperte sich und sagte als erster etwas: „Also, die Theorie, dass Sieverding Suizid begangen haben könnte, haben wir endgültig ad acta gelegt. Die Pathologie Oldenburg hat verdächtige Hämatome an Arm und Nacken entdeckt, die ihm unmittelbar vor seinem Tode beigebracht wurden." Dann verstummte er so plötzlich, dass ich fast seine Lippen aufeinanderknallen hörte. Ihm war aufgegangen, dass er Staatsgeheimnisse an einen Ausländer verriet.

Ich nickte dankend.

Deeken schüttelte den Kopf, zog an seiner Krawatte und klopfte mit einem Bleistift auf die Tischplatte. Er war kurz davor, wie eine Sprengladung in die Luft zu gehen. Aber aus irgendeinem Grund beruhigte er sich wieder. Etwas, das man Zynismus nennt, leuchtete ganz weit hinten in seinen Augen auf, als er zu Vaske sagte: „Die Kollegen von der Schupo brauchen dringend einen Kontaktbeamten als Nachtschichtvertretung für die Fußgängerzone in Cappeln!" Und an mich gerichtet: „Jetzt weißt du es also. Wir ermitteln nun wegen eines Kapitalverbrechens."

„Gegen Sieverding?"

„Nein, gegen den Papst! Mensch, wovon reden wir denn hier?"

„Ich meine, gibt es einen Verdächtigen, ein Motiv oder weitere Indizien? Und seit wann hat Cappeln eine Fußgängerzone?"

„Gerdes!" Er war der große böse Wolf, und ich war das kleinste der sieben Geißlein. „Willst du hier als Quereinsteiger anfangen? Dann sende deine Bewerbungsunterlagen bitte an unsere Personalabteilung in Oldenburg. Vaske gibt dir später die Anschrift." Er leckte sich die Lippen, die Kippe blieb hängen. „Dir werde ich das bestimmt nicht auf die Nase binden. *Ich* bin derjenige, der die Fragen stellt, und darum frage ich dich zum x-ten Mal: Womit verplemperst du hier deine Zeit?"

Ich seufzte schwer und betrachtete ein Stück Wand rechts hinter ihm. Es war ein unschönes Stück Wand, aber es war schöner als das Gesicht, in das ich jetzt wieder blickte. Ich hatte befürchtet, dass die Fragestunde erneut auf dieses Thema hinauslief. Und ich war es leid! Deshalb stellte ich zu beider Überraschung Sieverdings Aktenkoffer auf die speckige Tischplatte und sagte: „Schönen Gruß von Heidrun Sieverding. Nachdem ihr also einen Schritt weiter seid, dürfte euch der Inhalt dieses Koffers interessieren!" Ich griff in meine Jackentasche und legte den Kofferschlüssel gratis dazu.

„Das ist doch Sieverdings Koffer! Den hatten wir der Witwe ordnungsgemäß zurückgebracht", sagte Vaske mit aufrichtiger Verwunderung, die Deeken nicht behagte.

„Ganz genau, und ihr hättet durchaus mal reinschauen sollen."

„Es gab keinen Schlüssel", protestierte Vaske.

„Doch, den gab es. Der lag an seinem Arbeitsplatz."

Vaske hob die Brauen und seinen Zeigefinger. „Ich habe extra danach gesucht."

„Und natürlich auch gefragt, ob ihn jemand an sich genommen hat ..."

Er ließ alles wieder sinken und verstummte; ich fügte hinzu: „Ihr seid von falschen Voraussetzungen ausgegangen, darum hat euch der Inhalt nicht interessiert. Stimmt's?"

Betretendes Schweigen.

Ich hatte eigentlich gehofft, hier etwas über die Umstände meines zerstörten Wagens zu erfahren. Bevor Deeken zu einer weiteren Frage anheben konnte, grätschte ich dazwischen: „Wenn ich mal daran erinnern darf, gestern Abend wurde mein Auto in die Luft gesprengt, und ich möchte gern wissen, ob es dazu schon nähere Erkenntnisse gibt."

Deeken sagte: „Es war Glycerintrinitrat vom polnischen Schwarzmarkt. Nicht die beste Sorte, aber durchaus effizient. Und ich gehe davon aus, dass der Anschlag etwas mit deinen Aktivitäten hier zu tun hat." Er verzog die Mundwinkel nach unten, drehte seine rechte Hand nach oben und setzte nach: „Aber da du uns ja nicht einweihen willst …"

Ich schoss eine weitere Nebelkerze ab und hoffte, dass sie kein Rohrkrepierer wurde: „Habt ihr euch schon mal gefragt, wie sich euer Freund und Suchtberater Bernd Wienken seinen feudalen Lebensstil leisten kann?"

Deeken lehnte sich zurück. „Nur weil du nicht mit Geld umgehen kannst, bedeutet es nicht, dass …"

Ich unterbrach ihn schroff: „Und, warum zählt sein Wort mehr als meines? Einen Tag, nachdem du behauptet hast, der Ziegelhof wäre für die Szene nicht relevant, sah ich Wienkens Golf dort in der Nähe stehen."

Vaske ließ durch einen Pfiff angestaute Luft ab.

Deeken verschränkte die Arme hinter seinen Kopf und raunzte: „Was vor allem daran liegen könnte, dass er uns nicht nur offiziell mit Informationen versorgt, sondern auch, dass er hin und wieder als Spitzel für mich arbeitet." Von Vaske erntete er einen empörten Blick, offensichtlich wusste sein jüngerer Kollege nichts davon.

Ich ergänzte: „Hinzu kommt noch, dass Wienken behauptete, er wisse so gut wie nichts von Sophie Stuke, weil sie angeblich von der St.-Ludger-Stiftung betreut werde. Klingt das glaubwürdig?"

Er reagierte nicht.

Plötzlich hatte ich den Einfall, diese Informationslücke an Ort und Stelle zu schließen. Ich nahm mein Mobiltelefon zur Hand, suchte nach der Nummer der

St.-Ludger-Stiftung und rief dort an. Mit aktiviertem Lautsprecher ließ ich die Kommissare an der Konversation teilhaben.

Eine freundliche Stimme meldete sich: „Suchtberatungsstelle St.-Ludger-Stiftung, Kerstin Mensing. Guten Tag!"

„Guten Tag! Gerdes ist mein Name. Frau Conny Kemper hatte mich beauftragt, ihre Nichte Sophie Stuke zu suchen. Könnte ich da bei Ihnen nähere Auskünfte erhalten?"

„Einen Moment bitte …" Sie hielt die Hörermuschel zu, gedämpftes Stimmengemurmel, ein Rauschen, dann wieder Frau Mensing: „Sie können sich vorstellen, dass ich die persönlichen Umstände natürlich nicht am Telefon mit Ihnen besprechen kann, und schon gar nicht ohne Vollmacht. Und, ähm … was ich Ihnen allerdings sagen darf, ist, dass Sophie Stuke gar nicht von uns betreut wird! Meine Kollegin meint, Bernd Wienken ist der richtige Ansprechpartner. Ich kann Ihnen seine Nummer geben."

„Vielen Dank, die habe ich bereits. Sie haben mir sehr geholfen, auf Wiederhören!" Ich beendete das Telefonat. Und dann an Deeken gerichtet, als spräche ich mit einem besonders begriffsstutzigen Kind: „Als ich letzte Woche mit Wienken sprach, war angeblich die St.-Ludger-Stiftung für Sophie zuständig. Wer, denkst du, sagt die Wahrheit?"

Deeken nahm seine Arme aus dem Nacken, neigte sich langsam nach vorn. Ein Wunder geschah – die

Selbstgerechtigkeit verabschiedete sich aus seinem Gesicht. Er starrte Vaske an.

Ich stand auf und sagte: „Ihr wisst, wo ihr mich findet und jetzt entschuldigt mich, ich muss mir einen neuen Wagen besorgen."

Es hatte funktioniert. Deeken und Vaske würden eine Zeitlang mit den Knochen beschäftigt sein, die ich ihnen zugeworfen hatte. Nun war es fast elf, ich stand draußen vor der Inspektion und warf einen Blick zum Himmel. Kräftiger Nordwind trieb Regenwolken vor sich her. Eine raue Kälte ergriff die Stadt, als hätte der Winter in diesem Jahr seinen ersten Frostatem ausgestoßen. Wenn man die Luft tief durch die Nase zog, roch man die letzten Herbstfrüchte nicht mehr. Alles, was man einsog, war kühle Feuchtigkeit, vermischt mit Rauch von Schornsteinen. Es war der Geruch des nahenden Winters.

Antje rief an, sie hatte den Polizeibericht gelesen und war um mich besorgt. Ich beruhigte sie. Mir war nichts passiert, bis auf den Umstand, dass meine Geldbörse unter chronischer Diarrhoe leiden würde – das Geld fiel nur so durch. Zuerst die Reparaturkosten, jetzt ein neues Auto. Ich fragte, ob sie wisse, wie ich an ein preiswertes gebrauchtes Fahrzeug käme. Sie gab mir zwei, drei Tipps, die ich mit einem Taxi abklapperte. Bei einem Autohändler an der Löninger Straße wurde ich fündig: Ein roter Volvo *V50*-Kombi sollte es sein. Er stammte von einem Pharma-Referenten, der gegen seinen eigenen Tod keine rettende Pille zur Hand gehabt hatte. Ich brauste mit dem neuen Gefährt vom Hof und machte mich auf den Weg zum Bahnhof, dessen Empfangsgebäude von einem Baugerüst umgeben war. Ein *Kulturbahnhof* mit Kneipenbetrieb sollte hier entstehen, wie mir der Vorarbeiter verriet. Ich hielt inne, überlegte. Ein hervorragendes Projekt! Spontan kam mir eine Eingebung, wer die Kneipe zum Erfolg würde führen können, obschon er vermutlich mit dem *Briefkasten* komplett ausgelastet war. Ich betrat die Fahrkartenausgabe. Schließfächer gab es nicht. Auf die Frage, wo denn der nächste Bahnhof mit Schließfächern sei, schlug der Bahnbedienstete Ahlhorn oder Oldenburg vor.

Über die streckenweise marode Bundesstraße 213 ging es nach Norden, ins zwanzig Kilometer entfernte Ahlhorn. Der dortige Bahnhof lag zentral, direkt an der Ortsdurchfahrt. Ich bog rechts ab, parkte auf einem der Parkplätze links vom Bahnhofsgebäude, spazierte zum Eingang und betrat die schummrige Wartehalle. Drei Gestalten lungerten auf der einzigen Sitzbank herum. Ein schmächtiger Kerl mit fransigen Haaren, schwarzer Lederjacke und dunkelgrauer Jeans kam schnurstracks auf mich zu und fragte nach Geld. Ich wollte von ihm wissen, ob es hier Schließfächer gab. Er verneinte und hielt die Hand auf. Ich gab ihm ein Zwei-Euro-Stück. Die beiden anderen – ein Gothic-Pärchen – waren nicht von dieser Welt. Sie, etwa siebzehn, lag ausgestreckt auf der Bank, er saß davor auf dem Boden. Die Beine angewinkelt, Arme und Kopf auf die Knie gestützt.

Mein Informant verkrümelte sich zu den anderen. Ich schaute mich selbst noch einmal um und wollte gehen, als plötzlich eine Seitentür aufflog und ein bulliger Typ die Halle betrat.

Wütend gestikulierend wandte er sich an die kleine Gruppe; mich beachtete er nicht. „Bernd will wissen, wo ihr bleibt … los, mitkomm'! Beeilt euch!", blaffte er die Drei an.

Sie murrten, pöbelten herum; ein Wort gab das andere, bis sie sich aufrafften und dem sprechenden Schrank durch den Nebeneingang folgten. Sie nannten ihn Wolle.

Mit Schrecken sah ich in das Gesicht des Gothic-Jungen. Es war schmal, leichenblass, die Augen saßen tief und dunkel in den Augenhöhlen – ein lebendiger Totenschädel.

Nachdem sie verschwunden waren, verließ ich das Gebäude und setzte mich ins Auto. Mir war nicht wohl bei dem, was ich eben beobachtet hatte. Das Gesicht des Jungen erinnerte mich an Sophie, und der Name Bernd war gefallen. Konnte das Zufall sein? Ich wartete ab. Nach etwa zehn Minuten kam das Quartett aus einem Nebengebäude. Die Vier hatten jetzt Taschen bei sich und stiegen in einen alten, verrosteten Golf II, dessen Farbe vermutlich dunkelrot gewesen war. Wolle setzte sich ans Lenkrad. Die Türen wurden zugeschlagen, die Rostlaube fuhr an. Während sie an mir vorbeirollte, versank ich im Sitz. Ich ließ vorsichtshalber eine Minute verstreichen, dann suchte ich einen Bahnhofsmitarbeiter. Es gab einen, allerdings nur im Stellwerk, direkt an der Ortsdurchfahrt, ein paar Meter vom Bahnhofsgebäude entfernt. Der Fahrdienstleiter sah mich kommen und öffnete ein Fenster. Die Geräuschkulisse der über den Bahnübergang polternden Fahrzeuge erschwerte die Unterhaltung.

„Moin!", rief ich dem Mann zu, der grüßte zurück. „Es geht um das Gebäude, das sich an die Wartehalle anschließt …"

„Sie meinen die ehemalige Güterabfertigung mit dem Güterschuppen?"

„Äh …", ich schaute zurück. „Ja, den Gebäudeteil ganz links meine ich. Wissen Sie, wer dort wohnt?"

Der Mann mit Dackelblick und Schnauzer kratzte sich das Kinn. Sein Telefon klingelte, er warf einen prüfenden Blick zum Stellwerkstisch, dann sagte er: „Der Bahnhof ist vorletztes Jahr verkauft worden, und die alte Güterabfertigung wurde zu einer Asylunterkunft ausgebaut. Aber derzeit ist da wohl niemand untergebracht."

„Und das in diesen Zeiten … Wissen Sie, wer der Eigentümer ist?"

„Ein Investor aus Cloppenburg, den Namen kenne ich nicht."

Nun war ich es, der sich das Kinn kratzte. Ich bedankte mich für die Auskunft und trabte zurück. Im Wartesaal schaute ich mich um, er war menschenleer; in diesem Moment fuhr ein Zug der *NordWestBahn* ein, zwei Fahrgäste stiegen aus und verschwanden.

Nachdem der Zug abgefahren war, versuchte ich mein Glück an der Feuerschutztür zum Güterschuppen – vergebens. Ich ging wieder hinaus, pirschte links um das Gebäude herum. Es gab ein angelehntes Fenster. Mich umblickend, schob ich es vorsichtig auf, achtete auf Geräusche. Da war kein Mucks. Ich sah in ein frisch renoviertes Zimmer. Bevor ich hineinkletterte, drehte ich mich noch einmal um. Niemand beobachtete mich. Fünf Sekunden später stand ich im Raum. Das Erste, was mir entgegenschlug, war der Geruch von Lösungsmittel und Farbe. Nahezu geräuschlos und unbehelligt wanderte ich durch die Räume. In manchen Zimmern standen leere Farbeimer und Kartons mit Raufasertapetenrollen, in einigen Wanddurchbrüchen fehlten Türzargen. An anderer Stelle teilten Leichtbauwände die ehemalige Güterhalle in kleinere Wohneinheiten. Die Decke war abgehängt, auf dem Boden Laminat verlegt worden. Klebereste an Kunststofffenstern, Dämmstoffe in den Ecken. Plötzlich vernahm ich Klopfgeräusche.

Ich hielt inne und lauschte, das dumpfe Gepolter kam von oben. In Nähe der Eingangstür war eine behelfsmäßige Treppe, die ich vorsichtig hinaufstieg. Das Klopfen wurde deutlicher. Das Obergeschoss sah bewohnbar aus; ich blickte in einen Gang mit Türen, die allesamt geschlossen waren. Durch das Dachfenster schien Tageslicht ins Obergeschoss.

Behutsam öffnete ich eine der Türen; sie war unverschlossen. In dem unzulänglich abgedunkelten Zimmer lagen drei oder vier Matratzen und Schlafsäcke herum, in den Ecken Colaflaschen und Müll, zwei Campingstühle standen sich gegenüber, darauf ein schmales quer gelegtes Brett als Tischersatz.

Hinter der nächsten Tür war es stockdunkel. Ich betätigte den Lichtschalter und hatte ein Déjà vu; in der Mitte des Raumes stand ein großes Bett, diverses Foto-Equipment ringsherum. Stative, Beleuchtung, Spotblitze, Verlängerungskabel und Mehrfachsteckdosen. Ich hörte endgültig auf, an Zufälle zu glauben.

Es klopfte wieder; es musste aus einem der hinteren Räume auf dieser Etage kommen, und es klang, als wollte jemand auf sich aufmerksam machen. Schnell inspizierte ich die anderen Zimmer, bis ich an eine verschlossene Tür geriet. Ich horchte, jemand stöhnte dahinter. In bester Schimanski-Manier nahm ich Schwung und trat mit aller Kraft gegen das Schloss. Die Tür flog auf, Finsternis starrte mir entgegen. Ich suchte den Lichtschalter, drückte ihn, nichts tat sich. Im Dämmerschein erkannte ich, dass das Fenster mit Pressplatte verdunkelt worden war. Ich ging hinein, riss die Platte ab und sah an der rechten Wandseite eine junge Frau auf einer Matratze liegen, Hände und Füße gefesselt, der Mund geknebelt. Sie starrte mich angsterfüllt an, schrie in den Knebel hinein und stampfte mit ihren Füßen gegen einen Heizkörper.

Ich ging in die Hocke, hob beschwichtigend die Hände. „Alles gut, es ist alles gut … Ich bin hier, um Ihnen zu helfen!" Als sie still hielt, nahm ich Knebel und Fesseln ab. Sie richtete sich zitternd auf.

Bis auf eine Dose Cola und eine angebrochenen Tafel Schokolade war nichts weiter in diesem Raum. Aber als ich in ihr Gesicht schaute, wusste ich, dass ich ins Schwarze getroffen hatte. Vor mir kauerte, völlig erschöpft, Sophie Stuke.

Ihr Gesicht wies rote Flecken auf, Streifen getrockneter Tränen schimmerten auf den Wangen. Das schwarze Haar zerzaust, inzwischen viel länger als auf dem Foto; die Kleidung verdreckt, es stank nach Urin. Sophie schluchzte, sie wurde von heftigen Zuckungen geschüttelt – vermutlich Auswirkungen beginnenden Entzugs.

Ich sprach weiter beruhigend auf sie ein, und das Erste, was sie sagte, war: „Wir müssen hier weg …" Sie griff nach der Cola und der Schokolade und stopfte von beidem etwas in sich hinein. Ich half ihr, sich aufzurichten, stützte sie, während wir die Treppe hinunterstiegen. Die Feuerschutztür ließ sich von innen öffnen, wir entkamen durch den Wartesaal; der war leer wie Sophies dunkler Blick.

Behutsam platzierte ich sie auf den Beifahrersitz, drückte die Tür zu, stieg ein und startete den Wagen. Hinter dem Bahnübergang bogen wir rechts in die Ladestraße ein. Die Fahrt ging etwa hundert Meter weiter bis zum Ende, um aus Sichtweite zu sein. Sophie aß den Rest der Schokolade, spülte sie mit der Cola herunter.

Der Motor erstarb, behutsam sprach ich sie an: „Wie lange hat man Sie dort gefangen gehalten, Sophie?"

Erschrocken blickte sie mich an, ihre Stimme war belegt, fast krächzend: „Wieso kennen Sie mich?"

Ich zeigte ihr auf dem Smartphone das Foto, das ich von Conny erhalten hatte, und sagte: „Mein Name ist Frank Gerdes. Ihre Tante Conny bat mich, die Augen nach Ihnen offen zu halten. Sophie, wie lange hat man Sie gefangen gehalten?"

Das Mädchen setzte zum Sprechen an, stockte, betrachtete forschend mein Gesicht und sagte mit einer Schärfe und Kraft, die ich ihr nicht zugetraut hätte: „Ich war doch nicht gefangen! Ich bin freiwillig weg … Ich hab's zu Hause einfach nicht mehr ausgehalten!"

„Das waren also nur ein paar Fesselspielchen, die ihr da abgezogen habt? Mal sehen, wie es sich anfühlt, dabei in die Hose zu machen?" Demonstrativ ließ ich die Fensterscheibe ein wenig herunter.

Sophie sagte nichts, sie drehte ihren Kopf weg, schaute betreten aus dem Fenster.

Ich sprach weiter und wechselte zum Du: „Conny meinte, dass euer Verhältnis bis kurz vor deinem Verschwinden recht gut war. Sie ist fast umgekommen vor Sorge, hat Himmel und Hölle in Bewegung gesetzt, um dich zu finden …"

Sophie begann zu schluchzen, vergrub ihr Gesicht hinter schmalen Händen. Nach einer Weile beruhigte sie sich. „Ich weiß auch nicht, warum ich Conny das angetan habe. Es ging ihr ja selber beschissen. Sie hatte Krebs, darum konnte sie nicht immer für mich da sein. Niemand war für mich da … Immer wurde ich nur weggeschickt ... mein ganzes mieses Leben lang.“

Ich verstand plötzlich, was Conny bei unserem Gespräch im Café damit gemeint hatte, dass sie ihrer ‚Probleme‘ wegen nicht für Sophie hatte da sein können.

Sophies Augen wirkten müde, sie waren wie Ballons mit zu viel Ballast, sie stiegen nicht mehr auf. „Dann kam ich bei meinen Leuten im Ziegelhof unter. Bernd hatte mir diese Unterkunft besorgt ...“, sie wandte sich ab, als trauere sie den Ereignissen nach.

„Bernd? Du meinst ... Bernd Wienken?“

Sie nickte und wandte sich mir so ruckartig zu, dass ich fast zusammenzuckte. Trotzig starrte sie mir in die Augen. „Er war sehr nett zu mir und rettete mich vor dem Jugendknast. Und er gab mir, was ich brauchte.“

„Er gab dir Stoff! Was musstest du dafür tun? Oder konntest du die Drogen bar bezahlen?“

„Nein, ich hatte nichts. Ich musste ihm nur ... einen Gefallen tun.“

„Und, wie sah dieser Gefallen aus?“, fragte ich ohne Schärfe.

„Er hat ... ein paar Fotos von mir gemacht – mehr war nicht“, sagte sie kurz angebunden.

„Ich habe das Set gesehen, sowohl im Ziegelhof als auch hier. Das waren keine Portraits, die da gemacht wurden, stimmt’s?“

Sophie nickte knapp mit versteinerter Miene, und nach einer Pause: „Später kamen noch andere Männer dazu, haben zugeguckt, aber das war mir irgendwann egal. Das Licht war so hell, die hab ich gar nicht gesehen …" Sie vergrub ihre Hände in den Ärmeln des Pullovers und begann zu zittern.

„Sophie, ich werde jetzt den Rettungsdienst anrufen. Du brauchst dringend Hilfe!"

Sie ließ es zu – ich informierte die Notfallleitstelle. Solange der Krankenwagen noch nicht da war, versuchte ich mit Sophies Hilfe die zeitliche Abfolge der Ereignisse zu rekonstruieren.

„Darf ich dich noch etwas fragen?"

Sie nickte, schaute mich aber nicht mehr an.

„Wann und wie bist du vom Ziegelhof hierhergekommen?"

„Das war …", sie versuchte sich an die Einzelheiten zu erinnern. „Also, vor einer Woche wurde es ziemlich unruhig. Wir bekamen mit, dass irgend so ein dummer Schnüffler den Ziegelhof beobachtete. Bernd meinte, wir sollten ihm eine Abreibung verpassen. Wolle ging mit ein paar Typen raus und zertrümmerte die Autoscheiben, und der Typ saß noch drin! Das war voll krass! Wir hauten ab, in den Wald, in 'ne Hütte, die Bernd organisiert hatte. Da waren wir nur drei oder vier Tage, Bernd kam mal vorbei; brachte was zu Essen. Ein paar Typen und er waren damit beschäftigt, die Sachen aus dem Ziegelhof zu holen und die Spuren zu beseitigen. Die haben sogar Feuer gelegt und den Schnüffler verprügelt, der ihnen auf die Schliche gekommen war. Sie wollten sogar sein Auto in die Luft sprengen. Echt durchgeknallt …"

„Das haben sie gestern Abend tatsächlich geschafft. Und der Schnüffler, den sie verprügelt haben, war ich."

Sie zeigte keine Regung, ihr Blick blieb auf der Fußmatte kleben, dann sprudelte es weiter aus ihr heraus: „Irgendwann bekam ich keinen Stoff mehr, es ging mir grottig. Ich sagte zu Wolle, dass ich alles auffliegen lassen würde, wenn ich nichts mehr kriege. Ich bin total ausgerastet – keine Ahnung … Und da haben sie mich festgehalten und mir einen Schuss gesetzt. Von da an war mir alles egal. An mehr erinnere ich mich nicht. Ich weiß nicht, wie ich hier hingekommen bin oder wie lange ich da lag. Ich konnte nur noch mit meinen Beinen strampeln, und auf einmal waren Sie da …"

Der Lärm des Martinshorns kam immer näher. Sophie saß mit hochgezogenen Schultern angespannt im Sitz, wie auf dem Sprung.

„Sophie, sei froh, dass du es hinter dir hast. Wienkens Geschäfte sind beendet, die Quelle ist versiegt; von ihm kannst du nichts mehr erwarten. Er war immer nur auf seinen eigenen Vorteil bedacht, und du warst sein Werkzeug. Deine Tante Conny liebt dich, sie möchte, dass du ein selbstbestimmtes Leben führst. Sie wollte dich nicht einengen, sondern dir ein beständiges Zuhause bieten. Du weißt, dass es manchmal schwierig ist, das eine vom anderen zu unterscheiden …"

Sie lächelte schwach, hob resigniert die Augenbrauen. Ihr Lächeln war das traurigste, das ich jemals gesehen hatte.

Der Rettungswagen hielt hinter uns, ich stieg aus, ging den Sanitätern entgegen und erklärte den Sachverhalt. Sie führten Sophie zum Wagen, wo der Notarzt wartete. Dreißig Sekunden später traf auch der Bereitschaftswagen der Polizei ein. Ich ließ mich mit Hauptkommissar Deeken verbinden und brachte ihn auf den aktuellen Stand. Er wirkte reserviert, sagte aber zu, den Anschuldigungen gegen Wienken nachzugehen. Wenigstens sollte es für Sophie umfassenden Polizeischutz geben. Überdies bat ich ihn herauszufinden, wer der Eigentümer der hiesigen Asylunterkunft war. Auch darum wollte er sich kümmern.

Polizei und Rettungswagen brachten Sophie ins *Kreyenbrücker Klinikum* nach Oldenburg. Ich nahm das Handy und informierte Conny; sie war erleichtert, dankte mir gefühlte tausend Mal.

Die verflochtenen Ereignisse begannen sich zu entwirren. Wienken, als Drogenbeauftragter über allem erhaben, unantastbar und stets kooperativ mit den ermittelnden Behörden, steckte selbst im Sumpf, den es trockenzulegen galt. Eine Anklage allein auf Aussagen eines Junkies zu stützen, hatte keine Aussicht auf Erfolg – Beweise mussten her. Sophie war in Sicherheit, war in der Obhut von Fachleuten, die sie zurück in die Spur bringen würden. Sie hatte einen weiten Weg vor sich. Es war ein Weg, der durch einen dunklen, grausigen Wald führte, durch einen Wald voll mit aufreibenden Albträumen. Ich hoffte, dass sie dieses Mal durchhielt.

Nur, mit meiner eigentlichen Mission war ich noch keinen Schritt weitergekommen – die Jagd nach dem Schließfach ging in die nächste Runde. Ich steuerte über die Sager Straße mein nächstes Ziel an, den Bahnhof in Oldenburg. Im Radio spielten sie den Song ‚Hello' von Lionel Richie.

Bei Wardenburg erreichte mich eine SMS von Antje: *Lieber Frank, das Kennzeichen CLP-CC 800 gehört Sabine Brandt. Unternehmensberaterin. Wohnhaft in der Sevelter Straße 239.*

Diese Information irritierte mich. Ich hatte erwartet, dass Frau Brandt im Adolph-Kolping-Ring wohnte, wo sie auch das Papiertütchen aus der Hand von Maria Willenborg in Empfang genommen hatte.

In Oldenburg parkte ich auf dem Kurzzeitparkplatz zwischen Postamt und Klinkerburg, dem prunkvollen Jugendstilrestaurant mit fürstlichem Interieur. Durch den Seiteneingang betrat ich die große Bahnhofshalle. Geschäftiges Treiben allerorts und über die Lautsprecher predigte eine monotone Stimme Ankunfts- und Abfahrtzeiten für heimatlose Reisende: „Der Regionalexpress nach Norddeich-Mole über Leer, Emden verspätet sich um etwa zwanzig Minuten … Der IC nach Leipzig über Bremen, Hannover fährt heute außerplanmäßig von Gleis acht …" Die Schließfächer waren in der Nähe des ServicePoints, ich fand sie auf Anhieb, das Schließfach mit der Nummer 127 ebenfalls.

Ich schaute mich um, sah aber nichts Verdächtiges; steckte den Schlüssel hinein, drehte zweimal, die Tür sprang auf, ich zog an der Klappe. Enttäuschung auf ganzer Linie: keine Torte! Stattdessen ein abgestoßener Pilotenkoffer. Ich blickte mich abermals unauffällig um, bevor ich ihn herauszog und auf den Boden stellte. Er war unverschlossen, ich sah etwa fünfzehn bis zwanzig VHS-Videokassetten der Marken Sony, AGFA, BASF, Maxell, JVC und Scotch. Manche waren handschriftlich mit einem Datum versehen, der Schrift nach von weiblicher Hand: *22. Nov. 85, 7. Nov. 85, 13. Nov. 85, 18. Nov. 85* ... Es war der Monat, in dem Michael Ostermann getötet worden war. Meine Nackenhaare sträubten sich, ein frostiger Schauer lief mir den Rücken hinunter.

Erst das rätselhafte Foto, nun der Schließfachschlüssel zu einer portablen Videothek. Was sollte dieses Versteckspiel? Irgendjemand zog im Hintergund die Fäden, ließ mich im Hamsterrad laufen. Ganz ehrlich: Wäre das Erfolgserlebnis mit Sophie heute nicht gewesen, ich hätte den ganzen Mist hingeschmissen.

Kapitel 16

Am späten Nachmittag beschaffte ich mir bei *Euronics Wölbern* an der Osterstraße ein antikes VHS-Videogerät der Marke *Nordmende.*

Ich erzählte Antje von meinem Kofferfund im Oldenburger Bahnhof, und sie fragte mich, ob sie bei der Sichtung der Videokassetten dabei sein könne. Ich gab zu bedenken, dass *Dirty Dancing* mit Sicherheit nicht darauf zu sehen wäre, sondern dass es sich dabei eher um Überwachungsbänder handeln könnte. Das sei ihr egal – ich willigte ein, aber auf eigene Gefahr.

Die Dunkelheit hatte sich in die Straßen gedrängt, Häuser zur Seite geschubst, um die Stadt mit Nacht zu füllen. Es wurde Zeit, alles vorzubereiten. Ich stellte mittels Scart-Kabel eine Verbindung zwischen Rekorder und TV-Monitor her. Der Filmabend konnte beginnen.

Antje kam gegen acht, sie hatte einen Burgunder mitgebracht. Ich offenbarte ihr, dass ich selbst nicht wusste, was uns erwartet. Ein Gong ertönte, der Vorhang ging auf, die Zuschauer griffen nach dem Popcorn. Es herrschte andächtige Stille. Antje dimmte das Licht und machte es sich auf der Couch gemütlich; ich schaltete Fernseher und Rekorder ein und ließ mich in den Sessel fallen. Heftiges Schneetreiben auf dem Bildschirm. Die Videokassetten hatte ich chronologisch übereinandergelegt, soweit sie mit einem Datum versehen waren. Kassetten ohne Datum kamen ganz nach unten. Die Oberste mit dem Vermerk *07. Nov. 85* schob ich in den Rekorder. Ein sanfter Druck, das Magnetband wurde vom Gerät verschluckt.

Das Schneetreiben verschwand, ein krisseliges Bild mit Querstreifen stieg vom unteren Bildrand hoch, rutschte kurz abwärts, bevor es sich stabilisierte. Die Streifen verharrten vier, fünf Sekunden, wanderten dann zum oberen Rand und lösten sich in Intervallen auf. Kontraste dominierten, die Konturen rauschten leicht. Bei genauerer Betrachtung handelte es sich nicht um ein Schwarz-Weiß-Bild, sondern um eine Nachtaufnahme bei Kunstlicht und aufgezogener Blende.

Wir sahen einen Bildausschnitt, der fast dem Foto gleichkam: Es zeigte die Fassade des alten Hauses beim *Pogo*. Etwa in der Mitte die schmale Tür, oberhalb eine nackte Glühbirne, dessen Licht bis zum Fenster rechts strahlte. Davor der Plattenweg, der links bis zur Straße Am Markt führte. Rechts unten erschien für drei Sekunden das Datum 07:11:1985 sowie die Uhrzeit 23:04.

Das Bild wackelte, die Ursache dafür lag jedoch nicht beim Videorekorder. Während der Aufnahme wurde die Kameraposition korrigiert; jemand richtete sie ein Stück weit nach rechts aus. Dadurch kamen Tür und Fenster in den Fokus. Jetzt stimmten Bildausschnitt und

Foto haargenau überein – das mir zugesandte Foto war offensichtlich vom Videobild abfotografiert worden.

Ich starrte wie gebannt auf den Monitor, in der Hoffnung, dass sich die Person zeigen würde, die an der Kamera herumhantierte. Vergebens – sie hielt sich bedeckt oder entschwand auf einem Weg, den die Kamera nicht erfasste.

Für etwa zehn Minuten veränderte sich nicht viel. Auf der Straße sah man dann und wann Leuchtspuren vorbeifahrender Autos – das Bild war also nicht eingefroren. Ich spulte den Rekorder vor, bis sich etwas tat. Ein ungleiches Pärchen kam Arm in Arm den Plattenweg entlang, es schlenderte zum Eingang. Antje erhob sich von der Couch, ich stoppte den Film durch Drücken der *Pause*-Taste, sie setzte sich neben mich in den anderen Sessel und schaute wie gebannt auf das stehende Bild. Ich drückte die *Play*-Taste, das Band lief wieder an.

Ein großer Mann mit Halbglatze und Doppelkinn, gekleidet in einen dunklen Mantel, hatte seinen Arm um die Schultern eines etwa sechzehnjährigen Mädchens gelegt, das sich aus seiner Umarmung löste und als erste das Haus betrat. Sie beeindruckte mit einer blonden, auftoupierten Mähne, schwarz-weiß karierter Bluse und dunklem Minirock über pinken Leggins – der erste Farbtupfer auf dem Bildschirm. Der Mann folgte ihr durch den schmalen Eingang. Sein Gesicht war gut zu erkennen, ich kannte es aber nicht, ebenso wenig das Mädchen. Weiter geschah nichts, man hörte entferntes

Gelächter und vereinzelt Stimmen, die Geräusche verebbten. Ich spulte nach Angabe des Zählwerks zwanzig Minuten vor. Ein weiteres Pärchen tauchte auf. Es war eine schwarzhaarige junge Frau mit neonfarbenem Oberteil, schwarz-weiß gestreifter Nena-Hose und großem Ohrring. Ein älterer Mann neben ihr, volles Haar oder Toupet, runde Brille, leicht untersetzt, von kleiner Statur, dunkler Mantel. Ich hielt den Film an.

„Erkennst du jemanden?", fragte ich.

Antje schüttelte langsam den Kopf. „Das Mädchen vielleicht, ich bin mir nicht sicher. Aber ich fürchte, wir waschen hier schmutzige Wäsche, die so verdreckt ist, dass man sie besser entsorgen sollte."

Ich schwieg, beschleunigte den Abspielvorgang. Mehrere diagonale Querstreifen überzogen den Bildschirm. Wir sahen die Personen im Zeitraffer wieder herauskommen und andere hineinspazieren wie in einem Slapstick-Film. Die Aufnahme auf dem nächsten Videoband zeigte in etwa das Gleiche. Immer derselbe Bildausschnitt, dieselben jungen Frauen, jedoch wechselnde Männer, deren Gesichter fast ausnahmslos gut zu erkennen waren, als sei dies so beabsichtigt.

Mit einem kurzen Seufzer gab ich meine soeben erworbene Erkenntnis weiter: „Antje, dies sind definitiv Erpresservideos ..."

„Der Gedanke ist mir auch gerade gekommen." Sie stand auf, ging zum Fernseher und hielt Zeigefinger und Daumen beider Hände als Rechteck um den Kopf eines Mannes. „Und wenn man den Ausschnitt hier vergrößern würde ..."

„... gäbe das ein hervorragendes Erpresserfoto ab", führte ich ihren Satz zu Ende.

„Exakt!"

Ich drückte die *Eject*-Taste, der Rekorder spuckte die zweite Videokassette aus. Ich legte sie ab, zögerte, nahm den Kassettenstapel auseinander und suchte ein ganz bestimmtes Video heraus. Dann zog ich die Kassette *15. Nov. 1985* aus dem Stapel und zeigte Antje das Etikett.

Sie hob ihre Brauen und fragte irritiert: „Wie bitte, du hast eine Aufnahme von der Mordnacht? Warum ist die nicht bei der Polizei?"

„Ich vermute, die Behörden wissen überhaupt nichts von deren Existenz. Oder hast du jemals etwas davon gehört?"

Ich schob die Kassette in den Schacht, während Antje erklärte: „Die Polizei gibt aus ermittlungstaktischen Gründen nicht alles preis. Daraus solltest du keine falschen Schlüsse ziehen."

„Jedenfalls ist das Band hier und nicht anderswo. Das hat irgendwer so eingefädelt, um sich selbst aus der Schusslinie zu halten ..."

Ich startete die Wiedergabe. Unten rechts Datum und Uhrzeit 15:11:1985, 22:31. Wieder derselbe Bildausschnitt. Lange Zeit bewegte sich nichts. Nach ein paar Minuten schnelleren Vorlaufs kam eine kleine Gruppe herausgeputzter Frauen im Alter von sechzehn bis neunzehn Jahren ins Bild. Ich schaltete auf normale Abspielgeschwindigkeit. Die Mädchen hatten kleine, glitzernde Handtäschchen und Sektflaschen in den Händen, als sie das Haus betraten. Unmittelbar darauf tänzelten junge Kerle wie balzende Auerhähne in den Lichtkegel, bestens aufgelegt folgten sie den Mädels. Eine ganze Weile war keine Bewegung im Bild. Ich spulte das Band vor, etwa eine Stunde rührte sich nichts.

Dann öffnete sich die schmale Tür, die jungen Leute kamen einzeln oder paarweise wieder heraus, sie lagen sich in den Armen, bogen sich vor Lachen, einer warf eine leere Sektflasche ins Gebüsch. Während vier Frauen nach rechts in Richtung Parkplatz abbogen, schlugen die Anderen die entgegengesetzte Richtung ein. Im Hintergrund waren wummernde Bässe des nahegelegenen *Pogos* zu hören.

Moment! Irgendetwas stimmte nicht! Ich spulte zurück, sah mir das Herauskommen der jungen Leute noch einmal an.

Ich kam nicht drauf … ließ das Band um eine Stunde zurücklaufen und betrachtete wiederholt die Szene beim Betreten des Hauses …

„Hast du etwas entdeckt?", wollte Antje wissen.

„Es … ist nur so ein Gefühl …" Ich spulte schnell vor, wieder zu jener Stelle, die das Verlassen des Hauses zeigte.

Jetzt hatte ich es!

„Antje, wie viele Leute siehst du herauskommen?" Ich zeigte ihr den entscheidenden Ausschnitt.

Sie zählte mit und blickte mich an. „Wenn ich richtig gezählt habe, waren es fünf Männer und vier Frauen."

Ich nickte, spulte das Band zurück. „Und jetzt zähl mal, wie viele hineingehen."

Sie starrte konzentriert auf den Fernseher. „Ein Mann und eine Frau, zweite Frau, dritte Frau, zweiter und dritter Mann, vierter Mann, vierte Frau, fünfter Mann und fünfte Frau ... Es waren je fünf ... Also ist eine Frau im Haus geblieben."

„Das ist es! Vielleicht diejenige, die sich auf dem Foto am Fenster hat sehen lassen."

Wir beobachteten das Mädchen beim Hineingehen genauer; es war die einzige Brillenträgerin. Langes Haar, von normaler Statur und Größe, gekleidet in Parka und Jeanshose, weniger zurechtgemacht als die anderen. Ich spulte wieder vor. Antje legte ihre Hand auf meinen Unterarm. „Dies müsste doch ungefähr der Zeitpunkt sein, als der Mord geschah."

Stille. Schweigend blickten wir durch das TV-Fenster in die Vergangenheit zurück. Was jetzt folgen musste, war vielleicht der einzige und entscheidende Hinweis auf den Täter ...

Es geschah zunächst, was wir erwarteten: Das Mädchen erschien am Fenster, sie schob die braunen Vorhänge zur Seite. Exakt jene Szene war auf dem Foto festgehalten worden, das mir vor fast zwei Wochen zugespielt worden war, gefühlt war es eine halbe Ewigkeit her. Mittlerweile glaubte ich, die junge Frau von irgendwoher zu kennen, so oft schon hatte ich das Bild vor Augen gehabt.

Wahrscheinlich wusste sie nichts von der Kamera – sie schaute keinen Moment zu ihr hoch.

Plötzlich bewegte sie fast ruckartig ihren Kopf in Richtung Marktplatz. Wir sahen, was sie sah: Vom *Pogo* kommend eilt ein schlaksiger, hochgewachsener junger Mann mit Brille die Straße entlang und entweicht durch eine Lücke im Zaun auf den Marktplatz; und damit aus dem Bild. Wenige Sekunden später lösen sich drei Gestalten aus der Dunkelheit, sie folgen ihm.

„Da!", rief ich aus und legte meinen Finger auf den Monitor. „Hast du sie gesehen?" Ich stoppte das Band, spulte zurück und startete es erneut. Wieder die gleiche Szene: Just, als die drei im Schein einer Straßenlaterne auftauchen, wechselte ich auf Standbild. Antje nickte. Die drei Kerle waren deutlich zu sehen; sie gingen in die gleiche Richtung wie Michael Ostermann – zum Marktplatz.

Ein frostiger Schauer durchfuhr meine Glieder, ich begann leicht zu zittern, als wir zunächst das Fernsehbild und dann einander stumm anblickten. Ich wandte mich ab; plötzlich wurde mir übel, ich lief zur Toilette, musste mich übergeben, danach reichte Antje mir ein Glas Wasser.

Sie strich mir übers Haar, während ich trank, und sagte: „Hm? Was ist es, das dich quält?"

Ich war kaum in der Lage, das zufriedenstellend zu beantworten. Ich schaute sie fragend an. Aber ihr Interesse schien auf nichts Bestimmtes gerichtet, es war auch keine bohrende Neugier. Hier waren Umstände eingetreten, die meine Vergangenheit zu berühren schienen, und sie ahnte es.

„Das ist gespenstisch, Frank", flüsterte Antje.

Ich stellte das Glas ab und trat ans Fenster, als fände sich dort Trost. Der Himmel war stockfinster, es hatte angefangen zu regnen. Die Tropfen liefen die Scheibe hinab. Die Lichter unten in den Straßen glänzten zu mir herauf wie Tränenspuren.

„Hast du jemanden erkannt?", fragte ich Antje, ohne mich umzudrehen.

„Nein, die Jungs sind zu weit entfernt, aber wollen wir uns nicht anschauen, was weiter passiert? Das heißt, wenn du dazu in der Lage bist …"

Ich beantwortete ihre Frage mit einem Nicken, und sagte: „Auf ein Neues!"

Wir setzten uns wieder vor das Gerät. Der Rekorder hatte sich inzwischen abgeschaltet. Ich spulte das Band ein wenig zurück und drückte die *Play*-Taste.

Die junge Frau öffnete die Vorhänge, blickte zur Straße. Michael Ostermann ging vorbei, die drei Kerle folgten. Zwei waren mit dunklen Jacken bekleidet, einer mit einer helleren. Auf dem Gesicht der Frau machte sich eine Mischung aus Besorgnis und Ungläubigkeit breit. Sie ließ die Vorhänge zufallen, bewegte sich vom Fenster weg. Kurze Zeit später erschien sie in der Tür und folgte dem Plattenweg bis zur Straße, lief in geduckter Haltung den Vieren hinterher, dann … heftiges Schneetreiben. Ende der Videoaufnahme.

„Verdammter Mist!", entfuhr es mir. Ich sah zum Zählwerk, es lief noch.

Antje bemerkte es auch. „Kann es sein, dass der Rest der Aufnahme gelöscht wurde? Das Band läuft und das Zählwerk auch."

„Es sieht tatsächlich so aus. In der Regel stoppt das Zählwerk, wenn kein Videosignal mehr vorhanden ist." Ich machte einen Schnellsuchlauf, in der Hoffnung, ein weiteres Bild des Films erhaschen zu können – doch vergeblich. Wir waren so nah dran …

Vielleicht ließ sich den anderen Kassetten noch etwas entlocken. „Antje, es gibt da noch diesen ansehnlichen Stapel zu überprüfen. Könntest du mir dabei helfen?"

„Wenn du glaubst, mich tagelang hier einsperren zu können, hast du dich geschnitten", antwortete sie mit einer gehörigen Prise Ironie. „Ich habe noch den Videorekorder, den mir meine Mutter hinterlassen hat. Damit kriege ich das hin, am besten nehme ich gleich ein paar Kassetten mit."

„Da habe ich aber ein Schweineglück!"

„Das kannst du laut sagen; ich kann dich doch jetzt nicht im Stich lassen."

Mich plagte mein Gewissen. Es war genau jene Verlässlichkeit, die ich ihr gegenüber damals hatte vermissen lassen. Mir war es darum gegangen, meine eigenen Pläne zu verfolgen, Pläne, in denen sie keinen Platz gehabt hatte. „Auf mich konntest du damals nicht zählen, als du in der Krise stecktest." Und ich fügte hinzu: „Es tut mir heute wirklich leid …"

Wir schwiegen, und das Schweigen zwischen uns wurde immer länger, bis Antje es schließlich, wenn auch nur zögernd, brach: „Da wären wir also wieder bei uns angekommen?"

Ich hatte keine Ahnung, was darauf die passende Antwort war, aber Antje selbst half mir aus der Klemme, indem sie fragte: „Gibst du mir die Kassetten in dem Koffer mit? Sobald ich sie durchgesehen habe, gebe ich dir Bescheid."

Ich packte die Hälfte des Stapels in den Pilotenkoffer, schloss ihn und bot ihr an, ihn ins Auto zu tragen. Sie erwiderte, dass sie zu Fuß gekommen war, daraufhin schlug ich vor, sie nach Hause zu begleiten.

Vor ihrer Haustür tauschten wir den Schatten eines Kusses, dann trat ich den Rückzug durch den Nieselregen an. Gelegenheit für eine Bestandsaufnahme: Sophie war wieder da, aber ich wusste noch zu wenig über Wienkens Netzwerk und mögliche Hintermänner. Andererseits, ging es mich überhaupt etwas an? Sollte ich das nicht besser Deeken überlassen? Es gab da noch ein paar lockere Querverbindungen, die allenfalls Raum für Spekulationen ließen. Aber, der Reihe nach: Deeken hatte angedeutet, dass Wienken für ihn als Informant tätig war. Wienken aber brachte seine Baseball-Mannschaft in einer Waldhütte unter, die den Willenborgs gehörte. Maria Willenborg wiederum vergnügte sich mit Wienken, weil es ihr an Wertschätzung fehlte. Und da gab es noch etwas, das mir beinahe entfallen wäre: Michael Ostermann hatte mangels Redlichkeit das Abitur nicht ablegen dürfen; sein Jahrgangskamerad Wolfgang Sieverding hatte trotz seines unterirdischen Abiturzeugnisses an der Seite von Stefan Willenborg einen kometenhaften Aufstieg in der Privé*Invest* vollführt. Wenn es da einen Zusammenhang gab, war der sehr vage …

Was fing ich mit der Adresse der Busenfreundin Maria Willenborgs und Arzneitütchen-Empfängerin Sabine Brandt an? Es reizte mich natürlich, nähere Informationen über die Willenborgs in Erfahrung zu bringen; auch wenn das mit einem gewissen Risiko behaftet war. Ich hatte nicht den blassesten Schimmer, inwieweit Frau Brandt in die Machenschaften Wienkens und Willenborgs verstrickt war. Der Berg unbeantworteter Fragen wuchs von Tag zu Tag. Es galt, die Wienken-Ermittlung im Auge zu behalten. Würden sich Sophies Anschuldigungen durch Indizien und Aussagen anderer stützen lassen?

Und nun die Erpresservideos, die unsanft aus ihrem Dornröschenschlaf geweckt worden waren. Ich nahm mir vor, meinen Teil der Kassetten in den nächsten Tagen Deeken zu übergeben – nach der Sichtung selbstverständlich. Antje sollte sich ruhig Zeit damit lassen; unter allen Umständen wollte ich ihr gegenüber jeden Druck vermeiden. Was ich in der Hand hatte, war mehr, als ich sah, mehr, als ich erkannte. Was fehlte, war das verbindende Element, das mir die Welt, die hinter dem Offenkundigen verborgen lag, erschloss. Vielleicht kam mir deshalb der Song ,More than this' von Roxy Music in den Sinn.

Zurück im Loft nahm ich die verbliebenen Videokassetten vom Boden hoch und legte sie auf den Tisch. Ein leerer Pappschuber lag auf dem Videogerät, das Video vom 15. November 1985 steckte noch im Rekorder. Ich nahm die Kassette heraus und versuchte, sie in die Hülle zu schieben, doch sie wollte nicht passen. Als ich hineinsah, fand ich ein zerknülltes Stück Papier darin. Ich zog es heraus, strich es glatt. Auf dem Notizzettel war handschriftlich eine Telefonnummer vermerkt worden: *04471-195-34*. Ein unbeabsichtigter Hinweis auf den eigentlichen Besitzer? Die Vorwahlnummer gehörte zu Cloppenburg. Via Internet versuchte ich den Anschluss über die Telefonbuch-Rückwärtssuche zu ermitteln – leider erfolglos.

Ganz allmählich merkte ich, dass ich einem Denkfehler aufgesessen war: Weil die Videobänder aus den Achtzigern stammten, galt das natürlich auch für den Telefonanschluss! Eine Zeitreisemaschine stand mir gerade nicht zur Verfügung, ein Telefonbuch aus jener Zeit wäre hilfreich. War mir nicht erst vor wenigen Tagen eins untergekommen? Richtig, während meiner Hausdurchsuchung, als ich auf Sam Hawkens getroffen war.

Ich benötigte frische Luft, stellte ein Fenster auf Kipp. Es regnete nicht mehr, dafür rüttelte ein kräftiger Ostwind mit scharfen Fingern am Fenster. Ein Blick auf die Uhr, es war erst zwanzig vor zehn. Ich dachte nach, schloss das Fenster wieder, gab der Phalaenopsis etwas zu trinken, zog die regennasse Jacke über und verließ das Haus erneut. Die Feuchtigkeit ließ die nahezu menschenleeren Straßen und Wege glitzern; hier und da stieg Dunst auf. Ich schlug meinen Jackenkragen hoch, vergrub die Hände in den Taschen. Der Lichtschein der Schaufensterreklame brach sich als kaleidoskopisches Farbenspiel auf feuchtem Untergrund. Aus einem geöffneten Fenster drang der melancholische Trompetenklang von Miles Davis, dem Begründer des Cool-Jazz, zudem die lyrisch-introvertierte Pianobegleitung von Bill Evans.

Fünfundzwanzig Minuten später stand ich wieder vor dem berüchtigten Haus am Marktplatz, der Ort, an dem die Videoaufnahmen gemacht worden waren, gleich neben dem *Pogo*. Der Eingangsbereich lag im Dunkeln, in der Lampenfassung steckte eine zerschossene Glühbirne. Die Tür war erwartungsgemäß nicht verriegelt; auf Deckenbeleuchtung verzichtete ich, beließ es beim LED-Licht meines Smartphones. Es brauchte niemand zu wissen, dass ich mich hier herumtrieb. Der Flur wirkte jetzt schmaler, die Decke tiefer, und die Räume weitaus gedrungener als bei meinem ersten Besuch bei Tageslicht. Das Telefonbuch lag unangetastet auf dem schiefen Stuhl. Ich trat näher, ging in die Hocke und wirbelte dabei Staub auf. Der bescherte mir einen respektablen Hustenreiz.

Plötzlich rührte sich etwas hinter mir, ich fuhr herum und sah Sam Hawkens im Türrahmen stehen. Ein gehöriger Schreck durchfuhr meine Glieder.

Gereizt knurrte ich: „Himmeldonnerwetter! Mensch, was machen Sie denn hier? Ich dachte, Sie wären längst abgereist?!"

Sam legte seinen Kopf schief. „Du bist dat ... Du, die Funzel blendet so ..."

Ich richtete das Licht zur Decke.

Er erzählte: „Zwischendurch war ich mal wech, da hab ich mein' Vetter in Saterland besucht. Und nu bin ich zurück, will neue Pläne schmieden. Ich wollte nur mal sehn, wer mein neuer Nachbar is – aber daraus wird wohl nix, wa?"

Ich hob die Schultern an und sagte: „Noch nicht, aber wer weiß, was im Leben noch so passiert."

Er kicherte, drehte sich zur Tür und ging so leise, wie er gekommen war. Ich startete den zweiten Versuch. Mit einer Ehrfurcht, als wäre es eine historische Bibel, blätterte ich mich durch die vergilbten Seiten Cloppenburger Telefonanschlüsse, unter der damaligen Verwaltung der altehrwürdigen Deutschen Bundespost. Die meisten Telefonnummern waren damals noch vierstellig gewesen, die fünfstelligen begannen mit einer Acht. Dreistellige Nummern plus Durchwahl führten in der Regel zu Behörden, Firmen und sozialen Einrichtungen. Ich durchforstete zunächst die Suchtberatungsstellen, danach die Kreisverwaltung, das Jugendamt, medizinische und kirchliche Einrichtungen, Arztpraxen und das Krankenhaus. Fehlanzeige – kein Anschluss unter der Nummer 195. Es blieben noch die Stadtverwaltung, das Amtsgericht, sämtliche Banken und Foto-Ateliers. Wieder nichts. Mir gingen die Ideen aus.

Langsam ließ ich den Zeigefinger die Spalten abwärtsgleiten. Eine Geste, die in Zeiten digitaler Suche auszusterben droht. Mein Finger glitt über 143-, 162-, 176-, fuhr ein paar Spalten weiter und fand endlich das Ziel: 195!

Ich unterdrückte ein flaues Gefühl. Ein Unbehagen, zu spät gekommen zu sein, ohne eine Ahnung, zu was.

Nein, das konnte unmöglich wahr sein!

In den achtziger Jahren hatte diese Nummer zur *Cloppenburger Tageszeitung* gehört!

KAPITEL 17

Donnerstag, 13. November

Noch am selben Abend begann ich mit der Sichtung der Videobänder, ungeachtet des Hinweises, dass eine dünne Spur zur Cloppenburger Tageszeitung führte – darum wollte ich mich morgen kümmern.

Die Filme gaben leider keinen Aufschluss darüber, was weiter in der Mordnacht passiert war.

Gegen ein Uhr dreißig legte ich mich ins Bett, an Schlaf war jedoch nicht zu denken. Immer wieder versuchte ich mir einen Reim darauf zu machen, welche Rolle Antje in diesem Drama spielte, obwohl so gar keine zu ihr passen wollte. War sie nicht schon 1985 als Praktikantin in der CT tätig gewesen? Hatte sie irgendetwas mit den Videoaufnahmen zu tun? War sie es, die mir die anonymen Hinweise steckte?

Das war schwer vorstellbar, Antje hatte sich mir nie aufgedrängt. Im Gegenteil, ich war es, der sie in die Ermittlungen involvierte. Oder war das Kalkül? Spielte Antje die Unbeteiligte, um mich insgeheim auszuhorchen und mit falschen Informationen zu versorgen? Auch das wollte nicht so recht passen.

Der Schlaf floh vor mir; Träume waren kurz, indes knackig. Um halb sieben ging ich unter die Dusche und schaute anschließend beim Frühstücksfernsehen vorbei. Es gab einen Tournee-Bericht zum ‚Dirty Dancing‘-Musical, anschließend eine Reihe zusammenhangloser Ausschnitte aus dem Film von 1987. Der Hauptdarsteller Patrick Swayze, der 2009 im Alter von 57 Jahren an Bauchspeicheldrüsenkrebs gestorben war, trällerte in einem Einspieler das Stück ‚She's Like The Wind‘, dann ein nahtloser Übergang zu Szenen aus dem Musical.

Als es dämmerte, löste sich der Dunst von gestern Abend wieder auf; wie Spinnweben beim Saubermachen in den Ecken einer Rumpelkammer. Der Wind drehte von West auf Nord und würde die Stadt einen halben Tag belagern, bevor er sich wieder zum traditionellen Angriff von Westen sammelte, mit einem schmuddeligen Brautzug trächtiger Wolken im Gefolge. So oder ähnlich prophezeite es der Wetterdienst auf n-tv.

Es kam anders. Auf dem Weg zum Frühstück tauchte bereits die massive Wolkenfront auf. Bei Kaffee und Ei begann der Regen als feiner, durchdringender Nebel. Es war, als habe sich die Nordsee wie eine Wand vor der Stadt erhoben. Die Regentropfen waren groß, schwer und grau, und sie fielen nicht einzeln, sondern in Kaskaden. Sie explodierten auf dem Pflaster, auf den Wegen im Park, ließen die Rinnsteine zu kleinen Bächen anschwellen, die auf Gullys zuschossen. Im Laufe weniger Minuten war der Fußgängerbereich menschenleer. Sie standen an Häuserwänden, in Eingängen, in den Türöffnungen der Geschäfte.

Langsam versiegte der Regen und legte sich wie glänzende Seide über Hausdächer, auf Straßen und die Regenschirme derer, die aus den Zufluchten heraustraten. Das Leben ging wieder seinen gewohnten Gang, und für mich war es das Startzeichen, um Antje einen unangemeldeten Besuch abzustatten.

Im Foyer der CT begegnete mir Karin Zapatka, die Elfe aus der Privé*Invest*. Sie musterte mein Gesicht, war augenscheinlich bemüht, mich irgendwo einzuordnen. Ich blieb stehen und merkte, dass sie sich ebenfalls zu mir umdrehte. Ich löste mich aus meiner Erstarrung, wir gingen aufeinander zu und gaben uns die Hand.

„Herr … Gerdes?", fragte sie mit sonnenheller Stimme. Sie hielt meine Hand fest umschlossen, zog mich ein paar Schritte zur Seite, wohl um nicht mit mir gemeinsam gesehen zu werden, so in unmittelbarer Nachbarschaft zur Privé*Invest*.

Ich sagte: „Frau Zapatka, vielen Dank für den Kofferschlüssel, und das in mich gesetzte Vertrauen! Sie können sich auf meine Verschwiegenheit verlassen; Ihr Arbeitgeber wird davon nichts erfahren."

Die Elfe lächelte mild.

Ich fügte hinzu: „Vom Inhalt des Koffers habe ich Fotos gemacht und sie unserer gemeinsamen Freundin Antje übermittelt …"

„Sie hat mir davon erzählt", unterbrach sie mich und dämpfte dabei ihre Stimme. „Die Fotos sind jetzt auch auf meinem Smartphone. Die Buchungen werde ich bei nächster Gelegenheit überprüfen. Übrigens, für den Vormittag hat sich Herr Deeken von der Kriminalpolizei bei uns angekündigt." Sie strich sich eine hellblonde Locke hinters Ohr.

„Dann ist Eile geboten, bevor die Behörden sämtliche Daten sichern und Ihnen den Zugang verwehren", riet ich ihr.

Sie stimmte zu, wir verabschiedeten uns und gingen unserer Wege.

Ich schritt an der Anmeldung vorbei, am Empfang schnurrte die wilde Hilde, sie konnte mich nicht aufhalten. Ein zweimaliges Klopfen an Antjes Bürotür; ich glaubte, ein ‚Herein' gehört zu haben, und trat ein. „Antje, ich habe mit dir zu reden."

Sie sah mich bass erstaunt an. Herbert Klugmeyer, der ihr mit verschränkten Armen gegenübersaß, schaltete schnell. Er sprang auf, murmelte etwas von einem Pressetermin und machte sich vom Acker. Schorse trat ein.

„Jetzt bitte nicht!", rief Antje.

Schorse machte auf dem Absatz kehrt.

Ich schloss die Tür hinter ihm, nahm das Stück Papier aus meiner Jackentasche und knallte es Antje auf den Tisch. „Diese Notiz steckte in einer der Videohüllen", sagte ich leicht gereizt.

Sie strich das Papier glatt und betrachtete es.

Ich schob nach: „Die Telefonnummer gehörte in den achtziger Jahren zu einem Anschluss in der *Cloppenburger Tageszeitung*. Und wenn ich mich nicht täusche, warst du 1985 hier als Praktikantin tätig."

„Du täuschst dich! Mein Praktikum begann erst im Jahr darauf." Doch ihr Gesicht wurde nachdenklich, sie rieb sich das Kinn und bat mich, zu warten. Antje erhob sich, verließ das Büro und war nach fünf Minuten wieder da.

Sie schloss die Tür hinter sich. „Halt dich fest! Die Durchwahl 34 führte zu einer Kollegin, die hier nicht mehr arbeitet. Damals musste sie die Redaktion wegen gewisser … Unregelmäßigkeiten verlassen. Inzwischen dürfte sie in Rente sein."

„Und du verrätst mir ganz bestimmt den Namen dieser Kollegin, Datenschutz hin oder her!"

Antje ließ Luft ab. „Das war … Karla Brandt."

„Brandt? Einen Moment – etwa …?"

Antje nickte. „Sabine Brandt, die Inhaberin des Kennzeichens, nach dem du mich gefragt hattest, ist Karlas Tochter."

Eine halbe Stunde später hatte ich Deeken an der Strippe. Wir vereinbarten ein Treffen, jedoch nicht wieder im verstaubten Kommissariat – ich bestand darauf! Wir einigten uns auf den *Briefkasten*. Weitere fünfzehn Minuten später fanden wir uns dort ein, bestellten zweimal das alkoholfreie Herrengedeck. Kaffee und Rührei mit Bohnen und Speck. Wenig später stieß Vaske dazu. Um diese Zeit waren wir die einzigen Gäste, einträchtig um einen Ecktisch versammelt. Aus den Boxen schepperte das Stück ‚*Hey Little Girl*‘ von der Gruppe *Icehouse*.

Ich reichte Deeken den ersten Teil der Videokassetten in einer Plastiktüte.

Er schaute hinein, hob seine Augenbrauen und sagte: „Gerdes!"

Mir gefiel die Art und Weise nicht, wie Deeken meinen Namen aussprach, als würde er eine Schmeißfliege ausspucken, die ihm in den Mund geflogen war.

„Warum bringst du mir ausgerechnet heute deine Pornosammlung mit?", fragte er.

„Es ist deine! Du hattest sie mir vor Jahren aufgedrängt. Erinnerst du dich?"

Vaske murmelte: „Und um mir solche Plattitüden anzuhören, habe ich mich auf den Weg gemacht ..."

„Bedanke dich beim Privatschnüffler hier." Deeken wies auf mich. „Gerdes ist sich inzwischen zu fein, um uns in der Bahnhofstraße zu beehren. Dabei könnte er eigentlich froh sein, dass er nicht bis nach Vechta fahren muss."

„Da kenne ich noch jemanden", gab ich postwendend zurück und blickte ihn fest an.

Deekens Miene versteinerte sich zusehends. Er fragte mich, was es mit diesen Videos auf sich habe. Ich erzählte ihm von den Umständen, die zum Auffinden derselben geführt haben, und gab damit die primäre Absicht meines Heimatbesuches preis. Er wollte wissen, warum ich das nicht schon früher gesagt hatte.

Und ich wollte von ihm wissen, ob er meinen Hinweisen denn nachgegangen wäre. Eine Antwort erübrigte sich.

Ich zeigte ihm auch das Foto mit der Augenzeugin am Fenster und erklärte ihm den Zusammenhang mit den Erpresservideos. Tatsächlich bestätigte Vaske, dass die Kriminalpolizei bis heute keinerlei Kenntnis von den Videos hatte.

Die Bedienung brachte Kaffee, Rührei, alkoholfreies Bier und Magenbitter. Für Vaske lediglich Kaffee – koffeinfrei, versteht sich.

Deeken fragte die junge Frau fast beiläufig, ob es wahr sei, dass Peter Blase den *Briefkasten* schließen und dafür die Kneipe im *Kulturbahnhof* übernehmen würde. Sie zuckte gleichgültig mit den Schultern und meinte, dass er Peter heute Abend hier antreffen könne, um ihn das zu fragen.

Nun kam unser Gespräch auf Wienken. Ich wollte wissen, was seinetwegen in die Wege geleitet worden war.

Deeken antwortete: „Was denn in die Wege geleitet? Wem würdest du wohl mehr Glauben schenken, einer jahrelang zuverlässig arbeitenden Quelle oder einer nervigen Junkie-Göre?"

Ich erzählte ihm von meiner Beobachtung der möglichen Drogenlieferung; ausgehend von Bernd Wienken über Maria Willenborg an Sabine Brandt. Ich erzählte von den Fotoshootings und den Live-Shows, die Sophie hatte über sich ergehen lassen müssen, als Gegenleistung für die Drogen. Ich gab preis, was ich von Sophie wusste. Von Wienkens Versteck im Ziegelhof, dem Fotostudio dort und der Baseballschläger-Attacke seiner Vasallen gegen mich. Ich wollte von Deeken wissen, wie Wienken sich ein US-Muscle-Car und das Schloss Neuschwanstein im Schwanenweg wohl hätte leisten können, wenn nicht durch zusätzliche Geldquellen.

Ich sah ihm an, dass er – entgegen seiner Zusicherung – überhaupt keine Erkundigungen eingezogen hatte. Solche Fakten waren Neuland für ihn. Er sah unsicher aus der Wäsche; dabei sollte er eigentlich wissen, was zu tun war. Wenn er es nicht wusste, wollte ich ihm auch nicht helfen. Ich ließ ihn in Ruhe nachdenken.

Schließlich sagte er: „Vaske, hiermit ordne ich die Vernehmung von Sophie Stuke an. Am besten noch in der Klinik, und nimm gleich den Staatsanwalt mit; wegen besonderer Umstände und so."

Vaske leerte die Tasse, erhob sich und ging. Den Kaffee zahlte sein Chef, mit der Ankündigung, ihn ‚von Vaskes Gehalt abzuziehen'.

Deeken wandte sich an mich: „Junge, wärst du doch in Hamburg geblieben. Du hast nichts als Unruhe im Gepäck. Wo du auftauchst ..."

Ich unterbrach ihn mit einer Handbewegung und rezitierte einen Kalenderspruch: „Das Boot, angebunden am Steg, liegt dort sicher – aber dafür wurde es nicht gebaut." Während ich mich erhob, fügte ich hinzu: „Viel Spaß gleich in der Privé-*Invest*!"

„Was?! Woher ...?"

Ich hielt inne und fragte: „Kannst du ein Geheimnis für dich behalten?"

„Sicher!"

„Ich auch." Dann zahlte ich meinen Anteil und ließ Deeken und sein Ego allein.

Die Info, die Antje mir auf den Weg gegeben hatte, ließ mir keine Ruhe: Karla Brandt, Sabines Mutter, hatte in den achtziger Jahren bei der CT gearbeitet, und dieses Arbeitsverhältnis hatte unrühmlich geendet. Spontan fasste ich den Entschluss, mit ihrer Tochter Sabine zu sprechen. Sie hatte, als wir uns vor Willenborgs Haus begegnet waren, einen recht aufgeschlossenen Eindruck auf mich gemacht. Wegen der Anschrift schaute ich noch einmal in Antjes SMS nach: *Sevelter Straße 239*.

Das Haus stand südlich des Stadtteils Sternbusch, auf halber Strecke nach Sevelten. Ich hielt direkt davor, stieg aus und schaute mich um. Links und rechts eine Handvoll hingewürfelter Häuser. Kein einziger Würfel zeigte sechs Augen; allesamt ziemlich heruntergekommen: graue Putzbauten, Fenster mit abgeblätterter Farbe, aber tadellose Satellitenschüsseln.

Der Garten des Mehrfamilienhauses, in dem Sabine Brandt wohnte, war in keinem guten Zustand. Rasen, Büsche und Hecke waren wild gewuchert. Wohl nicht, weil die Bewohner das liebten, sondern weil es niemanden interessierte.

Ich fand die Eingangstür angelehnt vor, schob sie auf. Wenn die Anordnung der Klingelknöpfe stimmte, wohnte Frau Brandt ganz oben. Auf den Betonplatten im Eingangsbereich lagen verstreut bunte Schaufeln, Gummistiefel, Bobby-Car und Spielzeugtrecker. Ich betrat den Flur, der gleichzeitig auch Indoor-Erlebnispark war. Von irgendwoher kam Kindergeschrei. Es gab nur wenig Tageslicht im Treppenhaus. Links an der Wand waren sechs Briefkästen, je drei untereinander in zwei Reihen, prall gefüllt mit Werbebotschaften und dem *Cloppenburger Wochenblatt*. Rechts eine Tür mit unleserlichem Namensschild. Der Treppenaufgang aus grauen Betonstufen und dunkelgrünen, schimmelfleckigen Wänden war beleuchtet wie ein Kneipenkeller. Das schmutzig-rote Treppengeländer führte mich bis in die dritte Etage. Oben angekommen erkannte ich, dass der vermeintliche Schimmel vor langer Zeit einmal der ursprüngliche Anstrich gewesen war. Das Haus war hellhörig; man hört es knirschen, wenn der Nachbar morgens die Augen öffnet.

An der fensterlosen, graugrünen Tür mit dem Namensschild *Brandt* war ganz unten Farbe abgekratzt, vermutlich die Hauskatze. In Gürtelhöhe ein Briefschlitz. Rechts neben der Tür der Knopf für die Klingel, den ich drückte. Nichts tat sich. Dann noch einmal. Wieder nichts. Ich beugte mich zum Briefschlitz hinunter, schob die Klappe vorsichtig mit zwei gestreckten Fingern hoch und sah den Korridor, die Kante eines Schranks, sonst nichts. Keine Bewegung, kein Geräusch.

Bumm! Im Erdgeschoss fiel die Haustür ins Schloss, schlurfende Schritte stiegen die Treppe empor. Die Person kam nur langsam voran, machte Pausen und atmete schwer. Zurück von der Shopping-Tour und dem Frisör, folgerte ich, als die ältere Dame mit auftoupierter Haarpracht und schweren Taschen die letzten Stufen erklomm. Sie blieb stehen, betrachtete mich unschlüssig und wusste nicht, ob sie schreien oder in Ohnmacht fallen sollte.

Ich stellte mich mit meiner liebenswürdigsten Stimme vor und bat darum, Sabine Brandt sprechen zu dürfen.

„Hähähä! Junger Mann, da sind Sie hier aber falsch", sagte die lustige Dame, die ich auf etwa siebzig schätzte. „Meine Tochter wohnt nicht mehr hier, aber sie kommt mich sehr oft besuchen! Sie ist zu ihrem neuen Lebensgef... wie heißt das heute ... ach, zu ihrem Freund gezogen, in den Adolf-Hit..."

„Sie meinen bestimmt den Adolph-Kolping-Ring", schlug ich vor.

„Ja, den meine ich." Sie stellte ihre Taschen ab und suchte nach dem Schlüssel.

„Haben Sie vielen Dank, dann werde ich Sabine dort aufsuchen." Ich machte Anstalten zu gehen, dann überlegte ich es mir anders. „Sagen Sie, waren Sie nicht vor einigen Jahren bei der *Cloppenburger Tageszeitung* beschäftigt?" Ich tat halb unverbindlich, halb neugierig.

Ihre Augen begannen lebendiger zu werden. „Das stimmt, Jungchen! Woher ...?"

„Och, das spricht sich so herum …" Ich setzte meinen Fuß eine Stufe tiefer, und sagte wie beiläufig: „Und auch das mit den Videoaufnahmen damals, beim Haus am Markt."

Sie sah mich entgeistert an. Ich kannte diesen Gesichtsausdruck. Ich hatte ihn auch jeden Morgen, wenn ich in den Spiegel sah.

„Woher zum Teufel …?!" Ein verschlagenes Funkeln blitzte tief in ihren Augen auf.

„Frau Brandt, lassen wir die Spielchen und kommen zum Wesentlichen."

„Was wollen Sie? Sind sie von der Polizei – oder noch schlimmer, von der Presse?"

Ich schüttelte bedächtig den Kopf. „Weder noch. Ich frage aus persönlichem Interesse, und wenn Sie nicht wollen, dass Ihre Tochter ihren gut bezahlten Job als Unternehmensberaterin verliert, reden Sie besser mit mir."

„Nicht hier!" Sie schrie fast. Frau Brandt nestelte endlich einen Schlüssel aus der Manteltasche, tat einen Schritt vor und schloss die Wohnungstür auf, dabei sah sie mich aufgebracht an. „Nun gehen Se schon!" Der Tonfall ließ vermuten, dass die Nichtbeachtung ihres Befehls wohl den Todesstoß von der Treppe zufolge gehabt hätte. Ich hatte mein Ziel erreicht.

Sie bugsierte mich in die heimelige Küche, einer Mischung aus Bauern- und Puppenstube. Entweder hatte sie oft Enkelkinder zu Gast oder es waren Spielsachen ihrer inzwischen erwachsenen Tochter. Frau Brand zog im Flur ihren Mantel aus und holte vom Treppenhaus die schweren Einkaufstaschen herein. Ich bot ihr meine Hilfe an, doch sie wehrte ab. In der Küche betrachtete ich die Bilder an den Wänden, schaute aus dem Fenster, lauschte den Geräuschen. Draußen war es still, niemand fuhrwerkte im Garten, niemand spielte Karlsson auf dem Dach. Die graugelben Gardinen verdunkelten den Raum auf unangenehme Weise.

Frau Brandt stellte die Taschen auf die Arbeitsplatte, begann ihren Einkauf auszupacken und im Kühlschrank zu verstauen. Das altmodische blaue Kleid, das sie trug, schien selbstgeschneidert. Waagerecht und senkrecht gestreift, die Felder waren abwechselnd hell- und dunkelblau. Alle waren unterschiedlich breit, und man wurde seekrank, wenn man zu lange hinsah. Das aufgetürmte Haar war zu hell gefärbt für ihr Alter, mit einem lila Schimmer. Es sollte sie wohl jung aussehen lassen, aber es wirkte billig.

„Wolln Se'n *Caro-Kaffee*?"

Ich nickte und musste fast lachen. Wie lange hatte ich keinen Getreidekaffee mehr getrunken – ein malziger Gruß aus Kindertagen. Sie hantierte mit dem Wasserkocher herum, nahm zwei Kaffeebecher aus dem Hängeschrank, gab jeweils zwei, drei Löffel hinein und stellte Milch im Tetrapack auf den Tisch.

„Setzen Sie sich!" Es bereitete Frau Brandt offensichtlich Genugtuung, Anweisungen auszuspeien.

„Danke." Ich blieb zunächst stehen, wollte nicht länger Befehlsempfänger sein, und stellte deshalb die erste Frage: „Wie gefällt Ihnen der Ruhestand?"

Es entstand eine kleine, angespannte Pause. Frau Brandt goss das kochende Wasser in die Becher, ich nahm meinen, ging rührend zur Eckbank und setzte mich.

Sie strich sich etwas aus den Augen, räusperte sich und sagte: „Haben Se draußen im Treppenflur nicht gesagt, dass wir zum Wesentlichen kommen sollen?"

Es hatte keinen Sinn, so anzufangen. Sie hatte recht, man schmückt nicht mit einem Kind den Weihnachtsbaum, das die Geschenke schon bekommen hat. Ich schaltete einen Gang höher. „Warum mussten Sie gehen? Waren Sie mit den Erpressungen aufgeflogen oder wollten Sie gehen, weil sie noch andere Eisen im Feuer hatten?"

Sie machte ein verdutztes Gesicht, als probiere sie etwas mit unbekanntem Geschmack. Das war ihr offensichtlich *zu* wesentlich. Mit einer Vierteldrehung nahm sie eine Packung trockener Kekse aus dem Schrank, schob sich einen zwischen die Dritten, legte die restlichen in eine Schale und stellte sie auf den Tisch. Kauend setzte sie sich, aber es kam keine Antwort. Sie wartete, als wollte sie ergründen, was ich sonst noch wusste.

Ich rückte mit den letzten Mutmaßungen heraus, die ich ihr anzubieten hatte: „Waren Sie es, die ihre Tochter damals zu dem Treiben im alten Haus animiert hat, oder waren noch andere involviert?"

Karla Brandt hörte auf zu kauen, sah mich sparsam an und fürchtete, dass ich fortfuhr.

Ich fuhr fort: „Es wird wohl kaum Sabines Idee gewesen sein … oder etwa doch?"

Sie lächelte verkniffen, ihr Gesicht wurde zur Maske.

Es lief nicht so, wie ich es mir gewünscht hatte. Ich hätte auch einen Parkautomaten vollquatschen können, nun griff ich nach einem Rettungsring: „Nun gut, Sie können das direkt mit der Polizei klären, wenn Sie nicht mit mir reden wollen." Dabei erhob ich mich und merkte an ihren Gesichtsmuskeln, dass meine Worte Eindruck gemacht hatten.

Frau Brandt erbebte, lief rot an, sah aus als fiele sie aus allen Wolken, mitten im Fall die Reißleine ziehend. „Pah! Sie bluffen doch! Sie haben überhaupt keine Beweise!"

Ich setzte mich wieder und sagte: „Zwanzig Videokassetten mit Ihren Fingerabdrücken dürften Beweis genug sein. Hinzu kommen noch unzählige Zeugenaussagen." Ich hoffte mit dieser Übertreibung ins Schwarze zu treffen, und ich traf. Mitten hinein. Ihr Kinn klappte herunter, als hätte sich der Haltemechanismus gelöst.

Sie war einen Augenblick lang verblüfft, atmete tief ein und sagte stotternd: „W-waas? Wo ha-ben Sie die her?"

Ich nahm einen Keks, um nicht antworten zu müssen.

Sie gönnte mir aber nicht das Vergnügen, mich an dem Unbehagen zu weiden, das sie empfand. Darum schob sie hinterher: „Die Fingerabdrücke beweisen gar nichts, auf den Kassetten … da waren vorher ganz andere Filme drauf …" Sie merkte, wie dünn das Eis war, auf dem sie stand. Und es knackte …

„Ist es nicht an der Zeit, einen Schlussstrich unter die Sache zu ziehen und sich auszusöhnen mit der Vergangenheit? Gerade in Ihrem Alter …", bemerkte ich in der Hoffnung, Karla Brandt auf einem anderen Fuß zu erwischen, sie aus der Reserve zu locken.

Wie um sich zu entschuldigen, sagte sie: „Was sollte ich denn machen?" Etwas, das an Tränen erinnerte, kullerte ihr aus beiden Augen. Sie brach jedoch nicht weinend zusammen, sondern hielt sich tapfer und erklärte: „Die CT hatte zum Jubiläumsfest geladen, damals 1966, und auch der feine Herr Willenborg war da …"

„Kurt Willenborg, der Gründer der Privé*Invest*?"

Sie nickte. „Damals war er noch selbstständiger Versicherungsmakler in der Osterstraße, frisch verheiratet und sein erstes Kind war unterwegs. Ich war noch so jung und so dumm …", seufzte sie und kam ins Plaudern. „Willenborg wollte mich anschließend nach Hause bringen, nahm mich in seinem schwarzen *VW-Käfer* mit und hielt vor seiner Agentur, unter dem Vorwand, noch ein paar Unterlagen herauszuholen. Er lud mich zu einem Cognac ein, in sein Büro. Und da ist es dann passiert … Als ich merkte, dass ich schwanger war, untersagte er mir, ihn als Vater meines Kindes zu nennen …" Sie wischte sich mit einem niedlichen kleinen Taschentuch die Augen.

„Und als Sabine da war, hat er sich um Sie beide gekümmert?", führte ich ihren Gedanken weiter.

Frau Brandt schüttelte entschieden den Kopf, und sprach mit weinerlicher Stimme weiter: „Als ich ihm erzählte, dass was Kleines unterwegs ist, versprach er mir das Blaue vom Himmel. Er gab mir eine kleine Summe, die aber schnell aufgebraucht war. Danach kam gar nichts mehr. Ich drohte ihm, aber er lachte nur und sagte, dass mir sowieso niemand glauben würde. Ich hatte keine Kraft, irgendetwas gegen den großen Herrn Willenborg zu versuchen ... Haben Sie auch nur eine Ahnung, wie es mir damals ging als alleinerziehende Mutter?"

„Nein, ich glaube nicht."

„Nein, selbstverständlich nicht", sagte sie kühl und reserviert. Sie griff nach einer Packung Zigaretten, die Flamme des Feuerzeugs ließ ihr Gesicht aufleuchten. Dann war es die Glut der Zigarette, die einen schwelenden Schein der Verzweiflung auf ihr hartes Gesicht warf.

Sie sprach weiter: „Danach habe ich mir geschworen, die Männer sollten bluten und für das bezahlen, was sie uns Frauen antun. Ich habe mir gedacht, was die können, kann ich auch!"

Ich konnte mir lebhaft vorstellen, was sie dachte. Neunzehn Jahre schwelende Wut brach sich Bahn, bot das verborgene Quäntchen Kraft auf, um am Ende vom Schicksal zu profitieren. Der zufriedene Ausdruck um ihren Mund, der sich kurzzeitig einstellte, sagte mehr als genug.

Karla Brandt inhalierte tief, und während sie sprach, kam der Rauch stoßweise wieder heraus: „Und sie zahlten alle, diese Schweine aus der Politik und der höheren Gesellschaft!"

Ich konzentrierte mich auf das Mienenspiel ihres fahlen und faltigen Gesichts und sagte: „Und dann haben Sie das alte Haus beim *Pogo* zum Treffpunkt derer gemacht, die Sie bezahlen lassen wollten, für das, was Kurt Willenborg Ihnen angetan hatte …"

Sie zeigte nicht die geringste Unsicherheit, als sie sagte: „Wie? Nein! Das war nicht ich! Das waren Sabine und ihre Freundinnen, sie verdienten sich was dazu. Als ich davon erfuhr, kam ich auf die Idee mit der Videokamera. Ich wollte die geilen Böcke so richtig bluten lassen. Sabine gab mir Bescheid, wenn sie sich treffen wollten, dann kam ich von der anderen Seite, von der Löninger Straße her, klemmte die Kamera in das Stativ, schaltete sie ein und nahm sie am nächsten Morgen wieder heraus. Ein Freund von mir machte aus den Aufnahmen brauchbare Fotos, und wenn sie fertig waren, rief er mich in der Redaktion an; von dort machte ich auch die Adressen der Männer ausfindig. So lief das ein paar Wochen, die Typen zahlten die Abschlussrechnung und ich schickte ihnen die Videokassetten, damit war die Sache erledigt. Irgendwann sprach sich das natürlich unter den Freiern herum, sie fingen an, die Stadt zu meiden."

Ein perfides Spiel. Ein derartig ausgeklügelter Geschäftssinn, gepaart mit Vergeltungssucht, machte mich fassungslos.

Ich ließ mir nichts anmerken, sondern fragte: „Weshalb wurde Ihr Arbeitsverhältnis bei der CT beendet?"

„Einer dieser Kerle, den ich am Haken hatte, war Verlagsleiter einer Osnabrücker Zeitung. Konnte ich ja nicht wissen! Der hatte Nachforschungen angestellt und Druck auf die CT ausgeübt. Der Typ war wenigstens so klug, sich eine Geschichte auszudenken, sonst wäre er selbst aufgeflogen."

Das mit dem Verschicken der Videos verstand ich nicht – schließlich gab es die Bänder noch. Ich sagte: „Die Videos sind aber noch als Sammlung vorhanden."

„Das sind die Originalbänder, ich habe nur Kopien verschickt."

Karla Brandt hatte an alles gedacht.

Ich fragte: „Was ist anschließend mit den Masterbändern geschehen?"

„Sabine hat sie an Maria Thole verkauft. Das ist *die* Maria, die später Stefan Willenborg geheiratet hat. Aus dem hässlichen Entlein war über die Jahre ein schöner Schwan geworden, einfach nicht wiederzuerkennen, die Kleine."

Meine Gedanken rasten auf einmal wild durcheinander, fast benommen fragte ich: „Warten Sie mal … Was wollte Maria Willenborg mit den Videoaufnahmen?"

Sie zögerte einen Moment, bevor sie antwortete: „Na, sie ist doch darauf zu sehen! Sie wollte unter allen Umständen verhindern, dass die Filme in falsche Hände gerieten."

„Frau Brandt, Sie wissen aber, dass die Kamera auch an dem Abend lief, als Michael Ostermann ermordet wurde?"

Sie nickte und sagte im Brustton der Überzeugung: „Das weiß ich!" Auf beiden Wangen erblühten hitzige Rosetten.

„Auf welchem der Videos ist Maria Willenborg denn zu sehen? Ist es eines der Mädchen, das ihre Freier ins Haus führte, oder das Mädchen am Fenster, in der Nacht, als der Mord geschah?"

„Das am Fenster natürlich!"

Ich war sprachlos, und auf der Eckbank festgefroren. Ich hatte das Gefühl, die Fakten vor mir auf dem Tisch liegen zu haben, war aber unfähig, sie richtig zusammenzufügen. Mein Gehirn arbeitete auf Hochtouren. Es schien, als hätte ich die richtige Fährte erwischt, doch irgendetwas hatte ich übersehen oder es war von der Tischplatte gerutscht. Karla Brandt nahm einen Schluck und zog an der Zigarette, die Rosetten verschwanden. Man hörte die Küchenuhr ticken. Sekunden vergingen schweigend.

Nach einer kurzen Weile zündete ich die nächste Stufe: „Und, haben Sie die drei jungen Kerle erkannt, die Michael Ostermann damals folgten?"

Karla zuckte wieder mit den Schultern. „Warum wollen Se das wissen?"

Jetzt war ich an der Reihe, mit den Schultern zu zucken; ich wäre fast explodiert, sagte aber übertrieben teilnahmslos: „Vielleicht, weil diese Frage fast dreißig Jahre lang die halbe Stadt beschäftigt, und haben Sie schon mal an die Angehörigen gedacht?"

Sie wartete, dass ich fortfuhr, und stierte mich an, es war aber nichts Erwartungsvolles in ihrem Blick; dann schaute sie hinunter in den Kaffeesatz, als interessiere es sie kaum, was ich sagte. Sie betrachtete die Vergangenheit als erledigt. Und ich geriet an die Grenze meiner Toleranz; wie konnte man bloß so ignorant sein …

Sie sprach, ohne vom Becher aufzusehen, in einem Ton, der mit allem erdenklichen Nachdruck bezeugte, dass sie nur antwortete, um mich loszuwerden: „Nein, die Typen kannte ich nicht, und Sabine kannte sie auch nicht. Das hat sie mir damals wenigstens gesagt. Für mich ist die Sache damit erledigt. Punkt!"

So einfach war ich nicht zufriedenzustellen. „Und es hat Sie überhaupt nicht interessiert? Schließlich hätten Sie daraus noch einmal Kapital schlagen können."

Karla Brandt schüttelte den Kopf und verzog die Mundwinkel. „Ich hab tatsächlich daran gedacht. Aber Mord war schlicht und einfach eine Nummer zu groß für mich. Das sollten die mit sich selber abmachen. Außerdem habe ich sie ja nicht erkannt! Schon vergessen?"

Diese Kaltblütigkeit machte mich wütend, aber ich hielt mich zurück. „Und wie ist das Verhältnis zwischen Sabine und Maria Willenborg heute?"

Sie verdrehte die Augen und schwenkte eine Hand, als säße sie vor einer Tafel und versuchte, meine Frage mit dem Schwamm wegzuwischen. „Ich glaube nicht, dass man da von Verhältnis sprechen kann. Der Kontakt ist rein geschäftlich. Fragen Sie mich lieber nach Sabines Verhältnissen zu Männern, die sie allesamt ausnutzen, abzocken, über den Tisch ziehen und dann auf nimmer Wiedersehen verschwinden ..."

Danach fragte ich nicht, das stand nicht auf meiner Agenda. Wenn auch die Verbundenheit von Mutter und Tochter stabil zu sein schien, beim Thema Männer waren ihre Ansichten wohl sehr unterschiedlich. Dass sie selbst ihre Tochter ausnutzte, kam ihr bei diesen Worten wohl nicht in den Sinn. Und wenn ich ihre Antwort richtig deutete, bezog Sabine Brandt über Maria Willenborg regelmäßig verbotene Substanzen aus Wienkens Giftschrank.

Als ich nichts mehr sagte, nahm sie ihren unterbrochenen Gedanken wieder auf: „Aber was hat Sabine damit zu tun?" Ihre Stimme klang jetzt angespannt. Karla Brandt war sehr daran gelegen, ihre Tochter da rauszuhalten.

„Das weiß ich noch nicht."

„Dann gebe ich Ihnen den guten Rat, fragen Sie Frau Willenborg doch selbst! Mehr kann ich Ihnen dazu nicht sagen, und wenn Sie unbedingt der Polizei etwas von meinen Geschäften damals erzählen müssen, dann halten Sie Sabine da raus. Sie hat nichts damit zu tun!"

Karla stand auf, stellte ihren Becher in die Spüle, wie um zu unterstreichen, dass für sie das Gespräch endgültig beendet war. Ich erhob mich ebenfalls, stellte meinen Becher daneben, und ging still an ihr vorbei, durch den Flur, die Treppen hinab, ohne die Tür zu schließen oder ‚Auf Wiedersehen' zu sagen. Es würde kein Wiedersehen geben – nicht einmal auf dem legendären *CityFest.*

Draußen schaute ich in den Himmel. Dunkle Wolken schoben sich ineinander, irgendwo staute sich das Gewölk. Büsche und Hecken erzitterten vor dem anhaltenden Westwind, aber es blieb jetzt rappeltrocken.

Bevor ich die Autotür öffnete, rief Antje an. Sie sprach mit gedämpfter Stimme: „Hallo, Frank! Karin Zapatka war gerade hier."

Lärmender Verkehr bewog mich dazu, ins Auto zu steigen und das Ohr zu wechseln. Ich sagte: „Na, hoffentlich fällt das in der Privé*Invest* nicht langsam auf."

„Das habe ich auch angedeutet, aber sie meinte nur, dass das Versteckspielen in der Privé*Invest* regelrecht kultiviert werde ... und das würde sie nicht wesentlich von anderen Banken unterscheiden." Ich lachte verhalten, und sie fügte hinzu: „Jedenfalls will sie herausgefunden haben, dass ein Großteil der Haben-Posten auf Sieverdings Konto definitiv von Stefan Willenborg selbst vorgenommen wurden. Es kostete Karin große Mühe, herauszufinden, wer überhaupt hinter der Organisationseinheit steckt, ohne aufzufallen. Schließlich ist das nicht gerade ihr Bereich ..."

„Ist klar."

„Also, die Buchungen sind als Zwischenbuchungen einer Stiftung getarnt worden, hinter der Willenborg steckt."

Ich stutzte. „Und wie ist der Name der Stiftung?"

„Das habe ich Karin nicht gefragt. Tut mir leid."

„Na, das ist jetzt nicht wichtig. Willenborg muss sich sehr sicher gefühlt haben."

„Das vermute ich auch."

„Vielen Dank, Antje! Wir hören voneinander." Ich beendete das Gespräch, behielt das Telefon in der Hand und versuchte Antjes Information einzusortieren. Frau Zapatkas Entdeckung bestätigte meinen Verdacht in Bezug auf Sieverdings Tod, obwohl mir das Motiv noch nicht klar war. Willenborg war wieder ins Zentrum meiner Überlegungen geraten, wenn auch unter anderen Vorzeichen. Es führte eins zum anderen ...

Und was, wenn ...

Ich musste noch einmal mit Michael Ostermanns Lehrer Dr. Beckmann über seine damaligen Schützlinge sprechen. Vielleicht lag der Schlüssel zum Verständnis tatsächlich in der Vergangenheit, in den achtziger Jahren begraben. Während ich überlegte, wie ich mein Anliegen vorbringen sollte, wählte ich die Nummer, die er mir gegeben hatte.

„Hier bei Doktor Beckmann", meldete sich seine Schwester.

„Guten Tag, hier ist Frank Gerdes. Ich war vorgestern bei Ihnen, sicher erinnern Sie sich ..."

„Ja, natürlich! Was haben Sie denn heute im Programm? Den Silbernen Löffel der Stadt Cloppenburg?"

Ich antwortete: „Woher wissen Sie das?" Wir lachten, es war ein befreiendes Lachen. „Wenn es möglich ist, hätte ich gern Dr. Beckmann noch einmal gesprochen."

„Warten Sie bitte einen Augenblick, ich verbinde …"

Ein Rascheln, ein Klicken, ein Rasseln. Die Ameisenarmee aus ihrer Frisur trug das Telefon eine Etage höher, Dr. Beckmann nahm ab. „Beckmann!"

Ich salutierte innerlich. „Guten Tag, Herr Doktor Beckmann, hier ist Frank Gerdes."

„Ach so, ja!"

„Bitte verzeihen Sie, wenn ich noch einmal auf unser Gespräch zurückkomme. Vermutlich ist mir da etwas entgangen. Und ich möchte mich vergewissern …"

„Schwafeln Sie nicht herum, fragen Sie einfach."

„Wenn ich mich recht erinnere, sprachen Sie von drei – wie Sie es ausdrückten – ‚Pappenheimern', bei denen das Abitur auf der Kippe stand. Erinnern Sie sich?"

„Selbstverständlich!"

„Der eine war Michael Ostermann, der letztendlich nicht zum Abitur zugelassen wurde, der zweite sicherlich Wolfgang Sieverding. Können Sie mir bitte sagen, wer der dritte ‚Pappenheimer' war?"

„Sagte ich das nicht? Es war Stefan Willenborg!"

Mein Herz setzte aus. „Wie …? Nein, das sagten Sie nicht. Sie sprachen lediglich über den unterschiedlichen Karriereverlauf von Wolfgang Sieverding und Stefan Willenborg. Nur …"

„Ja, bitte?"

„Warum betonten Sie einerseits das schlechte Abiturzeugnis von Wolfgang Sieverding, der ja anschließend eine glänzende Karriere hingelegt hat, während Ihnen Stefan Willenborgs Vita keine Silbe wert war?"

„Nun, einmal unter uns gesagt: Was ist denn so außergewöhnlich daran, unter den Fittichen des Vaters und Chef-Bankiers in dessen eigener Firma die Karriereleiter hinaufzufallen?"

„Ich verstehe", antwortete ich.

Beckmann wurde redselig. Er gab weitere Details zur schillernden Prominenz preis, insbesondere über Willenborg Senior und das Gerücht um sein uneheliches Kind. Von Karla Brandt wusste ich, dass es mehr als ein Gerücht war, aber das sagte ich nicht. „Sie haben mir sehr geholfen, vielen Dank!"

„Das war es schon? Sehr gerne, auf Wiederhören!"

Nach dem Auflegen spürte ich einen feinen Eisschauer mein Rückgrat hinunterlaufen. Die drei jungen Kerle Michael Ostermann, Wolfgang Sieverding und Stefan Willenborg verband etwas, das damals ihre Zukunft in höchstem Maße beeinflusst hatte. Welche Abhängigkeiten mochten zu dem Drama damals auf dem Marktplatz und zu der Leiche in der Stadtmitte geführt haben? Was war das fehlende Puzzlestück? Und was sollte ich mit dieser Information anfangen; Deeken alles vor die Füße schmeißen? Der wäre vermutlich damit überfordert!

Wohl oder übel musste ich erneut in die Rügenstraße, um Maria (Breit'-den-Mantel-aus) Willenborg nach dem Verbleib der Videokassetten zu befragen, und bei dieser Gelegenheit endlich ihren Gatten Stefan kennen zu lernen.

Ich startete den Wagen, machte kehrt, fuhr quer durch die Stadt, am Stadion vorbei, hinein ins Inselviertel. Als ich in die Rügenstraße einbiegen wollte, zwang mich ein dunkel-blauer Golf-Kombi zum abrupten Abbremsen; der schnitt mir mit hohem Tempo die Vorfahrt. Im Vorbeifahren erkannte ich Wienkens verbissene Visage hinterm Lenkrad, daneben Maria Willenborg wieder mit verheulten Augen. Sie fuhren jetzt unmittelbar vor mir her, und ich beschloss spontan, ihnen zu folgen.

Wienken bog links auf den Garreler Weg, kümmerte sich nicht um den Straßenverkehr. Ein schwarzer Audi kam von links, bremste mit quietschenden Reifen ab, ein Sprinter fuhr mit großem Knall auf und schob den Audi direkt vor meine Motorhaube, die er um wenige Zentimeter verfehlte. Ich umrundete fix das Chaos der wild gestikulierenden Fahrer, von rechts schoss plötzlich ein Pkw heran, der fast in meine Beifahrertür gekracht wäre. Es quietschte und hupte wild, ich beschleunigte mit unbewegter Miene wie ein Ryan O'Neal in *The Driver*.

Wienken war bereits hinter der Brücke über die Bundesstraße verschwunden. Ich trat das Pedal durch, wollte ihn nicht aus den Augen verlieren. Hinter der Kuppe erspähte ich das kastenförmige Auto wieder, mit dunkel qualmendem Auspuff. Wienken raste, als wäre der Teufel hinter ihm her, darum bemüht, mit seiner Höllenmaschine das Feuer am Lodern zu halten.

Dann passierte es: Zwischen Wienken und mir rollte langsam ein heller Lastkraftwagen mit Anhänger aus einer Firmenausfahrt und kam quer auf der Straße zum Stehen. Ich trat die Bremse durch, die Räder blockierten, mein Volvo rutschte über den Splitt und kam unmittelbar vor dem Anhänger zum Halten. Direkt vor der Windschutzscheibe stand in schwarzen Lettern *Frischfleisch aus NRW*.

Ich hupte wild. Der Fahrer beugte sich seelenruhig aus dem Fenster, lutschte genussvoll an seinem Mittelfinger und streckte ihn hoch. Ich fragte mich, wozu der jetzt die Windrichtung feststellen wollte.

Es gab keine Möglichkeit, den Lkw zu umfahren. Ich stieg aus, fluchte, kühlte ab und setzte mich wieder hinter das Lenkrad. Der Lkw setzte zurück, die Straße war frei, Bernd Wienken und Maria Willenborg waren irgendwo im Dunkel der Bührener Tannen verschwunden. Das Smartphone läutete, eine unbekannte Nummer. Während ich abnahm, fuhr ich auf den Seitenstreifen.

„Moin, Herr Gerdes, hier ist Ralf Vaske …", im Hintergrund ein Murmeln, darauf folgte, „… ähm, ich meinte, hier ist *Kommissar* Vaske. Herr Deeken bat mich, Ihnen Folgendes mitzuteilen …" Was nun kam, klang wie ein Telegramm als Hörbuch, vorgetragen mit dem Charme eines Anrufbeantworters: „Sophies Aussage ist wasserdicht. Der Staatsanwalt hat den Haftbefehl gegen Wienken ausgestellt. Wienken ist nicht anzutreffen. Und, ob Sie, Herr Gerdes wüssten, wo er sich zurzeit aufhalten könnte."

„Wienken? Wienken?" Wenn ich den Namen mehrmals sagte, würde mir vielleicht eine hilfreiche Antwort einfallen. Dass sie mir gerade entwischt waren, brauchte ich ihnen nicht auf die Nase zu binden. Und wo sie jetzt waren, wusste ich wirklich nicht.

Ich fragte: „Habt ihr es mit der Handy-Ortung probiert?"

„Haben wir! Negativ!"

Ich sprach eine vage Vermutung aus, die, je länger ich darüber nachdachte, mehr und mehr zur Gewissheit anwuchs: „Die Waldhütte in den Bührener Tannen."

Vaske gab es an Deeken weiter.

Deeken polterte und übernahm den Hörer: „Gerdes? Ich bin es selbst!"

„Ich auch!"

„Hör zu! Wo ist die Hütte?"

„Das kann ich nicht erklären. Kennst du die Einfahrt zum *Trimm-Dich*-Pfad an der Bundesstraße?"

„Sicher! Trimm Dich steht schon in meinem Impfpass!"

„Ich mach dir einen Vorschlag: Ich fahre da jetzt hin, wir treffen uns dort."

Wir legten auf. Ich fuhr an und gelangte über inoffizielle Schotterwege zur Abfahrt nach Garrel, dann eine scharfe Kurve nach rechts, anschließend etwa dreihundert Meter zurück bis zu einem Waldweg. Dort wartete ich am vereinbarten Treffpunkt. Deeken und seine Bande erreichten den Wald fünf Minuten später, im Schlepptau zwei Streifenwagen, voll besetzt mit Polizeibeamten, aber kein Einsatzkommando. Blaulichter zuckten, die Martinshörner blieben stumm. Ich stieg aus, ging Deeken und Vaske entgegen.

Ich fragte: „Wen wollt ihr fangen – Spiderman?"

„Dann hätte ich wohl Insektenspray mitgebracht", blaffte Deeken.

„Spinnen sind keine Insekten!", begann Vaske zu dozieren. „Spinnen haben zwei deutlich voneinander abgesetzte Körperabschnitte, während Insekten über drei Körper …"

Deekens Halsschlagader schwoll gefährlich an. „Schnauze, Vaske!" Damit hatte er die Aufmerksamkeit, die er wollte. „Passt mal auf: Ich halte diese Rede nur einmal und ich verteile hinterher keine Handouts. Also, unsere Ermittlungen haben ergeben, dass Wienken ganz dick im Drogengeschäft steckt – Import/Export. Das ganz große Besteck. Und das bedeutet, hier geht es nicht um Pillepalle! Wir haben einen dicken Fisch an der Angel. Wegen der unübersichtlichen Lage hier im Wald habe ich ein paar Spielkameraden mitgebracht, damit uns der Typ nicht durch die Lappen geht. Einen Helikopter habe ich ebenfalls angefordert – müsste gleich hier sein. Gerdes, steig bei uns ein und zeig mir den Weg. Aber …!" Er hob einen Zeigefinger. „Wenn wir vor Ort sind, ist deine Aufgabe erledigt. Habe ich mich klar genug ausgedrückt?"

Er machte eine Pause, um zu sehen, ob seine Worte bei mir angekommen waren.

Ich ließ den Dunst schweigend vorüberziehen.

Deeken gab Handzeichen zum Aufsitzen, die Jagd konnte beginnen.

Niemand wusste bisher, ob sich Wienken wirklich in der Hütte aufhielt; er konnte sonst wo sein. Vaske nahm im Fond Platz, ich auf dem Beifahrersitz. Wir fuhren etwa einhundertfünfzig Meter weiter, bogen links in einen Waldweg, nach hundert Metern kam der gesamte Tross zum Halten. Die Türen flogen auf, alle versammelten sich um uns. Ich erläuterte die ungefähre Lage der Hütte auf einer Karte, die Deeken auf der Motorhaube seines Wagens ausgebreitet hatte. Er studierte sie, als enthalte sie die Antwort auf alle Mysterien der Weltgeschichte. Als er sie entschlüsselt hatte, bekamen die Beamten ihre Anweisungen und schwärmten aus. Das Knattern des Helikopters kam näher. Deeken gab über Digifunk Anweisungen an den Piloten. Der drehte ab, und hielt sich Nähe Ambührener Tannen zur Verfügung.

Deeken, Vaske und ich näherten uns dem Waldhaus über die Wanderwege, während sich die Gruppe der Polizeibeamten querfeldein durch den Mischwald bewegte, hin und wieder knackten Äste unter ihren Schritten. Im Hundert-Meter-Radius wurde Funkstille gehalten, die Beamten verständigten sich per Handzeichen. Ich führte Vaske und Deeken durch die Schonung, bis die Hütte in Sichtweite war.

Sie war jetzt definitiv bewohnt. Zwei Fensterläden waren aufgeklappt, ein Lichtschimmer fiel durch die Fenster auf den Waldboden, die Tür stand einen Spalt offen.

Es war kein Laut zu vernehmen, mit Ausnahme des Windes, der in den Wipfeln rauschte. Die Polizisten hatten das Waldhaus umstellt. Vaske hielt Sichtkontakt zum Teamleiter, der mit entsprechenden Handzeichen signalisierte, dass die Beamten in Bereitschaft waren. Wir blieben in geduckter Haltung hinter dichten Tannen und hielten Ausschau … hoffentlich nicht wieder nach einem Schäferstündchen!

Auf einmal erschien Wienken auf der Lichtung. Mit beiden Händen hielt er einen Karton, anscheinend angefüllt mit Lebensmitteln. Er war bekleidet mit einer dunklen Blousonjacke, auf seinem Schädel spannte eine schwarze Strickmütze, die ihm kaum bis zu den Ohren reichte.

„Wir sollten diese Gelegenheit nutzen", flüsterte Vaske Deeken zu.

„Tut das", gab Deeken sein halbes Okay mit zusammengebissenen Zähnen. Er machte einen Schritt rückwärts und trat dabei auf einen Ast. Es knackte.

„Scheiße!", zischte er.

Scheiße, dachten wir.

Wienken blieb wie angewurzelt stehen, blickte angestrengt in unsere Richtung. Er ließ den Karton fallen und stürmte auf die Hütte zu, riss die Tür auf und verschwand dahinter, ohne sie zu schließen.

„Zugriff!", rief Vaske in sein Gerät.

Die Beamten lösten sich mit vorgehaltenen Waffen aus dem Schatten der Bäume, strömten mit schnellen Schritten auf die Lichtung zu, während Wienken im selben Augenblick wieder in der Tür erschien. Er war nicht allein! Mit dem linken Arm hielt er Maria Willenborg umklammert, die er ein paar Schritte vor sich herschob; dabei umfasste er ihren Hals. Frau Willenborg stieß einen spitzen, erstickten Schrei aus, der die Einsatzkräfte erstarren ließ. Mit der anderen Hand hielt Wienken eine Pistole, er richtete sie auf ihre Schläfe. Mit beiden Händen zog sie an seinem kräftigen Arm, und kam bei seinen großen Schritten fast ins Stolpern.

Wir drei traten aus dem Versteck und näherten uns dem Geschehen. Ich sagte Deeken, wer die Frau war. Er legte seinen Zeigefinger auf die Lippen, wie um mir mitzuteilen, dass ich zu schweigen hätte, obschon er sein Erstaunen darüber, Frau Willenborg hier anzutreffen, kaum verbergen konnte. Von Sekunde zu Sekunde wurde er nervöser, schien die Situation von vornherein falsch eingeschätzt zu haben. Das Mobile Einsatzkommando wäre jetzt die angemessene Antwort auf Wienkens Eskapade gewesen, nicht die Kollegen aus der Inspektion. Deeken hatte es versäumt, sämtliche Eventualitäten einzubeziehen.

Plötzlich schrie Wienken: „Noch einen Schritt weiter, und sie ist tot!"

Maria Willenborg würgte, bekam kaum noch Luft. Sie wurde bleich, als würde Farbe aus ihrer Haut laufen und nur noch Weiß zurücklassen. Innerhalb weniger Sekunden war ihr Gesicht schweißbedeckt. Niemand sonst rührte sich.

Hauptkommissar Deeken rief: „Waffen runter, nicht schießen!"

Die Beamten reagierten nur widerwillig.

Wienken interessierte es nicht. Er ließ seinen Blick über die Männer gleiten, blieb an uns hängen. Seine Augen blinzelten nicht mehr unkontrolliert, sie blickten starr und konzentriert. Dennoch wirkte er wie jemand, den man auf frischer Tat mit der ganzen Hand im Marmeladenglas ertappt hatte. Seine überraschte Miene ließ klar erkennen, dass er keine Ahnung hatte, wie wir ihn hatten finden können. Ich sah ihn an, kalt erwiderte er meinen Blick; ich folgerte daraus, dass er nicht erfreut war, mich wiederzusehen. Er schloss kurz die Augen und schien zu hoffen, dass wir weg sein würden, wenn er sie wieder öffnete. Aber wir waren gekommen, um zu bleiben.

Er rief: „Na, Deeken … bist mit deinem Latein am Ende? Hat es dir die Sprache verschlagen? Hast geglaubt, die Szene im Griff zu haben, hast dich auf meine Informationen verlassen, und jetzt ist alles im Arsch! Mit deiner Karriere ist es aus. Ohne mich bist du ein Nichts, du armseliger kleiner Bulle. Keine Erfolge – keine Beförderung. Das ist es doch, woran du denkst! Damit ist es vorbei! Wenn ich untergehe, kannst du deine Karriere ins Klo spülen!"

Es klang verächtlich, gar hasserfüllt. Wir begriffen, dass er die Frau nicht loslassen würde. Und er schien keine Worte zu finden für das, was er womöglich beabsichtigte. Ab und zu schüttelte er kaum merklich den Kopf, als sähe er keine Hoffnung für sich, für Maria, und für uns. Wie ein Arzt, der nicht den Mut hat, einem Todkranken zu sagen, dass seine Tage gezählt waren.

Maria schluckte, schnappte nach Luft, ehe sie zitternd zu weinen begann. Deeken war schweigsam geworden, während er mit ausdruckslosem Gesicht dastand und nicht wusste, was er machen sollte. Diese vertrackte Situation ließ Wienkens Stimmung umschlagen, er lachte laut los. Er fühlte sich siegessicher, glaubte den Ausgang des Geschehens selbst bestimmen zu können, und ich fürchtete, dass Wienken einen Trumpf im Ärmel hatte, einen Trumpf, der uns alle in die Tiefe reißen könnte.

Sein Lachen erstarb, und er sagte mit düsterer Stimme: „Damit ihr es wisst: *Ich* habe Wolfgang Sieverding auf dem Gewissen, *ich* habe ihn von da oben runtergestoßen. Aber ich habe es im Auftrag getan! Ich kann es nicht beweisen, aber fragt Maria, sie weiß alles! Sie kennt ihren feinen Gatten am besten, oder!?"

Wienken drückte wieder fester zu. „Maria, ich vermute, dass ich nur ein Zeitvertreib für dich war; du warst es jedenfalls für mich. Mein Herz gehörte nicht dir, nicht einmal mir selbst …"

So stand er da, den Kopf zur Seite geneigt, lächelnd. Er sah aus wie ein junger Hund, der Freundschaft schließen und jedem das Stöckchen bringen würde. Doch der Eindruck währte nur kurz. Sein Gesichtsausdruck veränderte sich, er wurde steinern. Wienken fühlte sich sicher hinter der Mauer, die er selbst aufgerichtet hatte – sie hatte ihn all die Jahre des zweifelhaften Doppellebens geschützt.

„Verrückt. Einfach verrückt …", sagte er ihr ins Ohr. Mit einem harten Lachen schüttelte er den Kopf, schob sich den Lauf der *Beretta* in den Mund. Die Beamten hoben die Waffen wieder an. Maria Willenborg schrie, bäumte sich mit letzter Kraft auf.

Ich schrie: „Wienken, nicht!!!"

Er drückte ab.

Ein entsetzlich lauter Knall. Ein Stück seines Hinterkopfes riss ab, Teile von Hirn, Haut und Knochen flogen durch die zerfetzte Strickkappe, klatschten an Hüttenwand und Fensterglas hinter ihm. Wienken sackte zusammen, zog eine hysterisch schreiende Maria Willenborg mit. Mit panischen Bewegungen befreite sie sich aus seinem Griff. Wir eilten auf sie zu, halfen ihr, sich aufzurichten. Zwei Beamte beugten sich über Wienkens leblosen Körper, nahmen die Waffe in Verwahrung, zwei andere kümmerten sich um Frau Willenborg. Sie war leichenblass, tat ein paar tiefe Atemzüge, und war nahe dran, umzukippen.

Deeken lief wie ein aufgescheuchter Gockel kopflos vom Teamleiter zur Hütte, überlegte es sich anders, machte auf dem Absatz kehrt, stiefelte zu Vaske, der gerade dabei war, den Helikopter nach Hause zu schicken. Deeken wechselte ein paar Worte mit ihm und wandte sich wieder zum Eingang der Waldhütte.

Ich folgte ihm, er drehte sich mit halb offenem Mund herum, hob mahnend seinen Zeigefinger und sagte: „Du bleibst hier stehen, Gerdes. Du kommst nicht in meine Nähe, und sagst kein Wort." Er kehrte mir den

Rücken zu, unterhielt sich mit einem Kollegen, der mit dem Streifenwagen auf einem anderen Weg fast bis zum Waldhaus gefahren war; dort stand auch Wienkens Golf-Kombi.

Ich begab mich in Frau Willenborgs Nähe, blieb aber in einem gebührlichen Abstand stehen. Es gab heißen Tee und eine warme Decke, die ein Beamter Maria Willenborg über die Schultern legte, ein anderer hatte einen Stuhl aus der Hütte geholt. Kurz darauf erschien der Notarzt, der ihr ein Beruhigungsmittel gab.

Maria Willenborg ging nicht auf Deekens Einladung ein, zusammen in die Waldhütte zu gehen. Sie wollte nicht dorthin zurück. Es behagte dem Hauptkommissar nicht, dass alle Beteiligten die anstehende Unterredung mithören konnten. Er pries die Vorzüge eines umschlossenen Raumes, doch sie musste auf einmal heftig schlucken. Plötzlich bekamen ihre Augen Hochwasser. Stumm formten ihre Lippen einen Namen – den Namen des Toten. Es kam kein Laut aus ihrem Mund, und sie saß mit gebeugtem Rücken da, ohne die Hände zum Gesicht zu heben. Tränen liefen in schimmernden Streifen die Wangen hinunter, an den Nasenflügeln vorbei. Dann schloss sie die Augen und schüttelte heftig den Kopf. Als sie die Lider wieder hob, war ihr Blick klarer, sie war präsenter. Frau Willenborg sah mich an, ich nickte ihr zu. Sie erkannte mich als vermeintlichen Oberförster wieder, eine für beide Seiten peinliche Situation vorgestern, aber sie war zu überrascht, um gegen meine Anwesenheit zu protestieren.

Ich trat an Frau Willenborg und den Hauptkommissar heran, nachdem der Notarzt sein Einverständnis gegeben und sich zurückgezogen hatte. Deeken sah einen Augenblick lang hungrig aus. Seine Wangen waren hohl, das runde Gesicht wirkte auf einmal mager, aber er tat mir einen Gefallen: Er sagte kein einziges Wort mehr, und in seinen Augen flackerte die Bitte auf, dass ich die Gesprächsführung übernehmen solle. Er sah sich unauffällig um, ob es jemanden gab, der diesen Stabwechsel mitbekam. Als er niemanden sah, atmete er tief durch und nickte zum Zeichen, dass ich beginnen könne.

Dass Deeken mir die Gesprächsführung überließ, überraschte mich nur kurz, denn es passte zu seiner Persönlichkeit. So war er bereits als Student vorgegangen: mit minimalem Aufwand möglichst großen Erfolg einfahren. Er schien es mittlerweile perfektioniert zu haben. Nun, es war kein offizielles Verhör, darum konnte ich mich ruhigen Gewissens darauf einlassen.

Ich sah mich ebenfalls um, ohne zunächst den Blick an etwas Bestimmtes zu heften, am wenigsten an sie. Auch Maria Willenborg sah an mir vorbei. Die Begegnung in ihrem Haus und die damit verbundenen tiefen Einsichten waren ihr und mir jetzt mehr als unangenehm.

Dessen ungeachtet sprach ich sie behutsam an: „Frau Willenborg, wenn es Ihnen nichts ausmacht, und wenn Sie in der Lage sind, zu sprechen, möchten wir Ihnen ein paar Fragen stellen."

Frau Willenborg war in Gedanken wieder weit weg, sie zog die Decke zusammen, nippte am Tee und kam langsam in die Wirklichkeit zurück. Dieses Auf und Ab war vermutlich die Folge des Beruhigungsmittels.

Sie schaute mich fast traumwandlerisch an; hob auf einmal aufgebracht die Hand und sagte: „Was ... was machen Sie denn hier? Sie sind gar nicht von der Forstverwaltung. Ich dachte ..."

Deeken warf mir einen scharfen Blick zu, aber hielt still.

„Das hatte ich mit keinem Wort gesagt", bemühte ich mich zu beschwichtigen. Wohlwissend, dass ich sie das aber hatte glauben lassen. Jetzt schaute sie mich direkt an. Unsere Blicke verständigten sich auf einen Waffenstillstand. Ich startete einen neuen Versuch: „Bernd sagte, dass wir Sie fragen sollten, wegen der Umstände, die zu Wolfgang Sieverdings Tod geführt haben."

Ihre Augenbrauen hoben sich vorsichtig, als hätten sie schwer zu tragen.

„Bernd ... hat die Unwahrheit gesagt!" Sie wiederholte es, nicht der Klarheit, sondern der Bedeutung wegen: „Bernd hat schlichtweg die Unwahrheit gesagt! Stefan hat nichts damit zu tun. Es ist unfair, wenn Sie ihm das unterstellen, nur weil ich Ihnen mein Herz ausgeschüttet habe. Sie sollten sich schämen, die Situation derart auszunutzen ..."

„Einen Moment bitte", unterbrach ich sie, so sanft wie irgend möglich, „der Hinweis stammte von Bernd Wienken, nicht ich habe das unterstellt. Es tut mir leid, wenn ich bei meinem Besuch wenig Feingefühl gezeigt habe. Es ist durchaus möglich, dass Ihr Bild von Ihrem Mann und das, was ich von ihm habe, nicht übereinstimmen. Dennoch dachte ich, dass wir beide nach einem vernünftigen Gespräch die Situation besser verstehen. Das könnte uns vielleicht helfen."

Frau Willenborg seufzte, machte eine Pause und sagte dann: „Ich weiß wirklich nicht, mit wem ich verheiratet bin. Stefan ist mir so fremd geworden, aber eins weiß ich genau: Er hat mit Sieverdings Tod nichts zu tun! Das alles hängt mit einer alten Geschichte zusammen, die viele Jahre zurückliegt. Ich weiß nicht, ob Sie das wissen oder sich daran erinnern können: Damals wurde ein Schüler umgebracht …"

„Michael Ostermann, ich weiß", flog es aus mir heraus, ich war aber im selben Atemzug erschrocken darüber, dass sich mit einem Male eine weitere Verbindung auftat.

Frau Willenborg sagte kaum vernehmbar: „Sie … wissen?", dann wieder lauter: „Jedenfalls waren Bernd und Michael Freunde. Bernd hatte herausgefunden, dass Sieverding Michaels Mörder war, und er hat seinen besten Freund gerächt."

Ich beobachtete, wie sich ihre Augen bewegten. Äußerlich schienen sie tot, während sie darüber nachdachte, was sie sagte. Sie schaltete die Augen wieder ein und blickte mich an, schaute auf meinen Mund, als ich sagte: „Ich halte das für unwahrscheinlich. Und ich kann das sagen, weil ich gegenwärtig damit beschäftigt bin, den alten Fall neu aufzurollen. Sieverding hätte kein Motiv gehabt, Michael Ostermann so etwas anzutun." Maria Willenborgs erfundene Geschichte war für mich vom Tisch, und ich schob die Begründung gleich nach: „Es verhielt sich ganz anders; nach meinen Recherchen waren sich Ihr Mann Stefan und Michael Ostermann spinnefeind. Das war kein Geheimnis. Ich glaube vielmehr, dass Michael Stefan damals damit erpresst hat, ihn wegen Betrugs auffliegen zu lassen. Es ging dabei um das Abitur. Michael war beim Schummeln erwischt worden, und er wusste, dass auch Stefan betrogen hatte. Er wollte ihn da mit hineinziehen. Das hätte bedeutet, dass auch Stefan nicht zur Abiprüfung zugelassen worden wäre."

Ein Schleier legte sich über Maria Willenborgs Augen. Sie strich sich eine Aubergine-Strähne hinters Ohr und hielt eine Weile inne. „Ja, es ist wahr. Und Michael war noch nicht zufrieden damit. Er forderte noch mehr ..."

„Und, was war das?"

„Er wollte, dass Stefan ihm seine damalige Freundin Biggi, also Birgit Mellies ... überließ."

„Ein Bäumchenwechseldich? Von einem zum anderen, wie ein Stück Vieh?", wollte ich wissen und notierte mir diesen neuen Aspekt mit fluoreszierender Farbe auf die Innenseite meiner Augenlider. Biggi Mellies? Diesen Namen kannte ich irgendwoher ... Es war eines der Mädchen auf dem Strandfoto bei Martina-Chantale.

„Pah! Was glauben Sie, was solche Mädchen mit sich machen lassen?"

Ich wollte es nicht wissen, fand diese Version der Geschichte gleichermaßen unglaubwürdig, und ich sagte das frei heraus: „Nach mehreren übereinstimmenden Aussagen hat sich Michael nichts aus Mädchen gemacht. Das will so gar nicht zu ihm passen, Frau Willenborg."

Ein neuer Gedanke schoss mir ein, der mich zusammenzucken ließ. Doch bevor ich weitersprechen konnte, trat der Staatsanwalt auf den Plan. Er pfiff Deeken heran, sie gingen gemeinsam in das Waldhäuschen. Ich kümmerte mich nicht darum, setzte die Unterhaltung fort. Hätte Frau Willenborg auch nur geahnt, dass sie jetzt nicht mit der Polizei sprach, wäre das Gespräch hier beendet gewesen. Aber sie wusste es nicht, hatte die Rechnung ohne den Wirt gemacht. Und der war nicht der Staatsanwalt, nicht Deeken. Der war ich selbst.

Maria Willenborgs letzter Satz in Verbindung mit den Fakten, die Dr. Beckmann mir am Telefon über die Willenborgs mitgeteilt hatte, ließ mich etwas anderes folgern: „Ihr Mann Stefan war damals in der Schule nicht gerade die hellste Kerze im Leuchter, richtig?"

Sie hob die Schultern, sagte nichts.

Deeken schaute durch die offen stehende Tür nervös zu uns herüber.

Ich sprach davon unbeeindruckt weiter: „Er lag mit seinen Eltern über Kreuz, hatte sich ihr Wohlwollen verspielt, weil er Drogen genommen hatte und kurz davor war, von der Schule zu fliegen. Doch bei alledem hielt Papa Willenborg seine schützenden Hände über seinen Sprössling. Nur eine einzige weitere Verfehlung, und die Protektion wäre beendet gewesen. Kein Auslandsstudium, keine komfortable Eigentumswohnung, kein Sportwagen, kein Ansehen und keine goldene Kreditkarte. Und die Aussicht auf einen späteren Vorstandsposten bei der Privé*Invest* – passé!"

Deeken verabschiedete sich vom Staatsanwalt und stieß wieder zu uns.

Nachdem mir nun klar wurde, wie die Sache gelaufen war, bot ich den Rest meiner Vorstellungskraft auf, und das war nicht einmal anstrengend, weil die Fakten bekannt waren: „Dann, am Abend des 15. November 1985, sah Stefan rot. Der Frust, der sich in ihm angestaut hatte, entlud sich in einer Prügelorgie. Er ließ Michael Ostermann für all das bezahlen, was er sich selbst eingebrockt hatte. Er geriet in Rage, trat wild auf ihn ein … beschimpfte ihn, bespuckte ihn …" Ich fühlte mich bei dieser Schilderung unwohl, mir wurde übel. Ich schluckte, atmete tief die frische Waldluft ein und führte kühn meine Gedanken fort: „Und Stefan war definitiv nicht allein, hatte sich Verstärkung gesucht und in Wolfgang Sieverding einen entsprechenden Kumpel gefunden, der zuverlässig und verschwiegen war. Aber irgendwann ging es nicht mehr. Sieverding konnte die Füße nicht mehr stillhalten. Im besten Alter meldete sich sein Gewissen zurück. Der gute Job in der Privé-*Invest*, all das Schweigegeld über die Jahre – einfach verpufft! Die Wirkung hatte nachgelassen, weil das Gewissen nun mal nicht käuflich ist. Es schlägt erbarmungslos zu, wenn man es nicht vermutet ..."

Frau Willenborgs Stimme klang neutral bis farblos. „Wollen Sie mir weismachen, dass Stefan Michael getötet, und dann auch noch Schweigegeld an Wolfgang Sieverding gezahlt hat?"

Hauptkommissar Deeken meldete sich zu Wort, während er sprach, tropfte es aus seiner Nase: „Na, da ist aber gar nichts erwiesen!", torpedierte er meine Darstellung.

Ich wandte mich an ihn: „Ihr seid doch gerade dabei, die Buchungen auf Sieverdings Konto zu überprüfen. Durch sie ist es erwiesen!" Und wieder an Maria Willenborg gerichtet: „Also gut. Kommen wir auf Bernd Wienken zurück, und seine Aussage, dass er im Auftrag gehandelt habe."

Frau Willenborg blieb stumm und schluckte.

Tief in ihren Augen flimmerte es, während ich redete: „Sieverding machte Schwierigkeiten, offenbarte sich Ihrem Mann, wollte womöglich reinen Tisch machen. Für Stefan wäre das die Katastrophe gewesen. Alles, was er sich aufgebaut hatte, wäre auf einen Schlag zunichte gemacht. Und weil Bernd Wienken und Stefan in einer Art Geschäftsbeziehung standen, wurde Wienken angeheuert, Sieverding von der Baustelle zu schubsen."

Mir war selbst nicht ganz wohl bei diesem Gedanken. Das Tatmotiv schien mir allzu dünn zu sein. Es musste einen weiteren Grund dafür geben, warum Wienken das Genre vom Drogenbaron zum Mörder gewechselt hatte. Warum hätte er Stefan Willenborg diese Gefälligkeit erweisen sollen? Eine jahrelange ‚Geschäftsbeziehung' wäre dafür sicherlich nicht ausreichend gewesen. Aber diese Überlegung sollte noch einige Male durch meinem Schädel rotieren.

„Was soll das für eine ‚Geschäftsbeziehung' gewesen sein?", fragte Deeken der Form halber. Ich wusste, dass er es ahnte, aber das wusste sie nicht. Ich begriff, dass er es aus ihrem Mund hören wollte.

Maria Willenborg zog sich den Schuh tatsächlich an; sie antwortete zögernd: „Stefan war einer von Bernds besten Kunden, und er hatte noch viele andere Abnehmer für die Drogen." Frau Willenborg war jetzt selbstsicherer, nicht mehr so phlegmatisch wie vorhin. Sie blickte von Deeken zu mir und schien zu hoffen, dass ich durch ein einziges Wort alles rückgängig machen würde. Jedoch kannte ich dieses Wort nicht.

Vaske trieb auf offener See, kam näher, machte rechts neben Deeken fest; er nahm sich aus wie eine gekenterte Jolle neben einem Dampfer. Die schütteren, zerzausten Haare auf seinem Kopf erinnerten an zerfetzte Segel.

Deeken räusperte sich und sagte an mich gerichtet: „Dass ausgerechnet Stefan Willenborg der Auftraggeber war, kannst du aber nicht beweisen!"

„Ich möchte daran erinnern, dass es eure Aufgabe ist, dies herauszufinden. Ich spreche von dem Puzzle, das man Indizienkette nennt."

Vaske reagierte dementsprechend. „Frau Willenborg, wir werden Ihren Mann vorladen müssen. Sie bleiben solange in unserer Obhut …" Dabei warf er seinem Vorgesetzten einen fragenden Blick zu.

Der sagte im Behördenton: „Eine reine Vorsichtsmaßnahme, Frau Willenborg. Nichts weiter! Wo finden wir ihn?"

Sie überlegte. „Er ist … in der Privé*Invest*."

Deeken sagte zu seinem Kollegen: „Veranlasse die Vorladung, unverzüglich!"

Vaske schlich davon.

„Dann hätten wir das ja", rief Deeken in den Wald hinein (nichts schallte heraus), klatschte in die Hände und rieb sie wie zwei Mühlsteine gegeneinander. Er machte ein paar Schritte seitwärts, hielt in der Bewegung inne und warf mir einen fragenden Blick zu. „Oder?", wollte er von mir wissen und peilte das Ziffernblatt seiner Armbanduhr an. Meine Prognose war, dass sein Feierabend nahte.

Ich wusste nicht recht, ob ich erleichtert oder enttäuscht war über das Ende des Gesprächs und überlegte angestrengt, ob ich Maria Willenborg mit dem Foto konfrontieren sollte, das sie als Augenzeugin am Fenster zeigte. Ich benötigte eine Bestätigung ihrer Identität, wollte mich nicht allein auf Karla Brandts Aussage verlassen. Aber ich ließ es vorerst sein. Weitere Fragen tauchten auf: Warum gab Maria Willenborg die Episode mit der abgetretenen Freundin von Stefan an Michael zum Besten? War sie in Sorge darüber gewesen, dass ich selbst hinter dieses Bäumchen-wechsel-dich-Spiel kommen und die falschen Schlüsse daraus ziehen würde? Wollte sie von vornherein jeden Verdacht von sich lenken? Wie war doch gleich der Name der Freundin gewesen? Ich schaute unter meinen Augenlidern nach, dort stand in leuchtenden Lettern: Birgit (Biggi) Mellies.

Maria Willenborg saß in sich gekehrt auf dem Stuhl. Deeken stand da, obschon er eigentlich im Begriff war, zu gehen. Für mich war das Gespräch keinesfalls beendet, es lag mir noch etwas auf der Zunge. Und es war allzu deutlich, dass ich mit einer Vermutung richtig lag, die ich nicht ausgesprochen hatte. Zudem würde ich – quasi durch die Hintertür – die Identität der Frau bestätigt bekommen, die auf dem Foto, das mir nach Hamburg geschickt worden war, am Fenster gestanden hatte.

Ich wagte es: „Frau Willenborg, könnte es sein, dass Sie selbst Stefan bedrängt haben, seiner Freundin Biggi den Laufpass zu geben?"

Sie schaute erschrocken zu mir hoch. Ihr wütender Blick pumpte dunkle Verzweiflung in mein Gesicht und wich unbeachtet wieder zurück. „Was soll das?", sagte sie anklagend. „Haben Sie nicht mitbekommen, was hier gerade passiert ist, dass ich gerade dem Tod von der Schippe gesprungen bin? Sie sind so unverschämt, mir in meiner Verfassung Erpressung zu unterstellen? Was sind Sie nur für ein Mensch?! Und überhaupt: Womit hätte ich Stefan denn erpressen können?"

Sie lieferte mir eine Steilvorlage, und es war an der Zeit, diese Vorlage entsprechend zu verwandeln, sie mit ihrer Vergangenheit zu konfrontieren. Ich öffnete das Foto auf dem Smartphone und ließ sie die Hausansicht vom 15. November 1985 sehen. Ich zoomte das Fenster heran. „Sie konnten ihn damit erpressen, dass Sie gesehen haben, wer Michael Ostermann tatsächlich ermordet hat. Erkennen Sie sich? Sie standen am Fenster, als die drei Kerle Michael Ostermann gefolgt sind. Dann schlichen Sie ihnen nach, beobachteten, wie Stefan auf Michael eintrat. Vielleicht haben Sie nicht gleich erkannt, dass diese Schläge und Tritte zum Tod führten, aber spätestens am darauffolgenden Tag muss Ihnen klar geworden sein, wobei Sie Augenzeuge gewesen waren. Und Sie sahen Ihre Chance gekommen, Sie wussten, wer Stefan Willenborg bekam, machte eine gute Partie und hatte für immer ausgesorgt. Aus Ihnen, dem hässlichen Entlein mit Brille, sollte über die Jahre ein schöner Schwan werden. Geld war dann ja auch ausreichend vorhanden, aber es fehlte an Liebe, an Zuneigung, an gegenseitigem Respekt. Frau Willenborg, Sie haben mich bereits zweimal angelogen. Es wird höchste Zeit für die Wahrheit, um die Gespenster loszuwerden, die Sie all die Jahre bedrängt haben!"

Das war zu viel für sie. Maria Willenborg ließ den Becher auf den Waldboden fallen und vergrub ihr Gesicht in den Händen. Sie begann fürchterlich zu schluchzen, es kam aus den Tiefen ihrer Seele. Deeken bemühte sich, einen Blick auf das Foto auf meinem

Handy zu erhaschen. Er konnte sich keinen Reim auf meine Schlussfolgerung machen. Ich würde es ihm später erklären müssen.

Maria Willenborg rang nach Worten: „Ja, es stimmt … Es stimmt alles. Ich habe gesehen, wie … Stefan ihn ermordet hat …" Sie heulte wie ein Schlosshund.

Deeken hob die Augenbrauen als maximalen Ausdruck seines Erstaunens, dann nahm er sein Handy, tippte darauf und begab sich auf einen kleinen Rundgang, vermutlich um Vaske auf den aktuellen Stand zu bringen und die Festnahme zu beschleunigen.

Ich ließ Frau Willenborg weinen, bis sie sich einigermaßen gefasst hatte. Nach einer Weile fragte ich: „Was ist mit den Videokassetten geschehen, die Sie von Sabine Brandt gekauft haben?"

Sie schluchzte, schniefte in ihr Taschentuch, fand ihre Stimme wieder: „Gekauft? Ja, so kann man es nennen … Die Videos haben wir in Naturalien bezahlt – Sabine hat … Drogen dafür erhalten. Einige Jahre später wurde bei uns eingebrochen, es wurde nichts gestohlen, mit Ausnahme der Kassetten. Das haben wir nie angezeigt. Es brauchte ja niemand zu wissen, was auf den Bändern war." Sie schaute mich an. „Wissen Sie es?"

Ich bestätigte das: „Vor wenigen Tagen hatte mir jemand die Videobänder zugespielt. Ich habe sie mir zum Teil angeschaut. Aber was mich nach wie vor beschäftigt, ist die Frage nach dem dritten Mann. Nur Sie oder Ihr Mann können darauf eine Antwort geben: Wer war neben Stefan Willenborg und Wolfgang Sieverding außerdem noch an dem Mord an Michael Ostermann beteiligt?"

Frau Willenborg blickte in den bewölkten Himmel, in ihren Augen liefen die Bilder der Erinnerung ab, aber ich scheute mich, näher heranzutreten, um hineinzusehen.

„Ich habe nur Stefan und Wolfgang erkannt, den dritten Typen nicht. Es war zu dunkel. Ich hielt mich in sicherer Entfernung. Ich sah zwar ihre Gesichter im Schein einer Straßenlaterne, aber was wirklich ... in meinem Gedächtnis haften geblieben ist, sind ... die Worte, die Stefan schrie, als er und Wolfgang ... auf ihn eintraten." Es kam stockend aus ihr heraus. „Ich weiß es, als ... wäre es erst gestern gewesen. Stefan schrie ihn an: ‚Du Sau, was ... glaubst du, wer du bist? Von dir lassen wir uns nicht länger ... verarschen! Hier ist die Antwort ... du hast es nicht anders gewollt.' Und natürlich die Schreie von Michael, die vergesse ich nie! Ich war so geschockt, so voller Angst und ... wie gelähmt. Ich konnte mich überhaupt nicht rühren. Ich kann mich nicht mal mehr daran erinnern, wie ich nach Hause gekommen bin."

Es klang beängstigend, es lief mir eiskalt über den Rücken. Ich wartete, bis der Wald das Gesagte verschluckt hatte. „Wie war das mit dem dritten Kerl, dem Unbekannten. War der denn nicht aktiv daran beteiligt?"

„Nicht direkt. Er stand nur dabei ... ja. Aber ... ich weiß es nicht. Oder, doch. Er sagte nur sowas wie: ‚Lasst ihn, hört auf, das war nicht abgemacht' ... Aber sie beachteten ihn gar nicht. Dann war es still. Ich sah sie nicht mehr. Ich hörte nur noch die Schritte, als sie wegliefen."

Ihre Tränen flossen wieder, und ich legte meine Hand auf ihre Schulter. Die Ereignisse des heutigen Tages forderten ihren Tribut, zerrten an Maria Willenborgs letzten Reserven. Das Kartenhaus ihres Lebens war von Beginn an auf einem fragwürdigen Fundament aus Manipulation, Selbsttäuschung und Betrug errichtet worden und war an diesem Nachmittag vollends in sich zusammengestürzt. Nach meinem Gastspiel bei ihr als Oberförster war ich davon überzeugt, dass sie sich ein Ende ihrer Ehe geradezu herbeigewünscht hatte. Über das Wann und Wie hätte sie gern noch verhandelt – aber so ist das Leben nicht.

Hauptkommissar Deeken hatte sein Telefonat beendet, kam wieder in unsere Nähe. Ich flüsterte ihm zu, dass Maria Willenborg ärztliche Hilfe und Beistand benötige. Er fragte mich, ob ich sie näher kennen würde, was ich mit einem „nur flüchtig" relativierte. Frau Willenborg übergab man wieder der Obhut des Notarztes. Ich bekam einen Becher Tee in die Hand gedrückt, wofür ich überaus dankbar war. Auf Frau Willenborgs Stuhl sitzend ließ ich das Geschehen vor meinem geistigen Auge Revue passieren. Die Bilder würden noch lange in meinem Kopf haften bleiben. Was macht das Vergangene mit uns? Wie gehen wir damit um? Wo würden wir alle in fünf oder zehn Jahren sein? Woher nehme ich die Kraft, um das alles zu bewältigen? Viele unbeantwortete Fragen und man hat nur ein Leben, um sie beantworten zu können. Nur ein einziges Leben, und das kann so plötzlich enden – wie Wienkens heute. In einem Augenblick genießt man es in vollen Zügen, glaubt alles in der Hand zu haben. Im nächsten wird es einem entrissen, man liegt im Staub und wundert sich, wenn dafür noch Zeit bleibt.

Die Spurensicherung und der Bestatter hatten ihre Aufgaben erledigt, Wienkens Leiche war weggeschafft worden, nachdem alles auf Fotos dokumentiert worden war. Das Gelände blieb bis auf weiteres abgesperrt.

Ich leerte den Becher, gab ihn einem der herumstehenden Beamten und ging auf Deeken zu, dabei steckte ich meine Hände in die Jackentaschen, fühlte etwas und zog es heraus. Es war ein Umschlag des *ParkHotels*. Ich schaute hinein und erblickte das Papierfragment, das ich auf der Baustelle gefunden hatte.

„Hier habe ich etwas für dich", sagte ich und reichte Deeken den Umschlag.

„Jetzt, wo die Willenborg deine Liebesbriefe nicht mehr entgegennimmt, bist du wohl auf mich gekommen? Gerdes, was ist los mit dir?"

Seine Sprüche gingen mir entsetzlich auf die Nerven. Ich konterte: „Das ist meine Hotelrechnung, die du nach der Aufklärung zweier kniffliger Fälle doch wohl übernehmen wirst. Du bist jetzt der Held von Cloppenburg, ist dir das eigentlich klar? Die Verbrechen sowohl an Michael Ostermann als auch an Wolfgang Sieverding stehen kurz vor der Aufklärung."

Er machte ein verdutztes Gesicht, dabei fiel das Tabakbäumchen aus seinem Mund, das er sich gerade erst gepflanzt hatte. Ich wies auf den Umschlag und erklärte ihm, was es mit dem Papierfetzen darin auf sich hatte, dass es sich aller Wahrscheinlichkeit nach um den kleinen Teil eines sorgfältig vorbereiteten Abschiedsbriefs handelte. Es wäre denkbar, dass Sieverding unter Druck gesetzt worden war, diesen Text unmittelbar vor seinem Tod abzuschreiben. Anschließend konnte Wienken den mit hoch auf die Baustelle bugsiert haben. Aber das war selbstverständlich nur eine Vermutung. Gewissheit darüber konnte erst Stefan Willenborg bringen. Die Polizei sollte ihn dazu bringen, auszupacken. Ich empfahl eine gründliche Analyse des Fragments. Deeken versprach, sich darum zu kümmern. Sein Telefon läutete.

„Ja?" knurrte er und lauschte der Stimme am anderen Ende. Nach einer Weile: „Gut!", und er drückte auf *Auflegen*. Seine obere Zahnreihe wurde sichtbar, er lächelte also, und sagte: „Das gibt es doch nicht, die Buchungen auf Sieverdings Konto hat tatsächlich Stefan Willenborg vornehmen lassen, und noch etwas: Eigentümer der Ahlhorner Asylunterkunft ist die Stiftung *Asyl im Oldenburger Münsterland e.V.*, und dessen Initiator ist … Stefan Willenborg! Das Stiftungsvermögen stammt aus dem Nachlass vom alten Willenborg, und jeder Menge Spender."

„Dann … ist es höchste Zeit, diesen Sumpf trocken zu legen, um das Kapital stiftungsgemäßen Zwecken zuzuführen", schlug ich vor.

„Dein Wort in Gottes Ohr, aber ich fürchte, dass irgend so ein Winkeladvokat Willenborg wieder herausholen wird, bevor wir unsere Varizen gezählt haben. Da verwette ich meinen fetten Arsch drauf!"

„Eine Alliteration?"

„Nein, eine Eingebung!"

Ich nahm mir vor, durch den Wald zu spazieren, und sagte es Deeken. Er betrachtete mich despektierlich, zuckte mit den Schultern und ging zu seinem Wagen. Ich sah ihm hinterher, zuckte ebenso mit den Schultern und wählte die andere Richtung. Auf meinem Weg ging mir allerhand durch den Kopf, vor allem aber das schockierende Ende Wienkens – es hätte womöglich verhindert werden können, wenn die richtigen Leute vor Ort gewesen wären. Das sollte die Interne Ermittlung mit Deeken abmachen.

Ich ging eine Weile ziellos umher. Eine Reihe zusammenhangsloser Bilder, Gedanken und Assoziationen flimmerten vorbei. Für Sabine Brandt, Maria und Stefan Willenborg und all jene, die in die Drogengeschäfte verwickelt waren, sah die Lage nicht rosig aus. Und aus Gründen, die ich noch nicht näher benennen konnte, betraf mich das ebenfalls. Noch vor vierzehn Tagen hatte ich nicht mal geahnt, dass es Menschen wie Conny, Sophie, Martina (Chantale) Tapken, Christoph Wessels, das Ehepaar Ostermann, Dr. Ralf Beckmann, Wolfgang und Heidrun Sieverding, die Elfe, Karla Brandt oder Bernd Wienken überhaupt gab. Jetzt kannte ich sogar manche ihrer Geheimnisse.

Jäh wurde der Waldweg von einer Straße unterbrochen, auf der eine Gruppe junger Leute mit Bollerwagen unterwegs war. Jeder hatte ein Schnapsglas um den Hals hängen, in der Hand die obligatorische Bierflasche. Aus dem Bollerwagen drang rhythmischer Krach – eine Kohl-und-Pinkel-Tour störte die Idylle, die ohnehin keine mehr war, dafür hatte Wienken bereits gesorgt.

Ich wanderte schnurstracks weiter geradeaus und hielt mich nach etwa einem Kilometer links, hoffte auf diese Weise über den Trimm-Dich-Pfad zu meinem Wagen zu gelangen. Zwei Reiter auf Oldenburger Pferden kreuzten meinen Weg, dann kamen die ersten Turngeräte in Sichtweite. Allein der Anblick erfüllte für heute mein sportliches Pensum.

Der Verkehrslärm nahm zu, in einiger Entfernung sah ich den Volvo auf dem Parkplatz stehen. Ich stieg ein, schaltete das Radio an. *NDR-Info* berichtete bereits von den Vorkommnissen in Cloppenburg, zu Schlussfolgerungen kam es mangels Informationen aber nicht, allenfalls vage Mutmaßungen. Für den Nachmittag war eine Pressekonferenz im Kommissariat Vechta anberaumt worden. Ich drückte die nächste Stationstaste, wechselte den Sender. Auf *Bremen Eins* lief das Stück ‚Little Lies‘ von *Fleetwood Mac*.

411

Mit meinen Gedanken war ich ganz woanders. Es galt nun, die letzten losen Fäden aufzunehmen: Wer hatte mir das Foto und die Videos zugespielt, und zu welchem Zweck? Maria Willenborg war es jedenfalls nicht gewesen, sie hätte sich damit ja nur selbst belastet. Karla Brandt vielleicht, oder ihre Tochter Sabine? Wohl kaum, sie steckten mitten im Strudel, der sie mit hinabgespült hätte.

Ich dachte an den Weisheitsspruch im Flur meiner Oma, von denen es an der Wand, auf kunstvoll verzierten Holzschindeln, eine ganze Reihe gab, und die ich als kleiner Junge stets beim Treppesteigen las: *Kaum hat mal einer ein bisserl was – schon gibt es andere, die ärgert das.* Nein – es war der daneben: *Immer wenn du glaubst, es geht nicht mehr, kommt von irgendwo ein Lichtlein her.* In diesem Sinne startete ich das Fahrzeug und steuerte es zurück auf die Bundesstraße, mit dem Ziel Cloppenburger Innenstadt. Vielleicht warteten dort jene Antworten auf mich, die ich mir erhoffte. Ich sah durch die Windschutzscheibe in den Himmel. Es wurde langsam dunkel, graublaue Nachmittagsdunkelheit, die rasch in Blauschwarz überging und am Ende nur noch schwarz war, mit hoher Feuchtigkeit in der Luft.

Es gab einiges zu verkraften, ich benötigte dringend Ruhe und legte mich ins Bett. Gegen halb sieben erwachte ich, peitschte mir kaltes Wasser ins Gesicht und ging zum Abendessen runter ins Restaurant. Zurück im Loft registrierte ich die Einladung zum Vortragsabend, die mir der freundliche Koch aus dem *Grand Verace* zugesteckt hatte. *Welchen Sinn hat das Leid in der Welt?* Das fragte ich mich schon lange, und ich glaube kaum, dass mir diese Frage jemand schlüssig würde beantworten können. Ich ließ mich darauf ein, fuhr nach Molbergen.

Ich wartete dort im Vortragssaal auf ein ‚Lichtlein‘, das, woher auch immer es kommen sollte, nicht kam; dafür aber ein Gedanke, den ich mir notierte: *Wenn wir uns einig darüber sind, dass Liebe das Wichtigste und Entscheidende für uns Menschen ist, dann ist diese Welt, in all ihrer Unvollkommenheit, die beste und einzige Möglichkeit, die Liebe in ihrer elementarsten Form kennenzulernen und somit auch die Tugenden Empathie, Hilfsbereitschaft und Aufopferung. Eine perfekte Welt ohne Leid, Katastrophen und Tod brächte uns diesen Erfahrungsreichtum jedenfalls nicht.*

Nach dem Vortrag lief mir der Koch aus dem Grand Verace über den Weg. Er begrüßte mich mit großem Trara und flüsterte mir im Scherz zu, dass es hier keinen Alkohol gäbe, lediglich ‚lebendiges Wasser‘. Ich sagte ihm, dass es in Ordnung sei und ich froh wäre, überhaupt etwas zu trinken zu bekommen – bekam dann aber doch nichts.

KAPITEL 18

Draußen begann zögernd ein neuer Tag, an dem lebhafte Wolken über den Himmel zogen mit furchtsamen blauen Flecken dazwischen. Eine tiefstehende Morgensonne heftete goldgelbe Strahlen an die Stadt, die aber schnell wieder abrissen.

Das Smartphone weckte mich mit der Ballade ,Woman In Chains' von den *Tears For Fears*, dazu das unverkennbare Schlagzeugspiel von Phil Collins. Eines jener wenigen Stücke, die man während des Weckvorgangs nicht abzustellen braucht.

Auf dem Weg zum Frühstück machte ich einen Schlenker zur Rezeption. Auf dem Tresen lag die aktuelle Ausgabe der *Cloppenburger Tageszeitung*. Die Schlagzeile: *Suizid-Drama in den Bührener Tannen*, und daneben die Titelzeile eines anderen Artikels: *Der Fall Sieverding – Mordverdächtiger wieder auf freiem Fuß.* Es war, als hätte mir jemand die Zeitung ins Gesicht geschlagen. Ich griff nach dem Blatt, stellte mich abseits und nahm mir den zweiten Artikel vor. Es war von einer umfangreichen Zeugenaussage die Rede, womit nur die Aussage von Maria Willenborg gemeint sein konnte. Aufgrund dessen war es zur Verhaftung des Vorstandsvorsitzenden einer Investmentbank in Cloppenburg gekommen, damit war offenkundig ihr Mann Stefan gemeint …

Von der Rezeption ging nervtötendes Gezeter aus. Ein älterer Herr beschwerte sich über einen Laubbläser, mit dem bereits vor acht Uhr Krawall veranstaltet worden war. Die Dame an der Rezeption entschuldigte sich dafür, meinte aber, dass sich bisher noch niemand beklagt habe, und so weiter …

So war das – was dem einen missfällt, stört den anderen herzlich wenig. Das alles verstärkte meine Unruhe. Zurück zum Artikel: Wegen fehlender Fluchtgefahr und nach Festsetzung einer Kaution wurde der Beschuldigte aus der Untersuchungshaft entlassen …

Ich ließ die Zeitung sinken. Deeken hatte recht damit behalten, dass Willenborg frei käme. Das war rechtsstaatlich, aber zum Kotzen! Es war schlichtweg ein falsches Signal.

Vielleicht gab mir das Gezeter an der Rezeption den Einfall, vielleicht hatte der auch schon eine Weile unter der Oberfläche rumort. Jedenfalls wurde mir auf einmal klar, welche Wirkung diese Schlagzeile auf jemanden haben musste, der alles daran setzte, Stefan Willenborg hinter schwedischen Gardinen zu sehen. Seit nunmehr vierzehn Tagen warf mir ein Unbekannter Brocken mit Hinweisen vor die Füße, und nun musste er tatenlos mit ansehen, wie Willenborg aus der U-Haft entlassen wurde.

Wirklich tatenlos?

Obschon … plötzlich ging mir auf, dass es in dem Beziehungsgeflecht von 1985 neben dem Mordopfer vor allem eine Verliererin gab. Es war die geschasste Freundin von Stefan Willenborg: Birgit Mellies! Sie war kalt abserviert worden, ohne die Hintergründe zu kennen, ohne zu wissen, dass Maria Willenborg hinter alldem steckte. Auf einmal passte alles zusammen: Dieses Bäumchen-wechsel-dich-Spiel hatte tatsächlich stattgefunden, aber unter anderem Vorzeichen! Nicht Michael Ostermann hatte das veranlasst, sondern Maria Willenborg selbst, weil sie eine gute Partie machen wollte. Vielleicht war Birgit (Biggi) Mellies diejenige, die mir das Foto zugeschickt und den Schließfachschlüssel hatte zukommen lassen. Irgendwie musste sie an die Videos gekommen sein. Maria Willenborg hatte von einem Einbruch gesprochen …

Ich ließ das Frühstück sausen, ermittelte über das mobile Internet die Anschrift von Frau Mellies und machte mich auf den Weg, wieder in den Stadtteil Emstekerfeld. Vor genau einer Woche hatte ich in der Akazienallee Herrn und Frau Ostermann besucht. Heute war der Weg nicht ganz so weit. Nochmals ging es am *Pfanni*-Turm vorbei, ich bog aber gleich nach dem Seniorenheim rechts in die Landsberger Straße ein. Diese Gegend mag in den sechziger Jahren als Sozialbauprojekt an den Start gegangen sein, heute war das kaum mehr zu spüren. An den Häusern waren zum Teil aufwendige Um- und Anbauten vorgenommen worden, sodass sie individuellen Ansprüchen genügten – allesamt liebevoll gestaltete Schmuckstücke. Gepflegte Grünanlagen, niedliche Zier- und Rosenbeete.

Nach wenigen Metern hatte ich das Haus gefunden. Ich parkte in einer der Buchten, an denen die Straße einen Schlenker machte, und näherte mich der Haustür im Innenhof. *Berthold Schultzki/Birgit Mellies* stand in Druckbuchstaben auf dem Klingelschild. Hinter der Tür hörte ich das Geplärre eines Kleinkindes. Ich drückte kurz den Knopf, das Geschrei erstarb augenblicklich.

Jemand öffnete, jedoch nur einen Spalt. Die Sicherheitskette war eingehängt.

„Ja? Was wollen Sie?", fragte der Mann, offenbar Berthold.

Durch den schmalen Spalt sah ich von oben bis unten als schmalen Streifen strohblonde, durcheinandergewirbelte Haare, einen fransigen Bart, Doppelripp-Unterhemd, schwarze Mikrofaserhose, weiße Tennissocken mit Schlappen. Über dem Bauch das Bein eines Kleinkindes, das er allem Anschein nach auf dem Arm hatte.

„Guten Morgen, meine Name ist Frank Gerdes. Ich ermittle im Fall Stefan Willenborg und hätte gern mit Frau Birgit Mellies gesprochen", sagte ich höflich.

Die Antwort ließ etwas auf sich warten, das Kind auf seinem Arm begann zu jammern, er versuchte es zu beruhigen: „Oma kommt ja gleich wieder …"

Sein Blick verriet mir, dass er nicht ganz bei der Sache war. Ein paar Sekunden verstrichen, bevor er schnaubte: „Biggi? Was glauben Sie eigentlich …" Er räusperte sich, holte Luft, während er einen Gang zurückschraubte. „Warum haben Sie das Schwein Willenborg laufen lassen? Wie viel hat der Ihnen dafür gezahlt?"

Ich fühlte mich überfahren, wusste nicht, was ich darauf antworten sollte.

Er schloss die Tür.

Ich rief: „Hören Sie, ich bin nicht von der Polizei!"

Er zögerte, nahm die Sicherheitskette aus der Verankerung und öffnete die Tür. Der etwa einjährige Junge auf seinem Arm starrte mich aus verheulten Augen an. Herr Schultzki war unschlüssig, wie er reagieren sollte, seine Augenlider flackerten nervös. Sein Gesicht kam mir irgendwie bekannt vor.

Er sagte: „Was wolln Sie? Meine Lebensgefährtin ist … nicht da, sie ist vorn paar Minuten weggefahrn. Sie hat mich mit ihrem Enkel allein gelassen."

„Ohne zu sagen, wohin?"

„Ja … So was macht sie … sons nich. Da stimmt was nich!"

„Was hat sie gemacht, unmittelbar bevor sie gefahren ist? Ist etwas Außergewöhnliches passiert?"

„Ich weiß nich … Komm' Sie rein."

Herr Schultzki zog die Tür ganz auf, ließ mich eintreten. Er ging voraus, einen schmalen Flur entlang, auf dem Fußboden lagen Schuhe und Spielzeug herum. Das Kind beobachtete mich, ließ mich nicht aus den Augen. Die kleine Küche war unaufgeräumt, es roch nach Haferbrei, Toast und verkochter Milch. Durch das Fenster schien trübes Tageslicht herein, es war behangen mit allerlei Gedöns aus Makramee. Traumfänger und Albtraumfänger. Auf dem Tisch ein unerledigtes Frühstück, auf der Arbeitsplatte ein geschnittenes Brot, Cornflakes und die aktuelle Ausgabe der CT.

„Also, ich kann mir das nicht erklären …", murmelte Schultzki, dann geriet er ins Plaudern. „Biggi las die Zeitung und wurde wütend, und ich hab gefragt, was los is. Aber sie sagte nichts, sondern sprang auf, nahm das Telefon und wollte jemanden anrufen. Ich weiß nich, wen. Dann legte sie einfach auf, ohne ein Wort zu sagen", er überlegte und erzählte weiter. „Sie fing an zu schimpfen, auf die Schweine bei der Polizei und so. Sie war ganz anders, so kannte ich sie gar nich. Der Kleine bekam Angst und fing an zu weinen. Und auf einmal stürmte Biggi in den Flur, sie zog sich die Strickjacke an, nahm die Schlüssel und rannte raus. Ich hinterher, aber sie war schon losgefahrn. Dann, ich wieder zurück ins Haus, wegen Lennart."

Er stellte den Kleinen auf den Boden, der klammerte sich an Stiefopas Hosenbein.

„Darf ich das Telefon mal sehen?", fragte ich. Er reichte mir den kabellosen Knochen, ich drückte die Taste *Calls*. Auf dem Display erschien die zuletzt gewählte Nummer. Ich drückte die Wahlwiederholung und horchte.

Nach mehrmaligem Rufton eine Ansage: „Dies ist der Anschluss von Stefan und Maria Willenborg. Wir sind zurzeit nicht erreichbar. Bitte hinterlassen …" Ich legte auf und dachte nach.

Berthold Schultzki meldete sich mit starrem Gesicht: „Herr Gerdes, das Messer … Es ist weg!"

„Welches Messer?", fragte ich.

Er wies auf die abgeschnittenen Brotscheiben. „Das Sägemesser! Es lag gerade noch hier!"

Es durchfuhr mich wie ein Blitz. Das ließ vor allem einen Schluss zu: Biggis Sicherungen waren durchgebrannt, und sie war auf dem Weg, die Exekutive selbst in die Hand zu nehmen. Es war ihr nicht gelungen, aus dem Hintergrund das zweifelhafte Glück von Stefan und Maria Willenborg zu zerstören, nun trat ihr Plan B in Kraft. Sie trat selbst auf den Plan.

Ich musste alles daransetzen, die Katastrophe zu verhindern. Berthold Schultzki sah mich hilfesuchend an; mir blieb nichts übrig, als ihm meine Folgerung mitzuteilen: „Ihre Freundin ist auf dem Weg zu den Willenborgs, und ich fürchte, mit keinen guten Absichten! Welches Auto fährt sie?", wollte ich wissen. Der kleine Lennart klammerte fester, als meine Stimme anschwoll.

„Einen Opel *Corsa*."

„Farbe?" Ich stand in den Startlöchern, auf den Startschuss wartend.

„Türkis."

„Das Kennzeichen?"

„Cloppenburg … BM … Die Zahlen weiß ich nicht."

Ich ging schnellen Schrittes zurück in den Flur, im Eingangsbereich stolperte ich fast über einen Haufen Schuhe, darunter waren auch Sportschuhe mit neongrünen Streifen, einem umgedrehten Opelzeichen. Ich fror in der Bewegung ein, schaute zurück und sah, wie Berthold näher kam. Die blonden, abstehenden Haare, die Statur und ... die Jacke an der Garderobe: schwarz mit grünen Streifen.

Kein Zweifel! Schultzki war der Schlüsselbote gewesen, und der Typ im *Grand Verace*!

Jetzt war nicht die Zeit, das zu klären. Ich brauste davon, rief Deeken während der Fahrt an und erzählte in groben Zügen von Birgit Mellies, im Zusammenhang mit dem Fall von 1985. Er ordnete umgehend Personenschutz für die Willenborgs an, schickte zwei Streifenwagen los. Meine Fahrt ins Inselviertel dauerte eine gefühlte Ewigkeit. Als ich in die Rügenstraße einbog, waren bereits zwei Streifenwagen mit flackernden Lichtern vor dem Haus postiert worden. Ich zog die Handbremse, ließ den Wagen im Leerlauf stehen und rannte auf einen der Beamten zu. Er kannte mich vom Einsatz in den Bührener Tannen. Herrn und Frau Willenborg ginge es gut, Frau Mellies war nicht gesichtet worden.

Ich atmete durch, doch blieb weiterhin beunruhigt. Was hatte Biggi Mellies vor? Es konnte auch nicht ausgeschlossen werden, dass sie sich selbst etwas antun wollte, wenn sie ihr eigentliches Ziel nicht erreichen sollte.

Ich rief Berthold Schultzki an: „Hier ist Gerdes. Bei den Willenborgs ist Ihre Freundin nicht angekommen."

Er war ratlos: „Wo könnte sie denn stecken?"

„Gibt es einen Ort, wohin sie sich manchmal zurückzieht, wenn sie allein sein möchte? Ein Versteck, ein idyllisches Plätzchen vielleicht?"

Er dachte darüber nach, während ich mit dem Mobiltelefon am Ohr zurück ins Auto stieg.

„Hm", machte er, „ich weiß nicht … Oh, warten Sie mal …"

Es raschelte, ich hörte Lennart brabbeln, ein Geklimper.

Schultzki war wieder an die Strippe: „Mein Schlüsselbund fehlt!"

„Was sagt uns das?", gab ich entnervt von mir.

„Es sind die Schlüssel von meiner Arbeitsstelle."

„Wo arbeiten Sie denn? Mann, lassen Sie sich doch nicht alles aus der Nase ziehen!"

„Ich bin bei *Emsland Food* beschäftigt."

„Und …?!" Ich ließ ihm Zeit zum Überlegen, er nutzte sie nicht. „Wo ist das?"

„Kennen Sie den *Pfanni*-Turm?"

„Selbstverständlich!", sagte ich, und im gleichen Augenblick schoss sich mir eine düstere Vorahnung ein.

„Nun, da arbeite ich als Techniker. Ich hatte Biggi im letzten Sommer mit auf den Turm genommen, wollte ihr die Stadt bei Nacht zeigen. Meinen Sie, dass sie dort sein könnte?"

„Ich werde das überprüfen, danach melde ich mich bei Ihnen."

Ich legte auf, machte in zwei Sätzen kehrt und fuhr denselben Weg zurück. Während der Fahrt informierte ich Deeken, wo ich Biggi Mellies jetzt vermutete. Es konnte ein Schlag ins Wasser sein, aber ich hatte ein nervöses Ziehen im Bauch, wie man es vor heiklen Ereignissen bekommt, bewusst oder unbewusst.

Der Schatten des Turmes ragte über den Niedrigen Weg, als ich von dort in den Werner-Eckert-Ring einbog. Dann eine scharfe Rechtskurve, um auf das Areal der *Emsland Food GmbH* zu gelangen, dem derzeitigen Eigentümer des *Pfanni*-Geländes. Auf dem vorgelagerten Parkplatz fuhr ich die Autoreihen entlang und machte fast am Ende Frau Mellies' *Corsa* aus. Ich hielt, stieg aus und warf einen Blick durch die Scheiben. Der Wagen war leer, das Messer lag auf dem Beifahrersitz. Ich stieg wieder ein, setzte zurück. Unmittelbar vor dem Pförtnerhaus hielt ich an, stieß die Tür auf und hechtete wieder hinaus. Rechts entschlüpften aus mehreren Rohren riesenhafte helle Dunstwolken; sie erklommen den Turm, küssten ihn sanft zum Abschied und zogen gen Himmel. Mein Blick folgte ihnen, blieb aber am Rand des Turmes haften, suchte ihn ab, konnte aber nichts Verdächtiges ausmachen.

Der Pförtner, ein älterer Herr mit Uniformmütze, weißem Hemd, schwarzer Krawatte, dunkler Hose, kam angelaufen. „So können Sie hier nicht stehen bleiben! Sie parken ja die anderen Fahrzeuge zu …"

„Ist Birgit Mellies hier!?", fragte ich scharf in seine Zurechtweisung hinein.

Er schaute verdutzt, schob die Mütze hoch, kratzte sich die Stirn und fragte: „Birgit Mellies? Sie meinen Biggi, die Freundin von Bert?"

„Ganz genau, Biggi meine ich!"

„Äh, ja … Sie ist hier, wollte mit Bert sprechen."

„Wohin ist sie gegangen?", fragte ich und ging festen Schrittes an ihm vorbei, während ein anderer, jüngerer Mann aus dem Pförtnerhaus getrabt kam – sein rundes Gesicht offenbarte Desinteresse mit einem Hang zur Schläfrigkeit.

Der Ältere rief: „Hey, hey, gehen Sie nicht weiter! Das ist Werksgelände, Sie sind nicht befugt!"

Ich blieb stehen, streckte meine Arme seitwärts aus, beugte mich leicht vornüber, spielte den Empörten: „Es ist Gefahr im Verzug! Es geht um Leben und Tod!" Eindringlich appellierte ich an sein Verantwortungsbewusstsein. „Wenn Sie mir nicht augenblicklich sagen, wohin Frau Mellies gegangen ist", ich zeigte auf ihn, „tragen letztendlich Sie die Konsequenzen! Berthold ist zu Hause bei Biggis Enkelkind – er ist gar nicht an seinem Arbeitsplatz!"

Es musste überzeugend gewirkt haben, denn er prustete nur noch als Erwiderung. Der Pförtner stand breitbeinig da, lupfte noch einmal die Mütze und zeigte auf die gepflasterte Zufahrt unmittelbar hinter mir. Ich vollführte auf dem Absatz eine elegante Drehung und folgte eilends dem Weg bis zum großen Werkstor, dem Zugang zum Turm. Die kleinere Feuerschutztür links daneben stand einen Spalt offen.

Der Pförtner kam hinter mir her und drohte: „Hey, ich werde die Polizei rufen, wenn Sie da reingehen!"

„Darum möchte ich Sie dringlichst bitten! Informieren Sie Hauptkommissar Deeken! Er soll gefälligst hier warten, bis ich Entwarnung gebe!"

Er machte kehrt.

Ich schlüpfte durch die offene Tür, versuchte mich zu orientieren. Ein Blick hinauf ließ mir den Atem stocken, der Turm war ... ein hohler Zahn.

Anfang der sechziger Jahre rieselten hier zur Trocknung Kartoffelflocken von der sechsundsiebzig Meter hohen Turmdecke, was sich später als großer Flop herausstellte – die Luftfeuchtigkeit war zu hoch. Vier Jahre dauerte der Spuk, dann wurde das Projekt eingestampft, obschon die Werbung auf Hochtouren lief. Das einzige, was erfolgreich verpulvert wurde, waren die millionenschweren Investitionen.

In dieser Industrie-Kathedrale waren links zwei Lastenaufzüge, von denen einer oben war.

Ich versuchte, den anderen zu öffnen, aber da rührte sich nichts. Plötzlich stand der jüngere Pförtner hinter mir, behände nach dem passenden Schlüssel suchend, er fand den richtigen, öffnete die Fahrstuhltür und ließ mich in den Stahlrohrkäfig steigen. Das Blut pochte hinter meinen Augen, die sich vor Anspannung mit tanzenden Flecken füllten. Es ging aufwärts, ich fuhr gen Himmel, bereit für die Apollo-Mission …

Oben schob ich die Gittertür zur Seite, taumelte ein paar Metallstufen hoch und gelangte auf das Plateau. Heftiger Wind erfasste mich, der mir den Atem nahm und das Haar zerzauste. Ich klammerte mich an ein Geländer, hielt Ausschau nach Biggi Mellies. Garagengroße Aufbauten mit unzähligen Antennenanlagen versperrten die Sicht. Als ich über den Rand nach unten blickte, schwankte der Turm unter mir – oder war ich es, der sich bewegte? In solchen Höhen fühle ich mich extrem unwohl; dafür bin ich nicht geschaffen.

Ich starrte auf meine Füße und atmete tief durch, bevor ich wieder aufblickte. Schritt für Schritt machte ich mich daran, das Plateau zu erobern. Die Fläche wirkte hier oben viel kleiner, als es von unten den Anschein hatte. Nachdem eine der Aufbauten aus meinem Gesichtsfeld verschwunden war, sah ich sie. Birgit Mellies saß auf der Betonkante an der Südwestecke, ihre Beine baumelten über den Rand. Lediglich ein paar filigrane Drahtzüge bewahrten sie davor, in die Tiefe zu stürzen. Es wäre ein Leichtes, unter der Begrenzung hindurchzurutschen, wenn sie es wollte. Ein dumpfes Gefühl der Ohnmacht breitete sich auf meiner Hirnrinde aus.

Sie saß etwas nach vorn geneigt an die Seilzüge gelehnt und schaute in Richtung Stadtzentrum – der Blick war überwältigend. Noch hatte sie mich nicht bemerkt. Ich näherte mich ihr vorsichtig, blieb zwei, drei Meter von ihr entfernt stehen. Auf einmal drehte sie ihren

Kopf in meine Richtung, zuckte zusammen, sagte aber nichts. Frau Mellies richtete ihren Oberkörper leicht auf, schlang die Arme um ihren Brustkorb, als würde sie frieren. Die Böen zerrten an ihr. Eine rötliche, schulterlange Lockenpracht umwehte das bleiche Gesicht. Sie atmete heftig, als bekäme sie zu wenig Luft. Ihr Mund hatte einen bitteren Zug. Der verzweifelte Ausdruck in ihren Augen war ein einziger stummer Schrei.

Noch bevor ich etwas sagen konnte, fragte sie: „Wie haben Sie mich gefunden?" Sie sagte es so leise, dass ich es – des Windes wegen – kaum hören konnte.

Ich trat behutsam einen Schritt vor.

Ohne auf meine Antwort zu warten, fügte sie lauter hinzu: „Was wollen Sie hier? Machen Sie lieber ihren Job. Bringen Sie Stefan dahin, wo er keinen Schaden anrichten, wo er keine Herzen mehr brechen kann …"

„Frau Mellies, bitte kommen Sie da weg. Lassen Sie uns in aller Ruhe darüber sprechen!" Ich streckte meine Hand aus.

Sie ignorierte sie, sprach einfach weiter: „Stefan hat Michael Ostermann umgebracht. Sie haben doch die Videos gesehen, oder nicht?"

Ich ließ den Arm sinken und erwiderte: „Ich hab die Aufnahme gesehen, und die Polizei weiß ebenfalls Bescheid."

„Aber ich weiß etwas, was die Polizei nicht weiß!", zischte sie. Dabei zog sie ein Bein zu sich heran, löste ihre verschränkten Arme und drehte mir den Oberkörper zu. Sie schluckte, hielt sich die rote Lockenpracht aus dem Gesicht und sagte: „Maria hat unser Glück vernichtet, sie hat sich einfach zwischen uns gedrängt. Es hat so weh getan …!"

„Maria Willenborg hat mir gestanden, was sie Ihnen angetan hat. Es muss sehr schmerzhaft für Sie gewesen sein. Ich verstehe das", sagte ich und kam näher.

„Ach ja? Können Sie das? Alles, was mir wichtig war, wurde mir aus meinem Herzen gerissen!" Sie zog auch das zweite Bein heran. „Es war echte Liebe, und Stephan meine einzig wahre Liebe! Wenn ich daran denke, schüttelt es mich. Diese Liebe lässt mich nachts aufwachen, wenn ich von ihm geträumt habe. Ich kann mir ein Leben ohne Stefan nicht vorstellen. Ich liebte ihn damals, wie ich ihn auch heute noch liebe, wie ich ihn lieben werde, bis ich sterbe, auch wenn er einen Fehler gemacht hat." Die Vergangenheit quoll hoch, schwarz und übel, um sie erneut zu verletzen.

Ich sagte: „Dieser ‚Fehler' – das war Mord, Frau Mellies. Mord an einen Mitschüler! Michael bekam nicht einmal die Chance, ein normales Leben lang zu lieben. Es wurde ihm genommen."

Sie hörte es nicht, oder wollte es nicht hören. Biggi Mellies sah mich an, Tränen rannen über ihre Wangen, als sie erzählte: „Ich bin erst viele Jahre später darauf gestoßen, erst als ich die Videokassetten hatte. Ich hab mich immer gefragt, warum das Flittchen mit Stefan so herumspringen konnte … warum sie ihn in der Hand hatte. Sie schaffte es irgendwie …" Ihr Blick schweifte in die Ferne, während sie daran dachte, was damals geschah. „Diese Hure brachte es fertig, dass meine Liebe zu Stefan gefror. Verstehen Sie? Aber irgendwann taute alles wieder auf. Meine Gefühle für ihn wurden stärker und stärker … Ich konnte sie … nicht mehr ignorieren. Für mich werden sie erst vorbei sein, wenn ich es auch bin – wenn es mit mir aus ist", schluchzte sie mit einem Gesicht, das sich um Trauer und Schmerz herum versiegelt hatte. Trauer und Schmerz sind eine verborgene Sache, genau wie die Liebe.

Der spitze Klang eines Martinshorns drang zu uns herauf.

Sie setzte ihre Gedanken fort: „Als ich begriff, dass … ich ihn nicht … für mich haben konnte …"

„…schlugen Ihre Gefühle ins Gegenteil um", führte ich ihren Satz weiter.

„Ja, so war es tatsächlich – ich wollte ihn und seine kleine Schlampe vernichten. Die Beiden haben es nicht verdient, zusammen zu sein. Das alles war doch nur auf Egoismus und Geld aufgebaut …" Frau Mellies begann zu schluchzen. Trockene, schmerzhafte Schluchzer von irgendwo tief drinnen. Ihre Enttäuschung darüber, keine Chance bei Stefan bekommen zu haben, hatte ihr Leben irgendwann ins Wanken gebracht. Die Zeit, die sonst viele Wunden heilt, hatte ihren Dienst versagt, die Narben waren allzu oft aufgerissen worden.

Mit Maria Willenborg war sie noch nicht fertig: „Sie war nichts und sie hatte nichts, vor allem nicht im Kopf. Sie machte die Beine breit für ihn und kassierte, um sich beschnibbeln und stopfen zu lassen wie ein

Truthahn. Laser-OP für die Augen, neue Brüste, neue Lippen, neue Nase, aber eben kein neues Hirn." Biggi Mellies musste lachen, es war ein bitteres Lachen. Sie empfand anscheinend kindische Freude, wenn sie daran dachte, dass Stefan und Maria Willenborg endlich ihre Quittung dafür erhielten, dass sie selbst Jahrzehnte hatte leiden müssen.

„Bereitet es Ihnen nicht Genugtuung, dass die ganze Sache aufgeflogen ist? Stefan und Maria Willenborg sind faktisch am Ende", bemerkte ich. Doch ich hatte Zweifel, ob sie meine Frage überhaupt verstand.

Langsam stand sie auf und blieb am Rand stehen. Alarmglocken begannen in meinem Kopf zu schrillen.

„Warum ist Stefan dann nicht im Gefängnis? Er hat Michael umgebracht", rief sie. „Haben Sie das Video nicht gesehen? Maria kann es doch bezeugen! Warum fragen Sie sie nicht?"

„Das ist bereits geschehen und glauben Sie mir, Stefan Willenborg wird nicht ungeschoren davonkommen! Das liegt jetzt in den Händen der Staatsanwaltschaft."

Meine Worte erzeugten bei ihr offensichtlich ein bestimmtes Gefühl – ein Gefühl, das ihr nicht gefiel; denn ich registrierte eine Unmutsreaktion. Sie kniff den Mund zusammen und zuckte für einen Augenblick mit den Schultern. Ich betrachtete sie forschend. Sie senkte den Blick, schien irgendetwas dort unten zu suchen. Es war dringend geboten, ihre Gedanken in das Hier und Jetzt zurückzuholen, darum konfrontierte ich sie mit meiner Schlussfolgerung.

„Frau Mellies, Sie haben mir das Foto von der Videoaufnahme zugeschickt, mit Maria Willenborg am Fenster."

Sie nickte, ohne etwas zu sagen, legte ihre rechte Hand an einen Drahtzug.

„Warum mir?", wollte ich wissen.

Mit ihrer linken Hand umklammerte sie das verwitterte Metall einer Halterung und ließ das Schweigen anwachsen, bis es weh tat. Die Antwort kam zögernd, fast widerwillig: „Ich wollte mit den Ermittlungen nichts zu tun haben, darum habe ich Ihnen das Foto zugeschickt."

„Aber warum mir?", wiederholte ich. Ich stand nun einen Meter von ihr entfernt und zwang mich, nicht nach unten zu schauen, mich nur auf ihr Gesicht zu konzentrieren.

Sie drehte den Kopf, sah mich mit leeren Augen an; ihr Blick wanderte wieder zurück in die Tiefe, als sie sagte: „Du hast mich nicht wiedererkannt, nicht wahr? Ich sah dich im Fernsehen und hab mich an dich erinnert, daran, wie du damals in der Schule warst; dass man sich auf dich verlassen konnte." Sie blickte mich fest an. „Ganz tief drinnen wusste ich, dass du mir helfen wirst."

Fast hätte ich sie vergessen, die NDR-Dokumentation über Wirtschaftskriminalität vor fast vier Jahren – es war um die Zusammenarbeit von Behörden und Privatermittlern gegangen. Meine Visage war maximal zwanzig Sekunden im Bild gewesen. Langsam kam die

Erinnerung an Biggi zurück, sie war ein Mädchen aus irgendeiner Parallelklasse.

„Wie hast du mich gefunden, Biggi?"

Sie reagierte mit einem Achselzucken. „Das hat Berthold für mich erledigt. Ich habe ihm ein Märchen aufgetischt, da brauchte ich ihn nicht lange zu bitten."

Mein Smartphone vibrierte; ich ignorierte es.

Auf einmal wurde Biggi bewusst, dass ich fast neben ihr stand. Unwillkürlich wich sie nach vorne aus, presste sich gegen den Draht und stieß einen unartikulierten Laut aus. Ich fasste sie fest am Oberarm und zog sie an mich, wie ein Bräutigam auf der Kirchentreppe eine schwankende Braut stützt, wenn deren ehemaliger Geliebter auftaucht. Wir traten ein paar Schritte zurück, ich zerrte sie hinter eine der Aufbauten. Dabei schüttelte sie wild ihren Kopf und rief wütend: „Lass mich …!!"

Ich versuchte, meine Arme um sie zu legen, sie zu beruhigen. So rasch, wie ihr Zorn aufgeflammt war, brach er in sich zusammen. Sie ergab sich nur widerwillig dem sanften Druck, den ich auf sie ausübte, um Schlimmeres zu verhindern.

Ihre Stimme war schwach, der Ton fast apathisch: „Du kannst nichts daran ändern, wie ich mich fühle …" Ihre Lippen begannen zu beben, Tränen verschleierten wieder ihre Augen.

„Nein, sicher nicht, aber warum soll Lennart darunter leiden, wenn du dich aufgibst?", entgegnete ich besänftigend. Ich sah eine Mischung aus Unverständnis und Verwunderung in ihren Augen. Sie versuchte zu antworten, die Worte zu formen, um sie wieder fallen zu lassen, sie zu vergessen.

Wir rutschten gemeinsam an der verdreckten Wand abwärts; blieben auf einer Betonkante sitzen. Dort im Windschatten war es möglich, die Gedanken zu sammeln.

Biggi schien ihre bereits geordnet zu haben, sie sprach nun weniger aufgeregt: „Als ich hörte, dass Wolfgang Sieverding tot in der Stadtmitte aufgefunden wurde, habe ich sofort an den Mord damals gedacht. Ich habe gewusst, dass Stefan dahintersteckt, und dass Maria wieder …", sie brach ab und schluckte den Rest des Satzes hinunter.

Sie dachte so lange darüber nach, dass ich schließlich in ihr Schweigen hinein sagte: „Nein, Biggi, das stimmt nur teilweise! Maria und Stefan hatten sich mittlerweile auseinandergelebt. Das anfängliche Abhängigkeitsverhältnis war unterschwellig vorhanden, aber es war ihnen egal geworden. Stefan handelte auf eigene Rechnung. Er hat den Tod von Wolfgang Sieverding zu verantworten, aber Maria Willenborg ging ihren eigenen Weg – sie hatte ihre Ziele längst erreicht." Ich sah, dass sie protestieren wollte, und sprach weiter, bevor sie einen Einwand machen konnte.

Ich kam zu jenen Fragen, deren Beantwortung ich mir durch Biggi erhofft hatte: „Wie bist du an die Videos gekommen? Die Filme gingen schon vor Jahren von Sabine Brandt in den Besitz der Willenborgs über …"

„Das wusste ich von Sabine. Sie war übrigens das größte Flittchen damals …", sie stockte und blickte mich an. Was immer sie in meinen Augen sah, schien ihr Mut zu machen, denn sie setzte hinzu: „Ich hab Berthold was vorgelogen. Ich sagte ihm, dass ich von den Willenborgs erpresst wurde. Ich hab ihn teilweise in die Dinge eingeweiht, die damals im alten Haus beim Marktplatz passiert waren. Ich bat ihn, mir die Videos zu besorgen, damit ich für alle Zeiten Ruhe hätte. Als sie verreist waren, ist Berthold bei den Willenborgs eingestiegen und hat die komplette Videothek mitgebracht. Berthold kriegt jedes Schloss auf, das ist ja auch sein Job hier."

Birgit Mellis unterbrach ihre Erzählung mit leichten Seufzern, als würde jedes ihrer Worte sie um ein paar Zentner erleichtern, sie schien sich befreit zu fühlen. Irgendwann, da müssen alle Geheimnisse in die Freiheit entlassen werden. Man trägt sie jahrelang mit sich herum, kann sie niemanden erzählen. Aber eines Tages begegnet man einem Menschen, mit dem man es teilen muss, dieses Geheimnis, weil es nicht mehr anders geht … Und jetzt, so ganz nebenbei, lüftete sich auch das Rätsel, wie Berthold trotz verschlossener Tür in mein Treppenhaus gelangt war.

Ein plötzlicher Windstoß blies uns Kälte ins Gesicht. Biggi hob den Arm, um ihr Gesicht zu schützen, langsam ließ sie den Arm wieder sinken und setzte neu an: „Endlich, endlich war es soweit! Ich hatte diese verfluchten Videos und konnte den Spieß einfach umdrehen!

Das billige Glück der Willenborgs lag nun in meinen Händen, ich musste nur noch zugreifen!", sagte sie, und mit diesem Satz erwachte erneut die Hoffnung, und mit der Hoffnung wohl der finale Wunsch nach Verwirklichung. Sie strich sich das gelockte Flammenhaar aus Augen und Mund und trocknete mit einem Ärmel die Tränen. Ich gab ihr ein Papiertaschentuch aus meiner Jackentasche und hoffte, dass es nicht in seine Bestandteile zerfiel.

„Und bei dem ‚Zugreifen' wolltest du dir nicht selbst die Finger schmutzig machen. Da hast du an mich gedacht", unterstellte ich.

Biggi bestätigte dies mit einem Nicken, sie sagte: „Ja, Frank. Ich will dich nicht anlügen. Ich habe Berthold von dir erzählt, und dass es uns gelingen müsste, dich hierher zu locken. Berthold hat einen Ausdruck vom Videobild gemacht, er hat deine Firma herausgefunden, und ich habe dir dann das Bild nach Hamburg geschickt. Du hast erwartungsgemäß angebissen, so pflichtbewusst, wie du nun mal bist. Bitte … sei mir nicht böse."

Sie hatte den brennenden Reifen hochgehalten, mit der Peitsche geknallt, und ich war hindurchgesprungen. So hatte sie es geplant, und ich hatte pariert wie ein dressierter Trottel. Antje hatte mich gewarnt …

Biggi schloss konzentriert die Augen, als würden ihre Erinnerungen dort als Film ablaufen. Sie gab den Inhalt des Films wieder: „Als nächstes haben wir die Videos im Schließfach deponiert. Wir gingen so diskret vor, wie man nur sein kann, um damit nicht in Verbindung gebracht zu werden. Je weniger, desto besser, dachten wir, aber es wäre fast schief gegangen; du warst Berthold dicht auf dem Fersen. Er hat mir erzählt, dass du ihm durchs Krankenhaus gefolgt bist, und im *Verace* hättest du ihn beinahe erwischt."

Ich erinnerte mich dunkel daran; zu guter Letzt war ich voll wie eine Haubitze gewesen und hatte das Lokal verlassen müssen, noch bevor ich die Freundschaft mit Berthold vertiefen konnte …

Plötzlich riss der Film. Biggi hielt mitten im Gedanken inne, hob die Lider, und dabei erwachte ihre Neugier: „Aber wie bist du auf mich gekommen? Was habe ich falsch gemacht?"

Mir gefiel es nicht, wie ein Kaninchen an den Ohren aus dem Hut gezogen und vorgeführt zu werden. Das hier war kein verdammter Psychotest für angehende Detektive: *Zählen Sie Ihre Punkte zusammen und lesen Sie, was für ein Idiot Sie sind* … Die Verärgerung war mir sicher deutlich anzumerken, als ich sagte: „Beauftrage einen Privatdetektiv. Der wird das für dich herausfinden."

Ich rief Deeken an, um ihm mitzuteilen, dass wir jetzt herunterkommen würden. Er solle einen Notarzt anfordern; doch der war bereits vor Ort.

Wir stiegen in den Fahrstuhl, fuhren abwärts. Meine Laune war lange vor uns unten. Deeken, Vaske, die beiden Pförtner, ein Notarzt, zwei Sanitäter und ein paar

Uniformierte bildeten das Begrüßungskomitee. Die Käfigtür wurde von außen geöffnet, und ich war drauf und dran, den Boden zu küssen. Deekens hämisches Grinsen hielt mich davon ab.

Er gab einer Polizistin mit einem Nicken zu verstehen, dass sie sich um Biggi kümmern sollte, dann wandte er sich an mich: „Welchen Typus hast du denn da vom Dach geholt – Typ Mauersegler oder Typ Mauerblümchen?" Er ließ kurz seine Eckzähne aufblitzen.

Wir traten nach draußen. Ein Streifenwagen, Deekens BMW und ein Rettungswagen standen unter blau zuckenden Stroboskoplichtern verteilt auf der Zufahrt zum Turm. Ich sah, wie Biggi eine Decke über die Schultern gelegt wurde und sie etwas zu trinken bekam.

„Weder noch", antwortete ich. „Frau Mellies brauchte wohl nur etwas Luftveränderung. Sie war es, die mich auf Willenborgs Spur gebracht hatte. Übrigens, wie weit seid ihr im Fall Stefan Willenborg?"

Er nahm sein Zigarettenetui aus der Trenchcoattasche, klappte es auf und bediente sich. „Wir ... sind dran ... Frag mich morgen wieder." Die Kippe landete zwischen seinen schmalen Lippen und wurde entfacht.

Ich sagte: „Morgen bin ich abgereist."

Deeken tat genüsslich einen Zug und erwiderte: „Das kannst du vergessen! Morgen ist Ausstellungseröffnung im Museumsdorf." Er machte eine Geste, als sähe er den Titel vor uns in der Luft hängen. „*Mord im Kuhstall – Verbrechen im Oldenburger Raum, vom siebzehnten Jahrhundert bis in die Gegenwart.* Die habe ich in aufwändiger Zusammenarbeit mit dem Museumsdorf und dem Polizeimuseum Nienburg organisiert."

„Während der Arbeitszeit, vermute ich. Täglich bis sechzehn Uhr dreißig, dann ist Feierabend."

„Außer freitags, da arbeite ich bis vierzehn Uhr."

„Gab es hier im siebzehnten Jahrhundert denn schon Verbrechen? Ich dachte, es ging erst los, als du nach Cloppenburg versetzt wurdest."

„Harhar! Morgen wird alles, was Rang und Namen hat, zugegen sein." Er klopfte mir auf die Schulter und fügte hinzu: „Ich rechne mit Dir, Gerdes! Morgen, um zehn in der *Münchhausenscheune.*"

Er zog ab und ich informierte wie versprochen Berthold Schultzki darüber, dass seine Lebensgefährtin in Sicherheit war.

Mir war kalt geworden, ich konnte das Smartphone kaum noch halten. Es wurde endlich Zeit für das Frühstück, das ich hatte ausfallen lassen – ich hatte es mir verdient.

Kapitel 19

Samstag, 15. November

Es war einer dieser grauen, regenlosen Tage, die man vergisst, ehe sie halb vergangen sind. Ich kam fünf Minuten zu spät auf den Parkplatz des Museumsdorfes gerollt, und zufällig mit mir die Elfe Karin Zapatka in einem schwarz glänzenden Austin Mini. Wir parkten auf zwei freien Flächen nebeneinander, stiegen fast synchron aus.

Übers Autodach raunte ich ihr zu: „Wir sollten diese Art Treffen künftig vermeiden."

Ein umwerfendes Cinemascope-Lächeln erschien auf ihren Lippen, sie warf ihr langes Haar nach hinten und zog ein Täschchen über die Schulter ihres macchiatofarbenen Mantels. „Antje hat mich hierherbestellt. Wir haben uns zum Shoppen verabredet, nachdem sie den Job hier erledigt hat." Sie schaute mich entgeistert an und fügte hinzu: „Sie etwa auch?"

Ich schüttelte entschieden den Kopf und erklärte, dass mich die berufliche Neugier in die Ausstellung trieb. Deekens diesbezügliche Aufforderung und seine Anwesenheit heute verschwieg ich beflissentlich, sie hätte wohl sonst Reißaus genommen.

Eine ganze Reihe von Fahrzeugen hatte sich auf dem Parkplatz eingefunden, darunter auch Antjes weißer Fiat. In einiger Entfernung saß ein Obdachloser auf einer Bank und lachte leise vor sich hin, ohne ersichtlichen Grund. Ich schaute in den Himmel – er war blassgrau und schmuddelig. Eine Krähe flog krächzend zur *Münchhausenscheune*, probte die Ansprache zur Vernissage.

Die Elfe und ich erreichten den Vorplatz mittels Fußgängerbrücke über die Höltinghauser Straße. Wir gingen durch das Scheunentor in den Informations- und Kassenbereich. Ein älterer Herr mit grauem, zurückgekämmtem Haar und einem bedauernden Lächeln um die Mundwinkel wies uns den Weg in die erste Etage – „dem Tatort sozusagen". In seiner ansonsten bewegungslosen Miene zuckten verschwörerisch die Augenlider, was einem Zwinkern gleichkam. Ach so, Humor.

Oben angekommen, blickten wir auf mehrere Stuhlreihen gut gekleideter Rückenpartien. Vom Rednerpult drangen Fragmente einer trockenen Rede zu uns herüber. Die Redner wechselten, braver Applaus folgte. In der ersten Reihe saßen vier oder fünf Uniformierte, daneben der Bürgermeister mit Querbinder und Respektbalken, einige Stadtrats- und Kreistagsmitglieder, Hauptkommissar Deeken augenscheinlich im Konfirmationsanzug. Antje saß ganz rechts in der zweiten Reihe, die Kameratasche neben ihrem Stuhl.

Die nächste Rede – eine Huldigung an die Verantwortlichen – verwies auf die Dringlichkeit, sich mit der

Kriminalgeschichte auseinanderzusetzen, um aus ihr zu lernen, Fehler für die Zukunft zu vermeiden und so weiter und so weiter ...

Im rückwärtigen Bereich und an den Seiten waren zwischen massiven Dach- und Stützbalken didaktisch aufbereitete Schautafeln drapiert worden. Aufgelockert wurde alles durch in Vitrinen ausgestellte Tatwaffen und sonstige Gegenstände, die ich aus der Entfernung nicht näher identifizieren konnte. Nach zwanzig Minuten kam der finale Beifall. Deeken erhob sich, blickte auf die vordersten Reihen und bedankte sich persönlich bei jedem mit ‚Rang und Namen‘, wie er es ausdrückte. Die Spiegelreflexkamera im Anschlag machte Antje Aufnahmen von der Prominenz und den Exponaten – in dieser Reihenfolge. Hier war eine Gesellschaftsschicht versammelt, mit der ich noch nie richtig Mitleid verspürt hatte.

Die Elfe mischte sich unters Volk. Ich versuchte kulturinteressiert auszusehen, wanderte von Tafel zu Tafel und betrachtete die Mordwerkzeuge aus der Asservatenkammer vergangener Tage. Sie wirkten ein wenig gewöhnlich: ein Schal, eine Milchkanne mit dunkelroten Flecken an der Bodenkante, ein angelaufenes Brotmesser und eine Schnapsflasche ohne Etikett (wohl aus Deekens Büroschrank).

Ich näherte mich der Schautafel, die die Tat vom 15. November 1985 skizzierte, und mir fiel siedendheiß ein, dass der Mord an Michael Ostermann genau heute vor neunundzwanzig Jahren geschehen war.

Ich schaute mich um und erblickte Antje in einiger Entfernung, das Objektiv auf mich gerichtet. Sie drückte den Auslöser. Mein Gesichtsausdruck muss in diesem Moment leicht debil gewirkt haben, denn sie schaute mich mitleidig lächelnd an. Ich musste lachen, und sie drückte erneut ab.

Wieder widmete ich mich dem Text auf der Schautafel. Unter der Überschrift *Ungelöste Fälle* wurden in knappen Abschnitten Spekulationen zum Tathergang und mögliche Motive zum Besten gegeben. Zeitungsartikel, Indizien und Untersuchungsergebnisse vervollständigten jene Mutmaßungen, zudem der Aufruf, dass aktuell noch Hinweise zu diesem Fall aufgenommen werden würden. Kontaktdaten und der Hinweis auf eine Internetseite rundeten die Präsentation ab. Ganz unten links war nachträglich ein signalroter Papierstreifen mit den Worten *Unmittelbar vor der Aufklärung* angeheftet worden.

Plötzlich stand Antje neben mir, sie sagte amüsiert: „Das müsste doch eine Ausstellung ganz nach deinem Geschmack sein … lauter erbauliche Verbrechen, Ermordete und Tatwerkzeuge."

Ich hob die Augenbrauen und täuschte Besorgnis vor: „Hast du einen Clown gefrühstückt?"

„Nun sei nicht gleich eingeschnappt", ihre Mimik entspannte sich, dann wurde sie augenblicklich ernst. „Frank, ich muss dir unbedingt etwas zeigen! Kannst du morgen bei mir vorbeischauen?"

Ich hörte die Dringlichkeit in ihrer Stimme und antwortete: „Bin sowieso dabei, meine Zelte abzubrechen.

Ist es okay, wenn ich unmittelbar nach dem Auschecken zu dir komme? Gegen zehn oder elf?"

Antje nickte: „Gut, bis morgen!" Die Ernsthaftigkeit in ihrem Gesicht blieb, als sie sich von mir abwandte und wieder auf Motivsuche ging.

Hauptkonfirmand Deeken näherte sich mir von der Seite; er war in Feiertagslaune, grinste über alle vier Backen. Mit einem unbekümmerten Lächeln begrüßte er mich; sein Gesicht war leicht gerötet, als habe er sich unverhältnismäßig beim Sektempfang bedient.

„Tja, Gerdes. Vor wenigen Tagen hätte niemand ahnen können, dass sich in diesem Fall noch etwas bewegt."

„Darum der kleine Schnipsel hier unten, dass der Fall bald gelöst sei?", fragte ich und zeigte mit dem Finger darauf.

„Vaskes Bastelstunde, kurz vor Toresöffnung – so was kann er gut …!" Deekens Blick blieb verträumt am roten Papierstreifen hängen.

Aber ich musste ihn aus seinem Nimmerland vertreiben: „Du bist mir noch eine Antwort schuldig, glaube ich."

Er hob abwehrend beide Handflächen. „Nun mal langsam, wir sind hier nicht auf der Flucht!" Seine Lider zuckten, und der verbeulte Mund krümmte sich, während er leiser weitersprach: „Was ich dir sage, ist ausschließlich für deine Ohren bestimmt, also kein Wort an deine kleine Freundin von der CT!"

Ich war einverstanden.

„Also, auf dem Papierfetzen, den du mir gegeben hast, war tatsächlich eine daktyloskopische Spur – es war Stephan Willenborgs Fingerspur. Respekt, Gerdes!" Er nahm einen Schluck aus seinem Sektglas und fuhr fort: „Gestern überschlugen sich die Ereignisse: Maria Willenborg rief uns an, ihr Mann sei dabei, die Koffer zu packen. Offensichtlich ist das Band zwischen ihnen komplett durchgescheuert. Stefan Willenborg hatte das unterschätzt – sie will ihn definitiv vom Hals haben."

„Und woher weißt du, dass sie nicht gelogen hat?", fragte ich.

„Wir sind gleich hin und konnten uns von der Richtigkeit überzeugen. Er hatte die Online-Buchung eines Fluges auf seinem Smartphone. Nach Rücksprache mit dem Staatsanwalt brachten wir ihn umgehend in die U-Haft zurück. Maria Willenborg sagte die Wahrheit und nicht nur das: Sie gab ihre Mitwisserschaft zu; sie gab tatsächlich zu Protokoll, dass ihr Mann und Sieverding definitiv Ostermanns Mörder sind und der große Unbekannte dabei zugeschaut habe. Stefan Willenborg selbst streitet alles kategorisch ab."

Es war seltsam. Ich war dem Täter nur ein einziges Mal begegnet; es war jener Abend gewesen, an dem er sich im Teich seines Nachbarn zu den Fischen gesellte. Es fühlte sich an, als hätte ich die ganze Zeit ein Gespenst gejagt …

Geistesabwesend ließ ich meinen Blick über die illustre Gästeschar schweifen und sagte: „Trotzdem ist mir immer noch nicht klar, was es mit dem Papierfragment auf sich hat."

Deekens Gesichtszüge wiesen ebenfalls eine Spur von Ratlosigkeit auf. Er hob leicht die Schultern an, das Sakko spannte, und ich fürchtete, dass der entscheidende Knopf abflog, der alles zusammenhielt.

Er sagte: „Jedenfalls stammt die Handschrift von Stefan Willenborg, und nach Rücksprache mit seiner Frau stellt sich die Situation wie folgt dar: Wolfgang Sieverding wurde von Stefan derart unter Druck gesetzt, dass er von eigener Hand den Abschiedsbrief verfassen musste. Und zwar Wort für Wort nach der Vorlage Willenborgs. Willenborg zerriss die Vorlage, verlor dabei diesen einen Schnipsel. Wienken erledigte die Drecksarbeit, musste ihn aber hart angepackt haben, deshalb die Hämatome. Jedenfalls brachte er Wolfgang Sieverding irgendwie dazu, den Flieger zu machen. Aber das haben wir uns nur zusammengereimt."

Es entstand wieder eine Pause, in der ich meine Unterlippe knetete und über das Gesagte nachdachte. Die Behörden hielten den Fall also für gelöst. Selbst die Routine war zum größten Teil erledigt. Zeugenaussagen waren eingeholt, die Beweise gesammelt und die Allgemeinheit vor weiterem Schaden bewahrt worden. Deeken hatte wohl recht mit seiner Schlussfolgerung, dass Wolfgang Sieverding unmittelbar vor seinem Ableben absolut am Ende gewesen war. Um ihn herum nur noch Dunkelheit und Perspektivlosigkeit, es gab keinen Ausweg aus seiner verfahrenen Situation, und vermutlich zerrte das schlechte Gewissen an ihm, wegen des Mordes an Michael Ostermann damals. Er wusste, dass er abtreten musste – die Frage war, auf welche Weise? Sollte er seine Frau da mit hineinziehen, sie im Nachhinein unnötig belasten? Von der Beschädigung der Reputation all jener, die mit dem Hause Sieverding auf irgendeine Weise in Beziehung standen, ganz zu schweigen.

Und sein Kontrahent Stefan Willenborg war nur darum besorgt, das Lebenswerk seines Vaters und somit seine eigene Existenzgrundlage zu sichern, vor Schaden zu bewahren. Unter allen Umständen musste die Privé*Invest* da herausgehalten werden – und Wolfgang Sieverding wusste um all diese Dinge, darum sprang er mehr oder weniger freiwillig. Es war nur ein kleiner Schritt, der alles in die richtige Richtung rückte, der Qual ein Ende bereitete und alle zufriedenstellte – die Ordnung wieder herstellte, nach der sich alle sehnten. Womöglich war Sieverding sogar eine Art Witwenrente für seine Frau Heidrun zugesichert worden. Wenn dem so war, so wäre die spätestens mit Willenborgs Verhaftung hinfällig gewesen.

Mich beschäftigte noch eine andere Frage: Was, wenn eine weitere Person in diesen teuflischen Pakt verwickelt war? Wer war der Unbekannte in diesem Geflecht? Wienken war tot, er hatte sich selbst gerichtet. Dessen ungeachtet hatte ich seine Rolle hinsichtlich des Mordes von 1985 bisher zu wenig hinterfragt. Mit diesem Gedanken wandte ich mich an Deeken, der gerade sein leeres Sektglas gegen ein volles eintauschte. „Habt ihr eigentlich Wienkens Alibi bezüglich des Mordes von 1985 überprüft?"

„Immer nur Sekt – dieses Pisswasser! Gibt's denn hier kein Pils?"

„Wenn du keines organisiert hast?"

„Für das Catering bin ich nicht zuständig!" Er rülpste, nahm sich zusammen und erinnerte sich an meine eigentliche Frage: „Doch, doch! Vaske war eine Zeitlang damit beschäftigt, Wienkens Alibi im November 85 zu überprüfen – sogar doppelt und dreifach. Er verkroch sich in alten Akten und spürte Zeitzeugen auf. Wienkens Alibi war porentief rein und bombenfest!"

„Und was hat Maria Willenborg in Bezug auf Wienken zu Protokoll gegeben?", wollte ich wissen.

„Es entspricht im Wesentlichen dem, was sie uns bereits in den *Tannen* gesagt hatte."

„Was könnte Wienken damit gemeint haben, unmittelbar bevor er sich die Kugel gab?"

Deeken nahm einen Schluck, schaute dämlich und sagte: „Was zum Teufel meinst du?"

„Wienken erlag einem Anflug von Poesie, er sagte zu Maria Willenborg so etwas wie: ‚Mein Herz gehörte nicht dir, nicht einmal mir selbst'. Was meinte er damit?"

„Hast du sie noch alle? Daran erinnere ich mich nicht mal!"

Der Bürgermeister kam in unsere Nähe, der Hauptkommissar wollte mich loswerden. Bevor er sich wandte, brummte er mir zu: „Übrigens, ich sprach gestern mit Witwe Sieverding. Sie ließ durchblicken, dass sie was von dir will. Du kümmerst dich drum …?"

Damit ließ er mich stehen. Ich griff ebenfalls nach einem Sektglas, leerte es in einem Zug und rief Frau Sieverding an. Wir vereinbarten für sofort einen Termin.

Ich winkte Antje, der Elfe und dem Museumsdorf zu, und als alle Abschiedsrituale beendet waren, verließ ich das Gelände durch eine Schwachstelle in der Umzäunung, die ich noch aus Kindertagen kannte.

Etwa zwanzig Minuten später war ich bemüht, die richtige Sitzposition auf Frau Sieverdings grauem Sofa zu finden. Ihre strenge Prinz-Eisenherz-Frisur wies ein paar graue Strähnchen auf, die Stimme war noch dünner geworden und ihr graues Kostüm um eine Nuance dunkler. Ansonsten war alles so wie bei meinem letzten Besuch. Bis auf zwei Ausnahmen: Die schlanke Vase auf einem Fensterbord war um wenige Zentimeter nach rechts gerückt, und ich bekam nichts angeboten.

Frau Heidrun Sieverding saß stocksteif am vorderen Ende ihres *Stressless*-Sessels, die Hände auf die Oberschenkel gelegt. Sie kam ohne Umschweife auf den Grund ihres Anliegens, wusste aber nicht, wie sie beginnen sollte.

Ich half ihr dabei: „Frau Sieverding, Ihnen wurde bereits mitgeteilt, dass Ihr Mann tatsächlich zu Unrecht des Suizids verdächtigt wurde und Opfer eines Kapitalverbrechens geworden ist?"

Sie legte die Hände ineinander, nickte bedächtig. „Ich bin Ihnen dankbar, Herr Gerdes, dass Sie sich der Angelegenheit angenommen haben, und damit die Wahrheit ans Licht gekommen ist …" Etwas in ihrem Gesicht kam mir vertraut vor. Schon bei meinem ersten Besuch hatte ich mich erkundigt, ob wir uns von irgendwoher kannten. Sie setzte ihren Gedanken fort: „Hauptkommissar Deeken teilte mir mit, dass ein Herr Wienken für den Mord an meinem Mann verantwortlich ist und dass er im Wald Suizid begangen hat?"

„Vor den Augen der Polizei. Ja – es war eine grauenvolle Situation …" Ich konnte nicht weitersprechen. Jetzt, wo sie den Namen Wienken sagte, fiel es mir wieder ein: Ich hatte ihr Gesicht dort bei ihm, in seinem Palast gesehen! Auf der Anrichte im Wohnzimmer hatte ein Schwarz-Weiß-Foto von Heidrun gestanden, lediglich ein paar Jährchen jünger und eine andere Frisur. Wenn ich mich recht entsinne, mit einer Widmung auf dem Bild: *In ewiger Liebe, Deine H.* … und in diesem Zusammenhang Bernd Wienkens letzte Worte: ‚Mein Herz gehörte nicht dir, nicht einmal mir selbst' …

„Mmh, Herr Gerdes …?" Sie blickte mich konsterniert an.

Ich räusperte mich und sagte: „Bitte, verzeihen Sie! Sagen Sie, kannten Sie Herrn Wienken?"

Sie schüttelte entschieden das Köpfchen. „Nein! Das ist der Grund, warum ich Sie sprechen wollte. Wer ist dieser Mensch und was hat er mit Wolfgang zu tun gehabt?"

Ihr gekünsteltes Gehabe wirkte nicht sehr überzeugend auf mich. Ich wurde das Gefühl nicht los, ein zweites Mal benutzt zu werden, und beschloss, nicht lange um den heißen Brei herumzureden. „Frau Sieverding, Sie sagen die Unwahrheit! Ich habe Ihr Bild bei Bernd Wienken auf der Anrichte stehen sehen und sage Ihnen ganz offen, dass Sie beide sich gut kannten!" Ich langte noch ein wenig kräftiger zu: „Unmittelbar vor seinem Tod bekannte Wienken sich zu Ihnen!"

Ihr blasses Gesicht bekam plötzlich Farbe, ich setzte meinen Monolog fort: „Sie wollen auf gar keinen Fall mit Bernd Wienken in Verbindung gebracht werden. Sie haben mich hierher bestellt, damit ich für Ihre Reputation sorge. Das ist Ihnen nicht gelungen, und überdies unnötig! Es ist bereits erwiesen und bezeugt, dass Stefan Willenborg der Auftraggeber des Mordes an Ihrem Mann war, und Wienken sein Handlanger. Möglicherweise spielt auch Eifersucht eine Rolle, was Wienkens Bereitschaft angeht, da mitzumachen – aber das steht hier nicht zu Debatte. Somit sind Sie fein raus, Frau Sieverding."

Eine Pause, damit sie meine Worte sacken lassen konnte, dann weiter: „Ganz offen, ich verstehe Sie nicht. Ich komme zu Ihnen, um zu helfen, nicht, um Ihnen etwas vorzumachen oder auf meinen eigenen Vorteil bedacht. Ich spiele nicht mit gezinkten Karten, sondern bin bemüht, Licht in das Intrigenspiel zu bringen. Doch Sie verheimlichen mir Ihre damalige Beziehung mit Bernd Wienken, um jeglichen Verdacht von sich zu lenken. Hätten Sie mir von Anfang an davon erzählt, wäre er jetzt vermutlich noch am Leben und müsste sich vor Gericht dafür verantworten."

Ich hoffte auf eine Wirkung, aber Frau Sieverding regte sich nicht.

Darum schob ich nach: „Ihre Kaltblütigkeit widert mich an." Das war vielleicht unnötig, aber mein Kragen war gerade dabei, zu platzen!

Ich war schneller wieder draußen, als ich bis drei zählen konnte.

Kapitel 20

Sonntag, 16. November

Nach dem Frühstück, es war gegen zehn, packte ich meine Sachen, klemmte den Topf mit der Phalaenopsis unter den Arm und verstaute meine Habe im Volvo. Danach checkte ich aus, mit Dank an das Hotel-Team für das hervorragende Quartier. Bevor ich in den Ritzereiweg fuhr, steuerte ich einen Blumenladen an, um für Antje einen Strauß mit Amaryllis und Zazu-Rosen binden zu lassen.

Dauerregen setzte ein. Ich parkte ein paar Häuser entfernt, in unmittelbarer Nähe war nichts frei. Auf dem Weg zum Mehrfamilienhaus sah ich Antje am Fenster ihres Wohnzimmers. Ohne vorheriges Klingeln ertönte der elektronische Summer; ich warf mich gegen die Tür und stieg in den ersten Stock. An der Wohnungstür umarmten wir uns kurz; sie wirkte reservierter. Lächelnd nahm sie meinen Strauß entgegen, bat mich, die Jacke abzulegen, und führte mich in ihr kleines, gemütliches Wohnzimmer. Der Blumenstrauß wurde versorgt.

Das Fernsehgerät lief, doch es war nur Schneegriesel zu sehen. Rechts daneben ein Stuhl mit einem Videorekorder darauf.

Auf dem niedrigen Couchtisch aus Glas standen zwei Tassen, Kandis und eine Teekanne auf einem Stövchen. Wildkirschduft hatte sich im ganzen Raum verteilt. Auf der Kommode, unter dem Fenster, stand in einem schlichten Rahmen das Foto, das Antje von mir im Museumsdorf gemacht hatte. Ich blickte sie verwundert an, sie wich meinem Blick aus, bot mir einen Platz auf der Couch und einen Tee an. Beides kam mir sehr gelegen. Von hier aus sah ich unter dem Stuhl ihren Anteil der Videokassetten, den sie zur Sichtung mitgenommen hatte. Sie setzte sich schräg neben mich in den Sessel, wirkte aber überaus angespannt, ich wartete ab. Sie hatte mich hierher bestellt – nicht umgekehrt. Es entstand eine verkrampfte Atmosphäre, als warteten wir darauf, dass irgendetwas die Stille zerreißen würde. Endlich tat sie es.

Antje sagte: „Morgen wird die CT davon berichten, dass Stefan Willenborg wieder in U-Haft sitzt. Ich bin gerade dabei, einen entsprechenden Artikel zu verfassen …", sie schaute mich fragend an. „Du weißt davon?"

„Deeken hat mich gestern beim Empfang auf den aktuellen Stand gebracht. Willenborg war dabei, seine Sachen zu packen, das Vögelchen Maria hat es mitbekommen und ausgezwitschert. Er hatte seine Frau schlichtweg unterschätzt."

„War sie es, die dir anfangs das Foto von der Augenzeugin zugeschickt hat?"

Ich verneinte es und gab Antje der Reihe nach wieder, was sich seit dem Besuch bei Karla Brandt zugetragen hatte. Ich erzählte, dass Maria Willenborg die Augenzeugin hinter dem Fenster gewesen war, und von Biggi Mellies: von ihrer großen Liebe und ihrer noch größeren Enttäuschung, als sie damals von Stefan Willenborg abserviert worden war; und ich erzählte von ihren unerfüllten Sehnsüchten, und davon, was sich auf dem *Pfanni*-Turm zugetragen hatte. Ich schilderte ihr, wie Biggi eine Fährte für mich ausgelegt hatte und ich ihr ergeben gefolgt war.

Antje fragte matt: „Was ist mit den Vorkommnissen in dem Haus am Markt? Wirst du wegen des Missbrauchs von Minderjährigen noch irgendetwas unternehmen?"

Ein Kopfschütteln meinerseits. „Wie du schon sagtest, das ist schmutzige Wäsche, und dafür habe ich nicht das passende Waschprogramm. Darum könnt ihr euch von der CT kümmern, wenn ihr Spaß daran habt."

„Wie stellst du dir das vor? In der Privatsphäre unserer Leserschaft herumschnüffeln und weitere Abo-Kündigungen kassieren? Das können wir uns in diesen Zeiten nicht leisten!"

Ein paar Sekunden Stille, dann kam wieder Leben in Antje. Während sie einschenkte, begannen ihre Hände leicht zu zittern. Sie stellte die Kanne ab.

Ich nahm ihre Hände und sagte so behutsam wie irgend möglich: „Antje, was ist mit dir?"

Ihre Lider blinzelten nervös. Sie vermied es, mir direkt in die Augen zu schauen. „Ich muss dir etwas zeigen, Frank", sagte sie und zog ihre Hände zurück. Eine

Sorgenfalte erschien quer über ihrer Stirn. Sie war eine alte Bekannte – diese Falte verhieß nichts Gutes.

„Was ist denn passiert, dass es dir …" Ich wusste nicht, wie ich den Satz beenden sollte.

Zögerlich nahm Antje die TV-Zeitschrift zur Seite, darunter lag eine Sony-Videokassette in einem schwarzen Pappschuber. Sie räusperte sich, ihre Stimme versagte nach dem ersten Wort: „Frank …" Sie setzte neu an. „Diese Videokassette war nicht mit einem Datum versehen worden, aber sie zeigt dasselbe Geschehen wie das Video vom 15. November!"

Totenstille.

Als sie fortfuhr, beobachtete sie mich aufmerksam. „Ich weiß nicht, womit das zusammenhängt, aber dieses Video ist deutlich länger als das andere … Ich zeige dir, was ich meine." Antje nahm die Kassette aus dem Schuber und führte sie in den Rekorderschacht.

Zwei Kassetten, die denselben Hergang zeigten. Für mich ergab das Sinn. Karla Brandt hatte mir die Prozedur beschrieben, nach der sie vorging: Sie versandte nach Zahlung des erpressten Geldes die Kopien, während die Originalbänder in ihrer Obhut verblieben. Offensichtlich war jene Kopie, die wir am Mittwochabend gesehen hatten, kürzer, weil alle für Karla wesentlichen Merkmale für die Erpressung zu sehen waren. Und aus welchen Gründen auch immer, sie war die Kopie nicht losgeworden. Vielleicht hatte sie nach dem Mord der Mut verlassen, damit fortzufahren …

Das Fernsehbild wechselte von Schnee auf diagonale Querstreifen, zwei Augenblicke später erschien das vertraute Bild des alten Hauses. Das Fenster mit den Vorhängen, die Eingangstür, die Wand aus fleckigem Putz, der matt beleuchtete Weg. Dieses Bild war wesentlich deutlicher, kaum Bildrauschen und die Ränder weniger ausgefranst. Die ersten Akteure traten in Erscheinung. Antje griff nach der Fernbedienung und spulte das Video bis zu jener Stelle vor, als das Mädchen am Fenster die Vorhänge zur Seite schob und in Richtung Straße blickte. Michael Ostermann trat von rechts ins Bild. *Pause.*

„Bis hierher alles klar?", fragte sie herausfordernd.

„Alles klar." Ich nahm meinen Blick nicht vom Bildschirm.

Sie setzte das Video fort.

Michael ging weiter durch die Zaunlücke und verlor sich in der Dunkelheit des Marktplatzes. Die drei Verfolger – zwei mit dunkler Jacke, der Dritte mit einer hellen – gingen ihm nach und wurden in gleicher Weise von der Finsternis verschluckt. Das Mädchen trat vom Fenster zurück, ließ die Vorhänge zufallen und erschien ein paar Sekunden später in der Tür. Sie folgte dem Plattenweg zur Straße, lief in geduckter Haltung den Vieren hinterher, dann … kein Schneetreiben! Das Video lief weiter.

Ich schaute mit großen Augen zu Antje hinüber, ihr Blick blieb auf dem Monitor haften. Sie hob die Fernbedienung, spulte ein paar Sekunden vor und ließ den Film in normaler Geschwindigkeit weiterlaufen.

Am oberen linken Bildrand bewegte sich etwas. Jemand kam vom Marktplatz zurück. Es war der Kerl mit der hellen Jacke. Er kam allein, ohne seine Kumpel. Er stolperte fast, schwankte mit schlafwandlerischen Schritten durch die Öffnung im Zaun, schleppte sich über die Straße und näherte sich taumelnd der Kamera … Er kam näher … Jetzt war er so nahe, dass ich ihn erkennen konnte …

Antje drückte auf *Pause*. Das Bild war eingefroren.

Mir stockte der Atem, Eisklumpen in meiner Brust. Ich begann zu zittern – konnte nicht glauben, was ich sah.

Der Kerl dort auf dem Monitor … war bekleidet mit einer Schimanski-Jacke …

KAPITEL 21

Ich kann nicht mehr mit Bestimmtheit sagen, was ich empfand, als ich mich selbst wiedererkannte. Unter mir tat sich der Boden auf, aber der Scheol wollte mich nicht. Furcht erfasste und schüttelte mich. Sie pflanzte sich in den Magen, in den Unterleib, hielt mein Herz wie eine Stahlhand umschlungen und meinen Hals. Es fiel mir schwer, zu atmen. Ich blickte nur noch stumpf ins Nichts. Plötzlich war ich todmüde.

Ich vergrub das Gesicht in meinen Händen, während Antje aufstand und die Geräte ausschaltete.

Als hätte jemand einen dichten Schleier von meinen Augen weggezogen, sah ich auf einmal alles glasklar. Ich empfand eine seltsame Mischung aus Scham und Befreiung. Es war die Wucht der Erinnerung, die explosionsartig Blockaden aus meinem Gedächtnis schleuderte. Bis jetzt war alles verschüttet und versiegelt gewesen, mit einem Male erinnerte ich mich an das, was damals vorgefallen war.

Ich stand auf, ging zum Fenster. Draußen trieb der Nordostwind Hagel über die glänzenden Dächer.

Mit geballten Fäusten in den Taschen starrte ich hinaus und ließ meiner Erinnerung freien Lauf: „Antje, ich … bin mitverantwortlich für das … was Michael Ostermann angetan wurde, und es war aus meinem Gedächtnis verbannt. Wie war das möglich?"

„Vielleicht eine retrograde, dissoziative Amnesie, die sich auf ein emotional traumatisches Erlebnis bezieht – es war der Mord an Michael. Und nun dieser Schlüsselreiz, der dir die Tür zu deinen Erinnerungen wieder geöffnet hat."

Ich schaute sie fragend an.

„Vermutlich war das der Grund für deine Übelkeit, wenn du mit der Vergangenheit konfrontiert wurdest … Nun bist du von dieser Blockade befreit", gab Antje leise von sich, und schob nach, „Psychologische Grundlagen, Band 1."

„Ich erinnere mich plötzlich ganz genau an alles, als sei es erst gestern gewesen …"

„Magst du mir davon erzählen?"

„Es war Wolfgang … Wolfgang Sieverding, der mich überredete mitzukommen, und … da ich ihm noch einen Gefallen schuldete, kam ich zum vereinbarten Treffpunkt. Mein Gott, … ich … ich kannte Wolfgang Sieverding! Das hatte ich komplett verdrängt. Er … er sagte, es ginge darum, Michael eine Abreibung zu verpassen – es hieß, er habe seine Mitschüler erpresst. Plötzlich tauchte Stefan Willenborg auf; ich sah ihn an diesem Abend zum ersten Mal. Wir warteten auf Michael und schlichen ihm bis zum Marktplatz nach. Stefan brachte Michael zu Fall, und dann traten sie auf ihn ein … Ich wollte, dass das aufhört, aber sie achteten nicht auf mich …" Tränen traten mir in die Augen.

„Michael rührte sich irgendwann nicht mehr. Ich stand unter Schock, wusste nicht wohin, konnte nichts sagen – ging einfach fort. Ich … ging an diesem alten Haus vorbei, über einen schmalen Weg zur Löninger Straße, weiter bis in die Kirchstraße. Ich schleppte mich in die *Destille*. Und da … ja, ein paar Leute wollten zur *Neuen Heimat*, und ich bin in einem beigen ‚Strich-Achter‘ mitgenommen worden …“

Antje reichte mir ein Papiertaschentuch; ich schneuzte mich und erzählte weiter: „In der *Heimat* hielt ich es keine fünf Minuten aus – zu viele Menschen, zu viele *beats per minute*. Ich lief wie paralysiert nach draußen, stolperte über meine eigenen Füße, blieb einfach liegen und … da bin ich dann wohl eingeschlafen, am nächsten Morgen wurde ich aus dem Gebüsch gezogen.“

„Und die Erinnerungen des Abends hattest du komplett ausgeblendet?“

„Ja, so war es. Ich dachte tatsächlich, den ganzen Abend in der *Heimat* verbracht zu haben – mit zu vielen *Charlies* und *Blauen Engeln* … und in Wahrheit war ich an einem Mord beteiligt.“

„Frank, du hast versucht, es zu verhindern! Du konntest da nichts machen …“

„So? Glaubst du das? Ich hätte sicher mehr für Michael tun können …“

Die Zweifel nagten an mir, und Antje erkannte dies.

„Du brauchst psychologische Unterstützung, seelische Begleitung.“ Ihre braunen Augen sahen mich so sanft an, dass ich kaum antworten konnte.

Ich versuchte es: „Was ich brauche, kann … kein Psychologe mir geben." Eine Pause, in der sich meine Gedanken sammelten. „Mach dir um mich keine Sorgen." Und als ich sah, dass ihre Besorgnis nicht nachließ, fügte ich hinzu: „Okay, ich werde mir professionelle Hilfe suchen und Kontakt zu den Ermittlungsbehörden aufnehmen, wenn ich wieder in Hamburg bin. Ich werde mich meiner Verantwortung stellen, wo immer mich das letztlich hinführen mag …"

„Das war es also mit uns? Du wirst nach Hamburg zurückkehren?" Es klang wehmütig. Das Wörtchen *war* verriet die Sorge, dass nun, da ich am Ziel meiner Suche angekommen war, alles, was zwischen uns entstanden war, wieder zerreißen würde. Wir würden in Kontakt bleiben, aber es war nicht das, was Antje sich erhofft hatte.

Und nach meiner Rückkehr nach Hamburg? Was dann geschehen würde, wusste ich noch nicht. Ein weiter Weg stand mir bevor. Ich trug Mitschuld am Tod Michael Ostermanns, mindestens wegen unterlassener Hilfeleistung. Das allein war schwer zu ertragen. Kein Gericht der Welt könnte mich aus dieser Verantwortung entlassen, und Michael war tot. Herr und Frau Ostermann, die Eltern von Michael, waren bereits in Vorleistung getreten, sie hatten den Tätern vergeben; ich wusste nicht, ob ich je dazu in der Lage sein würde, mir selbst zu vergeben.

Antje erhob sich aus dem Sessel, schien jetzt ruhiger zu sein. Sie kam auf mich zu, hob die Hand und führte eine meiner dunkelblonden Strähnen hinter mein rechtes Ohr. Auf dem Rückweg strich sie mir mit der flachen Hand über die stoppelige Wange, wie bei unserem ersten Zusammentreffen. Ihre Hand war warm, und es fühlte sich gut an. Wir blickten uns tief in die Augen, umarmten einander. Irgendwann traten wir auf die Bremse, legten den Leerlauf ein. In meinem Innern wurde ein warmes Gefühl wach. Im Bauch erwachten Schmetterlinge zu neuem Leben, begannen zu tanzen und jeder hatte eine andere Farbe.

Ich nahm ihr Gesicht zwischen meine Hände. „Danke, Antje, für die Unterstützung, und danke, dass du mir heute die Augen geöffnet hast." Ich ließ meinen Blick über ihr anmutiges Gesicht wandern, um mir jeden ihrer Züge einzuprägen, ich würde Antje eine lange Zeit nicht wiedersehen. Mit geschlossenen Augen presste sie die Lippen zusammen, eine Träne löste sich.

Sie schluckte und flüsterte: „Ich weiß, dass du zu Susanne gehörst … Ich wünsche … euch beiden, dass ihr wieder zueinander findet. Bitte … pass gut auf dich auf, Frank."

Unsere Blicke hielten sich für zwei, drei lange Sekunden aneinander fest, dann gaben wir der Vernunft endgültig nach. Hilflos und stumm standen wir da; so war es in diesen Momenten.

Niemand weiß so recht, was er sagen soll, und niemand hat Lust, mit dem zu beginnen, was unabwendbar ist. Ich rührte mich als erster, ging in den kleinen

Flur zurück, nahm die Jacke und zog sie mir über. Antje öffnete die Wohnungstür, ich blieb stehen.

„Leb wohl, Antje."

Mit zusammengepressten Lippen stand sie am Türrahmen gelehnt. Während sie mir nachschaute, ging ich die Stufen hinab und trat ins Freie.

Obwohl die Sonne hinter der grauen Wolkendecke gerade erst ihren höchsten Punkt erreicht hatte, war es dämmrig. Vor dem Haus hatte sich ein kalter Novembermittag über die Stadt gelegt. Eisige Regentropfen, die eine neue Kaltfront erahnen ließen, trieben mir übers Gesicht.

Ich startete das Auto und fuhr an Antjes Haus vorbei, ohne zu ihrem Fenster aufzusehen. Das endet immer damit, dass man Menschen zu vermissen beginnt, bevor man sie richtig verlassen hat.

Die Fahrt verlief quer durch das Stadtzentrum – alles sieht anders aus, wenn man weiß, dass man es vorerst zum letzten Mal sieht. Ich dachte darüber nach, wie ich die Dinge angehen wollte, wenn ich wieder zu Hause war. Ich dachte an Susanne, und daran, dass sich in mir etwas Grundlegendes verändert hatte – hier hatte ich einen Fall gelöst, aber vor allem hatte der Fall mich gelöst!

Es gab einiges zu tun. Eine weite Reise stand mir bevor, vielleicht die längste und aufwändigste, die es gab: die Reise zu mir selbst. Aber ich musste sie nicht allein antreten.

Plötzlich empfand ich eine Sehnsucht nach Susanne, die körperlich weh tat.

An der Stadtgrenze, unmittelbar vor der Auffahrt zur Bundesstraße, hielt ich in einer Parkbucht. Im Mobiltelefon suchte ich Susannes Nummer, fand sie, dachte kurz nach und drückte auf *Teilnehmer anrufen* ...

NOVEMBERBLUT

Der Soundtrack

1. Simple Minds – Alive And Kicking
2. Tears For Fears – Shout
3. Simply Red – Holding Back The Years
4. The Cars – Drive
5. Johnny Hates Jazz – Turn Back The Clock
6. Howard Jones – New Song
7. Aha – Take On Me
8. Starship – We Built This City
9. Danny Wilson – Mary's Prayer
10. Mike & The Mechanics – Over My Shoulder
11. Glenn Madeiros – Nothing's Gonna Change My Love For You
12. Johnny Logan – What's Another Year
13. Rick Astley – Whenever You Need Somebody
14. The Human League – Human
15. The Go Betweens – Streets Of Your Town
16. John Farnham – The Age Of Reason
17. Don Henley – The Boys Of Summer
18. Lionel Richie – Hello
19. Roxy Music – More Than This
20. Patrick Swayze – She's Like The Wind

21. Icehouse – Hey Little Girl
22. Fleetwood Mac – Little Lies
23. Tears For Fears – Woman In Chains

ÜBER DEN AUTOREN

Tomas Cramer (*1967), aufgewachsen in der niedersächsischen Stadt Cloppenburg, ausgebildeter Bankkaufmann, absolvierte diverse theologische und trauerbegleitende Seminare; zudem die Workshops: „Kreatives Schreiben", „Buchgestaltung und -vermarktung", „Schreibwerkstatt". Aufnahme in der Autorendatenbank des Literaturhauses Niedersachsen (Niedersächsisches Ministeriums für Wissenschaft und Kultur). Mitgliedschaft im „Syndikat" – der Autorengruppe für deutschsprachige Kriminalliteratur.

Cramer veröffentlichte mehrere Jugend- und Sachbücher sowie Romane und Bildbände, zudem liegen Publikationen zu theologischen Themen in einer Missionszeitschrift und im Internet vor. Der Roman „Trauerwelten" ist Fachbuch des Palliativnetzes. „Das verwunschene Museum" ist Schullektüre. Tomas Cramer ist verheiratet und hat drei erwachsene Kinder, er lebt seit 1991 im Landkreis Nienburg (Weser).

Weitere Informationen:
niemeyer-buch.de | edition-nordwest.de

DANKSAGUNG

Mein besonderer Dank gilt meiner wunderbaren Frau Ursula, sowie Maria Drees, für die erste Lesung! Dank auch an: Peter Blase, Michael Terwelp, Prof. Dr. Uwe Meiners, Peter Landwehr, Magdalena Timpker-Fleming, Dr. Hans-Joachim Rüve, Ursula Willenborg, Kriminalkommissarin Birgitt Völpel, Heinz-Jürgen und Edeltraut Grimme, Hermann Thole, Hans-Jürgen Werrelmann, Johannes Berssenbrügge, Iris Stammermann, Ina-Maria Meckies, Harald Többens, Maeve Carels, Ralf Lake, Jan-Christoph Müller, Heinrich Göken, Carsten Holzendorff, und dem gesamten, wunderbaren Team der CW Niemeyer-Buchverlage GmbH.

Im Verlag CW Niemeyer bereits erschienen …

Auf Gran Canarias erholt sich André Jäger von seinem letzten Einsatz. Als auf einem Hotelgelände eine Leiche gefunden wird, ist es mit der Ruhe jedoch vorbei, denn Jäger erkennt das Opfer. Er beginnt zu recherchieren und fliegt zurück in seine Heimatstadt Kassel. Bei einer Demonstration gegen den Verkauf von Drohnen an die Bundeswehr kommt es zu gewalttätigen Ausschreitungen. Gibt es etwa eine Verbindung zu dem mysteriösen Todesfall auf den Kanaren?
Jäger enthüllt weitere schockierende Details. Dabei gerät er selbst zunehmend in Gefahr und bemerkt nicht, dass die Schlinge um seinen Hals immer enger wird …

Daniel Wehnhardt. Das Maven-Projekt
432 Seiten. Klappenbroschur. ISBN 978-3-8271-9361-2
E-Book   978-3-8271-8645-4 (Pdf)
            978-3-8271-8437-5 (Epub)

Im Verlag CW Niemeyer bereits erschienen ...

Wasser erinnert sich an alles, mit dem es je in Berührung kam – es weiß vom Schilfgras der Uferböschung, den Steinen auf dem Grund des Flusses, von den Blütenblättern, die es als Regentropfen benetzte. Auch unsere Erinnerungen prägen unser Denken und Fühlen, unser ganzes Leben. Und es rächt sich, wenn man – wie Richard – versucht, vor der eigenen Vergangenheit zu fliehen.
Die Suche nach der Sprache des Wassers führt Richard auf die Spur seines verschollenen Freundes und zurück zu sich selbst. Vielleicht auch zurück zu seiner großen Liebe, die ihn nie losgelassen hat ...

Hedi Hummel. Das Lied des Wassers
560 Seiten. Klappenbroschur. ISBN 978-3-8271-9360-5
E-Book   978-3-8271-8646-1 (Pdf)
          978-3-8271-8438-2 (Epub)

#niemeyerbuch
Jetzt <u>kein</u> Buch mehr verpassen

Im Verlag CW Niemeyer bereits erschienen ...

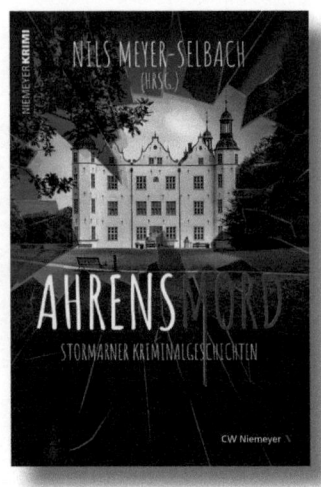

Stumme Schreie, die niemand hört, heimliche Schatten in der Nacht ... Was geht da vor in Ahrensburg? Die beschauliche Stadt wird zum Schauplatz von Morden, Verbrechen und Intrigen.

22 Autorinnen und Autoren im Alter von 9 bis 96 Jahren, die alle im Kreis Stormarn zu Hause sind, lassen ihrer Fantasie freien Lauf und dabei die Schlossstadt in spannenden Geschichten erzittern.

Lernen Sie Ahrensburg ganz neu und vollkommen anders kennen, und tauchen Sie ein in die Welt von Kriminellen, Polizisten, Fahndern und privaten Ermittlern.

Nils Meyer-Selbach (Hrsg). AHRENSMORD
432 Seiten. Klappenbroschur. ISBN 978-3-8271-9371-1
E-Book   978-3-8271-8635-5 (Pdf)
          978-3-8271-8427-6 (Epub)

#niemeyerbuch
Jetzt kein Buch mehr verpassen

Im Verlag CW Niemeyer bereits erschienen ...

Ein Mord schockiert das malerische Weindorf in der Südpfalz: Beim Mittsommerfeuer einer Glaubensgemeinschaft taucht die Leiche eines 16-jährigen Mädchens auf. Kommissarin Kira Lilienfeld, die eigentlich ein Sabbatjahr in der Gegend verbringen will, ist entschlossen, die Kripo Landau bei deren Ermittlungen zu unterstützen. Obwohl nicht jedem aus dem Kripo-Team Kiras eigenwillige Ermittlungsmethoden gefallen, gelingt es ihr dennoch, den Dorfbewohnern bedeutende Geheimnisse zu entlocken. Aber alles hat seinen Preis. Immer tiefer gerät sie selbst in einen Höllenschlund aus Manipulation und Lügen, der sie verschlingen will.

Susanne Seider. Pfälzer Blut
400 Seiten. Klappenbroschur. ISBN 978-3-8271-9362-9
E-Book   978-3-8271-8644-7 (Pdf)
           978-3-8271-8436-8 (Epub)

#niemeyerbuch

Jetzt <u>kein</u> Buch mehr verpassen

Im Verlag CW Niemeyer bereits erschienen ...

Ein Rhein-Main-Krimi

DER VIERTE FALL FÜR FRAU WUNDER UND HERRN SPYRIDAKIS

Die Kunsthistorikerin Köckel-Simons erleidet einen grotesken Tod – man findet sie aufgeknüpft an einer elektrischen Tafel im Hörsaal. Die Ermordete wurde von ihren Kollegen spöttisch Mona Lisa genannt. Weil sie rätselhaft und undurchschaubar war wie die von Leonardo? Oder gibt es noch andere Gründe?
Kommissar Vlassi Spyridakis verwandelt sich in einen Studenten, ermittelt undercover, agiert wahrlich komisch – was ihn leider an den Rand des Todes führt. Doch gemeinsam mit seiner Chefin Julia Wunder und seinem Mainzer Kollegen, der als Hausmeister tätig wird, finden sie einiges über die Tote heraus. Eine heiße Spur führt nach Frankfurt zu einem hochverdächtigen Kunstauktionator ...

Lothar Schöne. Mona Lisa stirbt im Rheingau
416 Seiten. Klappenbroschur. ISBN 978-3-8271-9507-4
E-Book   978-3-8271-8564-8 (Pdf)
               978-3-8271-8363-7 (Epub)

#niemeyerbuch
Jetzt kein Buch mehr verpassen

Im Verlag CW Niemeyer bereits erschienen ...

Auf der von einem Orkan aufgewühlten Nordsee wird ein Fischkutter von einer Riesenwelle verschluckt. Von der dreiköpfigen Besatzung fehlt jede Spur. Im Weserbergland und an der Küste geht ein sadistischer Psychopath auf die Jagd nach jungen Frauen. Er will seine Fantasien an ihnen ausleben, seinen Opfern beim Sterben zuschauen. Gefühle wie Mitleid und Schuld sind ihm fremd. Er kennt kein Erbarmen. Dieser Mann kann nur leben, wenn er tötet. Was haben das Schiffsunglück vor der ostfriesischen Küste und mehrere Frauenmorde im Weserbergland und an der Nordsee miteinander zu tun? Wird es Kriminalhauptkommissarin Herma van Dyck und ihrem Chef Kurt Brenner gelingen, den unheimlichen Serientäter zu fassen? Oder wird am Ende das Böse über das Gute siegen und die Jägerin zur Gejagten?

Ulrich Behmann. Dezembertod
448 Seiten. Klappenbroschur. ISBN 978-3-8271-9505-0
E-Book   978-3-8271-8562-4 (Pdf)
            978-3-8271-8361-3 (Epub)

Im Verlag CW Niemeyer bereits erschienen ...

Während einer Hochzeit in Harry's New York Bar im Pelikan Viertel Hannovers wird eine Braut entführt, was allerdings nicht Teil einer entsprechend bekannten Zeremonie ist. In Folge verschwinden weitere junge Frauen, die frisch verheiratet waren. Im LKA Niedersachsen wird eine Sonderkommission „Pelikan" gebildet, die diese Vermisstenfälle zentral bearbeitet. Werden die Frauen gefangen gehalten? Sind sie bereits getötet worden? Das OFA-Team um Thorsten Büthe ist in die Ermittlungen mit einbezogen, obwohl ihnen für ihr Arbeitsfeld, einer Fallanalyse auf objektiver Spurenlage, eigentlich die Basis fehlt. Sie können weder Spuren an einem Tatort noch Verletzungen an einem Leichnam interpretieren. Auf welcher Basis können sie ein Profil erstellen? Während die Polizei weiter im Dunkeln tappt, ist der „Pelikan", wie der Täter in Ermittlerkreisen getauft wurde, der Sonderkommission stets einen Schritt voraus.

Gelingt es dem OFA-Team, diesen Vorsprung aufzuholen?

Carsten Schütte. Der Pelikan – Ein Profiler-Thriller
384 Seiten. Klappenbroschur. ISBN 978-3-8271-9506-7
E-Book   978-3-8271-8563-1 (Pdf)
          978-3-8271-8362-0 (Epub)

#niemeyerbuch
Jetzt <u>kein</u> Buch mehr verpassen

Im Verlag CW Niemeyer bereits erschienen ...

Der Fall am Bahnhof von Minden wirkt zunächst sehr nebulös. Der Tote hatte durchaus überzeugende Gründe, um im tristen Monat November freiwillig aus dem Leben zu scheiden. Kurz darauf häufen sich die Ereignisse. Über Facebook und eine spezielle Whats-App-Gruppe sieht es so aus, als würde ganz gezielt zu Selbstmord aufgerufen. Aufnahmen von Überwachungskameras vermitteln jedoch ein anderes Bild. Die Kripo geht von einem Serientäter, einer Gruppe oder mehreren Nachahmern aus und muss ihre Kräfte überregional bündeln. Hauptkommissar Alexander Rosenbaum ermittelt mit dem Team „Bahnsteig" mit zeit- und kräfteraubendem Einsatz. Ganz anders gelagert scheint da das Ereignis in der traditionsreichen Museums-Eisenbahn von Minden zu sein, als im folgenden Frühjahr eine Reisende einem Bienenstich erliegt. Den Hinweis seiner Nachbarin auf die tödlich endende Zugfahrt hält Alexander zunächst lediglich für eine amüsante Geschichte ...

Andrea Gerecke. Endstation Minden
352 Seiten. Klappenbroschur. ISBN 978-3-8271-9509-8
E-Book   978-3-8271-8566-2 (Pdf)
            978-3-8271-8365-1 (Epub)

Im Verlag CW Niemeyer bereits erschienen ...

Schnelle Schritte, keuchender Atem. Sekunden später fällt vor den Augen von Thies und Tine ein Mann von der Brücke und baumelt an einem Strick. Es stellt sich heraus, Selbstmord scheidet aus. Wer hat den Mann erhängt?

Was hat dieser Fall mit rätselhaften Morden aus dem letzten Jahr zu tun? Sind die drei Ermittler von der Küste – Tomke, Hajo und Carsten – dem richtigen Täter auf der Spur?

Aber nicht nur diese Fragen stellen sich. Wer bedroht Tomke auf solch subtile Weise? Immer mehr hat sie das Gefühl, im Netz einer Spinne zu sitzen. Sie bekommt gefährliche Geschenke, entgeht nur knapp einem Brandanschlag und es geht weiter – die Angst bleibt. Die Kommissarin erkennt: Ihr Verfolger kommt immer näher, wann schlägt er endgültig zu?

Ach ja ... noch etwas ... wie kommt das Messer in Oma Jettchens Brust?

Gaby Kaden. KüstenNetz
432 Seiten. Klappenbroschur. ISBN 978-3-8271-9548-7
E-Book   978-3-8271-8577-8 (Pdf)
            978-3-8271-8376-7 (Epub)

#niemeyerbuch

Jetzt <u>kein</u> Buch mehr verpassen

Im Verlag CW Niemeyer bereits erschienen ...

Töte ich Menschen, ohne mich daran zu erinnern?

Diese Frage stellt sich der 20-jährige Paul. In ihm existieren zwei unterschiedliche Persönlichkeiten, die – bis auf wenige Ausnahmen – nichts voneinander wissen. Ein Hannoverscher Bestsellerautor wird abends vor seinem Haus von einer unbekannten Gestalt getötet. Paul befürchtet, der Täter zu sein, kann sich jedoch an nichts erinnern. Kurz darauf beginnt der renommierte Psychiater Dr. Mark Seifert eine heimliche Affäre mit Pauls Mutter, bringt damit eine tödliche Kaskade ins Rollen. Es gibt ein altes, düsteres Geheimnis, dessen Aufdeckung einige Personen in Pauls Umfeld um jeden Preis verhindern wollen. Die verstörende Wahrheit kostet mehrere Menschenleben. Gelingt es Mark Seifert, die Hintergründe der Tötungsserie aufzudecken, bevor der Täter ein weiteres Mal zuschlägt?

Thorsten Sueße. Hannover sehen und sterben
512 Seiten. Klappenbroschur. ISBN 978-3-8271-9508-1
E-Book   9978-3-8271-8565-5 (Pdf)
            978-3-8271-8364-4 (Epub)